DANI

Avec quelque 80 best-sel[...]
demi-milliard d'exemplaires vendus dans 47 pays et tra-
duits en 28 langues, Danielle Steel est l'auteur contempo-
rain le plus lu et le plus populaire au monde. Depuis 1981,
ses romans figurent systématiquement en tête des meilleures ventes du *New York Times*. Elle est restée sur les listes
des best-sellers pendant 390 semaines consécutives, ce qui
lui a valu d'être citée dans *Le Livre Guinness des records*.
Mais Danielle Steel ne se contente pas d'être écrivain. Très
active sur le plan social, elle a créé deux fondations
s'occupant de victimes de maladies mentales, d'enfants
abusés et de sans-abri. Danielle Steel a longtemps vécu en
Europe et a séjourné en France durant plusieurs années
(elle parle parfaitement le français) avant de retourner à
New York pour achever ses études. Elle a débuté dans la
publicité et les relations publiques, puis s'est mise à écrire
et a immédiatement conquis un immense public de tous
âges et de tous milieux, très fidèle et en constante aug-
mentation. Lorsqu'elle écrit (sur sa vieille Olympia méca-
nique de 1946), Danielle Steel peut travailler vingt heures
par jour. Son exceptionnelle puissance de travail lui permet de mener trois romans de front, construisant la trame
du premier, rédigeant le deuxième, peaufinant le troisième,
et de s'occuper des adaptations télévisées de ses ouvrages.
Toutes ces activités ne l'empêchent pas de donner la priorité absolue à sa vie personnelle. Avec ses huit enfants, elle
forme une famille heureuse et unie, sa plus belle réussite
et sa plus grande fierté. En 2002, Danielle Steel a été faite
officier de l'Ordre des Arts et des Lettres. En France, son
fan-club compte plus de 29 000 membres.

Retrouvez toute l'actualité de l'auteur sur
www.danielle-steel.fr

PARIS RETROUVÉ

DU MÊME AUTEUR
CHEZ POCKET

DANIELLE STEEL

PARIS RETROUVÉ

Traduit de l'anglais (États-Unis)
par Eveline Charlès

PRESSES DE LA CITÉ

Titre original :
Honor Thyself

Pocket, une marque d'Univers Poche,
est un éditeur qui s'engage pour la préservation
de son environnement et qui utilise du papier fabriqué
à partir de bois provenant de forêts gérées
de manière responsable.

© Danielle Steel, 2008

© Presses de la Cité, un département de place des éditeurs , 2009
pour la traduction française
ISBN 978-2-266-20398-2

À ma mère, Norma,
qui n'a jamais lu un seul de mes livres,
mais qui était fière de moi, je l'espère.
Aux relations difficiles
entre certaines mères et leurs filles
moins gâtées par la chance.
Aux occasions manquées,
aux bonnes intentions qui tournent mal et, pour finir,
à l'amour qui vous soutient,
quelle que soit votre histoire,
qu'elle soit vraiment ce qu'elle semble être ou pas.
À l'âge de six ans, j'ai perdu ma mère
avec tout ce qui comptait pour moi, à l'époque.
Elle n'était plus là pour me coiffer
de façon qu'on ne se moque pas de moi à l'école.
Nous nous sommes mieux connues en tant qu'adultes.
Nous étions alors deux femmes très différentes,
tout comme différaient nos points de vue sur la vie.
Nous nous sommes souvent déçues mutuellement,
nous nous sommes peu comprises mutuellement,
mais je veux croire
que nous nous y sommes efforcées jusqu'à la fin.
Je dédie ce livre à la mère que j'aurais voulu avoir,
celle que j'espérais à chacune de nos rencontres,
celle qui me faisait des pancakes
et des boulettes de viande
quand j'étais petite, avant qu'elle ne parte,
celle qu'elle a certainement
essayé d'être après son départ.
À celle qu'elle a été,
je dédie ce livre avec amour, compassion
et indulgence.
À sa façon, elle m'a appris à être la mère que je suis.
Puisse Dieu te sourire, qu'Il t'ait en Sa sainte grâce,
Puisses-tu trouver la joie et la paix.
Je t'aime, maman.
d. s.

Si tu deviens ce que tu es,
tout le reste te sera donné.

Tao-tö-king

1

C'était une matinée de novembre paisible et ensoleillée. Carole Barber leva les yeux de son ordinateur
pour contempler son jardin. Cela faisait quinze ans
qu'elle vivait dans cette maison, pleine de coins et de
recoins, qu'elle avait appelée Bel Air. Elle avait installé
son bureau dans la véranda, d'où elle pouvait admirer
les rosiers qu'elle avait plantés, la fontaine et le petit
bassin qui reflétait le ciel. La vue était empreinte de
sérénité et la maison silencieuse. Pourtant Carole était
énervée car, depuis une heure, ses doigts avaient à
peine effleuré le clavier. Malgré le succès de sa carrière cinématographique, elle entamait son premier
roman. Jusqu'alors, elle n'avait jamais publié les nouvelles qu'elle avait écrites au cours des années. Elle
s'était juste fait la main une fois sur un scénario. Pendant toute la durée de leur union, Sean – son dernier
mari – et elle avaient parlé de faire un film ensemble,
mais ce projet n'avait jamais abouti, trop occupés
qu'ils étaient par leurs activités respectives.

Sean était réalisateur et producteur, tandis que
Carole était actrice. En réalité, pas seulement actrice...
Depuis ses dix-huit ans, Carole Barber était une star.

Deux mois plus tôt, elle avait fêté ses cinquante ans et cela faisait trois ans qu'elle refusait toutes les propositions. Pas seulement parce que les rôles intéressants se faisaient rares. Carole avait cessé de travailler quand Sean était tombé malade. Depuis son décès, deux ans auparavant, elle voyageait et allait voir ses enfants, à Londres et à New York. Elle s'impliquait dans de nombreuses causes concernant, pour la plupart, les droits des femmes et des enfants. Pour cela, elle s'était rendue à plusieurs reprises en Europe, en Chine et dans de nombreux pays du tiers-monde. Elle avait particulièrement à cœur la lutte contre la pauvreté, l'injustice, la persécution politique qui frappaient des innocents ou des personnes sans défense. Durant les mois qui avaient précédé la mort de Sean, ils avaient beaucoup parlé du livre qu'elle devrait écrire. Trouvant l'idée merveilleuse, il l'avait encouragée à réaliser son projet, mais elle ne s'était attelée à la tâche que deux ans après son décès. Ce livre devait être pour elle le moyen d'exprimer ses sentiments les plus profonds et de plonger en elle-même comme elle ne l'avait encore jamais fait. Mais, bien qu'elle y mît toute son énergie, elle ne parvenait pas à avancer. Quelque chose l'en empêchait, et elle ignorait ce que cela pouvait être. C'était la panne classique de l'écrivain, mais elle refusait de baisser les bras. Elle ne reprendrait son métier d'actrice que lorsqu'elle aurait terminé son livre. Il lui semblait qu'elle le devait à Sean autant qu'à elle-même.

En août, elle avait refusé un rôle dans un film important. Le réalisateur était excellent, le scénariste avait remporté plusieurs oscars et elle connaissait les autres vedettes, mais le script l'avait laissée complètement froide. À moins d'être conquise par l'histoire et le rôle, elle ne voulait plus jouer. Son livre n'en était qu'au stade embryonnaire, mais il l'obsédait au point de lui interdire toute autre activité. Au plus profond de son cœur, elle sentait qu'il était sa priorité, qu'il serait la voix de son âme.

Lorsqu'elle s'y était attelée, elle ne pensait pas qu'elle y mettrait autant d'elle-même. C'est en avançant qu'elle en avait pris conscience. Le personnage principal lui ressemblait sous bien des aspects, et plus le temps passait, plus elle avait du mal à écrire, comme si elle craignait ce qu'elle allait découvrir. Cela faisait maintenant plusieurs semaines qu'elle était comme paralysée. L'histoire était celle d'une femme mûre qui faisait le point sur sa vie. Carole comprenait maintenant qu'il existait un lien étroit entre cette femme et elle, l'existence qu'elle avait menée, les hommes qu'elle avait aimés et les décisions qu'elle avait prises. Chaque fois qu'elle s'asseyait à son bureau, elle se surprenait à rêver du passé, les yeux dans le vide. Bien entendu, aucun mot ne se formait sur l'écran de son ordinateur. Hantée par ses souvenirs, elle savait qu'elle ne parviendrait pas à plonger dans son roman et à résoudre son problème tant qu'elle refuserait d'affronter son passé. Elle devait d'abord trouver la clé qui en ouvrait les portes, mais elle n'y arrivait pas. La rédaction de ce roman faisait ressurgir des doutes depuis longtemps enfouis et remettait en cause les décisions qu'elle avait prises, l'amenant à se poser une multitude de questions. Pourquoi ? Quand ? Comment ? Avait-elle eu raison ou tort ? Les personnes qui avaient traversé sa vie étaient-elles vraiment telles qu'elle les voyait ? Avait-elle été injuste ? Elle ne cessait de retourner ces questions dans sa tête, tout en se demandant pourquoi cela prenait tant d'importance. Mais c'était ainsi et elle savait que tant qu'elle n'aurait pas trouvé les réponses satisfaisantes, elle ne viendrait pas à bout de ce livre. Elle avait l'impression de devenir folle. C'était comme si, en décidant d'écrire ce roman, elle avait accepté d'aller au fond d'elle-même, ce qu'elle avait toujours évité de faire. Dorénavant, il n'y avait plus d'échappatoire. La nuit, alors qu'elle essayait de trouver le sommeil, ceux qu'elle avait connus emplissaient son esprit. Et, lorsqu'elle dormait, ils s'imposaient dans ses rêves.

Le visage qu'elle voyait le plus souvent était celui de Sean. Il était le seul dont elle savait avec exactitude qui il était et ce qu'il avait représenté pour elle. Ce n'était pas le cas des autres. Elle s'interrogeait à leur propos, mais pas sur Sean. Il l'avait tellement pressée d'écrire le livre dont elle lui parlait qu'il lui semblait le lui devoir, comme un dernier cadeau. Elle voulait aussi se prouver qu'elle en était capable. La peur la paralysait à l'idée qu'elle puisse échouer, qu'elle n'ait finalement rien dans le ventre. Elle devait y arriver.

Le mot qui lui venait à l'esprit quand elle pensait à Sean était *paix*. C'était un homme généreux, tendre et droit. Dès le début, il avait mis de l'ordre dans sa vie et, ensemble, ils avaient passé de merveilleuses années. Il n'avait jamais essayé de la posséder ou de l'écraser. Ils n'avaient pas vécu de façon fusionnelle, mais avaient paisiblement marché côte à côte, jusqu'à la fin. La personnalité de Sean avait fait que lorsque le cancer l'avait emporté, sa mort elle-même avait été sereine, comme une sorte d'évolution naturelle vers une autre dimension. Ils avaient été si proches l'un de l'autre qu'elle avait le sentiment qu'il était toujours auprès d'elle. Il avait accepté la mort comme l'étape ultime de son voyage, une transition à laquelle on doit consentir à un moment donné, presque une belle opportunité. Il tirait bénéfice de tout ce qu'il faisait et ne se rebellait jamais contre les aléas de la vie. En mourant, il lui avait donné une dernière leçon d'une valeur inestimable.

Deux années après son départ, il lui manquait toujours. Elle se languissait de son rire, du son de sa voix, de son intelligence, de sa compagnie et de leurs longues promenades sur la plage. Pourtant, elle gardait le sentiment qu'il était tout proche, poursuivant son voyage et la protégeant, ainsi qu'il l'avait toujours fait de son vivant. Le rencontrer et l'aimer avait été le plus beau des cadeaux. Avant de mourir, il lui avait rappelé qu'elle avait encore beaucoup de choses à accomplir et il l'avait suppliée de se remettre au travail. Il voulait qu'elle tourne des films et qu'elle écrive son livre. Il avait toujours aimé ses nouvelles, ainsi que ses articles. Au fil des années, elle lui avait écrit des poèmes qu'il conservait précieusement. Plusieurs mois avant sa mort, elle les avait rassemblés et fait relier sous une couverture de cuir, si bien qu'il avait pu les lire et les relire à satiété.

Elle n'avait pas eu le temps de se mettre à la rédaction de son roman avant sa mort. Elle était trop occupée à le soigner. Elle avait cessé de travailler un an avant sa disparition, pour être le plus possible avec lui et assurer elle-même les soins dont il avait besoin, surtout après les séances de chimiothérapie. Il s'était montré vaillant jusqu'à la fin. La veille de sa mort, ils avaient fait une promenade. Ils n'avaient pas pu aller très loin et avaient à peine échangé quelques mots. Ils avaient marché main dans la main, s'asseyant chaque fois qu'il était fatigué, et ils avaient pleuré ensemble en regardant le soleil se coucher. Ils savaient tous les deux que la fin était proche. La nuit suivante, il était mort paisiblement dans ses bras. Une dernière fois, il l'avait longuement contemplée, puis lui avait souri avant de fermer les yeux dans un soupir, et il était parti.

Il avait fait preuve d'une telle élégance que Carole refusait de se laisser submerger par le chagrin lorsqu'elle pensait à lui. Autant que faire se peut, elle s'était préparée à son départ. Ils étaient prêts tous les deux. Depuis, elle ressentait constamment le vide causé par son absence et elle voulait le combler par une meilleure compréhension d'elle-même. Elle voulait se montrer digne de lui, de la confiance qu'il avait eue en elle. Que ce soit dans sa vie ou dans son travail, il avait été pour elle une source constante d'inspiration. Il lui avait apporté le calme, la joie et la sérénité, ainsi qu'une forme d'équilibre.

À certains égards, elle avait été soulagée de ne pas tourner durant ces trois dernières années. Elle avait travaillé si dur et si longtemps que, même avant que Sean ne tombe malade, elle savait qu'elle avait besoin de faire une pause. Par ailleurs, cette période de réflexion ne pouvait qu'améliorer son jeu. Elle avait à son actif des films importants et plusieurs succès commerciaux. Mais à présent, elle voulait davantage... Elle souhaitait apporter quelque chose de nouveau à son travail, une profondeur qui ne vient qu'avec la sagesse et le temps. À cinquante ans, elle n'était pas encore vieille, mais les années qui s'étaient écoulées depuis la mort de Sean l'avaient mûrie. Elle savait qu'elle n'aurait jamais acquis une telle force intérieure autrement et elle était persuadée que cette maturité transparaîtrait à l'écran. Tout comme elle était persuadée que si elle parvenait à l'écrire, son livre refléterait ce qu'elle était réellement devenue. Il serait le symbole de cette plénitude, la preuve qu'elle s'était libérée des fantômes du passé. Pendant des années, elle avait prétendu qu'elle était quelqu'un d'autre. À travers les personnages qu'elle incarnait, elle s'était efforcée d'être ce qu'on attendait qu'elle fût. Le temps était venu pour elle d'être enfin elle-même. Désormais, elle n'appartenait à personne, elle était libre d'être qui elle voulait.

En réalité, lorsqu'elle avait rencontré Sean, cela faisait déjà longtemps qu'elle ne se soumettait plus à une volonté autre que la sienne. Sean avait la même attitude et ils avaient vécu côte à côte en respectant mutuellement leur liberté et leur indépendance. Cela avait été la base de leur amour et de la réussite de leur couple. Pourtant, en se mariant, elle avait craint que tout ne devienne compliqué ou que Sean ne se montre trop possessif. Elle avait redouté qu'ils ne s'étouffent, mais ce n'était jamais arrivé. Il l'avait assurée du contraire et il avait tenu sa promesse. Elle savait que ce qu'elle avait partagé avec lui pendant huit ans ne pouvait se produire qu'une seule fois dans une vie. Elle ne pensait pas pouvoir connaître une telle harmonie avec quelqu'un d'autre. Sean était unique.

Elle ne pouvait d'ailleurs pas s'imaginer amoureuse d'un autre homme et encore moins se remarier. Pendant ces deux années, Sean lui avait manqué, mais elle ne l'avait pas pleuré. Ils s'étaient tant aimés qu'elle était encore pleine de son amour et se sentait bien, même sans lui. Il n'y avait eu ni souffrance ni angoisse dans leur relation, même si, parfois, ils s'étaient violemment disputés, comme la plupart des couples. Cela leur permettait d'en rire ensuite. Ils n'étaient rancuniers ni l'un ni l'autre et la méchanceté leur était totalement étrangère, tout comme elle était absente de leurs querelles. Ils ne s'étaient pas seulement aimés, ils avaient été amis.

Lorsqu'ils s'étaient rencontrés, Carole avait quarante ans et Sean trente-cinq. Bien qu'il fût son cadet de cinq ans, il avait été, à bien des égards, un exemple pour elle, mais elle avait été surtout impressionnée par le regard qu'il portait sur la vie. À cette époque, la carrière de Carole marchait très fort et elle tournait film sur film, acceptant tout ce qu'on lui proposait, au détriment de son propre équilibre et de ses enfants. Constamment déchirée entre des rôles séduisants et ses enfants, elle s'efforçait de passer le plus de temps possible avec eux. Sa route avait croisé celle de Sean cinq ans après qu'elle eut quitté la France pour s'installer à Los Angeles. Après son retour aux États-Unis, elle n'avait pas eu de liaison sérieuse, n'en ayant ni le temps ni l'envie. Elle avait eu de brèves aventures avec des réalisateurs, des écrivains, des peintres et des musiciens. Tous évoluaient dans le monde de l'art et étaient très intéressants, mais elle n'était tombée amoureuse d'aucun d'eux et s'en croyait sincèrement incapable. Jusqu'à Sean.

Ils avaient fait connaissance à Hollywood, lors d'un congrès concernant les droits des acteurs. Ils participaient tous les deux à une commission qui travaillait sur l'évolution des rôles féminins dans les films. Ils n'avaient jamais évoqué leur légère différence d'âge car elle n'avait strictement aucune importance. Un mois après leur rencontre, ils avaient passé un week-end au Mexique. Trois mois plus tard, il s'installait chez elle et ils ne s'étaient plus jamais quittés. Ils s'étaient mariés au bout de six mois, en dépit des réticences de Carole. Sean l'avait convaincue que c'était ce qui pouvait leur arriver de mieux. Pourtant, au départ, elle jurait qu'elle ne se remarierait jamais, mais la suite avait prouvé que Sean avait raison. En effet,

Carole était persuadée que leurs carrières respectives seraient une source de conflits, alors qu'il n'en avait rien été. Leur couple s'était toujours merveilleusement entendu.

À l'époque, ses enfants vivaient encore à la maison et Carole avait craint que cela ne soit un problème. Mais c'est le contraire qui s'était produit. Sean n'en avait pas et il avait adoré les siens. Ils n'avaient jamais voulu avoir d'enfants ensemble, estimant qu'ils manqueraient de temps pour bien s'en occuper. Ils avaient préféré vivre l'un pour l'autre et réussir leur union. Au moment de leur mariage, Anthony et Chloé étaient au lycée. C'était d'ailleurs en partie à cause d'eux qu'elle avait accepté d'épouser Sean. L'absence d'engagement et le concubinage ne lui paraissaient pas un exemple souhaitable. Par ailleurs, ses enfants avaient tout de suite accepté Sean et souhaité qu'il vive avec eux. Aujourd'hui, au grand regret de Carole, ils étaient adultes et avaient quitté la maison.

À sa sortie de Stanford, Chloé avait été engagée par un magazine de mode londonien et était ravie de ce qu'elle y faisait. Pour un petit salaire et le plaisir de travailler pour le *Vogue* britannique, elle participait à l'élaboration des numéros, organisait les séances photo et rendait de multiples services. Elle ressemblait énormément à sa mère et, avec son physique, elle aurait pu être mannequin, mais elle préférait travailler au service éditorial. Elle était brillante et pleine d'entrain, heureuse d'être à Londres dans le milieu de la mode. Elle appelait fréquemment sa mère.

Anthony suivait les traces de son père, à Wall Street. Titulaire d'une maîtrise de gestion, il avait choisi de travailler dans le monde de la finance. C'était un jeune homme responsable et sérieux, qui avait toujours fait la fierté de sa mère. Il était aussi beau que Chloé était jolie, mais légèrement timide. Il était sorti avec de nombreuses filles, toutes plus intelligentes et séduisantes les unes que les autres, sans qu'aucune se fût détachée du lot jusqu'alors. Il accordait moins d'importance à sa vie personnelle qu'à son travail. Il savait ce qu'il voulait et se donnait tous les atouts pour réussir. Quand Carole l'appelait sur son portable, tard le soir, la plupart du temps il était encore au bureau.

Les deux enfants de Carole avaient été profondément attachés à Sean et à leur mère. Ils étaient gentils et affectueux, en dépit des inévitables disputes entre Chloé et sa mère. Chloé avait toujours eu davantage besoin d'elle que son frère et elle se plaignait amèrement chaque fois que Carole devait s'absenter pour les besoins d'un tournage. Lorsqu'elle était au lycée, elle aurait voulu avoir sa mère auprès d'elle, comme ses amies. Ses doléances avaient culpabilisé Carole. Pourtant ses enfants prenaient l'avion pour la rejoindre sur le plateau le plus souvent possible et elle rentrait à la maison chaque fois qu'il y avait une pause dans le tournage. Si Anthony était un enfant facile, Chloé l'était nettement moins. Elle idéalisait son père et ne passait rien à sa mère. Carole se disait que les conflits faisaient partie intégrante des relations mère-fille, mais cela ne l'empêchait pas de trouver qu'il était plus simple d'être la mère d'un fils qui vous adorait.

Maintenant que les enfants étaient partis et menaient leur propre vie, elle était bien décidée à attaquer le roman qu'elle s'était promis d'écrire depuis si longtemps. Mais ces dernières semaines, elle s'était découragée au point de douter d'en venir à bout. Elle commençait même à se demander si elle n'avait pas eu tort de refuser un rôle au mois d'août. Peut-être devait-elle renoncer à l'écriture et se consacrer à son métier d'actrice. Son agent, Mike Appelsohn, était assez contrarié. Il lui en voulait de décliner toutes les propositions et ne supportait plus d'entendre parler de ce livre qu'elle n'écrivait pas.

L'intrigue lui échappait, les personnages restaient vagues et elle se demandait si elle parviendrait à dénouer le nœud qui se trouvait quelque part dans sa tête et l'empêchait d'écrire. Elle avait l'impression d'un indescriptible fouillis et ne parvenait pas, quels que soient ses efforts ou l'intensité de sa réflexion, à faire le tri dans ses idées. C'était horriblement frustrant.

Sur une étagère, au-dessus de son bureau, il y avait deux oscars et un Golden Globe, remporté un an avant qu'elle ne s'arrête pour soigner Sean. Hollywood ne l'avait pas encore oubliée, mais Mike ne lui avait pas caché que cela finirait par arriver si elle ne recommençait pas à tourner. Elle lui avait débité tout un tas d'excuses et s'était donné un an pour écrire son livre. Il ne lui restait que deux mois et elle n'était parvenue nulle part. Chaque fois qu'elle s'installait devant son bureau, elle sentait la panique l'envahir.

Quelqu'un frappa doucement à la porte, derrière elle. Les interruptions ne la gênaient pas, au contraire elles étaient même les bienvenues. La veille, elle avait rangé les placards de la salle de bains au lieu de se mettre au travail. En se retournant, elle vit Stephanie Morrow, son assistante, qui hésitait à franchir le seuil de son bureau. C'était une belle jeune femme de trente-neuf ans qui autrefois avait été institutrice. À son retour de Paris, quinze ans auparavant, Carole l'avait engagée pour l'été. À cette époque, elle venait d'acheter Bel Air, avait accepté deux rôles au cinéma et signé un contrat d'un an avec un théâtre de Broadway. Très investie dans la défense des droits des femmes, tout en devant dans le même temps assurer la promotion de ses films, elle avait besoin de quelqu'un pour l'aider à s'occuper des enfants et du personnel. Venue l'épauler pour deux mois, Stephanie n'était plus repartie. Elle vivait avec un homme, mais ne s'était jamais mariée. Comme il voyageait beaucoup, il se montrait très compréhensif vis-à-vis de son travail. Stephanie n'était pas certaine d'avoir envie de l'épouser et savait avec certitude qu'elle ne voulait pas d'enfants. En plaisantant, elle prétendait que Carole était son bébé. Celle-ci lui rétorquait qu'elle était sa nounou. Stephanie était une merveilleuse assistante. Elle savait parfaitement tenir la presse à distance et se sortait admirablement de n'importe quelle situation.

Quand Sean était tombé malade, elle avait secondé Carole, que ce fût auprès des enfants, de Sean ou de Carole elle-même. Elle avait même organisé l'enterrement avec elle et choisi le cercueil. Au fil des années, Stephanie était devenue bien plus qu'une employée. Malgré leurs onze années d'écart, les deux femmes étaient aujourd'hui des amies très proches. Stevie, ainsi que la surnommait Carole, ignorait la jalousie. Elle se réjouissait des succès de Carole, compatissait à ses peines, adorait son travail et abordait chaque journée avec sérénité et humour.

Carole avait énormément d'affection pour Stevie et reconnaissait volontiers qu'elle aurait été perdue sans elle. Stevie était une parfaite assistante, ce qui impliquait, dans le cas présent, de faire passer la vie de Carole avant la sienne. Parfois, cela équivalait d'ailleurs à ne pas avoir de vie du tout. Mais Stevie l'acceptait, tant elle aimait Carole et appréciait ce qu'elle faisait. Elle trouvait d'ailleurs que l'existence de Carole était bien plus excitante que la sienne.

Stevie mesurait un mètre quatre-vingts, avait de longs cheveux noirs très raides et de grands yeux noisette. Vêtue d'un jean et d'un tee-shirt, elle se tenait sur le seuil de la pièce.

— Tu veux du thé ? murmura-t-elle.

— Non, de l'arsenic, répliqua Carole en faisant pivoter sa chaise. Je n'arrive pas à écrire ce fichu bouquin. Quelque chose m'en empêche, mais je ne sais pas ce que c'est. Peut-être est-ce la peur. Je sais peut-être inconsciemment que j'en suis incapable. Je me demande même comment j'ai pu croire un instant que c'était possible, conclut-elle en levant vers Stevie des yeux désespérés.

— Tu en es capable, répondit calmement celle-ci. Donne-toi du temps. On dit que le plus difficile, c'est de commencer. Reste assise jusqu'à ce que l'inspiration arrive.

La semaine précédente, Stevie avait aidé Carole à ranger les placards de la salle de bains, puis à réorganiser le jardin et enfin à nettoyer le garage. Carole avait utilisé tous les prétextes imaginables pour ne pas entamer la rédaction de son livre. C'était ce qu'elle faisait depuis deux mois.

— Tu as peut-être besoin de faire un break, suggéra Stevie.

— Ma vie entière est un break, ces temps-ci. Tôt ou tard, je devrai me mettre au travail, que ce soit pour tourner un film ou pour attaquer ce livre. Mike va me tuer, si je refuse encore un scénario.

Car Mike Appelsohn, en plus d'être producteur, était aussi son agent depuis qu'il l'avait découverte, trente-deux ans auparavant. À cette époque – il y avait des siècles –, elle avait dix-huit ans, de longs cheveux blonds et d'immenses yeux verts. Elle arrivait tout droit du Mississippi et venait à Hollywood plus par curiosité que par ambition. Mike avait fait d'elle ce qu'elle était aujourd'hui, mais cela n'aurait pas été possible si elle n'avait pas eu autant de talent. Les premiers rushes avaient époustouflé tous ceux qui les avaient vus. Tout le monde connaissait la suite. Aujourd'hui, elle était l'une des actrices les plus célèbres au monde. Dans ses rêves les plus fous, elle n'aurait jamais imaginé une telle réussite. Alors, pourquoi s'acharnait-elle à écrire un livre ? Elle ne cessait de se poser la question, mais tout comme Stevie, elle en connaissait la réponse. Elle cherchait un morceau d'elle-même qu'elle avait soigneusement enfoui depuis longtemps. Pour que sa vie ait un sens, il était absolument nécessaire qu'elle le retrouve.

Son dernier anniversaire l'avait énormément affectée. Le cap de la cinquantaine était une étape décisive, surtout depuis qu'elle était seule. Elle avait donc décidé de réunir tous les éléments qui avaient fait d'elle ce qu'elle était devenue, de manière à donner à sa vie toute sa signification. Pour cela, elle devait faire un point complet et remonter à la source.

Elle avait l'impression que trop de choses étaient survenues par hasard, surtout dans sa jeunesse, et elle voulait comprendre pourquoi. Elle avait connu des jours de chance et de malchance, mais la plupart du temps elle avait eu de la chance, que ce soit dans sa carrière ou avec ses enfants. Cependant, elle refusait de penser que sa vie n'était que le produit d'événements fortuits ou accidentels. Il lui semblait qu'elle avait plus réagi par rapport aux circonstances et aux gens qu'elle rencontrait que par véritable choix. Et aujourd'hui elle voulait savoir si les orientations qu'elle avait prises étaient les bonnes. Et ensuite ? Qu'est-ce que cela changerait, puisqu'elle ne pouvait modifier le passé ? Elle pensait que cela pourrait influer sur les années qui lui restaient à vivre. Maintenant que Sean était parti, il lui paraissait capital de décider plutôt que d'attendre que ce soient les événements qui le fassent pour elle. Qu'est-ce qu'*elle* voulait ? Elle voulait écrire un livre. C'était la seule chose dont elle était certaine. Après cela, le reste viendrait peut-être de lui-même. Elle s'imaginait qu'elle saurait choisir les rôles qui lui conviendraient et les causes qu'elle désirait défendre. Et surtout elle saurait ce qu'elle voulait être. Ses enfants étaient devenus des adultes. C'était son tour, maintenant.

Stevie, qui s'était éclipsée, réapparut avec une tasse de thé à la vanille. Elle le commandait chez Mariage Frères. Carole avait découvert ce thé lorsqu'elle vivait en France, et ne s'en lassait pas. Chaque fois que Stevie lui en servait, elle lui en était reconnaissante. Cela lui apportait une forme de réconfort.

Elle porta la tasse à ses lèvres, l'air pensive.

— Peut-être as-tu raison… confia-t-elle à celle qui la secondait partout depuis tant d'années.

Elles voyageaient ensemble, puisque Carole l'emmenait avec elle sur les lieux de tournage. Stevie s'occupait de tout et rendait la vie de Carole aussi douce que possible. Elle aimait cela et y mettait toute son énergie.

— À quel propos ?

Stevie s'installa dans un confortable fauteuil de cuir et étendit ses longues jambes. Elles avaient passé énormément d'heures dans cette chambre, à faire des projets ou à discuter. Carole écoutait toujours attentivement les avis de Stevie, même si au bout du compte elle prenait parfois une autre décision. Mais, la plupart du temps, les conseils de son assistante se révélaient précieux. Pour Stevie, Carole était autant son employeur qu'une sorte de tante pleine d'expérience. Elles partageaient un grand nombre d'idées et avaient souvent le même point de vue, en particulier sur les hommes.

— Je devrais peut-être faire un voyage.

Non pas pour éviter d'écrire son livre, mais plutôt pour vaincre ses résistances.

— Tu pourrais aller voir les enfants, suggéra Stevie.

Depuis qu'ils ne venaient plus que rarement, Carole aimait bien rendre visite à ses enfants. Anthony pouvait difficilement s'absenter de son travail, mais il était ravi de passer la soirée avec elle lorsqu'elle venait à New York. Même s'il était très occupé, il trouvait toujours le temps de se libérer. Quant à Chloé, elle lâchait tout pour se promener dans Londres ou faire du shopping avec elle. Lui consacrer du temps et lui montrer combien elle l'aimait, c'était le plus beau cadeau que Carole pouvait faire à sa fille.

— Je l'ai fait il y a quelques semaines à peine. Je ne sais pas... J'ai peut-être besoin de quelque chose de totalement différent... Me rendre quelque part où je ne suis jamais allée auparavant... Prague, par exemple... ou bien en Roumanie... ou alors en Suède...

Il y avait peu d'endroits dans le monde où elle ne soit déjà allée. Elle avait participé à des conférences sur les droits des femmes en Inde, au Pakistan, à Pékin. Elle avait rencontré des chefs d'État, travaillé avec l'Unicef, écrit au Sénat des États-Unis.

Stevie hésitait à formuler l'évidence. Paris. Elle savait ce que cette ville, où Carole avait vécu pendant deux ans et demi, représentait pour elle. Durant les quinze dernières années, elle n'y était retournée que deux fois, prétendant que plus rien ne l'y attirait. Après leur mariage, elle y avait fait un bref séjour avec Sean, mais il ne parlait pas la langue française et préférait de loin être à Londres. Carole ne s'était donc pas rendue à Paris depuis dix ans. Elle n'y était allée qu'une fois durant les cinq années qui avaient précédé sa rencontre avec Sean, pour vendre sa maison située dans une ruelle derrière la rue Jacob. Stevie l'avait accompagnée pour l'aider à régler les derniers détails, et elle avait adoré cette maison. À l'époque, Carole était installée à Los Angeles et avait estimé qu'il ne servait à rien de conserver cette résidence parisienne. Mais la décision lui avait beaucoup coûté. Par la suite, elle n'avait plus remis les pieds à Paris, sauf lors de ce bref séjour avec Sean. Ils avaient retenu une suite au Ritz, mais Sean n'avait pas arrêté de se plaindre. Il adorait l'Italie et l'Angleterre, mais pas la France.

— Tu devrais peut-être retourner à Paris, suggéra prudemment Stevie.

Elle savait que certains fantômes du passé de Carole s'y trouvaient encore, mais après quinze ans, elle n'arrivait pas à imaginer que celle-ci pût en être encore affectée. Pas après ses huit années avec Sean. Quoi qu'il fût arrivé à Carole lorsqu'elle était à Paris, la blessure semblait cicatrisée, puisqu'elle parlait toujours de cette ville avec tendresse.

— Je ne sais pas, répondit Carole. Là-bas, il pleut beaucoup, en novembre. Le temps est si doux, ici !

— On dirait que cette température clémente ne t'aide pas à écrire ton livre, remarqua Stevie. Tu pourrais aller à Vienne, à Milan, Venise, Buenos Aires… Mexico… Hawaï… Si tu recherches le beau temps, tu devrais peut-être choisir un endroit au bord de la mer.

Mais elles savaient toutes les deux que le climat n'était pas le problème.

Carole repoussa sa chaise en soupirant.

— Je vais réfléchir.

Elle était grande – mais moins que son assistante –, mince et gracieuse. Elle faisait du sport, mais pas suffisamment pour expliquer sa forme physique. Elle avait la chance d'avoir une bonne santé et de vieillir en conservant sa beauté, sans avoir recours à la chirurgie.

Carole était tout simplement belle. Ses cheveux longs étaient toujours aussi blonds. Elle les réunissait parfois en queue-de-cheval ou en chignon. Depuis ses dix-huit ans, les coiffeuses qui s'occupaient d'elle sur les plateaux avaient toujours eu beaucoup de plaisir à la coiffer. Elle avait des yeux immenses, de hautes pommettes, des traits délicats et parfaits. Son visage était celui d'une madone, pas seulement d'une vedette de cinéma. Elle était naturellement élégante et sûre d'elle, sans une once d'arrogance. Carole était bien dans sa peau. Jeune, elle avait suivi des cours de danse et, aujourd'hui encore, elle se déplaçait avec la grâce d'une danseuse. Son physique était exceptionnel, et c'était d'autant plus frappant qu'elle s'habillait très simplement. La première fois qu'elle l'avait rencontrée, Stevie avait été très impressionnée. À l'époque, Carole avait trente-cinq ans. Aujourd'hui elle en avait cinquante, et c'était difficile à croire, car elle en paraissait facilement dix de moins. Malgré leurs cinq ans de différence, Sean avait toujours paru plus âgé qu'elle. Il était beau, mais chauve, avec une petite tendance à l'embonpoint. Carole avait gardé la silhouette de ses vingt ans. Elle faisait très attention à ce qu'elle mangeait, mais elle avait surtout de la chance. À sa naissance, les dieux avaient dû se pencher sur son berceau.

— Je vais faire quelques courses, annonça-t-elle un peu plus tard à Stevie après avoir enfilé une veste en cachemire et pris son sac Hermès en cuir beige.

Elle s'habillait avec chic mais sans ostentation. Il y avait en elle un je-ne-sais-quoi qui évoquait Grace Kelly à vingt ans. Elle possédait la même allure aristocratique, mais avec peut-être plus de douceur. Il n'y avait rien d'austère chez Carole et, compte tenu de sa célébrité, elle était étonnamment simple. Cette absence de prétention était l'une des qualités que Stevie appréciait particulièrement chez elle, comme tous ceux qui l'approchaient.

— Tu veux que je fasse quelque chose pour toi ? demanda Stevie.

— Oui ! Écrire mon livre en mon absence, afin que je puisse l'envoyer à mon agent, dès demain.

Elle avait contacté un agent littéraire, mais jusque-là elle ne lui avait rien remis.

— D'accord, répliqua Stevie en souriant. Je garde la maison pendant que tu vas t'amuser.

— Je n'ai pas l'intention de m'amuser, rétorqua aussitôt Carole. Je trouve que la salle à manger a besoin d'un petit lifting et j'ai envie d'acheter de nouvelles chaises. En parlant de lifting, ne crois pas que je sois sur le point d'aller voir un chirurgien esthétique. Je suis bien trop poule mouillée pour envisager la moindre intervention. Je n'ai pas envie de me réveiller un matin avec la tête de quelqu'un d'autre. Il m'a fallu cinquante ans pour m'habituer à la mienne et je n'ai pas envie d'en changer.

— Tu n'en as pas besoin.

— Merci, mais j'ai constaté les ravages du temps, dans mon miroir.

— J'ai plus de rides que toi !

C'était vrai. Stevie avait une peau d'Irlandaise extrêmement fine et elle avait beaucoup plus de rides que Carole.

Cinq minutes plus tard, Carole était au volant de son break. Elle le conduisait depuis six ans et il lui convenait très bien. Contrairement aux autres stars d'Hollywood, elle n'éprouvait pas le besoin de posséder une Bentley ou une Rolls. Ses seuls bijoux étaient une paire de boucles d'oreilles incrustées de diamant et l'alliance en or qu'elle avait fini par retirer l'été précédent. Les bijoutiers lui en prêtaient au moment de la promotion de ses films. Sinon, elle ne possédait rien de plus extraordinaire qu'une simple montre en or. Carole était plus éblouissante que le plus fabuleux des bijoux.

Deux heures plus tard, elle était de retour. Stevie était en train de manger un sandwich dans la cuisine. Elle disposait d'un petit bureau, beaucoup trop proche à son goût du réfrigérateur, qu'elle ouvrait trop souvent. Chaque soir, elle faisait du sport pour compenser ses excès.

— Tu n'as pas encore terminé le livre ? lui demanda Carole.

Elle paraissait de bien meilleure humeur que lorsqu'elle était partie.

— Presque. J'en suis au dernier chapitre. Accorde-moi encore une demi-heure et je mets le point final. Comment étaient les chaises ?

— Elles n'étaient pas à la bonne taille, par rapport à la table. À moins que je rachète aussi une table.

Elle fourmillait de projets, mais elles savaient toutes les deux qu'elle devait se remettre au travail ou écrire son livre. Carole n'était pas du genre indolent. Elle avait toujours été une femme active et, maintenant que Sean n'était plus là, elle avait besoin de trouver quelque chose à faire.

Le visage grave, Carole s'assit en face de Stevie, de l'autre côté de la table.

— J'ai un conseil à te demander.

— Quel conseil ?

— Au sujet de mon voyage. Je pense emporter mon ordinateur avec moi. Une fois installée dans une chambre d'hôtel, je parviendrai peut-être à avancer. Pour l'instant, ce que j'ai fait ne me plaît pas.

— À moi, si. Les deux premiers chapitres sont bons. Il faut juste que tu parviennes à construire quelque chose sur cette base et que tu t'y tiennes. C'est comme d'escalader une montagne. Ne regarde pas en bas et ne t'arrête pas tant que tu ne seras pas arrivée au sommet.

C'était un bon conseil.

— C'est possible, mais avant tout j'ai besoin de me vider la tête, soupira Carole. Retiens-moi un billet d'avion pour Paris. Je voudrais partir après-demain. De toute façon, je n'ai pas grand-chose à faire ici et Thanksgiving n'est que dans un peu plus de trois semaines. Il vaut mieux que je bouge avant que les enfants n'arrivent pour les fêtes. C'est le moment idéal.

Elle y avait réfléchi pendant tout le trajet. Maintenant qu'elle avait pris sa décision, elle se sentait mieux.

Stevie hocha la tête, sans faire de commentaire. Elle était persuadée qu'un voyage ferait du bien à Carole, surtout si elle se rendait dans un lieu qu'elle aimait.

— Je crois que je suis prête à retourner là-bas, reprit pensivement Carole. Je descendrai au Ritz. Sean n'aimait pas cet hôtel, mais moi je l'adore.

— Combien de temps comptes-tu rester en France ?

31

— Je n'en sais rien. Réserve une chambre pour deux semaines. De Paris, je pourrai me rendre à Prague et peut-être à Budapest, où je ne suis jamais allée. J'ai envie de me promener, de voir comment je me sens. Puisque je suis libre comme l'air, autant en profiter. En me changeant les idées, je retrouverai peut-être l'inspiration. Et si je veux rentrer plus tôt, je le ferai. Au retour, je m'arrêterai à Londres pour passer deux jours avec Chloé. Et peut-être reviendrons-nous ensemble, ce serait amusant. Comme Anthony compte lui aussi venir pour Thanksgiving, je n'aurai pas besoin de m'arrêter à New York.

Stevie, qui avait pris quelques notes, lui sourit.

— Je serai contente de revoir Paris. Je n'y suis pas retournée depuis que tu as vendu la maison, il y a quatorze ans.

Carole sembla un peu gênée. Apparemment, elle n'avait pas été suffisamment claire.

— Je suis désolée, Stevie. J'adore que tu m'accompagnes, mais cette fois-ci, je veux être seule. Je ne sais pas pourquoi, mais j'ai l'impression que je dois réfléchir et faire le point. Si nous sommes ensemble, je bavarderai avec toi plutôt que de me concentrer sur moi-même. Je cherche quelque chose, mais j'ignore ce que c'est. Moi, sans doute.

Carole avait l'intime conviction que les réponses à ses questions, son avenir, son livre dépendaient de ce qu'elle trouverait enfoui dans son passé. Elle devait retourner sur ses propres traces pour regarder en face ce qu'elle avait laissé derrière elle et tenté d'oublier si longtemps auparavant.

Stevie parut surprise, mais sourit.

— Il n'y a pas de problème, mais je me fais toujours un peu de souci quand tu voyages seule.

Heureusement, cela arrivait rarement.

— Moi aussi, avoua Carole. Tu m'as tellement gâtée que je suis devenue très paresseuse. Je déteste avoir affaire aux portiers ou commander moi-même mon thé, mais cela me fera peut-être du bien. De toute façon, l'existence ne peut pas être très difficile, quand on descend au Ritz.

— Ce ne sera pas tout à fait la même chose en Europe de l'Est. Tu ne veux pas que j'engage quelqu'un pour toi ? Je pourrais demander au chef de la sécurité, au Ritz, pour qu'il m'indique une personne de confiance.

Carole avait parfois reçu des menaces. Les gens la reconnaissaient partout où elle allait et, si ce n'était pas le cas, elle restait une belle femme qui voyageait seule. Et si elle tombait malade ? Stevie était déjà inquiète. Son instinct maternel se réveillait. Elle adorait prendre soin de Carole et la protéger. C'était sa mission et son travail.

— Je n'ai nul besoin d'un garde du corps. Tout va bien se passer et, d'ailleurs, au cas où l'on me reconnaîtrait, où est le problème ? Comme Katharine Hepburn le disait : « Il suffit de baisser la tête et d'éviter de croiser le regard des gens. »

À leur grande surprise, elles avaient constaté toutes les deux que cela fonctionnait à merveille. Quand Carole évitait de regarder les gens dans les yeux, ils la reconnaissaient nettement moins. C'était une vieille ruse d'Hollywood, même si elle ne marchait pas à tous les coups.

— Au cas où tu aurais besoin de moi, je prendrais le premier avion, affirma Stevie pour se rassurer.

Carole lui sourit. Elle savait que son assistante ne cherchait pas à faire un voyage, mais qu'elle s'inquiétait sincèrement pour elle. Cette sollicitude la touchait profondément.

— Je te promets que je t'appellerai si j'ai un ennui, si je me sens seule ou seulement bizarre, lui promit-elle. Qui sait ? Je déciderai peut-être de rentrer au bout de quelques jours.

Elle s'était déplacée des millions de fois pour promouvoir un film ou tourner. Elle s'éloignait rarement par convenance personnelle, mais Stevie devait admettre que c'était une bonne idée.

— Je n'éteindrai pas mon portable, pour que tu puisses me joindre à n'importe quel moment, y compris la nuit, promit Stevie, et que j'accoure aussitôt, si c'était nécessaire.

En fait, Carole s'était toujours efforcée de ne jamais l'appeler la nuit. Elle avait fixé des limites qui étaient valables dans les deux sens. Elle respectait la vie privée de Stevie tout comme Stevie respectait la sienne. C'était l'une des clés de leur si bonne entente.

— Je vais appeler la compagnie d'aviation et le Ritz, assura Stevie.

Elle termina son sandwich et déposa son assiette dans le lave-vaisselle. Carole avait depuis longtemps réduit le personnel à une seule femme de ménage qui venait le matin, cinq jours par semaine. Depuis que Sean et les enfants n'étaient plus là, elle n'éprouvait pas le besoin d'être davantage aidée. N'ayant plus de cuisinière, elle se débrouillait avec ce qu'elle trouvait dans le réfrigérateur. Par ailleurs, elle préférait conduire elle-même plutôt qu'engager un chauffeur. Elle aimait penser qu'elle vivait comme tout le monde, sans le faste et le luxe dont s'entouraient la plupart des stars.

— Je vais commencer à faire mes bagages, annonça-t-elle en quittant la cuisine.

Deux heures plus tard, elle avait terminé. Elle emportait peu de choses. Quelques pantalons, quelques jeans, une jupe, des pulls, des chaussures confortables et une paire d'escarpins, ainsi qu'une veste, un imperméable et un manteau en laine bien chaud qu'elle comptait porter dans l'avion. L'objet le plus important était bien sûr son ordinateur portable.

Elle venait de fermer sa valise quand Stevie entra dans sa chambre pour l'informer que les réservations étaient faites. Elle prenait l'avion dans deux jours et elle avait une suite au Ritz, place Vendôme. Bien entendu, Stevie se chargerait elle-même de la conduire à l'aéroport. Carole était prête à entreprendre l'odyssée qui devait lui permettre de se retrouver elle-même, que ce soit à Paris ou ailleurs. Une fois qu'elle serait en Europe, elle ferait ses réservations dans toutes les villes où elle déciderait de se rendre. La perspective de son départ l'enthousiasmait. Après toutes ces années, elle se réjouissait de retourner à Paris.

Elle voulait revoir son ancienne maison, à côté de la rue Jacob, sur la rive gauche, en souvenir des deux années et demie qu'elle y avait passées. Il lui semblait que c'était plus d'un siècle auparavant. Lorsqu'elle avait quitté Paris, elle était plus jeune que Stevie aujourd'hui. Anthony avait alors onze ans et avait été ravi de retourner aux États-Unis. Chloé, qui en avait sept, avait été triste de quitter les amies qu'elle s'était faites en France. À leur arrivée, les deux enfants avaient quatre et huit ans, si bien que la petite fille parlait parfaitement le français. Ils s'étaient installés dans la capitale française parce que Carole devait y tourner un film. Ils y étaient restés deux ans et demi, bien que le tournage n'ait duré que huit mois. Cela représentait une longue période, pour eux. Et maintenant, Carole effectuait une sorte de pèlerinage, ne sachant pas ce qu'elle trouverait ni ce qu'elle éprouverait. Pourtant, elle se sentait prête, elle était même impatiente de partir. Elle devinait que ce serait une étape importante pour la rédaction de son livre. Ce retour aux sources lui permettrait peut-être de se libérer, de forcer des portes hermétiquement closes. Assise devant son ordinateur, à Bel Air, elle ne parvenait pas à les déverrouiller. Mais peut-être s'ouvriraient-elles d'elles-mêmes, là-bas. C'était ce qu'elle espérait.

Sachant qu'elle partait pour Paris, elle parvint à écrire, ce soir-là. Après le départ de Stevie, elle resta des heures devant son ordinateur, et elle y était déjà, à son retour, le lendemain matin.

Elle dicta quelques lettres, régla des factures et fit ses dernières courses. Au moment de partir, le jour suivant, elle était prête. Pendant tout le trajet jusqu'à l'aéroport, elle n'arrêta pas de parler, rappelant à Stevie tous les derniers détails qui lui revenaient en mémoire, comme les recommandations à faire au jardinier ou les livraisons qui auraient lieu en son absence.

— Que dois-je dire aux enfants, s'ils appellent ? demanda Stevie une fois qu'elles furent arrivées à l'aéroport, en sortant le sac de Carole du coffre.

— Dis-leur que je suis partie.

— Pour Paris ?

Stevie était d'une discrétion à toute épreuve. Elle ne disait aux gens, y compris aux enfants, que ce que Carole lui permettait de dire.

— Il n'y a pas de problème, ce n'est pas un secret. Je les contacterai sans doute moi-même et je téléphonerai à Chloé à la fin de mon séjour. Je veux d'abord décider de ce que je vais faire.

Elle aimait la sensation de liberté qu'elle éprouvait à l'idée qu'elle allait voyager seule et choisir ses destinations au jour le jour. C'était une sensation qui lui était presque étrangère, car elle obéissait rarement à ses impulsions. Cela lui semblait très agréable, un vrai cadeau du ciel.

— N'oublie pas de me tenir au courant, lui recommanda Stevie. Tu sais que je vais me faire du souci.

Sans doute davantage que les enfants. Ils avaient beau l'aimer, ils étaient moins conscients des risques. Stevie connaissait les faiblesses de Carole, son côté vulnérable et fragile. Aux yeux des autres, Carole incarnait la sérénité et la force, mais Stevie savait que ce pouvait être parfois illusoire.

— Je t'enverrai un e-mail dès que je serai au Ritz, promit-elle. Ne t'inquiète pas si je ne te contacte plus après cela. Si je vais à Prague ou à Vienne, je laisserai sans doute mon ordinateur à Paris. Si j'ai besoin d'aide, je t'appellerai. En tout cas, le changement me fera du bien.

— J'en suis sûre ! Amuse-toi bien, dit Stevie en l'embrassant.

— Détends-toi et profite de ce congé.

Un porteur prit son bagage. À sa vue, il marqua un temps d'arrêt, puis il sourit en la reconnaissant.

— Bonjour, miss Barber, comment allez-vous ?

L'homme était visiblement ravi de rencontrer la star.

— Très bien, merci, répondit-elle en le gratifiant d'un regard lumineux.

— Vous allez à Paris ? demanda-t-il, fasciné.

Elle était aussi belle qu'à l'écran, pensa-t-il. Elle semblait simple et sympathique.

— En effet.

Le seul fait de le dire lui fit du bien, comme si Paris l'attendait. Elle lui donna un bon pourboire, tandis que d'autres employés accouraient pour demander un autographe. Après leur avoir donné satisfaction, elle adressa un dernier signe de la main à Stevie. Cette dernière la vit disparaître dans le terminal, vêtue d'un jean, son lourd manteau gris sur le bras, tenant son gros sac de voyage de sa main libre. Ses longs cheveux blonds étaient réunis en queue-de-cheval et elle remit ses lunettes noires avant de franchir le seuil du grand hall. Personne ne la remarqua. Elle n'était qu'une belle femme parmi d'autres qui se hâtait vers la porte d'embarquement. Elle prenait un avion d'Air France. Après quinze ans, elle parlait toujours couramment le français. Elle aurait l'occasion de s'en assurer pendant le voyage.

L'avion décolla à l'heure prévue. Carole avait sorti un livre de son sac, mais à mi-parcours, elle s'endormit pour se réveiller quarante-cinq minutes avant l'atterrissage, ce qui lui laissa le temps de faire sa toilette, de se recoiffer et de prendre une tasse de thé. Quand l'avion se posa, elle était tranquillement assise et regardait par le hublot. Le cœur battant à la vue de l'aéroport, elle constata qu'il pleuvait sur la région parisienne. Pour des raisons inconnues, elle faisait un pèlerinage et remontait dans le passé. Après toutes ces années, elle avait le sentiment de rentrer chez elle.

2

La suite que Stevie lui avait réservée au Ritz était luxueuse avec ses tapisseries et ses tentures bleu pâle et or brun. Carole disposait d'un salon et d'une chambre avec un ravissant secrétaire Louis XV sur lequel elle installa immédiatement son ordinateur. Une minute après son arrivée, elle envoya un e-mail à Stevie, en attendant qu'on lui apporte les croissants et la théière d'eau chaude qu'elle avait commandés. Elle avait emporté son thé à la vanille. C'était un peu ridicule, puisqu'il venait de Paris, mais cela lui évitait de sortir pour en acheter.

Dans son message à Stevie, elle lui disait qu'elle était bien arrivée, que la suite était superbe et que le voyage s'était bien passé. Elle précisait aussi qu'il pleuvait à Paris, mais que c'était sans importance. Pour conclure, elle prévenait son amie qu'elle éteignait son ordinateur et qu'elle n'écrirait pas avant un bon moment et peut-être pas du tout. Si elle avait un problème, elle appellerait Stevie sur son portable. Après avoir envoyé l'e-mail, elle envisagea de téléphoner à ses enfants, puis se ravisa. Elle aimait bavarder avec eux, mais ils avaient leurs propres vies, et ce voyage ne regardait qu'elle.

Elle en avait besoin pour elle-même et ne souhaitait pas encore leur en faire part. Elle savait qu'ils trouveraient bizarre son envie de voyager seule à travers l'Europe. Il y avait, c'est vrai, quelque chose d'un peu pathétique là-dedans, comme si elle n'avait rien à faire et personne pour l'accompagner. Mais c'était son choix et elle se sentait parfaitement bien. Elle était en outre persuadée que la clé qui lui permettrait de réussir à écrire était là, ou du moins l'une des clés. Sans compter que ses enfants ne manqueraient pas de se faire du souci s'ils la savaient seule. Souvent, Stevie et les enfants étaient plus conscients des risques de sa célébrité qu'elle ne l'était elle-même. En fait, elle préférait l'ignorer.

Les croissants et l'eau chaude lui furent apportés par un serveur en livrée. Il posa le plateau d'argent au milieu des délicates attentions que l'hôtel avait disposées sur la table pour sa venue : une boîte de chocolats, une assiette de petits gâteaux, une corbeille de fruits et une bouteille de champagne. Elle avait toujours adoré le Ritz, qui savait si bien l'accueillir. Rien n'avait changé et elle aimait toujours autant les lieux. Elle resta longtemps à la fenêtre à contempler la place Vendôme sous la pluie. Son avion avait atterri à 11 heures. Après avoir passé la douane, elle était arrivée à l'hôtel à 12 h 30. Il était maintenant 13 heures, elle disposait de tout l'après-midi pour flâner et retrouver ses marques. Elle n'avait aucune idée de sa prochaine destination. Pour l'instant, elle était juste contente d'être là. Elle commençait d'ailleurs à se demander si elle ne resterait pas à Paris. Nulle part ailleurs elle ne se sentirait mieux. À ses yeux, Paris demeurait toujours la plus belle ville du monde.

Elle sortit de son sac ses quelques affaires et les rangea dans la penderie. Après avoir pris un bain dans l'immense baignoire, elle éprouva un grand plaisir à se sécher avec les épaisses serviettes roses, puis elle s'habilla chaudement. À 14 h 30, elle traversait le hall, avec quelques euros en poche. Elle déposa les clés à l'accueil, car la plaque en cuivre était trop encombrante à son goût. Lorsqu'elle partait se promener, elle n'emportait jamais son sac à main, qui la gênait plus qu'autre chose. Elle remonta son capuchon, baissa la tête, fourra les mains dans ses poches et passa la porte tambour. Dès qu'elle fut dehors, elle mit ses lunettes noires. La pluie, qui s'était muée en bruine, lui caressa doucement le visage, tandis qu'elle descendait les marches de l'hôtel et s'engageait sur la place Vendôme. Personne ne fit attention à elle ou ne la reconnut. Elle n'était qu'une passante anonyme sur les trottoirs parisiens. Elle prit la direction de la place de la Concorde. De là, elle pensait franchir la Seine et passer sur la rive gauche. C'était une longue marche, mais ce n'était pas un problème. Pour la première fois depuis des années, elle pouvait faire ce qu'elle voulait à Paris. Elle était là pour son seul plaisir et était bien décidée à en profiter. Elle n'aurait pas pu prendre de meilleure décision, pensa-t-elle. Cette petite pluie ne la gênait pas, pas plus que la température un peu fraîche. Son manteau la protégeait du froid et, grâce à ses bonnes chaussures, elle ne sentait pas l'humidité du sol. Levant les yeux vers le ciel, elle prit une profonde inspiration et sourit. Quel que soit le temps, aucune ville n'était aussi belle que Paris. Elle avait toujours pensé que le ciel ici était le plus fabuleux du monde. À cet instant, il était d'un gris perle lumineux.

En arrivant sur la place de la Concorde, elle passa devant l'hôtel Crillon. Elle s'arrêta pour regarder les fontaines et les statues près desquelles les voitures passaient à vive allure. Elle resta là un long moment, s'imprégnant de l'atmosphère de la ville, puis elle se dirigea vers la rive gauche, les mains toujours enfoncées dans ses poches. Elle était heureuse de ne pas avoir emporté son sac, qui l'aurait vraiment gênée. De cette façon, elle se sentait plus légère. Tout ce dont elle avait besoin, c'était d'un peu d'argent pour rentrer à l'hôtel en taxi, si elle était trop fatiguée pour refaire le trajet à pied.

Carole avait toujours adoré se promener dans Paris, même quand les enfants étaient petits. Autrefois, elle leur avait fait visiter la ville, ses musées et ses monuments. Ils avaient joué au bois de Boulogne, aux Tuileries, dans le parc de Bagatelle et le jardin du Luxembourg. Elle avait savouré chacune des journées qu'elle y avait passées avec eux, bien qu'aujourd'hui Chloé n'en ait gardé aucun souvenir. Quant à Anthony, il avait été ravi de rentrer aux États-Unis, car le baseball, les hamburgers, les milk-shakes, la télévision et la finale du championnat de football américain lui manquaient. À la fin, elle avait eu de plus en plus de mal à convaincre son fils que la vie était bien plus excitante à Paris. Il n'était pas de cet avis, bien que sa sœur et lui aient appris le français, tout comme elle. Anthony le parlait encore un peu et Chloé plus du tout. Elle-même n'avait plus tellement l'occasion de l'utiliser, mais lorsqu'elle vivait en France elle avait fini, à force d'efforts, par bien se débrouiller. Ce n'était plus le cas aujourd'hui, mais dans l'avion elle avait découvert avec plaisir qu'elle s'en sortait plutôt bien. Évidemment, elle commettait les erreurs habituelles sur les articles « le » ou « la ». Ce n'était pas une langue facile pour qui ne la pratiquait pas depuis l'enfance. À l'époque, elle impressionnait tous ses amis français.

Pour aller sur la rive gauche, elle emprunta le pont Alexandre III, en direction des Invalides. Elle longea les quais, passant devant les boutiques d'antiquaires dont elle se souvenait parfaitement. Elle tourna ensuite rue des Saints-Pères et se dirigea vers la rue Jacob. Elle y retournait comme si elle regagnait son foyer. Elle se trouva bientôt dans la petite rue où se trouvait son ancienne maison. Pendant les huit premiers mois de son séjour parisien, elle avait vécu avec les enfants dans un appartement loué par la production du film. Mais il était trop petit et pas assez confortable pour y loger sa famille, ainsi que son assistante et la nounou. Aussi avaient-ils passé quelque temps à l'hôtel. Les enfants fréquentaient une école américaine et à la fin du tournage, quand elle avait décidé de s'installer à Paris, elle avait trouvé cet hôtel particulier, tout près de la rue Jacob. C'était un petit bijou, qui comportait une cour intérieure et un jardin à l'arrière. D'un charme infini, il était juste assez grand pour eux. Les chambres des enfants et de la nounou se trouvaient sous le toit. Elles étaient mansardées et possédaient des fenêtres en œil-de-bœuf. La chambre de Carole, à l'étage inférieur, aurait été digne d'abriter Marie-Antoinette, avec ses hauts plafonds, son balcon donnant sur le jardin, son parquet et ses boiseries du dix-huitième siècle. La cheminée en marbre rose était même en état de marche. Carole disposait d'un bureau et d'un dressing adjacents à la chambre, ainsi que d'une immense baignoire. Elle pouvait s'y détendre et y prendre des bains avec Chloé. Au rez-de-chaussée, il y avait un très grand salon, une salle à manger et une cuisine donnant sur le jardin, où ils prenaient leurs repas au printemps et en été. C'était une vraie merveille. Elle n'avait jamais connu son histoire exacte, mais elle la parait de couleurs romanesques. Ce qu'elle y avait vécu l'était tout autant.

Carole retrouva facilement l'adresse. Elle profita de ce que les portes étaient ouvertes pour entrer dans la cour. Là, elle contempla les fenêtres des chambres en se demandant qui pouvait bien y vivre, maintenant. Ses habitants étaient-ils heureux ? Cette maison leur était-elle bénéfique ? Leurs rêves s'y étaient-ils réalisés ? Elle y avait connu le bonheur pendant deux ans, même si, vers la fin, elle y avait été très malheureuse. Elle avait quitté Paris le cœur lourd. Le seul fait d'y repenser l'attristait. C'était comme d'ouvrir une porte qu'elle aurait tenue hermétiquement fermée pendant quinze ans. Elle se rappelait les odeurs, les sons, les émotions. Elle revivait sa joie d'être ici avec ses enfants, de faire des découvertes, d'entamer une nouvelle vie, avant de repartir finalement pour les États-Unis. La décision avait été difficile et la période douloureuse. Parfois, elle se demandait si elle n'avait pas commis une erreur. Les choses auraient peut-être été différentes, s'ils étaient restés. Mais, à présent qu'elle était de retour, il lui semblait avoir eu raison, sinon pour son bien à elle, du moins pour celui de ses enfants. Peut-être même était-ce mieux pour elle. Quinze ans après, elle n'avait toujours aucune certitude.

Soudain, elle comprit qu'elle était venue pour cela, pour arriver à comprendre, pour être certaine d'avoir bien agi. Une fois qu'elle le saurait, elle aurait les réponses dont elle avait besoin pour écrire son livre. Lorsqu'elle aurait retracé l'itinéraire de sa vie, elle pourrait expliquer ce qui était arrivé. Elle avait besoin de connaître la vérité, même si elle choisissait ensuite de l'utiliser pour écrire une fiction. Elle était consciente d'avoir trop tardé, mais désormais, elle s'en sentait le courage.

Plongée dans ses souvenirs, elle sortit de la cour et heurta un homme au moment de franchir le portail. Il parut étonné de la voir, tandis qu'elle s'excusait en français. Il hocha la tête et continua son chemin.

Après cela, Carole se promena sur la rive gauche, s'attardant devant les vitrines des antiquaires. Elle entra dans la boulangerie où elle avait l'habitude d'emmener les enfants et acheta des macarons qu'elle mangea en marchant. Ce quartier lui rappelait une multitude de souvenirs doux-amers qui la submergeaient comme un raz-de-marée, mais ce n'était pas désagréable. Il lui en revenait tant qu'elle décida de rentrer à l'hôtel pour se mettre tout de suite à écrire. Elle savait maintenant quelle orientation donner à son livre et d'où elle partirait. Elle allait récrire le début et, tout en y réfléchissant, elle héla un taxi. Il faisait déjà sombre, car elle marchait depuis trois heures.

Après qu'elle eut donné l'adresse du Ritz au chauffeur, le taxi se dirigea vers la rive droite. Assise sur la banquette arrière, Carole pensait à son ancienne maison et à tout ce qu'elle avait vu au cours de sa promenade. Depuis qu'elle avait quitté la France, c'était la première fois qu'elle s'autorisait à évoquer ses souvenirs. Lorsqu'elle était venue avec Sean, cela avait été très différent, et lorsqu'elle était revenue avec Stevie pour vendre la maison, elle était submergée par le chagrin. Elle avait détesté faire cela, mais pourquoi l'aurait-elle gardée ? Los Angeles était trop loin, elle enchaînait les films et elle n'avait plus aucune raison de venir à Paris. En ce qui la concernait, ce chapitre était clos. Un an après son départ, elle avait donc décidé d'en finir une bonne fois pour toutes. Elle avait passé deux jours à

Paris, laissé ses recommandations à Stevie, puis était repartie pour Los Angeles. Cette fois-là, elle ne s'était pas attardée, mais maintenant elle avait tout son temps, et les souvenirs ne l'effrayaient plus. Au bout de quinze ans, ils ne pouvaient plus lui faire de mal, elle était prête à les affronter. Depuis qu'elle avait perdu Sean, elle se sentait capable de supporter d'autres pertes. Sean le lui avait appris.

Elle était plongée dans ses pensées quand le taxi entra dans le tunnel, juste avant le Louvre. Un embouteillage stoppait la circulation, mais Carole n'en fut pas particulièrement contrariée. Elle n'était pas pressée. Le voyage, le décalage horaire et sa longue promenade l'avaient fatiguée, aussi projetait-elle de manger de bonne heure dans sa chambre. Ensuite, elle travaillerait un peu sur son livre, avant de se coucher.

Elle y réfléchissait lorsque le taxi ralentit et s'arrêta. C'était l'heure de pointe, à Paris. Carole jeta un coup d'œil à la voiture la plus proche et vit deux jeunes gens assis à l'avant, qui riaient en klaxonnant. Un autre jeune homme sortit la tête du véhicule qui les précédait et leur adressa des signes. Ils semblaient bien s'amuser et s'esclaffaient de façon presque hystérique, ce qui arracha un sourire à Carole. Ils avaient le teint bronzé, la peau d'un beau café au lait. Sur la banquette arrière, un adolescent ne partageait pas leur hilarité. Il semblait nerveux, malheureux, et l'espace d'un long moment, son regard croisa celui de Carole. On aurait dit qu'il avait peur, ce dont elle se sentit désolée pour lui. Sa file n'avançait pas, mais la leur se mit en branle. À l'avant, les garçons paraissaient toujours aussi gais, mais lorsqu'ils redémarrèrent, leur passager sauta de la voiture et se mit à courir. Surprise, Carole le vit disparaître dans le tunnel. Juste à cet instant, elle entendit un camion pétarader, quelque part devant eux. Au même moment, elle vit les deux voitures conduites par les jeunes hommes se muer en boules de feu. Une série d'explosions retentit dans le tunnel et un mur de feu avança à toute allure sur eux. Son esprit lui ordonna de sortir de la voiture et de courir, mais à la seconde même où elle le pensait, la portière s'ouvrit à la volée. Elle se retrouva en train de courir comme s'il lui avait poussé des ailes. Autour d'elle, elle ne voyait plus que du feu. Le taxi avait disparu, comme pulvérisé en même temps que d'autres véhicules tout proches. Comme dans un rêve, il lui semblait que les voitures et les gens se volatilisaient, tandis que d'autres personnes fuyaient, comme elle. Enfin, elle sombra dans l'obscurité.

3

Des dizaines de camions de pompiers stationnaient à l'extérieur du tunnel. Les CRS étaient sur le pied de guerre, avec leurs boucliers, leurs casques et leurs mitraillettes. La voie avait été fermée pour laisser le passage aux ambulances, au SAMU et à des bataillons de médecins et d'infirmiers. La police contenait les curieux et les passants, tandis que les démineurs recherchaient des bombes qui n'auraient pas explosé. À l'intérieur du tunnel, c'était l'enfer. Des voitures continuaient d'exploser et il était presque impossible d'aller chercher les survivants. Des corps jonchaient le sol, des rescapés gémissaient et ceux qui pouvaient marcher, courir ou ramper émergeaient. Beaucoup d'entre eux avaient les cheveux ou les vêtements brûlés. C'était un véritable cauchemar. Des équipes de journalistes arrivaient pour couvrir l'événement et interroger les survivants. La plupart étaient en état de choc. Jusque-là, aucun groupe terroriste connu n'avait revendiqué l'attentat, mais d'après les témoignages des gens qui se trouvaient dans le tunnel, il y avait eu une bombe. Il était probable qu'il y en avait même eu plusieurs.

Peu après minuit, les pompiers et la police annoncèrent à la presse qu'ils pensaient avoir retrouvé tous les survivants. Il y avait encore des corps coincés dans les véhicules, pris parmi les épaves ou les décombres, mais il faudrait sans doute plusieurs heures pour venir à bout de l'incendie et extraire les cadavres. Deux pompiers avaient trouvé la mort en secourant des gens, au moment où de nouvelles voitures avaient explosé. Plusieurs sauveteurs avaient reculé devant la fumée et les flammes, tout comme des infirmiers qui s'efforçaient d'assister ou de soigner des personnes prises au piège. Des hommes, des femmes et des enfants étaient morts. Le spectacle était effroyable et, parmi ceux qu'on parvenait à sortir vivants de cet enfer, beaucoup étaient inconscients. Les victimes étaient envoyées dans quatre hôpitaux auxquels on avait attribué du personnel supplémentaire. Deux centres pour grands brûlés étaient déjà complets, et on transférait les blessés les moins graves vers des unités de banlieue. Les services de secours étaient extrêmement bien organisés, ainsi que le remarqua un présentateur de télévision, et ils ne pouvaient guère faire davantage après un attentat de cette ampleur, vraisemblablement commis par des terroristes. La puissance des explosions était telle que des pans de murs s'étaient effondrés. À voir cette fumée noire et le feu qui faisait encore rage dans le tunnel, on se demandait comment il pouvait même y avoir des survivants.

À la fin de sa course, Carole était tombée dans une sorte de renfoncement. Par une chance inouïe, cet abri l'avait protégée du feu qui avançait. Elle avait été l'une des premières à être évacuée du tunnel. Elle avait une entaille à la joue, un bras cassé, des brûlures sur les deux bras et sur la joue, près de la plaie. De plus, elle avait subi un traumatisme crânien et elle était inconsciente lorsqu'on l'avait sortie du tunnel sur un brancard. Elle avait aussitôt été confiée aux médecins et aux infirmiers du SAMU. Ils avaient rapidement évalué la gravité de ses blessures, l'avaient intubée pour lui permettre de respirer et l'avaient envoyée à la Pitié-Salpêtrière, où l'on soignait les blessés les plus graves. Ses brûlures étaient relativement peu sérieuses, mais le traumatisme crânien pouvait être fatal et elle était plongée dans un coma profond. Aucun indice n'avait permis de l'identifier. Elle n'avait rien dans ses poches, pas même de l'argent, mais elles avaient pu être vidées sous la force de l'explosion. Et au cas où elle aurait eu un sac à main, elle l'avait perdu lorsqu'elle avait été éjectée du véhicule dans lequel elle se trouvait. Elle était une victime non identifiée. Elle n'avait pas de sac, pas de clé, et son passeport était resté dans sa chambre, à l'hôtel.

Elle fut emmenée en urgence, ainsi qu'un autre blessé inconscient qui était sorti du tunnel entièrement nu, le corps brûlé au troisième degré. Les médecins les soignèrent durant leur transport, mais ils doutaient qu'ils soient encore en vie en arrivant à la Pitié. Le brûlé mourut en effet pendant le trajet. Quant à Carole, sa vie ne tenait qu'à un fil lorsqu'elle franchit le seuil des urgences. Une équipe attendait les blessés. Lorsque les deux premières ambulances arrivèrent, elles ne contenaient que des cadavres.

La femme médecin qui dirigeait les urgences semblait pessimiste lorsqu'elle examina Carole. La blessure à la joue était assez vilaine, les brûlures aux bras étaient du deuxième degré, en revanche celle du visage était relativement bénigne, comparée au reste. Ils s'occuperaient de sa fracture lorsqu'ils auraient évalué la gravité de son traumatisme crânien. On devait lui faire immédiatement un scanner, mais son cœur s'arrêta. À force d'acharnement, l'équipe de réanimation parvint à le faire repartir, mais c'est alors que sa tension chuta de façon dramatique. Quand on amena d'autres victimes, onze personnes s'occupaient de Carole. Elle figurait parmi les victimes les plus gravement touchées. D'après le neurochirurgien qui l'examina, son état ne permettait pas d'envisager une opération. On lui fit un scanner, on nettoya ses brûlures, son bras fut plâtré et on la mit sous respirateur artificiel. Au matin, le neurochirurgien revint la voir. L'œdème au cerveau restait sa principale inquiétude. Pour le moment, il était difficile d'évaluer la gravité du choc qu'elle avait subi en heurtant un mur ou la chaussée et de savoir quelles en seraient les conséquences, si elle survivait. La chef de service pensait elle aussi qu'il valait mieux ne pas l'opérer, pour ne pas aggraver le traumatisme.

— Sa famille est là ? demanda le médecin, le visage sombre.

Il supposait que ses proches souhaiteraient qu'elle reçoive les derniers sacrements, comme c'était souvent le cas.

— Non. Nous n'avons pas trouvé de pièce d'identité sur elle, expliqua la chef de service.

Le neurochirurgien hocha la tête. Ils avaient de nombreuses victimes non identifiées. Tôt ou tard, des amis ou des parents les chercheraient et on saurait qui ils étaient. Pour l'instant, ce n'était pas le plus important. Les médecins prodiguaient aux blessés les meilleurs soins, qu'on connût ou non leur identité. Des corps avaient été déchiquetés sous l'impact des bombes. Trois enfants étaient morts pendant leur transport à l'hôpital, tous les trois brûlés au point d'être complètement défigurés. Les terroristes avaient commis un attentat ignoble. Le chirurgien promit de revenir examiner Carole un peu plus tard. Elle se trouvait en salle de réanimation, aux mains d'une équipe qui s'efforçait de la maintenir en vie. Elle était littéralement entre la vie et la mort. Le renfoncement dans lequel elle s'était jetée lui avait probablement sauvé la vie. Il lui avait fourni une poche d'air et lui avait servi de rempart contre le feu. Sans cela, elle serait morte brûlée vive comme tant d'autres.

À midi, le neurochirurgien alla s'étendre dans un box afin de dormir un peu. Depuis l'attentat, les équipes médicales avaient traité quarante-deux victimes. Sur les lieux de l'explosion, la police avait compté en tout quatre-vingt-dix-huit blessés et soixante et onze cadavres, mais il y en avait sans doute d'autres à l'intérieur du tunnel. La nuit avait été longue et terrible.

Quatre heures plus tard, le médecin fut surpris de constater que Carole était encore en vie. Son état n'avait pas changé et elle était toujours sous respirateur artificiel, mais un autre scanner montra que l'œdème n'avait pas empiré, ce qui était très encourageant. Les lésions les plus graves semblaient être localisées dans le pédoncule cérébral. Elle présentait une atteinte axonale diffuse, avec de multiples petites hémorragies résultant du choc sévère subi par son cerveau. Il était pour l'instant impossible d'évaluer les séquelles qu'elle en garderait, mais il était probable que la compression exercée par l'œdème sur le cerveau provoque des troubles de la motricité et de la mémoire.

On avait refermé sa blessure à la joue avec des points de suture. Le neurochirurgien fit remarquer à un confrère que Carole était une belle femme. Il était certain de ne l'avoir jamais vue auparavant, pourtant son visage lui disait quelque chose. À son avis, elle devait avoir quarante ou quarante-cinq ans tout au plus. Il s'étonnait que personne ne soit venu la voir, mais il était encore tôt. Si elle vivait seule, ses proches mettraient peut-être plusieurs jours avant de constater qu'elle avait disparu. On finissait toujours par identifier les patients.

Le jour suivant était un samedi, mais aux urgences, les équipes travaillaient vingt-quatre heures sur vingt-quatre. Quelques victimes furent transférées dans d'autres services de l'hôpital, d'autres partirent pour les centres de grands brûlés. Carole figurait toujours parmi les blessés les plus graves.

Le dimanche, elle contracta une fièvre à laquelle les médecins ne s'attendaient pas. Elle était toujours inconsciente, mais elle luttait pour survivre.

La fièvre dura jusqu'au mardi. Ce jour-là, sa température finit par baisser. Les médecins, qui veillaient sur elle sans relâche, notèrent que l'œdème s'était légèrement résorbé. En revanche, elle n'était pas plus consciente qu'à son arrivée. Sa tête et ses bras étaient bandés, son bras gauche plâtré. L'entaille à sa joue était en bonne voie de guérison, mais elle en garderait une cicatrice. La principale source d'inquiétude demeurait le cerveau. On lui administrait des sédatifs, à cause du respirateur artificiel, mais même sans cela, elle serait restée dans un profond coma. On ne pouvait toujours pas savoir si son cerveau avait subi des dommages sérieux, ni même si elle vivrait. Pour l'instant, elle était loin d'être sortie d'affaire.

Il n'y eut aucun changement ni le mercredi ni le jeudi. Sa vie ne tenait toujours qu'à un fil. Le vendredi, une semaine exactement après son arrivée aux urgences, un nouveau scanner montra une légère amélioration, ce qui était encourageant. La chef de service fit remarquer qu'elle était dorénavant la seule patiente non identifiée. Aucune recherche pour la retrouver ne semblait avoir été lancée, ce qui paraissait curieux, alors qu'on connaissait maintenant l'identité de toutes les autres victimes de l'attentat, vivantes ou mortes.

Le même jour, au Ritz, la femme de chambre informa la gouvernante que la cliente qui occupait la suite de Carole n'y avait pas dormi de toute la semaine. Son sac, son passeport et ses vêtements s'y trouvaient, mais le lit n'avait jamais été défait. Elle s'y était visiblement installée, puis elle avait disparu. La gouvernante ne s'en étonna pas, puisque les hôtes du Ritz se conduisaient parfois bizarrement. Ils pouvaient par exemple réserver une chambre ou une suite pour y abriter une liaison, et n'y apparaître que sporadiquement, voire jamais, si les choses ne se passaient pas comme prévu. Le seul détail qui l'intriguait était que cette cliente avait laissé son sac et son passeport. Il était évident qu'elle n'avait touché à rien depuis qu'elle avait défait sa valise. Pour la forme, elle en fit part aux employés de l'accueil, qui prirent note de l'information. Pour l'instant, la suite était réservée pour deux semaines et le paiement garanti par carte bancaire. Tant que la date limite de réservation n'était pas dépassée, il n'y avait pas lieu de s'inquiéter. Ils savaient évidemment qui était Carole. Peut-être n'avait-elle jamais eu l'intention d'utiliser la suite, mais souhaitait-elle l'avoir à sa disposition pour un motif qui lui était propre. Le comportement des vedettes de cinéma était parfois inexplicable. Carole Barber pouvait très bien poursuivre son séjour ailleurs. Ils n'avaient aucune raison d'établir une relation entre son absence et l'attentat du tunnel. Ils laissèrent simplement une note la concernant : « cliente qui n'occupe pas la chambre depuis son arrivée ». Cette information ne devait en aucun cas être communiquée à la presse, ni à quiconque. Ce n'était pas le genre de la maison. Cette disparition, si c'en était une, était peut-être liée à une liaison amoureuse. La discrétion, un principe sacré au Ritz, s'imposait. Comme dans tous les grands hôtels, on y conservait de nombreux secrets, ce dont les clients leur étaient très reconnaissants.

Le lundi suivant, Jason Waterman appela Stevie. Jason était le premier mari de Carole et le père de ses enfants. Ils étaient en bons termes, même s'ils ne se parlaient pas souvent. Il expliqua à Stevie qu'il avait cherché à contacter Carole sur son portable pendant toute la semaine, mais qu'elle n'avait pas répondu à ses messages. Il n'avait pas eu plus de chance quand il avait tenté de la joindre chez elle pendant le week-end.

— Elle est en voyage, répondit Stevie.

Elle avait rencontré Jason à plusieurs reprises et il s'était toujours montré charmant à son égard. Elle savait que Carole avait gardé de bonnes relations avec lui à cause de leurs enfants. Stevie ignorait les raisons de leur divorce, qui datait de dix-huit ans. C'était l'un des sujets que Carole n'abordait jamais. Elle savait seulement qu'ils avaient officialisé leur séparation au moment où Carole tournait un film à Paris, dix-huit ans auparavant, et qu'ensuite, elle était restée en France avec les enfants pendant deux ans.

— Elle a emporté son portable, mais il ne fonctionne pas à l'étranger. Elle est partie depuis près de deux semaines, je devrais avoir bientôt de ses nouvelles.

Carole ne l'avait pas contactée depuis l'envoi d'un e-mail, le matin de son arrivée à Paris, lui indiquant qu'elle ne serait pas joignable. Stevie supposait qu'elle se promenait ou qu'elle écrivait, et que, dans les deux cas, elle ne souhaitait pas être dérangée. Stevie ne l'aurait d'ailleurs fait pour rien au monde, aussi attendait-elle tranquillement un signe de Carole.

— Vous savez où elle est ? demanda Jason.

— Pas vraiment. Elle comptait commencer par Paris, et ensuite elle avait l'intention de poursuivre son voyage.

Jason se demanda si Carole avait une nouvelle liaison, mais il s'abstint de poser la question.

— Il y a un problème ? s'inquiéta Stevie.

S'il était arrivé quelque chose aux enfants, Carole voudrait être immédiatement mise au courant.

— Non, ce n'est pas très important. Je commence à m'organiser pour Noël. Je sais que les enfants doivent passer Thanksgiving avec elle, mais j'ignore ce que Carole a prévu pour Noël. J'en ai parlé à Anthony et à Chloé, mais ils n'en savent rien non plus. Quelqu'un me prête une maison à Saint-Barth pour le Nouvel An, mais je ne veux pas interférer avec les projets de Carole.

Depuis que Sean était mort, Jason savait que les vacances avec les enfants revêtaient une importance particulière pour elle et il s'était toujours montré très conciliant. Après leur divorce, Jason s'était remarié et avait eu deux autres enfants, mais cette seconde union n'avait pas duré très longtemps. Il ne semblait pas voir souvent ses deux filles, qui vivaient à Hong Kong avec leur mère. Il était bien plus proche des enfants qu'il avait eus avec Carole, ainsi que de celle-ci.

— Je lui dirai de vous appeler dès que j'aurai de ses nouvelles. Cela ne devrait plus tarder, maintenant.

— J'espère qu'elle ne se trouvait pas à Paris quand il y a eu cet attentat dans un tunnel. C'était une horreur.

Les chaînes de télévision américaines avaient largement relaté l'événement. Un groupe extrémiste avait finalement revendiqué le massacre, ce qui avait suscité une vive protestation, y compris dans le monde arabe.

— C'était affreux, en effet. J'ai vu des images aux informations. Au début, je me suis inquiétée, mais cela s'est passé le jour même de son arrivée à Paris. D'habitude, les voyages l'épuisent et elle dort dans sa chambre, après le vol.

— Vous avez essayé de lui envoyer un e-mail ?

— Son ordinateur est débranché. Elle voulait vraiment être seule.

— Où est-elle descendue ?

Jason commençait à communiquer son inquiétude à Stevie. Elle aussi avait pensé à l'attentat, mais elle s'était dit qu'il était inutile de se tourmenter. Elle était certaine que Carole allait bien, mais l'anxiété de Jason était contagieuse.

— Au Ritz.

— Je vais l'appeler et lui laisser un message.

— Si elle voyage, vous n'aurez pas de réponse avant au moins deux jours. Pour l'instant, je ne me fais pas trop de souci.

— Cela ne coûte rien de laisser un message. D'ailleurs, il faut que je donne une réponse pour la maison, sinon je risque de rater l'occasion. En même temps, je ne la prendrai pas si les enfants ne viennent pas. Mais je pense que ça devrait leur plaire.

— Je le lui dirai si elle m'appelle.

— Je vais voir si je peux la joindre au Ritz. Merci.

Une fois qu'il eut raccroché, Stevie resta un instant assise devant le bureau, à réfléchir. Ne pouvant croire qu'il était arrivé quelque chose à Carole, elle décida de ne pas s'inquiéter. Statistiquement, combien y avait-il de chances qu'elle se soit retrouvée sur le lieu de l'attentat ? Une sur cent millions. Écartant cette pensée de son esprit, Stevie se remit au travail. Elle rassemblait des informations sur les droits des femmes dans le monde du travail. Carole s'en servirait pour rédiger le discours qu'elle allait prononcer aux Nations unies.

De son côté, Jason appela aussitôt le Ritz et demanda qu'on lui passe la chambre de Carole. On le mit en attente, pendant que l'opératrice essayait de joindre Carole pour la prévenir. Dans tous les hôtels où elle descendait, Carole faisait filtrer ses appels. Quelques instants plus tard, une voix dit à Jason qu'elle n'était pas dans sa suite et qu'on allait lui passer la réception, ce qui lui parut plutôt insolite. Bientôt, un employé lui demanda d'attendre un peu et on lui passa un assistant de direction qui l'interrogea en anglais pour savoir qui il était. Jason aimait de moins en moins la tournure que prenait son appel. Il sentit que son estomac commençait à se nouer.

— Je m'appelle Jason Waterman, je suis l'ex-mari de miss Barber et un client de longue date du Ritz. Il y a un problème ? Miss Barber va bien ?

— J'en suis certain, monsieur. Pourtant, nous avons une note de la gouvernante, à propos de sa chambre, ce qui est un peu inhabituel. Malgré tout, cela peut arriver. Elle est peut-être en train de voyager ou elle réside ailleurs. Quoi qu'il en soit, elle n'a pas utilisé sa chambre depuis son arrivée. Normalement, je ne devrais pas le mentionner, mais la gouvernante parais-sait inquiète. Apparemment, toutes ses affaires sont là, y compris son sac à main et son passeport. Elle semble ne pas être revenue dans la suite depuis deux semaines, conclut l'homme d'une voix étouffée, comme s'il divulguait un secret.

— Oh non ! s'écria Jason. Personne ne l'a vue ?

— Pas que je sache, monsieur. Souhaitez-vous que nous appelions quelqu'un ?

Cette conversation sortait tout à fait de l'ordinaire. Le personnel d'un hôtel comme le Ritz ne donnait pas ce genre d'informations… Jason devina que la direction devait s'inquiéter, elle aussi.

— Volontiers, je vous remercie, répondit-il. Cela peut vous paraître un peu fou, mais pourriez-vous contacter la police ou les hôpitaux qui ont accueilli les victimes de l'attentat et vous assurer qu'ils n'ont pas de victimes non identifiées, vivantes ou mortes.

Cette formulation le rendait malade, mais il avait maintenant très peur pour Carole. Il n'avait jamais cessé de l'aimer. Elle était la mère de ses enfants et ils étaient restés bons amis. Il espérait que rien d'affreux ne lui était arrivé. Mais si elle ne se trouvait pas dans le tunnel au moment de l'attentat, il se demandait où elle pouvait être. Stevie en savait sûrement plus qu'elle ne voulait bien le dire et elle ne voulait pas trahir ses secrets. Peut-être Carole avait-elle une liaison à Paris ou ailleurs en Europe. Après tout, elle était de nouveau célibataire, puisque Sean était mort. Mais, dans ce cas, pourquoi n'utilisait-elle pas sa chambre ? Comment expliquer qu'elle n'avait pas emporté son sac à main et son passeport ? De telles coïncidences ne pouvaient pas se produire, se répétait-il. Pourtant, c'était parfois le cas. Il espérait qu'elle se cachait quelque part avec un nouvel amour et non pas à l'hôpital ou pire encore.

— Auriez-vous l'amabilité de me laisser votre numéro, monsieur ?

Jason le lui donna. Il était 13 heures à New York et un peu plus de 19 heures à Paris. Il n'espérait pas avoir de nouvelles avant le lendemain. Mal à l'aise, il raccrocha et s'assit devant son bureau. Il fixa le téléphone un long moment, tout en pensant à Carole. Vingt minutes plus tard, sa secrétaire le prévint qu'il avait un appel de l'hôtel Ritz. C'était la voix qu'il avait entendue auparavant.

— Oui ? Vous avez trouvé quelque chose ? demanda Jason, soudain très tendu.

— Je crois que oui, monsieur. Il y a une victime de l'attentat qui a été hospitalisée à la Pitié-Salpêtrière. Elle est blonde, âgée d'environ quarante à quarante-cinq ans. On n'a pas pu l'identifier et personne ne l'a réclamée.

On aurait dit qu'il parlait d'une valise perdue, songea Jason.

— Elle est vivante ? fit-il d'une voix enrouée.

Retenant sa respiration, il attendit la réponse.

— Elle est au service des soins intensifs et son état est critique en raison d'un traumatisme crânien. Elle est la seule blessée dont on ignore l'identité. Elle a un bras cassé, quelques brûlures au second degré et elle est dans le coma. Il n'y a aucune raison de croire qu'il s'agit de miss Barber, monsieur. Il me semble que quelqu'un l'aurait reconnue, car elle est célèbre dans le monde entier. C'est certainement une Française.

— Pas nécessairement. Son visage est peut-être brûlé et personne ne s'attendait à la trouver parmi les victimes. Dieu fasse que ce ne soit pas elle !

Jason était au bord des larmes.

— Je l'espère aussi, répondit l'assistant de direction d'une voix compatissante. Qu'attendez-vous de moi, monsieur ? Dois-je envoyer quelqu'un se renseigner ?

— Je vais prendre l'avion. Je peux attraper celui de 18 heures. Je serai à Paris vers 7 heures du matin et à l'hôpital à 8 h 30. Vous pouvez me réserver une chambre ?

Il réfléchissait à toute allure. Il aurait voulu partir plus tôt, mais il se rendait souvent à Paris et il savait qu'il n'y avait pas d'autre vol avant celui-là.

— Je m'en occupe, monsieur. J'espère sincèrement qu'il ne s'agit pas de miss Barber.

— Je vous remercie. À demain, donc.

Jason resta assis à son bureau, complètement assommé. Ce n'était pas possible ! Carole ne pouvait pas figurer parmi les victimes de cet attentat ! L'idée même lui était insupportable. Ne sachant que faire, il rappela Stevie et lui rapporta ce qu'il venait d'apprendre.

— Oh, mon Dieu ! Pourvu que ce ne soit pas Carole ! s'exclama-t-elle d'une voix étranglée.

— Je l'espère, mais je préfère m'en assurer moi-même. Si elle vous donne de ses nouvelles, appelez-moi. Et ne dites rien aux enfants s'ils téléphonent. J'expliquerai à Anthony que je dois me rendre à Chicago, ou quelque chose comme ça. Je ne veux pas les inquiéter tant que je n'en sais pas davantage.

— Je pars aussi !

Gagnée par l'affolement, Stevie sentait qu'elle ne pourrait pas rester à Los Angeles. D'un autre côté, si Carole allait bien, elle les prendrait pour des fous, lorsqu'elle rentrerait de Vienne ou de Budapest et qu'elle les trouverait au Ritz. Elle était probablement en train de parcourir l'Europe, en parfaite santé, ne se doutant absolument pas qu'on se faisait du souci pour elle.

— Il vaudrait mieux que vous attendiez jusqu'à ce que j'en sache un peu plus. L'employé du Ritz a raison, il ne s'agit peut-être pas d'elle. Si c'était le cas, on l'aurait sans doute reconnue.

— Ce n'est pas sûr. Elle peut passer inaperçue, sans maquillage ni coiffure sophistiquée. Et personne ne s'attend à découvrir une vedette du cinéma américain dans un service de réanimation parisien. Cette idée ne les a sans doute pas effleurés.

Stevie se demandait aussi si Carole n'était pas défigurée par les brûlures.

— Ils ne sont pas stupides à ce point, bon sang ! trancha Jason. C'est l'une des stars les plus connues au monde !

— Vous avez sûrement raison, répondit Stevie sans conviction.

Mais il n'en était pas persuadé, sinon il n'aurait pas été sur le point de s'envoler pour Paris. Ils cherchaient seulement à se rassurer mutuellement, sans grand succès.

— Quand j'arriverai, il sera 22 heures pour vous. Je me rendrai directement à l'hôpital, pour la voir le plus vite possible. Le temps que j'obtienne des renseignements, il sera minuit à Los Angeles.

— Appelez-moi quand même. Je ne me coucherai pas et je garderai mon portable à portée de main.

Elle lui donna son numéro, et Jason promit de l'appeler de l'hôpital. Il demanda ensuite à sa secrétaire d'annuler ses rendez-vous de l'après-midi et du lendemain et la mit au courant de la situation, tout en lui recommandant de ne pas en parler aux enfants. Officiellement, il avait un rendez-vous de dernière minute à Chicago. Cinq minutes plus tard, il quittait son bureau et hélait un taxi. Il lui fallut encore vingt minutes pour gagner son appartement. Il était 14 heures et il devait être à l'aéroport à 15 heures.

Il avait l'impression de vivre un cauchemar, et son inquiétude allait grandissant. En même temps, la situation avait quelque chose de surréaliste. Il prenait l'avion pour Paris afin de voir une femme plongée dans le coma, en espérant qu'il ne s'agissait pas de son ex-femme. Ils étaient divorcés depuis dix-huit ans, et cela en faisait quatorze qu'il avait pris conscience d'avoir commis la plus grande erreur de sa vie en quittant Carole pour un mannequin russe de vingt et un ans qui s'était révélée par la suite la pire des garces. Mais, à l'époque, il était fou amoureux d'elle. Carole, elle, était au sommet de sa carrière et tournait deux ou trois films par an. Elle était toujours en tournage quelque part, quand elle ne faisait pas la promotion d'un film. Pendant l'année qui avait précédé leur séparation, elle avait remporté deux oscars, ce qui le contrariait, d'une certaine façon. Même s'il était un jeune prodige de Wall Street, sa réussite n'était rien à côté de la sienne. Il avait besoin de se sentir important, mais face à la célébrité de Carole, il était tout petit. Il était donc tombé amoureux de Natalya, qui semblait en adoration devant lui. En fait, elle l'avait plumé, avant de le quitter pour un autre homme.

Sa rencontre avec cette fille avait été ce qui pouvait lui arriver de pire. Il avait été séduit par sa beauté époustouflante et, comme par hasard, quelques semaines après le début de leur liaison, elle lui avait annoncé qu'elle attendait un enfant de lui. Il avait aussitôt quitté Carole et épousé Natalya dès que le divorce avait été prononcé. L'année suivante, la jeune femme avait eu un second bébé, puis l'avait abandonné pour un homme plus riche que lui. Depuis, elle s'était mariée deux autres fois et elle vivait maintenant à Hong Kong avec son dernier mari, l'un des rois de la finance les plus importants au monde. Jason voyait rarement ses filles. Elles étaient aussi belles que leur mère, mais en dépit des visites qu'il leur faisait deux fois par an, elles lui étaient étrangères. Natalya ne voulait pas les laisser venir aux États-Unis et les tribunaux new-yorkais n'avaient aucun pouvoir sur elle. C'était une vraie garce qui, en plus, l'avait royalement plumé à l'occasion de leur divorce, un an après le retour de France de Carole et des enfants. Il avait alors tenté de se rapprocher de Carole, mais il était trop tard : elle ne voulait plus entendre parler de lui. Il avait quarante et un ans quand il avait succombé à Natalya et quarante-cinq quand il avait réalisé son erreur et compris à quel point il avait gâché sa vie et celle de Carole. Mais en ce qui la concernait, il n'y avait pas de retour en arrière possible.

Elle avait mis plusieurs années avant de lui pardonner. En réalité, ils n'étaient redevenus amis qu'après son mariage avec Sean. Elle avait retrouvé le bonheur, mais Jason, lui, ne s'était jamais remarié. À cinquante-neuf ans, il était seul et considérait Carole comme l'une de ses meilleures amies. Il n'avait jamais oublié son expression lorsqu'il lui avait annoncé qu'il la quittait. Son visage n'aurait pas été différent s'il lui avait tiré dessus. Il avait revécu cet instant des milliers de fois et ne s'était jamais trouvé d'excuses pour lui avoir infligé une telle souffrance. Tout ce qu'il souhaitait, pour l'heure, c'était la savoir en bonne santé et non pas gisant sur un lit d'hôpital. En montant dans l'avion, il prit conscience de la force de son amour pour elle et, pendant le vol, il pria, chose qu'il n'avait plus faite depuis l'enfance. Il aurait passé n'importe quel marché avec Dieu pour que la blessée de la Salpêtrière ne soit pas Carole. Et si c'était elle, pour qu'elle survive.

Il resta éveillé durant tout le voyage, trop absorbé par ses souvenirs pour céder au sommeil. Il revit la naissance d'Anthony, celle de Chloé, le jour où il avait rencontré Carole… Il se rappelait combien elle était belle, à vingt-deux ans, et combien elle l'était encore vingt-huit ans plus tard. Ils avaient passé dix merveilleuses années ensemble, jusqu'à ce qu'il gâche tout avec Natalya. Il ne pouvait imaginer à quel point il l'avait fait souffrir. Il était venu la rejoindre à Paris, où elle tournait un film important, pour lui parler. Il avait pris un avion comme celui-ci, dans le but de mettre fin à leur union et d'épouser Natalya. Et maintenant, il priait Dieu de la garder en vie. Son anxiété était à son comble quand l'avion atterrit à l'aéroport Charles-de-Gaulle avec quelques minutes d'avance, peu avant 7 heures du matin. Jason n'avait qu'un seul désir : se rendre à l'hôpital le plus vite possible et voir la victime de l'attentat que l'on n'avait pas encore identifiée.

4

Jason n'avait emporté que son attaché-case et un petit sac de voyage. Il avait espéré travailler dans l'avion, mais il n'avait pas ouvert sa mallette. Il aurait été incapable de se concentrer sur ses papiers, tant il était obsédé par Carole.

L'avion avait donc atterri à 6 h 50. Comme la piste était à bonne distance du terminal, les passagers descendirent sous une pluie battante et s'engouffrèrent dans le car qui les attendait. Jason bouillait d'impatience. N'ayant pas de bagage, à 7 h 30 il était dans un taxi. Dans un français hésitant, il demanda au chauffeur de le conduire à l'hôpital de la Pitié-Salpêtrière. Il savait que l'établissement se trouvait boulevard de l'Hôpital, dans le treizième arrondissement, il l'avait d'ailleurs écrit sur un papier pour ne pas se tromper et le tendit au chauffeur qui hocha la tête.

— *Good. Understand,* dit celui-ci avec un accent français prononcé.

Le trajet dura presque une heure. À l'arrière, Jason se rongeait les sangs, se répétant que la femme qu'il allait voir n'était probablement pas Carole. Quand il prendrait son petit déjeuner au Ritz, elle serait justement de retour

66

et ils se retrouveraient face à face. Elle avait toujours été indépendante, mais elle l'était encore plus depuis la mort de Sean. Il savait qu'elle voyageait fréquemment à travers le monde pour participer à des conférences et défendre les droits des femmes et qu'elle faisait même partie de délégations de l'ONU. En revanche, il ignorait la raison de sa venue à Paris. Quelle qu'elle soit, il espérait qu'elle ne se trouvait pas aux alentours du tunnel au moment de l'attentat. Avec un peu de chance, elle était bien loin de là. Mais, dans ce cas, pourquoi son sac et son passeport étaient-ils restés dans la suite ? Pourquoi était-elle sortie sans les emporter ? Si quelque chose arrivait, personne ne pouvait deviner son identité.

Il se rappelait combien elle appréciait l'anonymat. Elle aimait flâner sans être importunée par des fans. C'était plus facile à Paris, mais ce n'était pas assuré pour autant. Carole Barber était célèbre dans le monde entier. C'était d'ailleurs ce qui le confirmait dans l'idée que la blessée ne pouvait pas être elle. Comment n'aurait-elle pas été identifiée ? C'était impensable, à moins qu'elle ne soit défigurée. Un millier d'hypothèses, toutes plus terrifiantes les unes que les autres, se pressaient dans l'esprit de Jason, quand le taxi s'arrêta finalement devant l'hôpital. Il paya le chauffeur et lui donna un pourboire généreux, puis il sortit de la voiture. Il ressemblait exactement à ce qu'il était : un homme d'affaires américain distingué. Il portait un costume gris anthracite, un manteau en cachemire bleu marine et une montre en or de grande marque. À cinquante-neuf ans, il était encore un très bel homme.

— Merci ! cria le chauffeur en lui adressant un signe d'encouragement. Bonne chance à vous !

À l'expression de Jason, il avait compris qu'il en aurait besoin. D'ordinaire, les gens n'allaient pas directement de l'aéroport à l'hôpital, à moins qu'un événement grave ne se soit produit. Bien entendu, il ne s'agissait que d'une déduction, mais les yeux et les traits fatigués de Jason avaient confirmé l'homme dans son idée. Jason avait besoin de prendre une bonne douche et de se raser, mais ce serait pour plus tard.

Son sac à la main, il franchit le seuil de l'hôpital, espérant que quelqu'un parlerait suffisamment l'anglais pour le renseigner. L'assistant de direction du Ritz lui avait donné le nom du médecin qui dirigeait les urgences. Jason s'arrêta à l'accueil et montra à la jeune femme qui se trouvait derrière le guichet le papier sur lequel il avait inscrit ce nom. Elle lui répondit en français si rapidement qu'il dut lui faire comprendre qu'il ne parlait pas sa langue. Elle lui montra alors un ascenseur, derrière elle, et leva trois doigts en disant :

— Troisième étage. Réanimation.

Après l'avoir remerciée, Jason se dirigea vers l'ascenseur à grandes enjambées. Angoissé, le cœur battant à se rompre, il avait hâte de savoir. Personne n'entra dans la cabine avec lui et quand il s'arrêta au troisième étage, il regarda autour de lui, se sentant un peu perdu. Un panneau indiquait : RÉANIMATION. Il prit cette direction et se retrouva bientôt dans un service bouillonnant d'activité. Des membres du personnel médical couraient en tous sens, tandis que des patients apparemment inconscients occupaient des box tout autour de la salle. Il y avait des appareils qui bourdonnaient, des écrans de contrôle qui émettaient des bips, et des gens qui gémissaient. Après son long voyage en avion, l'odeur de l'hôpital lui retournait le cœur.

— Est-ce que quelqu'un parle anglais ? demanda-t-il à une infirmière.

Comme elle le regardait sans comprendre, il répéta en français :

— Anglais ? Parlez-vous anglais ?

— Une minute, s'il vous plaît.

Elle s'éloigna rapidement pour aller chercher quelqu'un. Un instant plus tard, une femme vêtue du pyjama de l'hôpital, une sorte de bonnet de douche sur la tête et un stéthoscope autour du cou s'approcha de lui. À peu près du même âge que Jason, elle parlait couramment anglais, ce qui le soulagea grandement. L'espace de quelques minutes, il avait craint de ne pouvoir se faire comprendre de personne et, pire encore, de ne comprendre personne.

— Puis-je vous aider ? s'enquit-elle d'une voix claire.

Jason demanda à parler à la chef de service. Le médecin lui répondit qu'elle n'était pas là et lui proposa de la remplacer. Jason expliqua la raison de sa venue, se gardant de mentionner que Carole était son ex-épouse et non son épouse.

La femme le scruta soigneusement. Il était bien habillé et avait toutes les apparences d'un homme respectable. Il semblait aussi mortellement inquiet. Craignant d'être pris pour un fou, il lui expliqua qu'il arrivait tout juste de New York, que sa femme avait disparu de son hôtel et qu'il se pouvait qu'elle soit la blessée non identifiée.

— Depuis combien de temps a-t-elle quitté l'hôtel ?

— Je ne le sais pas exactement, puisque je me trouvais à New York. Elle est arrivée à Paris le jour de l'attentat dans le tunnel. Personne ne l'a revue depuis et elle n'a pas remis les pieds à l'hôtel.

— Cela fait presque deux semaines.

Elle semblait se demander pourquoi il lui avait fallu si longtemps pour s'apercevoir que sa femme avait disparu. Il était trop tard pour lui expliquer qu'ils étaient divorcés, puisqu'il s'était présenté comme son époux. Peut-être était-ce mieux ainsi, d'ailleurs. Il ignorait quels droits avaient les ex-maris en France. Probablement aucun.

— Elle avait l'intention de visiter l'Europe, expliqua-t-il, et ce n'est peut-être pas elle. C'est ce que j'espère. Dès qu'on m'a averti, j'ai pris l'avion et je suis venu.

Elle approuva Jason de la tête, puis elle dit quelque chose à l'infirmière, qui désigna une chambre dont la porte était fermée.

Le médecin fit signe à Jason de la suivre. Lorsqu'elle ouvrit la porte, il ne put voir celle qui occupait le lit, car des appareils et deux infirmières lui bloquaient la vue. Il entendait le souffle du respirateur artificiel et le bourdonnement des nombreuses machines. En entrant dans la pièce, il eut soudain l'impression d'être un intrus, et même un voyeur. Il allait découvrir une femme qui était peut-être une inconnue. Mais il n'avait pas le choix : il devait s'assurer qu'il ne s'agissait pas de Carole. Il le lui devait, ainsi qu'à leurs enfants, même si cela semblait complètement fou. Pourtant, à cet instant précis, sa démarche lui apparaissait comme l'expression même de la paranoïa et de la culpabilité. Suivant le médecin, il vit une silhouette immobile. La blessée était reliée à un respirateur par la bouche, un sparadrap lui bouchait le nez, sa tête était rejetée en arrière. Elle était complètement inerte et son visage était très pâle. Le bandage qui entourait sa tête semblait énorme et elle en avait un autre sur la joue. L'un de ses bras était plâtré. De là où il était, Jason ne distinguait pas très bien ses traits. Il fit un pas de plus pour mieux voir et là… les larmes lui montèrent aux yeux et son cœur s'arrêta. C'était Carole.

Son pire cauchemar venait de se réaliser. S'approchant du lit, il frôla ses doigts, qui dépassaient du plâtre. Ils étaient marbrés de noir et de bleu, sans vie. Elle se trouvait dans un autre monde, bien loin de ceux qui l'entouraient, et on aurait dit qu'elle n'en reviendrait jamais. Jason la contemplait, les joues ruisselantes de larmes. Oui, le pire venait de se produire, puisque Carole était la victime non identifiée de l'attentat du tunnel… La femme qu'il avait aimée et aimait encore luttait pour sa vie, à Paris. Depuis deux semaines, elle menait ce combat seule, puisque ses proches n'auraient jamais imaginé ce qui lui était arrivé.

Profondément abattu, Jason se tourna vers le médecin.

— C'est elle, souffla-t-il.

Les infirmières le regardaient fixement. Il était clair pour tout le monde que cet homme avait identifié leur patiente.

— Je suis navrée, murmura le médecin d'une voix douce.

Elle lui fit signe alors de la suivre dans le couloir.

— C'est votre femme ?

Il n'était pas nécessaire de lui demander s'il l'avait reconnue, ses larmes parlaient pour lui. Il semblait complètement anéanti.

— Nous n'avions aucun moyen de l'identifier, continua-t-elle. Elle n'avait pas de papiers sur elle, rien qui nous permette de savoir qui elle était.

— Je le sais. Elle avait laissé son sac et son passeport à l'hôtel. Il lui arrive de sortir sans prendre son sac.

C'était ce qu'elle faisait depuis toujours. Elle fourrait un billet de dix dollars dans sa poche et elle sortait. Lorsqu'ils vivaient à New York, il lui avait souvent répété de prendre au moins sa carte d'identité. Cette fois, le pire était arrivé et personne n'avait su qui elle était. Jason avait pourtant du mal à y croire.

— Elle est actrice, expliqua-t-il. C'est une star du cinéma mondialement connue.

Mais cela n'avait aucune importance, désormais. Elle était juste une femme qui souffrait d'un grave traumatisme crânien et qui gisait sur un lit d'hôpital, en réanimation. Le médecin parut intriguée.

— Une vedette de cinéma, dites-vous ?

— C'est Carole Barber.

Il savait que ce nom allait impressionner son interlocutrice et, en effet, elle parut sous le choc.

— Carole Barber ? Nous n'en avions pas la moindre idée.

— Il vaudrait mieux que la presse ne soit pas mise au courant. Mes enfants ne savent encore rien et je préférerais qu'ils ne l'apprennent pas par les journaux. Je souhaite les prévenir moi-même.

— Bien sûr.

Le médecin voyait tout à fait ce que cela pouvait impliquer pour l'hôpital. Même en connaissant l'identité de leur patiente, ils ne l'auraient pas soignée différemment. Mais si la nouvelle se répandait, ils seraient assiégés par les journalistes, avec toutes les conséquences désastreuses que cela impliquait. Conserver son anonymat était bien plus facile à gérer. La présence d'une vedette de cinéma en réanimation transformerait leur vie en enfer.

— Quand cela se saura, il sera difficile d'écarter la presse, assura-t-elle d'une voix soucieuse. Nous devrions peut-être utiliser son nom de femme mariée.

— Carole Waterman, énonça aussitôt Jason.

Cela avait été vrai, autrefois. Elle n'avait jamais porté le nom de Sean, qui était Clarke, mais peut-être aurait-elle préféré qu'il donne ce nom, pensa Jason. Quelle importance cela avait-il, maintenant ? Tout ce qui comptait, c'était qu'elle vive.

— Est-ce que… est-ce qu'elle va se remettre ?

Il ne pouvait se résoudre à demander si elle risquait de mourir, alors que c'était fort possible, apparemment. Carole lui avait paru aux portes de la mort.

— Nous n'en savons rien. Les suites des traumatismes crâniens sont difficilement prévisibles. Son état s'est amélioré et les scanners sont bons. L'œdème se résorbe peu à peu. Si l'amélioration se confirme, nous retirerons bientôt le respirateur. Elle respirera alors par elle-même et sortira du coma. Jusque-là, et tant qu'elle ne sera pas réveillée, nous ne pouvons connaître l'étendue des dommages, pas plus que leurs conséquences. Elle aura certainement besoin d'une rééducation, mais nous n'en sommes pas encore là, nous en sommes même très loin. Pour l'instant, elle est encore dans un état critique. Le risque d'infection n'est pas écarté, les complications sont toujours possibles et l'œdème peut se reformer. Elle a reçu un coup sérieux à la tête, mais elle a eu beaucoup de chance de ne pas être plus gravement brûlée, et son bras va guérir. Mais il reste le traumatisme crânien.

Jason se demandait comment il allait annoncer la nouvelle aux enfants. Il devait pourtant le faire sans tarder. Chloé était sur le point de quitter Londres et Anthony New York, pour Thanksgiving. Il savait qu'ils voudraient être auprès de leur mère. Et si elle mourait ? Cette perspective était tellement insupportable qu'il l'écarta aussitôt.

Ses yeux rencontrèrent ceux du médecin.

— Est-ce que je devrais la faire transférer ailleurs ? Y a-t-il quelque chose à faire ?

Le médecin parut offensée.

— Ce n'est pas parce que nous ne savions pas qui elle était que nous ne lui avons pas apporté tous les soins nécessaires. La célébrité n'a aucune importance à nos yeux. Maintenant, il faut attendre. Si elle survit, avec le temps nous verrons ce qu'il faut faire.

Il lui semblait préférable de rappeler à Jason que la mort faisait encore partie des éventualités.

— Est-ce qu'elle a été opérée ?

Le médecin secoua la tête.

— Non. Nous avons trouvé plus sage de ne pas la traumatiser davantage, et l'œdème s'est résorbé tout seul. Nous avons privilégié la prudence, ce qui, à mon avis, était le mieux pour elle.

Jason acquiesça, soulagé. Au moins n'avait-on pas charcuté son cerveau. Il pouvait espérer qu'un jour elle redeviendrait elle-même. C'était tout ce qu'on était en droit de souhaiter pour l'instant. Si ce n'était pas le cas, il serait alors temps d'agir, tout comme il faudrait affronter sa mort, le cas échéant. Cette pensée accabla Jason.

— Que comptez-vous faire, maintenant ? demanda-t-il.

N'étant pas du genre à rester assis sans bouger, il voulait agir.

— Attendre. On ne peut rien faire d'autre. Nous en saurons davantage dans les jours qui viennent.

Il hocha la tête et regarda autour de lui, jugeant les lieux sinistres. On lui avait parlé de l'Hôpital américain et il se demandait s'il ne vaudrait pas mieux y faire transférer Carole. Mais l'assistant de direction du Ritz lui avait dit qu'il n'existait pas de meilleur établissement que la Salpêtrière. Ses services étaient excellents et, si Carole s'y trouvait, elle y recevrait les meilleurs soins.

— Je vais retourner à l'hôtel et appeler mes enfants, mais je reviendrai cet après-midi. Si quelque chose se produisait, vous pouvez me joindre au Ritz.

Il donna aussi au médecin son numéro de portable, puis ils inscrivirent le nom de Carole Waterman sur la feuille de soins. Elle en avait un, maintenant, même si ce n'était pas vraiment le sien. Malheureusement, sa véritable identité finirait par se savoir. Le médecin confia à Jason qu'elle n'en parlerait qu'au chef de service, mais tous les deux étaient conscients que la presse aurait tôt ou tard vent de la présence de Carole Barber à la Salpêtrière. C'était déjà incroyable que personne ne l'ait encore reconnue. Dès que quelqu'un en parlerait, un essaim de journalistes s'abattrait sur le service et le personnel médical vivrait un enfer.

— Nous ferons de notre mieux pour ne pas ébruiter la nouvelle, promit le médecin.

— Moi aussi. Je reviendrai cet après-midi. Merci pour tout ce que vous avez fait jusqu'à maintenant.

Ils l'avaient maintenue en vie, ce qui était énorme. Jason ne parvenait même pas à imaginer qu'il aurait pu devoir identifier son corps à la morgue. Cela avait bien failli être le cas, s'il en croyait ce qu'avait dit le médecin. Finalement, Carole avait eu de la chance.

— Je peux la revoir avant de partir ?

Cette fois, il entra seul dans la chambre. Les infirmières étaient encore là et elles s'écartèrent pour qu'il puisse s'approcher du lit. Jason la contempla un instant, avant de lui caresser le visage, en partie masqué par les tuyaux du respirateur. Remarquant le pansement sur sa joue, il se demanda si elle en garderait une vilaine cicatrice. La petite brûlure, juste à côté, était déjà presque guérie, et on avait appliqué des onguents sur son bras.

— Je t'aime, Carole, murmura-t-il. Tu vas guérir. Je t'aime. Chloé et Anthony t'aiment aussi. Il faut que tu te réveilles vite.

Il n'y eut aucune réaction. Les yeux de Jason exprimaient une telle souffrance que les infirmières se détournèrent discrètement, tant sa peine faisait mal à voir. Lorsqu'il se pencha pour déposer un baiser sur la joue de Carole, il retrouva la douceur familière de sa peau. Après toutes ces années, elle n'avait pas changé. Sous le bandage, ses cheveux étaient étalés sur l'oreiller. L'une des infirmières les avait brossés, remarquant combien ils étaient beaux.

Une foule de souvenirs se pressait dans l'esprit de Jason. Il avait oublié les plus mauvais depuis bien longtemps. Carole et lui n'évoquaient jamais le passé, lorsqu'ils discutaient. Ils parlaient uniquement des enfants ou de leurs vies respectives. Quand Sean était mort, il en avait été désolé pour elle et il l'avait soutenue de son mieux. Le choc avait été rude pour Carole. Jason avait assisté à l'enterrement. Par la suite, il les avait réconfortés, les enfants et elle. Et maintenant, deux ans après le décès de Sean, elle se battait pour survivre. La vie était étrange et parfois cruelle. Mais au moins était-elle vivante. Il lui restait une chance de s'en sortir. C'était le seul point positif qu'il pourrait donner aux enfants, mais il redoutait de leur apprendre la nouvelle.

Il embrassa encore Carole. Sa poitrine se soulevait régulièrement, grâce au respirateur.

— Je vais revenir, murmura-t-il. Je t'aime, Carole, et tu vas guérir.

Après l'avoir contemplée une dernière fois, il sortit de la chambre en réprimant ses larmes. Quelles que soient ses craintes, il devait se montrer fort. Pour elle, mais aussi pour Chloé et Anthony.

Il gagna la gare d'Austerlitz toute proche, sous une pluie battante. Le temps de trouver un taxi, il était complètement trempé. Une fois installé à l'arrière, il donna l'adresse du Ritz au chauffeur. Il lui semblait avoir vieilli de cent ans. Carole ne méritait pas ce qui lui était arrivé. Personne ne l'aurait mérité, d'ailleurs, mais

Carole moins que quiconque. C'était quelqu'un de généreux, une mère fantastique et une merveilleuse épouse. Et maintenant, elle luttait contre la mort après un attentat terroriste. S'il l'avait osé, il en aurait voulu à Dieu, mais ce n'était pas le moment. Il avait trop besoin de Son soutien. Tandis qu'il roulait en direction de la place Vendôme, il suppliait Dieu de l'aider à parler aux enfants. Il se demandait comment il trouverait les mots pour leur annoncer la nouvelle. C'est alors qu'il se souvint qu'il devait appeler quelqu'un d'autre. Sortant son portable de sa poche, il fit le numéro de Stevie, à Los Angeles. Il était presque minuit, là-bas, mais il le lui avait promis.

Stevie décrocha dès la première sonnerie. Elle ne dormait pas et attendait son appel. Il avait trop tardé, pensait-elle, sauf si l'avion avait eu du retard. Elle sentait que si la blessée n'était pas Carole, il lui aurait déjà téléphoné. Depuis une heure, elle était malade de peur.

— Allô ? fit-elle d'une voix tremblante.

Jason ne prit pas la peine de s'annoncer.

— C'est elle.

Immédiatement, les larmes jaillirent des yeux de Stevie et ruisselèrent le long de ses joues.

— Oh, mon Dieu ! Comment va-t-elle ?

— Pas très bien. Elle est sous respirateur artificiel, mais elle est en vie. Elle souffre d'un traumatisme crânien et elle est dans le coma. Ils ne l'ont pas opérée, mais elle a reçu un sacré coup. Elle est encore dans un état critique et ils ne savent pas quelles seront les séquelles.

Il lui livrait tout ce qu'il savait, sans fioritures. Il agirait plus délicatement avec les enfants, mais Stevie avait le droit de savoir toute la vérité. D'ailleurs, elle n'aurait pas accepté qu'il se comporte autrement.

— Oh non ! Je prends le premier avion.

Mais le vol durerait au moins dix heures et, avec le décalage horaire, elle n'arriverait pas avant le lendemain.

— Vous avez prévenu les enfants ?

— Pas encore. Je suis en train de retourner à l'hôtel. Je ne vois pas ce que vous pourriez faire et il n'y a aucune raison pour que vous veniez.

Pour l'instant, Carole n'avait pas besoin d'une assistante et il était possible qu'elle n'en ait plus jamais besoin. Mais Stevie était aussi son amie. Elle faisait partie de la famille et les enfants l'aimaient autant qu'elle les aimait.

— Aucun d'entre nous ne peut rien faire, précisa-t-il d'une voix tremblante.

— Je ne pourrais être nulle part ailleurs, rétorqua-t-elle simplement.

— Moi non plus.

Il lui donna le nom de l'hôpital et lui dit qu'ils se verraient le lendemain, à Paris.

— Je vais vous réserver une chambre au Ritz.

— Je peux m'installer dans la suite de Carole, proposa Stevie avec son bon sens habituel. À moins que vous n'y soyez déjà, ajouta-t-elle prudemment.

— J'ai ma propre chambre et je vais en prendre deux autres pour les enfants. Je vais m'arranger pour qu'elles soient situées près de la suite, pour que nous soyons proches les uns des autres. De durs moments nous attendent. Même si Carole guérit, la route sera longue. Dans le cas contraire... Je n'arrive pas à y croire.

À sa grande surprise, Jason prenait conscience qu'il voulait que Carole vive, même si les dommages subis par son cerveau étaient irréversibles. Même si elle était réduite à l'état de légume, il refusait qu'elle meure. C'était impossible, autant pour les enfants que pour lui. Ils l'aimaient, quel que soit son état.

— À demain, dit-il à Stevie. Je vous souhaite un bon voyage.

Il raccrocha, épuisé. Bien qu'il fût 3 heures du matin à New York, il appela sa secrétaire et lui demanda d'annuler tous ses rendez-vous et les réunions qu'il avait prévues.

— Je serai absent pendant quelque temps, lui dit-il.

Il s'excusa de l'avoir réveillée en pleine nuit, mais elle lui assura qu'il avait eu raison de le faire.

— Il s'agit bien de miss Barber, alors ? demanda-t-elle, atterrée.

Elle aimait beaucoup Carole, qui était toujours adorable avec elle.

— Oui, répondit tristement Jason. J'appellerai Anthony dans quelques heures. Surtout, ne le contactez pas. Ce sera terrible, quand la presse sera au courant. Je l'ai fait hospitaliser sous mon nom, mais tôt ou tard, la nouvelle se répandra. Vous imaginez les conséquences.

Les yeux de la secrétaire s'emplirent de larmes. Partout dans le monde, des gens allaient avoir énormément de chagrin lorsqu'ils apprendraient ce qui était arrivé à Carole et ils prieraient certainement pour elle.

— Je suis navrée, monsieur Waterman. Si je peux vous aider de quelque manière que ce soit, dites-le-moi.

— Merci.

Au moment où Jason raccrochait, le taxi s'arrêta devant le Ritz. L'assistant de direction, vêtu de l'uniforme de l'hôtel, se trouvait à la réception. Il vint vers Jason, le visage empreint de gravité.

— J'espère que vous avez de bonnes nouvelles.

L'expression de Jason lui apprit que ce n'était pas le cas.

— Non. C'était bien elle. Vous voudrez bien faire preuve de la plus grande discrétion à ce sujet.

— Je comprends, répondit l'employé.

Il promit ensuite à Jason de lui donner une suite avec trois chambres, située juste en face de celle de Carole. Jason lui annonça l'arrivée de Stevie, précisant qu'elle s'installerait dans la suite de Carole.

Jason le suivit ensuite à l'étage. Il ne se sentait pas capable d'entrer chez Carole. Cela serait trop douloureux, alors qu'elle était aux portes de la mort.

— Vous désirez quelque chose, monsieur ?

Jason secoua la tête. Tandis que le jeune homme s'esquivait discrètement, il posa des yeux malheureux sur le téléphone. Pour l'instant, il jouissait d'une courte trêve, mais il savait que dans quelques heures, il lui faudrait appeler Anthony et Chloé. Ils devaient savoir. Leur mère serait peut-être morte lorsqu'ils arriveraient. Il devait les joindre le plus vite possible, mais il voulait commencer par Anthony. Il attendit qu'il soit 7 heures à New York. Pour patienter, il prit une douche et arpenta le salon de long en large, incapable de manger.

À 13 heures, heure de Paris, il s'approcha du bureau et téléphona à son fils. Anthony était levé et prêt à partir au bureau où il devait participer à une réunion.

— Comment ça va à Chicago, papa ?

La voix d'Anthony était gaie, pleine de vie. C'était un garçon formidable et Jason appréciait qu'il travaille avec lui. Il était travailleur, intelligent et gentil. Il ressemblait beaucoup à sa mère, tout en ayant hérité du don de son père pour les affaires. Un de ces jours, il deviendrait certainement un génie de la finance, car il apprenait vite.

— Je ne sais pas, répondit franchement Jason. Je suis à Paris et ce n'est pas formidable.

— Qu'est-ce que tu fabriques là-bas ?

Anthony semblait surpris, mais nullement inquiet. Il ne savait même pas que sa mère était partie en voyage.

En outre, depuis onze jours, il avait été trop occupé pour lui téléphoner. C'était inhabituel chez lui, mais il savait qu'elle ne lui en voudrait pas. Il comptait d'ailleurs l'appeler incessamment.

— Anthony…

Ne sachant par où commencer, Jason inspira profondément.

— Ta mère a eu un accident, à Paris.

Le jeune homme envisagea immédiatement le pire.

— Elle va bien ?

— Non. Il y a deux semaines, des terroristes ont fait exploser des bombes dans un tunnel parisien. Ta mère fait partie des victimes. Jusqu'à maintenant, personne ne l'avait identifiée. J'ai quitté Chicago cette nuit pour m'en assurer moi-même, car elle n'était pas revenue au Ritz depuis le jour de l'attentat.

Il sembla à Anthony que le ciel lui tombait sur la tête.

— Mon Dieu ! Dans quel état est-elle ?

— Plutôt mauvais. Elle souffre d'un traumatisme crânien et elle est dans le coma.

Réprimant ses larmes, le jeune homme demanda d'une voix enfantine :

— Elle va s'en sortir ?

— C'est ce qu'on espère. Jusqu'à maintenant, elle a résisté, mais elle n'est pas pour autant sortie d'affaire. Elle est sous respirateur artificiel.

Sachant à quel point la vue du respirateur était impressionnante, Jason préférait avertir son fils pour qu'il soit moins choqué, lorsqu'il verrait sa mère.

— Mais… Papa… comment est-ce possible ? s'exclama Anthony d'une voix brisée par les larmes.

Jason se mit à pleurer aussi.

— Un coup de malchance. Elle était au mauvais endroit au mauvais moment. Pendant toute la durée du vol, j'ai prié pour que ce ne soit pas elle. Je n'arrivais pas à croire qu'on ne l'ait pas reconnue.

Anthony n'y parvenait pas non plus.

— Elle est défigurée ?

— Pas vraiment. Elle a une entaille et est légèrement brûlée sur une joue. Rien qu'un bon chirurgien plastique ne soit capable de réparer. Le vrai problème est le traumatisme crânien. Il va nous falloir patienter.

— Je vais prendre le premier avion. Tu as prévenu Chloé ?

— J'ai préféré t'appeler d'abord, mais je vais lui téléphoner maintenant. S'il reste des places, tu as un avion qui décolle de Kennedy à 18 heures. On se retrouvera demain matin à Paris.

Anthony allait passer une journée atroce en attendant de partir.

— J'y serai. Je fais tout de suite ma valise et je partirai directement du bureau. À demain, papa, et… je t'aime, ajouta-t-il. Je t'aime… et dis à maman que je l'aime aussi.

Ils sanglotaient tous les deux, maintenant.

— Je le lui ai déjà dit et tu le lui répéteras demain. Elle a besoin de nous, parce qu'elle doit mener un rude combat… Je t'aime aussi.

Sur ces mots, ils raccrochèrent. Ils ne pouvaient plus parler, tant penser à ce qui pouvait arriver les terrorisait.

Jason appela alors Chloé, ce qui se révéla infiniment plus difficile. Dès qu'il lui eut annoncé la nouvelle, elle se mit à pleurer et à hurler, désespérée. Par bonheur, elle n'était qu'à une heure d'avion de Paris et elle n'avait qu'à faire ses bagages et prendre le premier vol.

À 17 heures, Jason attendait sa fille à l'aéroport. Quand elle le vit, elle courut se jeter dans ses bras et sanglota. Ils se rendirent immédiatement à l'hôpital.

Lorsqu'ils entrèrent dans la chambre, Chloé s'agrippa au bras de son père. Dès qu'elle vit sa mère, elle se remit à pleurer. Tous deux étaient aussi bouleversés l'un que l'autre, mais au moins étaient-ils ensemble. À 21 heures, ils rentrèrent à l'hôtel, après avoir parlé au médecin. L'état de Carole n'avait pas évolué, mais elle résistait. C'était le seul point positif auquel ils pouvaient se raccrocher.

Une fois dans sa chambre, Chloé s'effondra et se mit à pleurer. Une fois que Jason eut réussi à la calmer, elle se coucha et s'endormit enfin. Jason retourna dans le salon et se servit un verre de scotch en pensant à Carole et à leurs enfants. C'était la pire épreuve qu'ils avaient jamais traversée, mais il ne cessait d'espérer qu'elle survivrait.

Il dormit tout habillé sur son lit et se réveilla le lendemain à 6 heures. Il prit rapidement une douche et s'habilla. Il était assis dans le salon de la suite quand Chloé ouvrit la porte, les yeux gonflés par le chagrin. Jason savait que, malgré sa peine, elle ne réalisait toujours pas que sa mère ait pu être victime d'un attentat.

Ils partirent aussitôt et à 7 heures, ils étaient à l'aéroport pour accueillir Anthony. Ensuite, ils retournèrent à l'hôtel pour prendre le petit déjeuner ensemble. Vêtu d'un jean et d'un gros pull-over, le jeune homme semblait abattu et exténué. Il aurait eu besoin de se raser, mais c'était bien le cadet de ses soucis. Ils restèrent à l'hôtel jusqu'à l'arrivée de Stevie, à midi et demi.

Lorsqu'elle eut mangé le sandwich que Jason avait commandé pour elle, ils partirent pour l'hôpital. Anthony eut beau lutter, il s'effondra dès qu'il vit sa mère. Stevie avait passé un bras autour des épaules de Chloé, qui pleurait silencieusement. Ils pleuraient tous les quatre lorsqu'ils sortirent de la chambre. Ils avaient pourtant été réconfortés d'apprendre que l'état de Carole s'était amélioré pendant la nuit. Les médecins comptaient débrancher le respirateur le soir même et voir si elle respirait toute seule. C'était un fait encourageant, mais cela présentait un risque. Si cela ne marchait pas, ils devraient l'intuber de nouveau et cela ne serait pas un très bon signe pour l'avenir. Son cerveau devait pouvoir dire à son corps de respirer. Quand le médecin les informa, Jason devint pâle comme un linge et les deux enfants furent pris de panique. Stevie tout comme Anthony et Chloé indiquèrent qu'ils voulaient être présents au moment où le respirateur serait débranché, et Jason acquiesça d'un hochement de tête.

Ils dînèrent à l'hôtel, bien qu'aucun d'entre eux n'eût faim. Ils étaient exténués, fatigués par le décalage horaire et bouleversés au-delà des mots. Assis à table, ils fixaient tous les quatre leurs assiettes sans y toucher. Après ce semblant de repas, ils retournèrent à l'hôpital pour la nouvelle étape de l'effroyable combat que Carole menait pour survivre.

Pendant toute la durée du trajet, ils restèrent silencieux. Ils étaient tous plongés dans leurs pensées et les souvenirs que chacun gardait de Carole. Le médecin leur avait expliqué que la partie endommagée du tronc cérébral commandait la respiration. Le fait qu'elle puisse ou non respirer seule leur apprendrait si son cerveau était en voie de guérison. Quand on retirerait les tuyaux et qu'on débrancherait le respirateur, ce serait un moment terrible pour eux tous.

Tournée vers la vitre, Chloé versait des larmes silencieuses. Son frère lui pressa légèrement la main.

— Tout va bien se passer, lui murmura-t-il.

Elle secoua la tête sans répondre. Désormais, plus rien ne se passait bien et elle avait du mal à croire que cela pouvait changer. Leur mère avait été leur force, le pivot de leur existence. Les différends qui avaient opposé Chloé à Carole n'avaient plus d'importance. Elle voulait seulement qu'on lui rende sa maman. Anthony était dans le même état d'esprit. Face à la fragilité de leur mère, au danger qu'elle courait, ils n'étaient plus que des enfants, vulnérables et terrorisés. Ni l'un ni l'autre ne pouvait imaginer la vie sans elle, pas plus d'ailleurs que Jason.

— Elle va se rétablir, les enfants, affirma-t-il, affichant une confiance qu'il était loin d'éprouver.

Ils passaient devant la gare d'Austerlitz, désormais familière.

— Et si ce n'est pas le cas ? souffla Chloé.

— Eh bien, ils la remettront sous respirateur jusqu'à ce qu'elle soit prête.

Chloé n'eut pas le courage de pousser plus loin les hypothèses, en tout cas à voix haute. Elle savait que les autres se faisaient autant de souci qu'elle. Ils redoutaient tous le moment où le médecin débrancherait le respirateur. Cette seule pensée donnait à Chloé l'envie de hurler.

Une fois arrivés devant l'hôpital, ils sortirent de la voiture. Stevie les suivit en silence. Elle avait déjà vécu la même expérience quand son père avait subi une opération à cœur ouvert. Cet instant avait été crucial, mais il avait survécu. Pour Carole, c'était plus délicat, puisqu'on ignorait l'étendue des dégâts subis par son cerveau et leurs conséquences à long terme. Peut-être ne pourrait-elle jamais respirer par elle-même. Blêmes et les yeux agrandis par la peur, ils prirent l'ascenseur. Un instant plus tard, ils entrèrent dans la chambre et attendirent en silence l'arrivée du médecin.

Carole était telle qu'ils l'avaient quittée. Les yeux fermés, elle respirait régulièrement avec l'aide de la machine. Quelques minutes plus tard, le médecin les rejoignit. Un peu plus tôt, on leur avait expliqué la procédure et c'est avec appréhension qu'ils regardèrent l'infirmière retirer le sparadrap qui maintenait la sonde d'intubation. Après leur avoir demandé s'ils étaient prêts, le médecin fit signe à l'infirmière d'ôter la sonde de la bouche de Carole, après quoi il débrancha le respirateur. Pendant un instant atrocement long, tous observèrent Carole. Comme rien ne se passait, le médecin jeta un coup d'œil rapide à l'infirmière et fit un pas en avant. C'est alors que Carole se mit à respirer. Chloé poussa un cri de soulagement avant de fondre en larmes. Jason pleurait et Anthony sanglotait. Instinctivement, Chloé se réfugia dans les bras de Stevie, qui pleurait et riait à la fois tout en serrant la jeune fille contre son cœur. Le docteur se permit un sourire.

— C'est une bonne nouvelle, dit-il sur un ton rassurant.

L'espace d'une minute, il avait craint le pire, mais au moment où ils allaient céder à la panique, Carole avait respiré.

— Son cerveau dit à ses poumons ce qu'ils doivent faire, poursuivit-il. C'est un très bon signe.

Cependant, ils savaient qu'elle pouvait très bien ne jamais sortir du coma, même si désormais elle était capable de respirer par elle-même. Mais c'était un premier pas vers la vie.

Le médecin leur expliqua qu'on allait la surveiller étroitement pendant la nuit, pour s'assurer qu'elle continuait de respirer sans assistance, mais il n'y avait aucune raison de craindre le contraire. Plus le temps passait, plus son état se stabilisait. Le corps étendu sur le lit était toujours inerte, mais ils pouvaient voir la poitrine de Carole se soulever doucement à chaque inspiration. À défaut de mieux, c'était tout de même une raison d'espérer.

Ils restèrent auprès d'elle pendant environ une heure, soulagés de la victoire qu'elle venait de remporter. Enfin, Jason suggéra qu'ils rentrent à l'hôtel. Ils avaient eu leur dose d'émotions pour la journée et tous avaient besoin de repos. Le moment où le respirateur avait été débranché avait été particulièrement éprouvant. Lorsqu'ils s'en allèrent, Stevie fut la dernière à quitter la pièce. Debout à côté du lit, elle effleura les doigts glacés de Carole, toujours plongée dans un coma profond. Maintenant qu'on avait retiré la sonde, son visage redevenait familier à la jeune femme. C'était celui que Stevie avait vu si souvent, celui que ses fans connaissaient et aimaient. Pour Stevie, il représentait davantage encore. C'était le visage d'une femme qu'elle admirait et appréciait profondément.

— C'est bien, Carole, souffla-t-elle en se penchant pour l'embrasser sur la joue. Maintenant, tu vas nous faire plaisir, faire un petit effort supplémentaire et te réveiller.

Des larmes de soulagement jaillirent de ses yeux, tandis qu'elle sortait à son tour pour rejoindre les autres. Tout bien considéré, cette éprouvante soirée avait été très positive.

5

L'inévitable se produisit deux jours plus tard. Quelqu'un, à l'hôtel ou à l'hôpital, divulgua l'information. En l'espace de quelques heures, des dizaines de journalistes s'agglutinèrent devant l'hôpital. Parmi les plus audacieux, six réussirent à atteindre la porte de Carole. Stevie fit alors irruption dans le couloir et les insulta copieusement. Ils furent aussitôt jetés dehors, mais, à partir de ce moment, les choses devinrent difficiles.

On changea Carole de chambre et on plaça un agent de sécurité devant sa porte. Dès lors, la situation fut très compliquée, en particulier pour les membres de sa famille. Des photographes les attendaient à l'hôtel et stationnaient devant l'hôpital. Il y avait des caméras de télévision et, chaque fois qu'ils sortaient, ils étaient éblouis par les flashs. Ils en avaient une certaine habitude, même si Carole avait toujours protégé ses enfants des médias. Mais la nouvelle que Carole Barber faisait partie des victimes de l'attentat et qu'elle se trouvait plongée dans un coma profond attirait les médias du monde entier. Cette fois, il leur était impossible d'échapper à la presse et ils devaient s'en accommoder au mieux. Au milieu de tout cela, il y avait au moins une bonne nouvelle : Carole respirait par elle-même. Elle était toujours inconsciente, mais on avait cessé de lui administrer des sédatifs et les médecins espéraient qu'elle sortirait bientôt du coma. Dans le cas contraire, cela impliquerait des séquelles qu'ils ne voulaient pas envisager pour l'instant. En attendant, ils étaient constamment harcelés par les journalistes. Carole faisait la une de tous les journaux du monde, à commencer par *Le Monde, Le Figaro* et le *Herald Tribune*.

Le lendemain, ils parcoururent les quotidiens en prenant leur petit déjeuner.

— J'ai toujours adoré cette photo d'elle, fit Stevie sur un ton léger.

— Ouais, moi aussi, répondit Anthony en engouffrant son deuxième petit pain au chocolat.

Son appétit était revenu. Ils commençaient à prendre l'habitude de se rendre chaque jour à l'hôpital, de discuter avec les médecins et de s'asseoir auprès de Carole aussi longtemps qu'on les y autorisait. Ensuite, ils retournaient à l'hôtel, bavardaient dans le salon de la suite et attendaient des nouvelles. Dans le monde entier, les gens étaient informés par les médias et priaient pour Carole. Quand ils arrivaient à l'hôpital, les fans étaient déjà là, brandissant des pancartes de soutien, ce qui les touchait énormément.

Ce matin-là, tandis qu'ils partaient pour l'hôpital, un homme se préparait à prendre son petit déjeuner dans son appartement de la rue du Bac. Il venait de remplir son bol de café au lait, avait étalé de la confiture sur un toast et s'apprêtait à lire son journal comme chaque matin. Il l'ouvrit et, comme d'habitude, lissa les plis du plat de la main avant de jeter un coup d'œil à la première page. Lorsqu'il vit la photo, ses mains se mirent à trembler. Elle avait été prise des années auparavant, alors que Carole tournait un film à Paris. L'homme se rappela aussitôt qu'il était avec elle, ce jour-là, car il assistait au tournage. A la lecture de l'article, il ne put retenir ses larmes. Quand il eut terminé, il se leva et appela la Pitié-Salpêtrière. Dès qu'il fut en relation avec le service de réanimation, il demanda des nouvelles de Carole. Il lui fut répondu que son état était stable, mais qu'on ne pouvait fournir de détails au téléphone. Il pensa un instant à appeler le directeur de l'hôpital, avant de décider de s'y rendre lui-même.

C'était un homme grand et distingué. Il avait les cheveux blancs et, derrière ses lunettes, ses yeux étaient d'un bleu étincelant. Bien qu'il ne fût plus tout jeune, on voyait qu'il avait été beau et l'était encore. Il se déplaçait et parlait en homme habitué à donner des ordres. Il émanait de lui une incontestable autorité. Il s'appelait Matthieu de Billancourt et avait été autrefois ministre de l'Intérieur.

Vingt minutes plus tard, il enfilait son manteau, sortait de chez lui et s'installait au volant de sa voiture. L'article l'avait bouleversé. Il n'avait pas revu Carole depuis quinze ans, depuis qu'elle avait quitté Paris, et cela en faisait quatorze qu'il ne lui avait pas parlé. Pourtant, les souvenirs qu'il gardait d'elle étaient aussi nets que s'ils s'étaient séparés la veille. Il n'avait jamais eu de nouvelles d'elle, hormis ce qu'il pouvait lire dans la presse. Lorsqu'il avait appris qu'elle s'était remariée avec un producteur d'Hollywood, cela lui avait donné un coup au cœur, même s'il s'était réjoui pour elle. Dix-huit ans plus tôt, Carole Barber avait été l'amour de sa vie.

Il se gara dans la rue devant l'hôpital. Un instant plus tard, il se présentait à l'accueil et demandait qu'on lui indiquât la chambre de Carole. Il lui fut aussitôt répondu qu'on ne donnait aucun renseignement la concernant et que les visites n'étaient pas autorisées. Il remit sa carte à l'employée, tout en demandant à voir le directeur de l'hôpital. Elle y jeta un coup d'œil et, ayant reconnu son nom, disparut aussitôt.

Trois minutes plus tard, le directeur de l'hôpital arriva. Il scruta le visage de Matthieu, comme pour vérifier qu'il était bien celui qu'il prétendait être. La carte portait le nom du cabinet d'avocats familial où il travaillait depuis son départ du gouvernement, dix ans auparavant. Il avait soixante-huit ans, mais il avait le maintien et l'allure d'un homme plus jeune.

— Monsieur le ministre ? demanda le directeur, avec une certaine inquiétude.

Il n'avait aucune idée de ce qui pouvait l'amener, mais le nom de Matthieu et sa réputation étaient légendaires. Aujourd'hui encore, on voyait de temps à autre son nom dans les journaux. Il était fréquemment consulté et souvent cité. Pendant trente ans, il avait disposé d'un énorme pouvoir et il émanait toujours de lui une grande autorité.

— Je peux faire quelque chose pour vous, monsieur ?

L'expression de Matthieu était presque inquiétante. Il paraissait à la fois soucieux et profondément troublé.

— Je suis là pour voir une amie de longue date, dit-il d'une voix grave. Elle était proche de mon épouse.

Il ne voulait pas éveiller la curiosité, bien que cette demande ne pût qu'intriguer ceux qui en auraient connaissance. Il ne lui restait plus qu'à espérer que le directeur de l'hôpital saurait faire preuve de discrétion. Matthieu aurait préféré que sa présence ne soit pas divulguée dans la presse, mais, au point où il en était, il aurait tout risqué pour revoir Carole. Il savait que c'était peut-être sa dernière chance. L'auteur de l'article avait précisé qu'elle était dans un état critique.

— On m'a dit que les visites étaient interdites, ajouta-t-il.

Le directeur devina instantanément à quelle patiente il faisait allusion.

— Nos familles étaient très intimes, précisa Matthieu.

Il paraissait sombre et désespéré, ce que le petit homme zélé ne manqua pas de remarquer.

— Il est clair que nous pouvons faire une exception pour vous, monsieur. Souhaitez-vous que je vous accompagne jusqu'à sa chambre ? Nous parlons bien de Mme Waterman, c'est-à-dire miss Barber, n'est-ce pas ?

— En effet. Et, oui, j'accepterais volontiers que vous me meniez jusqu'à elle.

Sans un mot, le directeur le guida jusqu'à l'ascenseur, qui arriva presque immédiatement, bondé de médecins, d'infirmières et de visiteurs qui sortirent de la cabine, laissant la place aux deux hommes. Le directeur appuya sur un bouton et, un moment plus tard, ils se trouvaient à l'étage de Carole. Matthieu sentit son cœur s'emballer. Il n'avait aucune idée de ce qui l'attendait dans la chambre, ni qui il rencontrerait. Il était peu probable que les enfants le reconnaissent étant donné qu'ils étaient très jeunes à l'époque. Il supposait que son mari actuel se trouvait auprès d'elle, mais avec un peu de chance, ils ne seraient pas là.

Le directeur passa par le bureau des infirmières et glissa quelques mots à l'oreille de la surveillante. Elle hocha la tête, jeta un coup d'œil curieux en direction de Matthieu et pointa du doigt une porte, un peu plus loin dans le couloir. Anxieux, Matthieu suivit le directeur. Sous l'éclairage froid des néons, il paraissait son âge. Le directeur s'arrêta devant la chambre et fit signe à Matthieu d'y entrer.

Ce dernier hésita, puis il murmura :

— Sa famille est-elle avec elle ? Je ne voudrais pas les déranger.

Il venait de prendre conscience que sa présence pouvait paraître incongrue. L'espace d'un instant, il avait oublié que Carole ne lui appartenait plus.

— Vous voulez que je vérifie si elle est seule ? demanda le directeur.

Matthieu hocha la tête, sans pour autant fournir d'explication, mais l'autre devina sa requête.

— Je vais voir.

Il poussa la porte, qui se referma aussitôt derrière lui. Dans le couloir, Matthieu n'avait pas eu le temps de regarder à l'intérieur. Une minute plus tard, le directeur réapparut.

— Sa famille est là, confirma-t-il. Voulez-vous que je vous conduise dans la salle d'attente ?

Cette suggestion parut soulager Matthieu.

— Très volontiers. Ils doivent vivre de durs moments.

De nouveau, ils longèrent le couloir, jusqu'à ce que le directeur le fasse entrer dans une petite pièce. C'était parfait pour Matthieu, qui craignait de susciter la curiosité et souhaitait être seul en attendant de voir Carole. Il ignorait combien de temps cela durerait, mais il était prêt à patienter toute la journée s'il le fallait. Il obéissait à une urgence : il devait la voir maintenant.

Le directeur l'invita à prendre un siège.

— Désirez-vous boire quelque chose, monsieur ? Une tasse de café, peut-être ?

— Non, merci. J'apprécie votre aide. La nouvelle m'a bouleversé.

— Nous l'avons tous été, répondit le directeur. Elle est restée ici deux semaines avant qu'on découvre son identité.

Les yeux de Matthieu reflétaient une profonde affliction.

— Vous pensez qu'elle se remettra ? s'enquit-il.

— C'est trop tôt pour le dire. On ne sait jamais avec les traumatismes crâniens. Elle est encore dans le coma, mais elle respire par elle-même, ce qui est bon signe. Cependant, elle n'est pas encore hors de danger.

Matthieu hocha la tête.

— Je reviendrai vous voir, promit le directeur. Les infirmières vous apporteront ce que vous désirerez.

Et il quitta Matthieu après que celui-ci l'eut remercié une dernière fois. L'homme qui avait été autrefois ministre de l'Intérieur s'assit tristement. Perdu dans ses pensées, il ressemblait à n'importe quel visiteur préoccupé par la santé d'une personne chère. Matthieu de Billancourt avait été l'un des hommes les plus puissants de France. Aujourd'hui encore, il jouissait dans le pays d'un immense respect. Pourtant, il éprouvait la même peur que tous ceux qui venaient dans le service pour prendre des nouvelles d'un proche. Il était terrifié pour elle, mais aussi pour lui-même. Le seul fait de la savoir si proche réveillait en lui des émotions depuis longtemps oubliées.

Jason, Stevie, Anthony et Chloé se trouvaient au chevet de Carole depuis plusieurs heures. Chacun à leur tour, ils s'étaient assis auprès d'elle pour lui caresser la main ou lui parler.

Chloé embrassait les doigts bleus de sa mère qui dépassaient du plâtre, tout en la suppliant de revenir à elle :

— Reviens, maman, je t'en prie… On veut juste que tu te réveilles ! répétait-elle d'une voix enfantine.

Finalement, elle se contenta de rester assise auprès de sa mère, le corps secoué de sanglots. Stevie la prit par les épaules, puis elle lui donna un verre d'eau et Anthony prit sa place.

Il s'efforçait d'être courageux, mais il ne parvenait pas à prononcer plus de quelques mots sans s'effondrer. Jason se tenait debout derrière eux, les traits crispés par l'angoisse. Ils ne cessaient de parler à Carole, car il y avait toujours une infime possibilité qu'elle les entende. Ils priaient pour que cela la tire du coma, mais jusque-là il n'y avait eu aucune amélioration. Les enfants et Jason étaient accablés de chagrin et épuisés par le décalage horaire. Stevie tentait vaillamment de leur remonter le moral, bien qu'elle ne fût pas en meilleure forme qu'eux. C'était nécessaire, autant pour Carole que pour eux. Mais, en son for intérieur, elle était aussi anéantie qu'eux.

Quand ce fut son tour de s'asseoir auprès d'elle, elle gronda doucement sa « patronne » comme si elle pouvait l'entendre :

— Allez, Carole, tu as ton bouquin à écrire, ce n'est pas le moment de te laisser aller.

Jason ne put s'empêcher de sourire. Il aimait beaucoup Stevie. Elle leur était précieuse et se montrait formidable avec eux trois, sans compter qu'elle adorait Carole.

— Tu ne trouves pas que tu pousses un peu loin le syndrome de la « page blanche » ? continuait Stevie. Est-ce que tu as réfléchi, à propos de ce livre ? Je crois que tu le devrais. Les enfants sont là, eux aussi. Chloé est ravissante. Elle a changé de coiffure et elle s'est acheté une tonne de trucs à la mode. Tu comprendras quand tu recevras la facture !

Ces commentaires firent rire les autres.

— Cela devrait suffire à la réveiller, conclut Stevie.

L'après-midi avait été long et éprouvant. Ils souhaitaient tous désespérément entrevoir un changement, mais rien ne se produisait. La vue de ce corps inerte et de ce visage mortellement pâle les mettait au supplice.

— Nous devrions peut-être rentrer à l'hôtel, suggéra finalement Stevie.

Jason semblait sur le point de s'évanouir. Le matin, ils avaient juste pris leur petit déjeuner et, depuis, aucun d'entre eux n'avait rien avalé. Jason était blême et Chloé paraissait ne jamais pouvoir s'arrêter de pleurer. L'état d'Anthony n'était guère meilleur. Quant à Stevie, elle se sentait défaillir.

— Je crois que nous avons tous besoin de nous restaurer, dit-elle. S'il se produit quoi que ce soit, l'hôpital nous préviendra. Pour l'instant, nous ne pouvons rien faire de plus, conclut-elle avec bon sens.

Jason hocha la tête. Bien qu'il ne fût pas un gros buveur, il ressentait le besoin d'un verre d'alcool.

— Je ne veux pas partir, affirma Chloé en pleurant de plus belle.

Passant un bras autour des épaules de sa sœur, Anthony la serra légèrement contre lui.

— Sois raisonnable, Chlo. Maman ne voudrait pas nous voir dans cet état et nous devons préserver nos forces.

Un peu plus tôt, Stevie leur avait suggéré de faire quelques brasses dans la piscine de l'hôtel et il en avait bien envie. Il avait besoin de faire un peu d'exercice, pour libérer la tension à laquelle ils étaient tous soumis. Il en allait de même pour Stevie.

Elle réussit finalement à les persuader de quitter la chambre. Cette petite victoire ne la réjouissait pas, car elle n'avait pas plus qu'eux le cœur à partir, mais elle savait qu'il leur fallait garder leurs forces. Personne ne savait au bout de combien de temps Carole sortirait du coma et ils ne pouvaient pas se permettre de s'effondrer. Ils ne seraient d'aucune aide à Carole si cela arrivait. Elle devait donc s'occuper d'eux. Il lui fallut une éternité pour les traîner jusqu'à l'ascenseur. Chloé avait oublié son pull, Anthony son manteau. Ils retournèrent dans la chambre l'un après l'autre, puis ils entrèrent enfin à contrecœur dans la cabine, se promettant de revenir quelques heures plus tard. Ils répugnaient à laisser leur mère seule.

Depuis la salle d'attente, Matthieu les vit partir. Il ne reconnut personne parmi eux, mais il savait qui ils étaient. Dès qu'il les avait entendus parler, il avait reconnu leur accent américain. Il y avait deux hommes et deux femmes. Dès que les portes de l'ascenseur se furent refermées sur eux, il alla voir la surveillante. Normalement, les visites étaient interdites, mais il était Matthieu de Billancourt, le respecté ex-ministre de l'Intérieur. Le directeur de l'hôpital avait d'ailleurs laissé ses instructions : on devait se conformer aux désirs de l'illustre visiteur. Il était clair que les règlements ne le concernaient pas et c'était d'ailleurs bien ainsi qu'il l'entendait. Sans un mot, la surveillante le conduisit dans la chambre de Carole. Elle ressemblait à une princesse endormie, malgré son cathéter au bras. Une infirmière contrôlait les moniteurs. D'une pâleur mortelle, Carole ne bougea pas lorsqu'il lui caressa doucement le visage. Les yeux de Matthieu exprimaient tout ce qu'il avait ressenti autrefois pour elle. L'infirmière resta dans la pièce, mais elle se détourna discrètement, devinant qu'elle assistait à une scène très intime.

Il resta là un long moment, comme s'il s'attendait à ce qu'elle se réveille. Finalement, il inclina la tête, les yeux humides, et quitta la chambre. Carole était aussi belle que dans ses souvenirs, comme si les années n'avaient fait que l'effleurer. Sa chevelure était restée la même. On lui avait ôté son bandage et Chloé avait brossé les cheveux de sa mère avant de partir.

L'ex-ministre de l'Intérieur resta assis un long moment dans sa voiture, puis il enfouit son visage dans ses mains et se mit à pleurer. Il se rappelait tout ce qui s'était passé, toutes les promesses qu'il n'avait pas tenues. C'était la seule et unique fois de sa vie où il avait trahi sa parole. Bien qu'il persistât à penser qu'il n'avait pas eu le choix, il l'avait regretté pendant toutes ces années et le regrettait encore. Elle savait bien qu'il ne pouvait pas faire autrement, et c'est pourquoi elle l'avait quitté. Il ne l'en avait jamais blâmée. À l'époque, il avait bien d'autres responsabilités. Il aurait seulement voulu pouvoir en parler avec elle maintenant. En partant, elle avait emporté son cœur avec elle et elle le possédait encore. Il ne supportait pas l'idée qu'elle pût mourir. Lorsqu'il s'éloigna au volant de sa voiture, tout ce qu'il savait, c'était qu'il devait la revoir. Malgré les quinze années qui s'étaient écoulées depuis leur séparation, malgré tout ce qu'ils avaient vécu chacun de leur côté durant cette période, il était toujours aussi amoureux d'elle. Il avait suffi qu'il revoie son visage pour qu'elle s'empare de nouveau de son âme.

6

Cinq jours après leur arrivée à Paris, Jason demanda un entretien aux médecins, afin de faire le point. Carole était toujours inconsciente et, hormis le fait qu'on avait débranché le respirateur, rien n'avait changé. Cela faisait maintenant trois semaines qu'elle était dans le coma. Ils étaient tous terrifiés à l'idée qu'elle pourrait ne plus jamais se réveiller.

Tout en se montrant très compréhensifs, les médecins ne leur cachèrent pas la vérité. Si Carole ne revenait pas bientôt à elle, son cerveau risquait de rester endommagé à jamais. C'était malheureusement déjà plus que probable. Ses chances de guérison diminuaient à mesure que le temps passait. Leurs propos confirmèrent les pires craintes de Jason. Sur le plan médical, on ne pouvait rien faire pour améliorer l'état de Carole, qui se trouvait désormais entre les mains de Dieu. Certains patients étaient sortis du coma au bout d'encore plus longtemps, mais plus ce délai s'allongeait, plus les chances d'un retour à la normale s'amenuisaient. Quand les médecins quittèrent la chambre, Chloé sanglotait dans les bras d'Anthony dont le visage ruisselait de larmes. Jason était assis, accablé de chagrin.

Prenant une profonde inspiration, Stevie s'essuya les yeux.

— Écoutez-moi bien, tous ! lança-t-elle. Carole n'a jamais été du genre à démissionner. Vous savez comment elle est. Elle a toujours fait les choses à son rythme et c'est ce qu'elle va faire, cette fois encore. Nous ne devons pas perdre confiance. Qu'est-ce que vous penseriez d'aller quelque part, aujourd'hui ? Vous avez besoin de faire une pause.

Les autres la fixèrent comme si elle était folle.

— Où, par exemple ? Tu voudrais qu'on fasse les boutiques ? s'exclama Chloé avec indignation.

Les deux hommes semblaient abattus. Tous quatre passaient leurs journées à faire des allers et retours entre l'hôtel et l'hôpital, aussi malheureux dans un lieu que dans l'autre. En dépit de son propre désarroi, Stevie essayait de leur remonter le moral.

— Vous pourriez aller… au cinéma, au Louvre, à Versailles ou à Notre-Dame, par exemple. Nous sommes à Paris, essayons d'imaginer ce qu'elle voudrait que nous fassions. Ce dont je suis sûre, c'est qu'elle ne souhaiterait pas que vous restiez assis ici toute la journée.

Au début, sa proposition fut accueillie avec un manque total d'enthousiasme.

— On ne peut tout de même pas la laisser seule et l'oublier, rétorqua sévèrement Jason.

— Je vais rester auprès d'elle. Vous, efforcez-vous de vous distraire pendant deux heures. Et, oui, Chloé, pourquoi pas les boutiques ? Qu'est-ce que ferait ta maman, à ton avis ?

— Elle s'achèterait des chaussures après être passée chez la manucure, déclara Chloé, une lueur malicieuse au fond des yeux. Je crois aussi qu'elle se ferait épiler les jambes.

— C'est parfait. Je veux que tu achètes au moins trois paires de chaussures, aujourd'hui. Ta maman s'en serait offert au moins autant. Si tu en trouves davantage, ce sera encore mieux. Je vais te prendre un rendez-vous avec la manucure de l'hôtel. On te fera les ongles des mains et des pieds, ainsi qu'une épilation à la cire. N'oublions pas le massage. Cela vous ferait du bien aussi, messieurs. Pourquoi ne pas retenir un court de squash, au Ritz ?

Stevie savait qu'ils aimaient tous les deux y jouer.

— Ce ne serait pas un peu bizarre ? demanda Anthony d'une voix coupable.

Pourtant, le sport lui avait manqué toute la semaine. À force de rester assis dans cette chambre, il avait l'impression d'être un animal en cage.

— Pas du tout ! répliqua Stevie. Les hommes disputeront une partie de squash pendant que Chloé se fera faire les ongles, ensuite massages pour tout le monde. Je peux demander qu'on vous les fasse dans vos chambres, si vous préférez. Ensuite, vous pourriez nager un peu. Et pourquoi ne pas déjeuner à la piscine, pendant que vous y serez ?

Jason ne put s'empêcher de lui sourire avec gratitude. Malgré lui, il appréciait la proposition.

— Et vous ?

— Je m'assois auprès de Carole et je m'occupe de vos rendez-vous, dit-elle sur un ton léger. Où est le mal, si vous vous absentez quelques heures ? Cela vous fera du bien.

Durant la maladie de Sean, elle avait tout géré pendant que Carole restait au chevet de son mari plusieurs jours d'affilée, surtout après les séances de chimiothérapie. Jason et les enfants se sentaient coupables chaque fois qu'ils quittaient l'hôpital. Ils craignaient de ne pas être là quand Carole se réveillerait. Malheureusement, cela ne semblait pas devoir arriver prochainement. Après avoir téléphoné à l'hôtel et fixé les rendez-vous, Stevie ordonna à Chloé de s'arrêter rue du Faubourg-Saint-Honoré pour s'acheter des chaussures. Elle était certaine qu'elle y trouverait son bonheur. Et il y avait aussi des boutiques pour hommes. Comme s'ils étaient tous les trois des enfants, elle les chassa de la chambre vingt minutes plus tard. En partant, ils lui étaient finalement reconnaissants d'avoir usé d'autorité. Après leur départ, elle reprit tranquillement sa place auprès de Carole. L'infirmière de service lui adressa un léger signe de tête. Elles ne parlaient pas la même langue, mais d'une certaine façon elles se connaissaient, maintenant. L'infirmière avait à peu près le même âge que Stevie. Cette dernière lui sourit puis se tourna vers Carole.

— On ne plaisante plus, ma grande. Tu dois réagir. Les médecins commencent à s'énerver et il est temps de te réveiller. Tu as besoin d'une manucure, tes cheveux sont dans un triste état et le mobilier est nul, ici. Il faut que tu rentres au Ritz. D'ailleurs, tu as un livre à écrire. Je te rappelle aussi que nous fêtons Thanksgiving dans quelques jours… Tu *dois* te réveiller, ajouta Stevie d'une voix un peu désespérée. Ce n'est pas juste pour les enfants, ni pour personne, d'ailleurs. Tu n'es pas une dégonflée, Carole. Tu as suffisamment dormi. Réveille-toi !

C'était le genre de propos qu'elle lui avait tenus après la mort de Sean. Et à l'époque, Carole avait réagi assez vite, peut-être parce que c'était ce que Sean aurait voulu.

102

— J'en ai vraiment assez, reprit-elle, et je suis sûre que toi aussi. Tu ne t'ennuies pas ? Le rôle de la Belle au bois dormant… Ça commence à bien faire !

Il n'y eut aucun mouvement, aucun son venant du lit. Stevie se demanda s'il était vrai que les gens plongés dans le coma entendaient ce que leurs proches leur disaient. Quoi qu'il en fût, elle misait sur cette possibilité. Assise auprès de Carole, elle lui parla pendant tout l'après-midi, lui racontant les petites choses du quotidien, comme si Carole avait pu l'entendre. L'infirmière vaquait à ses occupations, mais elle semblait désolée pour elle. Dans l'ensemble, les infirmières avaient perdu tout espoir de voir l'état de Carole s'améliorer et les médecins n'étaient pas loin de penser la même chose. Trop de temps s'était écoulé depuis l'attentat. Plus les jours passaient, moins ils croyaient que Carole se réveillerait. Stevie en était bien consciente, mais elle refusait de se laisser décourager.

À 18 heures, après huit heures passées au chevet de Carole, Stevie la quitta pour rentrer à l'hôtel et s'occuper des autres. Elle espérait que cette journée de « congé » leur avait fait du bien.

— Je m'en vais, maintenant, dit-elle à Carole comme elle le faisait à Los Angeles lorsqu'elle quittait son bureau. Demain, on arrête de rigoler. Les plaisanteries les plus courtes sont les meilleures. Je t'ai accordé une journée supplémentaire de repos, mais ça suffit. Tu as eu tout le temps de te remettre. Demain, on se remet au boulot. Tu te réveilleras, tu regarderas autour de toi, tu prendras ton petit déjeuner. Ensuite, on écrira quelques lettres, sans compter que tu auras pas mal de coups de fil à passer. Mike appelle tous les jours. J'ai épuisé toutes les excuses, maintenant il va falloir que tu lui téléphones toi-même.

Elle savait qu'elle devait paraître folle, mais elle se sentait mieux en s'adressant à Carole comme si elle était là, quelque part, et qu'elle pouvait l'entendre. D'ailleurs, c'était vrai, l'agent et ami de Carole, Mike Appelsohn, appelait tous les jours. Depuis que la presse s'était emparée de l'événement, il venait aux nouvelles au moins deux fois par jour. Il était complètement anéanti. Carole était une toute jeune fille lorsqu'il l'avait rencontrée pour la première fois. Il l'avait découverte dans un drugstore de La Nouvelle-Orléans, puis il avait changé sa vie à jamais. À soixante-dix ans, il se portait comme un charme. N'ayant pas d'enfants, il considérait un peu Carole comme sa fille. Il avait supplié Jason de le laisser venir à Paris, mais ce dernier lui avait conseillé d'attendre au moins quelques jours. C'était déjà assez dur, sans avoir tous les amis de Carole sur le dos, même s'ils étaient bien intentionnés. Stevie leur était reconnaissante qu'ils lui aient permis de se joindre à eux, mais elle leur était utile. Tout comme Carole, ils auraient été perdus sans elle. C'était son rôle. Carole avait bien sûr beaucoup d'amis à Hollywood, mais depuis le temps que Stevie était là et travaillait pour elle, elle était plus proche de son assistante que de n'importe lequel d'entre eux.

— Tu as compris ? insista-t-elle. Aujourd'hui, c'était la dernière fois que tu perdais ton temps à dormir. Désormais, tu ne joueras plus les divas, allongée sur ce lit. Tu vas te réveiller et écrire ton fichu bouquin. Je ne vais sûrement pas le faire à ta place. Tu as suffisamment fait ta paresseuse. Prends une bonne nuit de sommeil et demain matin, debout ! C'est l'heure. Les vacances sont finies. Nous en avons tous plus qu'assez. Et si tu me demandes mon avis, y en a marre, des vacances !

Si elle avait compris ce discours, l'infirmière aurait sans doute éclaté de rire. Quand Stevie s'en alla, elle lui sourit. Son service s'arrêtait une heure plus tard. En partant, Stevie se sentait complètement exténuée. Elle avait parlé à Carole toute la journée, alors qu'en présence des autres, elle osait tout juste lui adresser quelques mots affectueux. Elle n'avait pas prévu de le faire, mais une fois qu'ils étaient partis, elle avait tenté sa chance. Si cela ne faisait pas de bien, cela ne ferait pas de mal non plus. Qu'avait-elle à perdre ?

Une fois dans le taxi, elle se laissa aller contre la banquette et ferma les yeux. Les paparazzis habituels attendaient près du Ritz, dans l'espoir de photographier les enfants de Carole, mais aussi Harrison Ford et sa famille, qui venaient d'arriver, et Madonna, qui était attendue le lendemain.

Thanksgiving approchait mais, vu les circonstances, Jason, Stevie et les enfants n'avaient pas le cœur à faire la fête. Pourtant, Stevie s'était entretenue avec le chef cuisinier, afin d'organiser un vrai repas de fête dans un des salons privés. C'était le moins qu'elle pouvait faire. Les patates douces et les guimauves étant difficiles à trouver à Paris, elle avait demandé à Alan, son petit ami, de lui en envoyer des États-Unis. Il l'appelait chaque jour et, comme tous, il espérait que Carole allait se rétablir et priait pour elle. Il était adorable, mais elle ne se voyait pas l'épouser. Pas plus que n'importe qui d'autre, d'ailleurs. En fait, elle était mariée à son travail et à Carole, et le ressentait encore plus maintenant, en cette période d'extrême nécessité et de danger.

Ce soir-là, Jason et les enfants étaient de meilleure humeur. Stevie les incita à dîner à l'Espadon, le restaurant de l'hôtel. La salle était brillamment éclairée, accueillante, animée et la cuisine était fabuleuse. Stevie ne se joignit pas à eux. Après un bon massage, elle se fit servir un repas dans sa chambre et se coucha. Ils l'avaient tous remerciée pour la façon dont elle avait organisé leur journée. Cela leur avait fait beaucoup de bien. Chloé avait acheté six paires de chaussures et une robe, chez Saint Laurent. À son grand étonnement, Jason s'était lui-même acheté deux paires de mocassins chez Hermès, pendant qu'il attendait sa fille. Bien qu'Anthony détestât le shopping, il avait trouvé quatre chemises à son goût. Comme ils avaient emporté très peu de vêtements, les deux hommes s'étaient en outre acheté quelques pulls et des jeans. Après la piscine et les massages, ils se sentaient régénérés. Jason avait battu son fils au squash, ce qui était rare et l'avait revigoré. Malgré les circonstances, ils avaient passé une journée relativement bonne.

L'hôpital appela à 6 heures du matin. Lorsque Stevie entendit la sonnerie, son cœur fit un bond dans sa poitrine. C'était Jason. Le service de réanimation l'avait contacté le premier. À une heure aussi matinale, cela ne pouvait signifier qu'une seule chose. Quand Stevie décrocha, il pleurait.

— Mon Dieu ! s'écria-t-elle.

— Elle s'est réveillée, sanglota-t-il. Elle a ouvert les yeux. Elle ne parle pas, mais ses yeux sont ouverts et elle a répondu au médecin en hochant la tête.

— Oh mon Dieu… Oh mon Dieu… répétait Stevie.

Elle avait cru qu'il l'appelait pour lui annoncer la mort de Carole.

— J'y vais, dit Jason. Vous voulez m'accompagner ? Je vais laisser les enfants dormir. Je ne veux pas leur donner de faux espoirs, tant que nous n'aurons pas vu comment elle va.

— Je viens ! Je serai prête dans cinq minutes. Elle a dû m'entendre, ajouta-t-elle, mi-pleurant, mi-riant.

Elle savait que ce n'étaient pas ses paroles qui avaient causé ce miracle, mais plutôt Dieu et le temps. Cependant, la force qui émanait de son discours avait peut-être contribué à aider Carole à ouvrir les yeux.

— Qu'est-ce que vous lui avez dit ? demanda Jason en essuyant ses larmes.

Après son dernier entretien avec le médecin, la veille, il avait perdu tout espoir. Mais maintenant, Carole s'était réveillée… C'était la réponse à toutes ses prières.

— Je lui ai dit que nous en avions assez de ses caprices, qu'elle devait réagir et se réveiller. Quelque chose comme ça.

— Beau travail, s'exclama Jason en riant. Nous aurions dû utiliser ces arguments plus tôt. Elle a dû se sentir coupable, en vous entendant.

— Je l'espère.

C'était le plus beau cadeau de Thanksgiving qu'ils pouvaient espérer.

— Je frapperai à votre porte dans cinq minutes, ajouta Jason avant de raccrocher.

Lorsqu'il se présenta devant sa chambre, elle était vêtue d'un jean et d'un pull par-dessus lesquels elle avait enfilé son gros manteau. Elle portait les bottes de cow-boy qu'elle mettait souvent pour aller travailler. Elle les avait achetées dans un dépôt-vente et prétendait qu'elles lui portaient chance. C'était sûrement vrai, puisqu'elle les avait justement mises la veille !

Pendant le trajet désormais familier, ils bavardèrent avec animation. Stevie était impatiente de voir Carole, mais Jason lui rappela qu'au dire du médecin, elle ne parlait pas encore. Cela pourrait prendre un certain temps, mais au moins était-elle sortie du coma. En l'espace d'une nuit, tout avait changé. Ils se dépêchèrent d'arriver à sa chambre. Devant la porte, l'agent de sécurité leur adressa un signe de tête, songeant que cette visite matinale n'était pas bon signe. La matinée était froide et ensoleillée et pour Stevie, c'était le plus beau jour de sa vie. Pour Jason, il venait en troisième position, après la naissance de ses deux enfants. Mais d'une certaine façon, Carole venait de renaître. Elle s'était réveillée !

Lorsqu'ils entrèrent, Carole était allongée sur son lit, les yeux grand ouverts. La femme médecin qui la suivait était debout près d'elle. Elle venait d'arriver. Elle avait été la première à avoir été prévenue et elle était aussitôt accourue. Elle sourit aux nouveaux arrivants, puis à sa patiente. Carole croisa le regard du médecin, qui s'adressait à elle dans un anglais teinté d'un fort accent français, mais elle ne répondit pas. Elle se taisait, ne souriait pas, se contentant d'observer, mais lorsqu'on le lui demanda, elle serra la main du médecin. Son visage était totalement inexpressif et ressemblait à un masque. Stevie lui parla comme si elle était celle qu'elle avait toujours été et Jason se pencha pour l'embrasser. Carole n'eut aucune réaction. En fait, elle ferma les yeux et se rendormit. Le médecin, Jason et Stevie quittèrent la chambre pour discuter.

— Elle ne réagit pas, remarqua Jason avec inquiétude.

Stevie, elle, était au comble de l'excitation. Pour elle, c'était un début et en tout cas un gros progrès par rapport à la veille.

— Ne soyez pas impatient, répondit le médecin. Pour l'instant, elle ne vous reconnaît peut-être pas. Il se peut qu'elle ait perdu en grande partie la mémoire. L'hippocampe et le cortex, qui stockent tous les deux les souvenirs, ont été touchés. Nous ignorons à quel point elle recouvrera ses facultés. Avec un peu de chance, elle retrouvera la mémoire et son cerveau fonctionnera de nouveau normalement. Mais cela pourra prendre du temps. Elle doit tout se rappeler, maintenant… Comment bouger, comment parler, comment marcher. Son cerveau a subi un choc terrible, mais désormais nous pouvons reprendre espoir. Nous n'en sommes qu'au commencement.

Elle paraissait très contente. Les médecins avaient presque abandonné l'espoir que Carole sorte du coma. C'était bien la preuve que les miracles pouvaient se produire, au moment où on les attendait le moins.

Se tournant vers Stevie, elle lui sourit.

— L'infirmière m'a dit que vous lui avez parlé toute la journée, hier. On ne sait jamais ce que les patients dans le coma entendent ou ce qui fait la différence.

— Je suppose que c'était juste le bon moment, répondit modestement Stevie.

L'attente leur avait paru à tous durer une éternité. Les huit derniers jours avaient été un véritable calvaire. Au moins Carole n'avait-elle pas eu conscience de ce qui se passait, alors que ses proches avaient dû affronter la terreur de la perdre. C'étaient les pires journées que Stevie avait vécues et cela l'avait marquée à jamais.

— Nous allons lui faire passer dans la journée de nouveaux scanners et une IRM, reprit le médecin. Je vais demander à un orthophoniste de venir, pour voir comment elle réagit. Il est possible que, pour l'instant, elle ne se souvienne pas des mots. Nous allons lui donner un petit coup de pouce pour l'aider à les retrouver, mais il nous faut quelqu'un qui parle anglais.

Stevie leur avait dit que Carole parlait le français, mais la rééducation devait se faire dans sa langue maternelle. Le travail aurait été bien plus difficile en français.

— Je peux travailler avec elle, si quelqu'un me montre comment faire, suggéra Stevie.

Le médecin lui sourit de nouveau. L'éveil de sa patiente constituait une immense victoire pour elle.

— Je crois qu'hier vous avez fait du bon travail avec elle.

Stevie la trouva très indulgente à son égard. Nul n'aurait su dire ce qui avait réveillé Carole.

Jason et elle retournèrent à l'hôtel pour annoncer la nouvelle à Anthony et à Chloé. Quand leur père les arracha au sommeil, ils eurent la même réaction que Stevie lorsqu'il l'avait appelée. Dès qu'ils ouvrirent les yeux, une expression de pure terreur se peignit sur leurs traits.

— Maman ? s'exclama Anthony, pris de panique.

À vingt-six ans, c'était un homme, mais Carole était toujours sa maman.

— Elle est sortie du coma, le rassura Jason en pleurant. Elle ne parle pas encore, mais elle nous a vus. Elle va guérir, mon garçon.

Anthony fondit en larmes. Aucun d'eux ne savait en quoi consisterait exactement cette guérison, mais Carole était vivante et elle avait ouvert les yeux. C'était un début et un énorme soulagement.

Nouant ses bras autour du cou de son père, Chloé rit et pleura à la fois, comme une petite fille. Elle bondit ensuite hors de son lit et fit quelques pas de danse avant d'embrasser Stevie.

Le petit déjeuner fut gai et animé, et à 10 heures, ils partirent pour l'hôpital. Lorsqu'ils entrèrent dans la chambre, Carole les observa avec intérêt.

— Salut, maman ! lança Chloé en approchant du lit.

Elle se pencha pour déposer un baiser sur la joue de sa mère, qui ne réagit pas, mais parut quelque peu surprise. Pour le moment, les expressions de son visage étaient limitées. On avait ôté son pansement depuis plusieurs jours, révélant une assez vilaine cicatrice laissée par l'entaille. Ils y étaient tous habitués, mais Stevie savait que, lorsque Carole la verrait, elle serait dans tous ses états. Cela ne durerait qu'un temps, d'ailleurs. Ainsi que Jason l'avait dit, un bon chirurgien plastique y remédierait, dès leur retour aux États-Unis.

Étendue sur son lit, Carole les suivait des yeux. Quand Anthony l'embrassa à son tour, elle posa sur lui un regard interrogateur. À son tour, Jason s'approcha du lit pour lui prendre la main. Appuyée au mur, Stevie la fixait en souriant, mais Carole ne semblait pas l'avoir remarquée. Peut-être ne pouvait-elle pas encore accommoder sa vision.

— Tu nous rends très heureux, aujourd'hui, déclara Jason à son ex-épouse en lui souriant tendrement.

Carole posa sur lui un regard inexpressif. Il lui fallut du temps, mais elle parvint à articuler un mot :

— Fa... ti... guée.

— Je sais que tu es fatiguée, ma chérie, confirma-t-il doucement. Tu as dormi pendant très longtemps.

— Je t'aime, maman, dit Chloé.

— Moi aussi, enchaîna Anthony.

Elle les fixa comme si elle ne comprenait pas ce que cela signifiait, puis elle parla pour la seconde fois :

— De... l'eau...

D'une main tremblante, elle désignait son verre. Aussitôt, l'infirmière le porta à ses lèvres. Stevie se rappela soudain l'actrice Anne Bancroft, dans *Miracle en Alabama*. Tout comme le personnage qu'elle incarnait, ils allaient tout devoir reprendre depuis le début, mais au moins avaient-ils repris espoir, désormais. Carole ne leur parla pas et ne prononça pas leurs noms. Elle se contentait de les observer. Ils restèrent avec elle jusqu'à midi. Lorsqu'ils la quittèrent, elle semblait épuisée. Les deux fois où elle avait parlé, sa voix était méconnaissable. Stevie pensait que son enrouement était dû au tuyau du respirateur, qu'elle avait longtemps conservé. Sa gorge paraissait douloureuse, ses yeux lui mangeaient le visage et elle avait maigri, mais elle était toujours belle. Malgré sa pâleur, elle l'était même plus que jamais. Telle quelle, elle aurait pu incarner une héroïne tragique, comme Mimi, dans *La Bohème*. Par bonheur, la tragédie était derrière eux, désormais.

Un peu plus tard dans l'après-midi, Jason rediscuta avec le médecin. Chloé était partie faire du shopping, mais cette fois pour fêter le rétablissement de sa mère. C'était la meilleure des thérapies, ainsi que le disait Stevie. Quant à Anthony, il faisait du sport au gymnase de l'hôtel. Très soulagés, ils se sentaient moins coupables de reprendre des activités normales. Ils étaient même allés déjeuner au Voltaire, le restaurant préféré de Carole à Paris. Jason avait assuré que c'était une bonne façon de célébrer l'événement.

Le médecin leur apprit que les résultats de l'IRM et du scanner étaient bons et que le cerveau de Carole ne présentait apparemment aucune lésion. Les petites ramifications nerveuses s'étaient raccordées, mais on ne pouvait pour l'instant évaluer l'importance de son amnésie ni savoir si elle recouvrerait la totalité de ses fonctions cérébrales. Seul le temps le dirait. Elle semblait reconnaître les personnes qui lui avaient parlé et elle avait prononcé quelques mots, concernant pour la plupart des sensations physiques. Elle avait dit « froid » quand l'infirmière avait ouvert la fenêtre et « aïe » lors d'une prise de sang ou lorsqu'on avait ajusté son cathéter. Elle réagissait à la douleur et aux sensations, mais elle semblait déconcertée si le médecin lui posait une question impliquant une autre réponse que oui ou non. Lorsqu'on lui avait demandé son nom, elle avait secoué la tête et en apprenant qu'elle s'appelait Carole, elle avait haussé les épaules. Apparemment, c'était sans intérêt pour elle. L'infirmière avait d'ailleurs précisé qu'elle ne répondait pas quand on prononçait son prénom. Si elle ignorait qui elle était, il était peu probable qu'elle se souvînt de ses proches. Le médecin était d'ailleurs quasiment certaine que Carole ne savait pas qui ils étaient.

Ce n'était pas ce qui allait décourager Jason. Lorsqu'il rapporta l'entretien à Stevie, un peu plus tard, il affirma que ce n'était qu'une question de temps. Désormais, il était résolument optimiste. Un peu trop peut-être, songea Stevie. Intérieurement, elle avait déjà admis que Carole ne serait peut-être plus jamais la même. Elle s'était réveillée, mais il faudrait longtemps avant qu'elle redevînt celle qu'ils avaient connue, si même cela arrivait un jour.

Ce jour-là, il y eut une fuite, puisque le lendemain matin, les journaux annoncèrent que Carole Barber était sortie du coma. Elle n'occupait plus la une depuis déjà plusieurs jours, mais elle suscitait toujours l'intérêt du public. Il était clair qu'un membre du personnel était payé pour livrer des informations sur elle. C'était malheureusement monnaie courante, mais Stevie trouvait cela répugnant. C'était le lot de toutes les vedettes, cependant le prix lui semblait trop élevé. L'auteur de l'article laissait entendre que les lésions cérébrales pouvaient être définitives, en revanche la photo qui accompagnait le texte était superbe. Elle avait été prise dix ans auparavant, quand Carole était au summum de sa beauté. Avant l'attentat, elle était toujours très belle et même maintenant, elle était encore ravissante, pour une femme qui avait frôlé la mort.

Ayant appris la nouvelle, la police voulut l'interroger. Le médecin autorisa un bref entretien, mais il ne fallut pas plus de quelques minutes à l'inspecteur pour comprendre que Carole ne conservait aucun souvenir de l'attentat. Elle ne put donc fournir aucune information.

Chaque jour, Jason, les enfants et Stevie venaient la voir. Carole ajoutait à chaque visite quelques mots à son répertoire. *Livre. Couverture. Soif. Non !* Elle prononçait d'ailleurs ce terme très vigoureusement, à chaque prise de sang. La dernière fois, elle avait tenté d'écarter son bras et avait traité l'infirmière de « méchante », ce qui les avait tous fait sourire. Obligée finalement de céder, elle avait fondu en larmes, puis elle avait pris un air surpris et prononcé le mot « pleurer ». Stevie lui parlait normalement et parfois, Carole la fixait pendant des heures sans rien dire. Elle pouvait s'asseoir, maintenant, mais elle était incapable d'assembler les mots pour former une phrase, pas plus qu'elle ne pouvait prononcer leurs noms. Trois jours après son réveil, la veille de Thanksgiving, tous avaient bien conscience qu'elle ignorait totalement qui ils étaient. Ils en étaient bouleversés, particulièrement Chloé.

— Elle ne me reconnaît même pas ! se lamenta-t-elle, les yeux mouillés de larmes, lorsqu'elle quitta l'hôpital avec son père pour regagner l'hôtel.

— Cela viendra, ma chérie. Laisse-lui le temps.

— Mais si elle reste comme ça ?

La jeune fille formulait à haute voix leur pire crainte. Personne jusqu'à présent n'avait osé le dire.

— Nous consulterons les meilleurs médecins du monde, répliqua Jason.

Stevie se faisait du souci, elle aussi. Elle continuait de parler à Carole sans obtenir la moindre réaction de sa part. Parfois, un propos de Stevie lui arrachait un sourire, mais il était clair qu'elle ne la reconnaissait pas. Elle commençait tout juste à sourire et à rire. La première fois qu'elle avait ri, le son de sa propre voix l'avait effrayée au point qu'elle avait éclaté en sanglots. C'était comme d'observer un bébé. Elle avait bien du chemin à parcourir et beaucoup de travail devant elle. L'hôpital avait trouvé une orthophoniste anglaise qui la faisait travailler dur. Elle lui faisait répéter son prénom sans relâche, espérant que cela provoquerait une étincelle, mais jusque-là, rien ne s'était produit.

Le matin de Thanksgiving, Stevie expliqua à Carole quel jour on était et ce qu'il signifiait aux États-Unis. Lorsqu'elle lui parla du repas de fête, Carole parut intriguée. Stevie espéra avoir suscité un souvenir, mais il n'en était rien.

— Dinde ? Qu'est-ce que c'est ? fit-elle, comme si elle n'avait jamais entendu ce mot.

Stevie lui sourit.

— C'est un oiseau qu'on mange pendant le déjeuner.

Carole fit la grimace.

— C'est dégoûtant.

Stevie ne put s'empêcher de rire.

— Ça l'est parfois, mais c'est une tradition.

— Plumes ? demanda Carole avec intérêt.

On arrivait aux notions de base. Les oiseaux avaient des plumes… au moins, elle s'en souvenait.

— Non. Farce. Miam !

Stevie lui expliqua en quoi consistait la farce. Carole l'écouta avec attention.

— Difficile, se plaignit Carole, les larmes aux yeux. Parler. Mots. Peux pas les trouver.

Pour la première fois, elle paraissait frustrée.

— Je le sais et j'en suis désolée, mais ils reviendront. On pourrait peut-être commencer par les gros mots, ce serait sans doute plus amusant. Ce sont les meilleurs. Inutile de s'encombrer l'esprit avec *dinde* et *farce*.

— Gros mots ? répéta Carole.

Stevie hocha la tête en en lançant quelques-uns et elles se mirent à rire.

— Merde, dit fièrement Carole. Putain.

Il était clair qu'elle n'avait aucune idée de la signification des mots qu'elle répétait.

— Excellent, approuva Stevie en la couvant d'un regard affectueux.

— Nom ? demanda Carole, de nouveau triste. *Ton* nom, rectifia-t-elle.

Elle s'efforçait de s'exprimer en phrases, ainsi que le lui demandait l'orthophoniste, mais la plupart du temps, elle n'y parvenait pas. Pas encore.

— Je m'appelle Stevie. Stephanie Morrow. Je travaille pour toi, à Los Angeles. Nous étions amies, précisa-t-elle, les larmes aux yeux. Je t'aime beaucoup et je crois que c'est réciproque.

— Stevie, répéta Carole. Tu es mon amie.

C'était la plus longue phrase qu'elle avait composée depuis son réveil.

— C'est ça.

Jason vint embrasser Carole avant leur dîner de Thanksgiving, à l'hôtel. Les enfants avaient passé la matinée à nager et étaient en train de s'habiller dans leurs chambres. Levant les yeux vers lui, Carole lui sourit.

— Merde. Putain, dit-elle.

L'air surpris, Jason jeta un coup d'œil interrogateur à Stevie. Il se demandait visiblement ce qui s'était passé ou si Carole divaguait.

— Carole vient d'acquérir de nouveaux mots, lui expliqua la jeune femme avec un large sourire.

— Oh ! Parfait ! Ils peuvent se révéler utiles.

Tout en riant, il s'assit près du lit.

— Ton nom ? lui demanda Carole.

Il le lui avait dit, mais elle l'avait oublié. L'espace de quelques secondes, le visage de Jason s'assombrit.

— Jason, répondit-il.

— Tu es mon ami ?

Il hésita un peu avant de répondre. L'instant était important et en tout cas, il était clair qu'elle ne gardait aucun souvenir du passé. Cette évidence attrista Jason, qui parut soudain accablé de fatigue.

— J'ai été ton mari, expliqua-t-il d'une voix calme. Nous avons eu deux enfants, Anthony et Chloé. Ils étaient ici hier.

— Enfants ? répéta-t-elle, visiblement déconcertée.

Il comprit immédiatement la raison de son étonnement.

— Ils sont grands, maintenant. Ils sont nos enfants, mais ils ont vingt-deux et vingt-six ans. Ils sont venus te voir. Ils étaient avec moi. Chloé habite à Londres et Anthony à New York, tout comme moi. Nous travaillons ensemble.

C'était beaucoup d'informations à la fois.

— Où est-ce que je vis ? Avec toi ?

— Non. Tu habites à Los Angeles. Nous ne sommes plus mariés depuis longtemps.

— Pourquoi ?

Les yeux de Carole sondaient les siens. Elle avait besoin de tout savoir, afin de comprendre exactement qui elle était.

— C'est une longue histoire. Nous devrions peut-être en discuter une autre fois. Nous sommes divorcés

Ni lui ni Stevie ne souhaitaient lui parler de Sean. Il était encore trop tôt. Elle ne se souvenait pas qu'elle avait eu un second époux, elle n'avait donc pas besoin de savoir qu'elle l'avait perdu deux ans auparavant.

— C'est triste.

Apparemment, elle connaissait le sens du mot « divorce », ce qui étonna Stevie. Certains concepts lui étaient familiers, d'autres complètement étrangers. Bizarrement, celui-là était resté.

— Oui, admit Jason.

Ensuite, il lui parla de Thanksgiving et du repas qui les attendait à l'hôtel.

— Trop à manger, remarqua Carole. Malade.

De nouveau, il acquiesça en riant.

— Tu as raison, mais c'est une jolie fête. Ce jour-là, nous remercions Dieu de nous accorder Ses bienfaits. Aujourd'hui, par exemple, je Lui rends grâce parce que tu es assise là et que tu me parles. Cette année, c'est pour cette raison que nous Le remercions tous.

Stevie voulut quitter discrètement la pièce, mais Jason la retint. Ces temps-ci, ils n'avaient plus de secrets l'un pour l'autre.

— Moi, je vous remercie tous les deux, dit Carole en les regardant l'un après l'autre.

Elle ne savait pas très bien qui ils étaient, mais ils se montraient très gentils avec elle. Elle ressentait leur amour, qui lui arrivait par vagues. Il avait envahi la pièce de façon presque tangible.

Ils bavardèrent encore un peu avec elle. Quelques mots lui revinrent de nouveau en mémoire, pour la plupart en relation avec la fête. Les mots *tourte* et *tarte au potiron* surgirent, sans que Carole sût ce qu'ils signifiaient. Elle les prononça après que Stevie eut mentionné la tourte aux pommes devant elle.

Finalement, Jason et Stevie se levèrent pour partir. Jason prit gentiment la main de Carole.

— Nous devons retourner à l'hôtel pour fêter Thanksgiving avec Anthony et Chloé, expliqua-t-il. J'aurais bien aimé que tu puisses nous accompagner.

Carole fronça les sourcils, comme si le mot « hôtel » la renvoyait à une notion insaisissable qu'elle cherchait en vain à clarifier.

— Quel hôtel ?

— Le Ritz. C'est là que tu descends, quand tu viens à Paris. Tu t'y plais énormément et d'ailleurs, c'est un très bel établissement. Ils vont nous servir une dinde rôtie dans un salon privé.

— Cela semble sympathique, remarqua tristement Carole. Je ne me souviens de rien. Je ne sais pas qui je suis, qui vous êtes, où je vis… L'hôtel… Je ne me rappelle même pas Thanksgiving, la dinde ou les autres plats.

Le chagrin et la frustration lui faisaient monter les larmes aux yeux. Le cœur triste, Stevie et Jason la regardaient.

— Cela reviendra, assura tranquillement Stevie. Donne-toi un peu de temps. Pour l'instant, tu dois gérer énormément d'informations à la fois. Ne sois pas impatiente, ajouta-t-elle avec un sourire affectueux. Tu vas y arriver, je te le promets.

Carole la fixa dans les yeux.

— Tu tiens toujours tes promesses ? demanda-t-elle.

Elle ignorait le nom de son hôtel, mais elle connaissait la signification du mot « promesse. »

— Toujours, affirma Stevie en levant solennellement une main.

La voyant tracer une croix sur sa poitrine, Carole éclata de rire et prononça la formule en même temps que son amie.

— Croix de bois, croix de fer, si je mens je vais en enfer. Je m'en souviens ! s'écria-t-elle victorieusement.

Stevie la contempla avec affection.

— Tu vois ? Les choses importantes te reviennent, comme ce serment. Cela veut dire que tu retrouveras aussi le reste.

— Je l'espère ! Je vous souhaite de passer un bon moment. Mangez un peu de dinde pour moi.

Jason se pencha pour déposer un baiser sur son front, tandis que Stevie lui pressait la main.

— On t'en rapportera un peu ce soir, promit Jason, qui projetait de revenir avec les enfants.

Stevie embrassa à son tour son amie. C'était un peu bizarre, puisque pour Carole, elle était une étrangère, maintenant.

Carole en profita pour saisir sa main.

— Tu es grande, observa-t-elle.

Avec des talons, Stevie dépassait Jason, qui faisait pourtant plus d'un mètre quatre-vingts.

— C'est vrai, reconnut-elle. Toi aussi, mais moins que moi. Bonne fête de Thanksgiving, Carole. Sois la bienvenue, puisque te voilà revenue parmi nous.

— Putain, dit Carole en faisant la grimace.

Jason et Stevie se mirent à rire. Cette fois, ils avaient remarqué une lueur de malice dans ses yeux. Profondément heureuse de la savoir vivante et sortie du coma,

Stevie espérait qu'elle redeviendrait un jour elle-même et que les beaux jours renaîtraient.

Profitant du fait que Jason avait déjà quitté la chambre, Stevie adressa un grand sourire à son amie.

— Va te faire foutre ! C'est une expression très utile, tu verras.

Carole s'épanouit. Plongeant dans les yeux de celle qui était son amie depuis quinze ans, elle lança :

— Va te faire foutre, toi aussi.

Elles rirent en chœur, puis Stevie embrassa Carole avant de s'en aller à son tour. Ce n'était pas la fête de Thanksgiving qu'ils avaient tous espérée, mais Stevie n'en avait jamais connu de meilleure.

Et peut-être que Carole non plus.

7

Par hasard, Matthieu choisit justement de passer voir Carole cet après-midi-là, pendant que Stevie, Jason et les enfants dégustaient leur repas de fête à l'hôtel. Ne souhaitant pas les croiser, il avait pris de grandes précautions. Une telle rencontre l'aurait énormément embarrassé. Au début, l'état de Carole était tellement désespéré qu'il n'aurait pas voulu les déranger alors qu'ils étaient en plein désarroi. Mais il avait lu dans le journal qu'elle était sortie du coma et allait mieux, c'est pourquoi il était revenu. Il n'avait pas pu résister à la tentation.

Il entra lentement dans la chambre et la contempla avec amour, le cœur battant la chamade. C'était la première fois qu'il la voyait éveillée, pourtant, quand leurs regards se croisèrent, il ne perçut, dans celui de Carole, aucun signe qu'elle le reconnaissait. Il se demanda d'abord si c'était l'effet du temps ou du traumatisme crânien. Mais, après tout ce qu'ils avaient vécu ensemble, il ne pouvait croire qu'elle l'eût oublié. Lui-même avait pensé à elle chaque jour. Et il était presque certain qu'elle en avait fait autant. Elle aurait dû le reconnaître.

Lorsqu'il entra dans la chambre, elle posa sur lui un regard curieux. Elle ne se rappelait pas l'avoir vu auparavant. C'était un bel homme de haute taille, aux cheveux blancs et aux yeux bleus perçants, à l'expression grave. Il émanait de lui une telle autorité qu'elle se demanda s'il était médecin.

Il fut le premier à parler :

— Bonjour, Carole.

Ne sachant si elle savait encore parler français, il s'était adressé à elle dans un anglais teinté d'un fort accent français.

— Bonjour.

Il était clair, maintenant, qu'elle ne le reconnaissait pas. Après ce qu'ils avaient été l'un pour l'autre, il en eut le cœur brisé.

— J'ai certainement beaucoup changé, dit-il. Nous ne nous sommes pas vus depuis longtemps. Je m'appelle Matthieu de Billancourt.

Ce nom ne suscitait visiblement aucun écho en elle, mais elle lui sourit aimablement. Tout le monde était nouveau pour elle, dorénavant, y compris son ex-mari, ses enfants et, maintenant, cet homme.

— Vous êtes médecin ? demanda-t-elle distinctement.

Comme il secouait négativement la tête, elle poursuivit :

— Vous êtes mon ami ? l'interrogea-t-elle avec précaution, devinant que s'il ne l'était pas, il ne serait pas là.

Mais c'était sa façon de lui demander si elle le connaissait. Pour le savoir, elle était bien obligée de compter sur ses interlocuteurs. La question surprit Matthieu. Il lui avait suffi de la revoir pour retomber amoureux d'elle, mais apparemment, il n'était plus rien pour elle. Il ne put s'empêcher de se demander ce qu'elle éprouvait à son égard, avant l'accident. En tout cas, il lui était visiblement indifférent maintenant.

— Oui… Oui… Je suis un de tes amis très proches. Nous ne nous sommes pas vus depuis longtemps.

Comprenant soudain qu'elle n'avait pas encore recouvré la mémoire, il songea qu'il devait faire attention à ce qu'il disait, s'il ne voulait pas la bouleverser. Elle paraissait très fragile, perdue dans ce grand lit d'hôpital. Par ailleurs, il ne pouvait pas beaucoup parler, car il y avait une infirmière dans la pièce. Il ignorait si elle comprenait l'anglais, mais mieux valait être prudent.

— Nous nous sommes rencontrés quand tu habitais à Paris, lui dit-il.

Il donna à l'infirmière le gros bouquet de roses qu'il avait apporté pour elle.

— Je… J'ai habité à Paris ?

C'était nouveau, pour elle. Personne n'y avait encore fait allusion devant elle. Ce sentiment d'ignorer tant de choses sur elle-même la frustrait énormément. Matthieu le devina à son expression.

— Quand ? demanda-t-elle.

Elle savait qu'elle vivait à Los Angeles et qu'elle avait habité à New York avec Jason, mais personne n'avait mentionné Paris.

— Tu y es restée deux ans et demi et cela fait quinze ans que tu es partie.

— Oh !

Carole hocha la tête, mais elle ne posa pas d'autre question, se contentant de l'observer. Il y avait quelque chose, dans le regard de cet homme, qui la troublait profondément. Quelque chose qu'elle ne pouvait atteindre et qu'elle voyait de très loin. Elle ne savait pas ce que c'était, ni si c'était bon ou mauvais. Il la regardait avec une extrême intensité, brûlant d'un feu intense, mais elle n'en était pas effrayée. Elle ne comprenait pas ce que cela signifiait.

Songeant qu'il était préférable de s'en tenir au présent, Matthieu lui demanda avec sollicitude :

— Comment te sens-tu ?

Carole réfléchit un long moment, cherchant le mot le plus adéquat. Elle finit par le trouver. Il lui semblait qu'elle connaissait cet homme qui s'adressait à elle comme s'il était son ami, mais elle n'en était pas certaine.

— Tout se mélange, dans ma tête, avoua-t-elle. Je ne sais plus rien… Je ne trouve plus les mots et je ne me rappelle pas les gens. Il paraît que j'ai deux enfants, précisa-t-elle avec une sorte d'étonnement. Ils sont grands, maintenant. Ils s'appellent Anthony et Chloé.

Elle paraissait fière d'avoir retenu leurs prénoms. Elle s'efforçait de graver dans sa mémoire toutes les informations qu'on lui fournissait, mais il y en avait énormément.

— Je le sais. Je les ai connus, autrefois. Ils étaient merveilleux, tout comme toi.

Elle était toujours aussi belle que dans ses souvenirs, comme si le temps s'était contenté de l'effleurer. Il avait remarqué la cicatrice qui barrait sa joue, mais il s'abstint d'y faire allusion. Apparemment, elle était très récente.

— Tout finira par revenir, assura-t-il.

Elle hocha la tête, mais il était clair qu'elle ne partageait pas sa confiance. Elle avait conscience qu'énormément de faits et de personnes étaient effacés de sa mémoire.

— Nous étions bons amis ? demanda-t-elle.

Elle essayait de se souvenir, en quête de quelque chose qu'elle ne parvenait pas à atteindre. Elle ne trouvait pas le visage de cet homme dans sa tête. Quelle que fût la place qu'il avait occupée dans sa vie, il s'était évaporé avec les autres détails de son existence. Son esprit était une surface plane et nue.

— Oui, répondit-il simplement.

Ils se turent pendant un moment. Finalement, Matthieu s'approcha du lit et lui prit la main. Ne sachant comment réagir, elle le laissa faire.

— Je suis très heureux que tu ailles mieux, lui dit-il. Je suis venu te voir quand tu étais encore endormie. Je me réjouis que tu sois sortie du coma. Tu m'as manqué, Carole. J'ai pensé à toi pendant toutes ces années.

Elle n'osa pas lui en demander la raison. La façon dont il la regardait la mettait un peu mal à l'aise. Elle ne parvenait pas à mettre un nom sur cette impression, mais elle avait le sentiment qu'il ne la regardait pas comme Jason et les enfants. Ils lui paraissaient bien plus francs que lui. Il y avait quelque chose de caché, en cet homme, comme s'il y avait énormément de choses qu'il ne formulait pas, mais que ses yeux lui disaient, et elle avait du mal à déchiffrer le message.

— C'est gentil d'être venu me voir, dit-elle poliment.

La phrase avait surgi dans son esprit sans effort. Cela lui arrivait parfois, mais à d'autres moments elle devait livrer bataille pour trouver un seul mot.

— Me permets-tu de revenir ?

Ne sachant que répondre, elle hocha la tête. Les subtilités mondaines lui étaient encore inaccessibles, d'autant qu'elle ignorait toujours qui il était. Elle supposait qu'il avait été plus qu'un ami, pour elle, mais il ne lui avait pas dit qu'ils avaient été mariés. Elle ne pouvait pas deviner quel rôle il avait tenu dans sa vie.

Elle soutint son regard, cherchant dans ses yeux les réponses qu'il ne formulait pas.

— Merci pour les fleurs, dit-elle. Elles sont très belles.

— Toi aussi, ma chérie, murmura-t-il, la main de Carole toujours dans la sienne. Tu l'as toujours été et tu l'es encore. Tu as l'air d'une jeune fille.

Ce compliment suscita chez Carole un nouveau questionnement.

— Je ne sais même pas mon âge... Tu le connais ?

Il lui était facile de le déduire en ajoutant quinze ans à celui qu'elle avait au moment de leur séparation. Il savait qu'elle devait avoir cinquante ans, bien qu'elle ne les parût pas, mais il se demanda s'il devait le lui dire.

— Cela n'a pas grande importance, répondit-il. Tu es encore très jeune, alors que je suis un vieil homme, maintenant. J'ai soixante-huit ans.

Il avait bien le visage d'un homme de cet âge, mais pas l'esprit. Il émanait de lui une force et une énergie qui démentaient le nombre des années.

— Tu fais jeune, lui assura-t-elle gentiment. Mais si tu n'es pas médecin, qu'est-ce que tu fais ?

À ses yeux, il ressemblait toujours beaucoup à un médecin, la blouse blanche en moins. Il était très élégant, songea-t-elle. Sous son pardessus gris, il portait un costume bleu marine bien coupé, une chemise blanche et une cravate sombre. Il avait une épaisse chevelure blanche bien coiffée et des lunettes sans monture d'un goût très français.

— Je suis avocat.

Il ne précisa pas les fonctions qu'il avait occupées à la tête de l'État. Cela n'avait plus d'importance, désormais.

Hochant la tête, elle continua de l'observer attentivement, tandis qu'il portait sa main à ses lèvres et embrassait doucement ses doigts encore blessés.

— Je reviendrai te voir, promit-il. Tu vas aller mieux, maintenant. Je ne cesse de penser à toi, ajouta-t-il.

Elle ne savait absolument pas pourquoi. Cette opacité de son passé était extrêmement frustrante, puisqu'elle ignorait jusqu'à son identité et son âge. Cela donnait aux autres un avantage sur elle. Et maintenant, elle découvrait que cet étranger détenait un morceau du puzzle, lui aussi.

— Merci.

Ce fut tout ce qui lui vint à l'esprit. Il reposa doucement sa main sur le lit, lui sourit une dernière fois et s'en alla. L'infirmière qui se trouvait dans la chambre l'avait reconnu, mais elle se garda de dire quoi que ce soit à Carole. Elle n'avait pas à commenter la visite de l'ancien ministre. Après tout, Carole était une star du cinéma qui connaissait probablement tous les grands de ce monde. En tout cas, il était clair que Matthieu de Billancourt lui était très attaché et la connaissait bien. Carole elle-même le sentait.

Le soir, les autres revinrent après leur dîner, visiblement de très bonne humeur. Stevie avait apporté une petite portion de tous leurs plats. Elle les nomma, tandis que Carole les goûtait l'un après l'autre. Elle n'aima pas la dinde, mais trouva les guimauves délicieuses.

— Tu détestes la guimauve, maman ! s'écria Chloé avec étonnement. Tu disais toujours que c'étaient des cochonneries et tu ne nous permettais pas d'en manger.

— Quel dommage ! J'aime bien ce goût sucré, déclara Carole avec un sourire timide.

Tendant la main vers sa fille, elle ajouta :

— Je suis désolée d'avoir tout oublié, mais j'essaie de me rappeler.

Les larmes aux yeux, Chloé hocha la tête.

— Ce n'est pas grave, maman, on est là pour te renseigner. Pour la plupart, ce ne sont que des détails sans importance.

— Pas du tout, insista Carole. Je veux tout savoir... ce que tu aimes et ce que tu détestes, ce que nous adorions faire ensemble quand tu étais petite.

— Tu étais souvent absente, répondit très bas Chloé.

Son père lui jeta un coup d'œil réprobateur. Il était un peu tôt pour aborder ce genre de sujets.

De nouveau, Carole parut déconcertée.

— Pourquoi étais-je absente ?

— Tu travaillais beaucoup, se borna à répondre Chloé.

Anthony retint son souffle. Ces discussions entre sa mère et sa sœur, maintes fois entendues dans le passé, ne se terminaient généralement pas très bien. Il espérait que Chloé n'avait pas l'intention de bouleverser leur mère en s'engageant une fois de plus sur ce terrain. Il aurait été injuste d'accuser Carole alors qu'elle ne pouvait pas se défendre puisqu'elle avait tout oublié.

— Qu'est-ce que je faisais ? Quel était mon métier ?

Carole se tourna vers Stevie, comme si c'était d'elle qu'elle attendait cette information. Bien qu'elle ne se souvînt ni de son visage ni de son nom, elle sentait qu'elle était unie à cette jeune femme par un lien très fort.

— Tu es actrice, répondit Stevie. Tu es même une grande vedette.

— Moi ? s'étonna Carole. Les gens me connaissent ?

Cette idée lui paraissait parfaitement farfelue et cela les fit tous rire.

— Nous devrions peut-être préserver ta modestie et ne rien te dire, lança enfin Jason, mais tu es sans doute l'une des stars de cinéma les plus célèbres au monde.

— C'est bizarre...

C'était la première fois qu'elle utilisait le mot *bizarre*, ce qui déclencha de nouveau l'hilarité générale.

— Ce n'est pas bizarre du tout, assura Jason. Tu es une excellente actrice, tu as joué dans un nombre impressionnant de films et gagné deux oscars et un Golden Globe.

À son expression, il devina immédiatement que ces récompenses ne lui disaient rien. En revanche, le mot *film* ne lui était pas inconnu. Elle savait ce que c'était.

Se tournant vers Chloé, elle l'interrogea :

— Qu'est-ce que cela représentait, pour toi ?

L'espace d'un instant, elle était redevenue elle-même. Tout le monde retint sa respiration, attendant la réponse de Chloé.

— Rien de très agréable, souffla la jeune fille. Quand nous étions petits, ce n'était pas très drôle.

Carole en éprouva une grande tristesse pour sa fille, mais Anthony intervint aussitôt :

— Ne sois pas bête ! lança-t-il à sa sœur. On était bien contents d'avoir une vedette de cinéma pour maman, ajouta-t-il à l'adresse de sa mère. Tout le monde nous enviait, on allait dans des endroits super et tu étais très belle. Tu l'es toujours, d'ailleurs.

Tout en parlant, il souriait à Carole. Il avait toujours détesté les conflits qui opposaient sa mère et sa sœur. Il n'appréciait pas l'amertume de Chloé, bien qu'elle se soit adoucie ces dernières années.

— C'était peut-être bien pour toi, le rabroua Chloé, mais pas pour moi.

Elle se tourna vers sa mère qui la regardait avec compassion et lui pressa affectueusement la main.

— Je suis désolée, dit simplement Carole. Je ne trouve pas cela très amusant non plus. Si j'étais une enfant, je voudrais avoir ma mère tout le temps auprès de moi.

Se rappelant soudain qu'elle avait une question importante à lui poser, elle se tourna vers Jason. C'était terrible, de ne rien savoir !

— Est-ce que j'ai encore ma mère ? demanda-t-elle.

Il secoua négativement la tête, soulagé qu'elle changeât de sujet. Au bout de deux semaines d'une attente éprouvante pour ses proches, Carole venait de sortir du coma après avoir frôlé la mort et il ne voulait pas que Chloé la tourmente ou, pire encore, qu'elle se dispute avec elle. Ils savaient tous que la jeune fille en était capable. La mère et la fille avaient eu de nombreux différends jamais complètement réglés. En revanche, Anthony n'en avait jamais voulu à sa mère d'exercer son métier d'actrice. Il avait toujours été bien moins exigeant que Chloé et beaucoup plus indépendant que sa sœur, même enfant.

— Ta mère est morte quand tu avais deux ans et ton père quand tu en avais dix-huit.

Donc, elle était orpheline… Ce mot lui revint immédiatement en mémoire.

— Où ai-je passé mon enfance ?

— Dans une ferme du Mississippi. À dix-huit ans, tu as été remarquée par un producteur et tu es venue à Hollywood. Tu vivais à La Nouvelle-Orléans, quand on t'a découverte.

Carole ne se rappelait rien. Hochant la tête, elle se focalisa sur Chloé. Elle se sentait bien plus concernée par sa fille que par sa propre histoire. On aurait dit qu'elle était revenue à elle sous les traits d'une personne différente. Peut-être le serait-elle à jamais. Il était trop tôt pour le savoir. Pour l'instant, elle repartait à zéro et avait besoin d'eux pour l'informer sur son passé. Chloé s'y prenait avec sa franchise et sa brusquerie habituelles. Cela leur avait fait peur au début, mais Stevie songea que, finalement, c'était peut-être une bonne chose. Carole réagissait bien. Elle voulait tout savoir sur elle et sur eux, le meilleur comme le pire. Elle avait besoin de remplir les nombreuses cases vides de sa mémoire.

— Je suis désolée de m'être absentée si longtemps, assura-t-elle à sa fille. Tu devras tout me dire, à ce propos. Je veux savoir ce que tu éprouvais à l'époque. C'est un peu tard, puisque tu es une adulte, mais nous pouvons peut-être modifier certaines choses. Comment vas-tu, aujourd'hui ?

— Bien, répondit honnêtement Chloé. Je vis à Londres, où tu viens d'ailleurs souvent me voir. Je rentre à la maison pour Thanksgiving et Noël. Je n'aime plus Los Angeles. Londres me convient mieux.

— Où as-tu fait tes études ?

— À Stanford.

Carole ne réagit pas. Le nom ne lui rappelait visiblement rien.

— C'est une excellente université, précisa Jason.

Souriant à sa fille, Carole approuva du menton.

— Je n'en attendais pas moins de toi.

Cette fois, Chloé parut s'épanouir. Après cela, ils bavardèrent tous de choses et d'autres, puis Stevie, Jason et les enfants regagnèrent l'hôtel. Lorsqu'ils partirent, Carole semblait fatiguée. Stevie fut la dernière à quitter la chambre. Elle s'attarda un instant pour lui chuchoter quelques mots.

— Tu as été formidable, avec Chloé.

— Il va falloir que tu me racontes certaines choses. Je ne sais vraiment rien.

— D'accord, promit Stevie.

Elle remarqua alors le bouquet posé sur une table, dans un coin de la pièce. Il était composé d'une douzaine de roses rouges aux longues tiges.

— Qui te l'a apporté ?

— Je n'en sais rien. Un Français qui est venu me voir, mais j'ai oublié son nom. Il a dit que nous étions de vieux amis.

— Cela m'étonne, puisque les agents de sécurité sont censés ne laisser entrer personne.

Seuls les membres de la famille étaient autorisés à voir Carole, mais aucun agent de la sécurité n'aurait refoulé un ancien ministre de l'Intérieur.

— N'importe qui peut prétendre être un de tes anciens amis, dit Stevie. S'ils ne sont pas plus stricts, tu seras assiégée par tes fans.

Des centaines de bouquets avaient été déposés au rez-de-chaussée. Il y en avait tellement qu'on aurait pu en remplir plusieurs pièces, et Jason et Stevie les avaient distribués au personnel hospitalier.

— Tu ne l'as pas reconnu ? demanda-t-elle encore.

C'était une question stupide, mais elle se devait de la poser. On ne savait jamais. Tôt ou tard, des souvenirs feraient surface. Stevie attendait cet instant avec impatience et était convaincue que cela pouvait arriver d'un jour à l'autre.

— Bien sûr que non, répondit simplement Carole. Si je ne me rappelle pas mes propres enfants, comment me souviendrais-je de lui ?

— C'était juste une question. Je dirai au garde d'être un peu plus attentif.

Stevie avait déjà remarqué un ou deux détails qui lui avaient déplu et dont elle s'était plainte auprès de la direction. Quand l'agent de service prenait une pause, personne ne le remplaçait, et n'importe qui aurait pu pénétrer dans la chambre de Carole. Apparemment, c'était ce qui était arrivé. On pouvait espérer un peu plus de sérieux.

— Ce sont de jolies fleurs, en tout cas, dit-elle.

— Et celui qui me les a données était très sympathique. Il n'est pas resté très longtemps, d'ailleurs. Il m'a dit qu'il connaissait aussi mes enfants.

— Là encore, n'importe qui peut dire cela.

On devait absolument protéger Carole contre les curieux, les paparazzis, les fans ou pire encore. Jusqu'alors, l'hôpital n'avait jamais accueilli une vedette aussi célèbre. Jason et Stevie avaient envisagé d'engager un garde du corps, mais l'administration avait insisté pour assurer elle-même la sécurité de Carole. Stevie comptait bien remettre les pendules à l'heure. L'intrusion d'un étranger dans sa chambre pouvait troubler Carole encore davantage.

— À demain, Carole. Joyeux Thanksgiving, dit-elle en souriant chaleureusement à son amie.

— Va te faire foutre, répondit gaiement Carole.

Elles éclatèrent de rire. Son état continuait à s'améliorer, songea Stevie. L'espace d'une minute, elle était redevenue elle-même.

8

Le lendemain, Jason, Chloé et Anthony se rendirent au Louvre, puis firent une nouvelle fois les boutiques. Ils déjeunèrent tardivement au bar de l'hôtel, après quoi Jason et Anthony regagnèrent leurs chambres pour appeler leur bureau et travailler un peu. En raison de leur absence, ils avaient tous les deux pris du retard dans leurs dossiers, mais les circonstances étaient exceptionnelles et leurs clients faisaient preuve de compréhension. Les associés de Jason assuraient leur remplacement dans certaines affaires. Dès leur retour, le père et le fils comptaient bien se rattraper.

Pendant qu'ils travaillaient, Chloé alla nager et se fit masser. Lorsqu'elle avait demandé un congé, ses employeurs s'étaient montrés très compréhensifs, lui disant de rester auprès de sa mère le temps qu'il faudrait. Dans l'après-midi, elle eut même envie d'appeler un ami dont elle avait fait récemment la connaissance à Londres. Leur conversation dura près d'une demi-heure et permit à Chloé de le découvrir et de l'apprécier. Lorsqu'elle lui raconta ce qui était arrivé à sa mère, il se montra délicat et compatissant. Il lui promit de la rappeler bientôt et lui dit qu'il espérait vite la revoir à son retour. Il s'appelait Jake.

Stevie profita de ce que les autres vaquaient à leurs occupations pour rester avec Carole. Les médecins lui avaient conseillé de raconter à Carole le plus de détails possibles de sa vie passée. Ils espéraient ainsi réveiller sa mémoire et faire remonter ses souvenirs. Stevie ne demandait que cela, mais elle craignait de la bouleverser en lui rappelant des événements malheureux. Carole en avait eu plus que sa part.

Son sandwich à la main, la jeune femme s'assit en face de Carole pour bavarder. Elle n'avait aucune idée particulière en tête, mais Carole se chargea de la questionner, comme elle l'avait fait la veille à propos de ses parents. Elle commençait par le commencement.

Stevie en était à la moitié de son sandwich quand Carole lui demanda de lui parler de son divorce. Sur ce point, elle dut avouer qu'elle ne savait pas grand-chose.

— Je ne travaillais pas pour toi, à cette époque. Je sais qu'il a épousé une autre femme, après toi. Un top-model russe, je crois. Il s'est séparé d'elle un an après ton retour de France. À cette époque, tu m'avais engagée, mais tu ne me connaissais pas suffisamment pour me faire des confidences. Je crois qu'il est venu te voir deux fois et il me semble qu'il t'a demandé de reprendre la vie commune avec lui. C'est juste une impression, car tu ne m'en as jamais parlé. Mais tu n'es pas retournée avec lui. Tu lui en voulais énormément, à cette époque. Il a fallu deux ans pour que vos relations s'améliorent. Mais avant cela, vous vous disputiez sans cesse au sujet des enfants, au téléphone. Depuis dix ans, vous êtes bons amis.

Carole, qui avait cru le comprendre, approuva d'un signe de tête. Elle fouilla dans son esprit, en quête d'un souvenir de son mariage avec Jason, mais elle ne trouva rien. Sa mémoire était une page blanche.

— Est-ce que c'est moi qui l'ai quitté, ou le contraire ?

— Je n'en sais rien non plus. Il faudra que tu le lui demandes. À ma connaissance, tu as vécu à New York tant que vous avez été mariés, c'est-à-dire pendant dix ans. Ensuite, tu es allée en France, où tu as tourné un film très important dans ta carrière. Je crois qu'à cette époque, vous étiez déjà divorcés. Après le tournage, tu es restée deux ans de plus à Paris, avec les enfants. Tu avais acheté une maison que tu as revendue un an après ton installation à Los Angeles. C'était un joli petit hôtel particulier.

— Comment le sais-tu ? s'étonna Carole. Tu travaillais pour moi, à Paris ?

— Non, mais c'est moi qui me suis occupée de la vente. Tu n'as passé que deux jours à Paris. Tu m'as dit ce que tu voulais garder et que je devais expédier à Los Angeles. C'était une ravissante demeure du dix-huitième siècle, avec des boiseries et des parquets, de grandes portes-fenêtres donnant sur un jardin et des cheminées dans toutes les pièces. J'étais vraiment navrée que tu ne la conserves pas.

Carole fronça les sourcils, cherchant en vain à se rappeler tout ce que Stevie venait d'évoquer.

— Pourquoi ne l'ai-je pas fait ?

— Tu disais que cette maison était trop loin. Tu travaillais énormément et tu n'avais pas le temps de venir à Paris. Tu as récemment décidé de faire un séjour en France, mais à l'époque, je crois que tu ne le souhaitais pas. Quand tu ne travaillais pas, tu t'efforçais de passer plus de temps avec les enfants, en particulier avec

Chloé. Anthony a toujours été plus autonome que sa sœur.

Quand Stevie avait fait la connaissance du jeune garçon, il avait onze ans. Il était déjà entouré de copains et était content d'aller voir son père à New York pendant les vacances. En revanche, Chloé n'était jamais rassasiée de la présence de sa mère. Elle avait énormément besoin d'affection et c'était toujours le cas, bien qu'elle ait un peu gagné en indépendance. Désormais, Chloé menait sa propre vie et se montrait moins exigeante envers sa mère. Cependant, lorsqu'elle était avec Carole, elle appréciait toujours d'être le centre de ses attentions.

— Qu'y a-t-il de juste dans ce qu'elle m'a dit hier ? demanda celle-ci.

Elle paraissait sincèrement inquiète. Elle voulait savoir si elle avait été quelqu'un de bien ou pas.

— Ce n'est vrai qu'en partie, répondit Stevie avec impartialité. Lorsqu'elle était petite, tu travaillais beaucoup. À sa naissance, tu avais vingt-huit ans et tu étais à l'apogée de ta carrière. Je ne t'ai rencontrée que sept ans plus tard, mais elle t'en voulait déjà. Je crois que tu emmenais les enfants avec toi quand tu partais en tournage, du moins chaque fois que c'était possible. Tu engageais alors un précepteur. Évidemment, tu les laissais à la maison quand tu devais aller en Afrique, par exemple. Mais s'il s'agissait de l'Europe, ils partaient avec toi. C'était le cas lorsque j'ai commencé à travailler pour toi. Finalement, Anthony n'a plus voulu partir et quand ils sont allés au lycée, la question ne s'est plus posée. Mais tant qu'ils ont été petits, tu l'as fait. Leurs écoles râlaient, mais si tu ne les emmenais pas, c'était Chloé qui râlait. Je suis certaine qu'il n'est pas facile d'être l'enfant d'une vedette, mais j'ai toujours été impressionnée par le mal que tu te donnais pour passer le plus de temps possible avec eux. Encore maintenant, chaque fois que tu pars en voyage, tu t'arranges pour passer à New York ou à Londres pour les voir. Je me demande si Chloé comprend à quel point c'est inhabituel et ce que cela réclame d'efforts de ta part. Elle ne te témoigne que très peu de reconnaissance pour tout le temps que tu lui as accordé lorsqu'elle était enfant. D'après ce que je sais, tu étais pourtant une bonne mère. À mon avis, elle en voulait encore davantage.

— Pourquoi ?

— Certaines personnes sont ainsi, déclara sagement Stevie. Elle est jeune et elle peut essayer d'en connaître la raison, si elle le veut vraiment. C'est une gentille fille, mais elle m'agace lorsqu'elle te mène la vie dure. Je trouve que c'est injuste, mais elle est encore très enfantine à bien des égards. Elle a besoin de grandir. D'ailleurs, ajouta-t-elle en souriant, tu l'as trop gâtée. Tu lui donnes tout ce qu'elle veut. Je le sais, puisque c'est moi qui paie les factures.

— Je devrais avoir honte, affirma Carole en souriant.

Elle parlait bien, maintenant. Elle retrouvait les mots, mais pas l'histoire qui allait avec eux.

— Pourquoi crois-tu que j'agis ainsi ? demanda-t-elle.

— Par culpabilité, peut-être, et par générosité. Tu aimes tes enfants. Tu veux leur faire partager ta réussite. Chloé en profite pour te culpabiliser, mais je pense parfois qu'elle croit sincèrement avoir été lésée. Elle aurait sans doute voulu une mère au foyer qui n'aurait rien eu d'autre à faire que la déposer à l'école et revenir la chercher. C'est d'ailleurs ce que tu faisais, quand tu étais à la maison. En outre, tu ne te bornais pas à tourner des films, tu avais bien d'autres occupations.

— Lesquelles ?

Carole avait l'impression que Stevie lui parlait de quelqu'un d'autre. La femme que Stevie décrivait était une étrangère. En tout cas, ce n'était pas elle.

— Tu te bats pour défendre les droits des femmes depuis des années. Tu t'es rendue dans des pays sous-développés, tu t'es adressée au Sénat, tu as fait des discours à l'ONU. Quand tu crois en quelque chose, tu appliques l'adage selon lequel les actes valent mieux que les paroles. Je t'ai toujours admirée pour cela.

— Et Chloé ? Est-ce qu'elle m'admire aussi pour cela ? s'enquit tristement Carole.

Sans doute pas, si elle en croyait ce qu'avait dit Stevie.

— Non. Je pense plutôt qu'elle ne supporte pas la moindre contrainte et elle est trop jeune pour se préoccuper de ce genre d'engagement. Quoi qu'il en soit, tu as beaucoup voyagé pour ces causes, quand tu ne tournais pas.

— J'aurais peut-être dû rester davantage à la maison.

Carole se demanda si les choses pouvaient encore s'arranger, entre sa fille et elle. Elle l'espérait. Même si elle avait gâté Chloé, elle avait beaucoup à se faire pardonner.

— Cela n'aurait pas été toi, remarqua simplement Stevie. Tu avais toujours mille projets en cours.

— Et maintenant ?

— Un peu moins. Ces dernières années, tu as ralenti le rythme.

Stevie restait volontairement évasive, ne sachant si Carole était prête à entendre la vérité à propos de Sean. Si la mémoire lui revenait, supporterait-elle les émotions qui ne manqueraient pas de surgir ?

— Vraiment ? Mais pourquoi ? Pourquoi ai-je ralenti le rythme ?

Troublée, Carole fouillait en vain son esprit.

— Tu es peut-être fatiguée. Tu es plus difficile, en ce qui concerne les films. Tu n'as pas tourné depuis trois ans. Tu as refusé un nombre considérable de contrats, parce que tu ne veux plus de rôles clinquants ou purement commerciaux. Tu veux qu'ils aient un sens, pour toi. En ce moment, tu écris un livre, du moins tu essaies.

Stevie sourit et continua :

— Tu es venue à Paris pour cette raison. Tu pensais que tu pourrais plonger plus profondément en toi, ici.

Au lieu de cela, elle avait failli mourir. Stevie regretterait toujours que Carole ait entrepris ce voyage. Elle était traumatisée à l'idée qu'elle aurait pu la perdre.

— Je pense que tu recommenceras à jouer dans des films, quand tu auras terminé ce livre. C'est un roman, mais je crois que tu y mettras beaucoup de toi-même. C'est peut-être pour cela que tu étais bloquée.

— Est-ce que ce sont les seules raisons qui m'ont fait ralentir le rythme ? insista Carole.

Elle regardait la jeune femme avec l'innocence d'un enfant. Stevie hésita un instant avant de lui révéler la vérité. Mais, tôt ou tard, quelqu'un s'en chargerait, songea-t-elle.

— Non. Il y en a une autre, reconnut-elle avec un soupir. Tu as été mariée à un homme merveilleux. C'était vraiment quelqu'un de bien.

— Ne me dis pas que j'ai encore divorcé.

Carole semblait dépitée et malheureuse. Un divorce, c'était déjà triste, mais deux, cela devenait insupportable.

— Non, la rassura Stevie.

Mais le coup qu'elle allait lui infliger était pire, puisque Carole était devenue veuve. Elle avait perdu l'homme qu'elle aimait !

— Tu as été mariée pendant huit ans. Il s'appelait Sean. Sean Clarke. Au moment de votre mariage, tu avais quarante ans et lui trente-cinq. Il était producteur et avait beaucoup de succès. Il était incroyablement gentil et je pense que vous avez été très heureux. Tes enfants l'adoraient. Lui-même n'en avait pas et vous n'en avez pas eu ensemble. Il y a trois ans, il est tombé malade, très malade. Cancer du foie. On l'a soigné pendant un an. Il a pris les choses avec beaucoup de philosophie et de sérénité et a fait preuve de beaucoup de courage dans l'acceptation de ce qui lui arrivait. Il est mort dans tes bras, Carole, un an après que son cancer a été diagnostiqué. Après son décès, tu as mis un certain temps à te remettre. Tu as beaucoup écrit, un peu voyagé, passé du temps avec les enfants. Tu as refusé de nombreux rôles, mais tu as toujours affirmé que tu reviendrais au cinéma lorsque tu aurais terminé ton livre. Je crois que c'est ce que tu feras. Tu écriras ton livre, puis tu tourneras de nouveau. Tu as entrepris ce voyage à Paris en partie pour cette raison. Depuis le décès de Sean, tu as beaucoup mûri. Tu es plus forte, aujourd'hui.

Du moins, elle l'était jusqu'à l'attentat. Son réveil tenait du miracle, mais on ne pouvait pas savoir quelles répercussions ce drame aurait sur sa vie.

Stevie regardait Carole, dont les joues ruisselaient de larmes. Tendant le bras, elle lui caressa la main.

— Je suis navrée… Je ne voulais pas te raconter tout cela. C'était un homme adorable.

— Je suis contente que tu m'en aies parlé. C'est si triste ! J'ai perdu un mari que j'ai aimé et dont je ne me

142

souviens même pas. C'est comme perdre tout ce que tu as chéri ou possédé. J'ai perdu tous les gens qui ont fait partie de ma vie, oublié notre passé commun. Je ne me rappelle pas le visage de mon mari ni son nom, pas plus que je n'ai gardé le souvenir de mon mariage avec Jason. Je ne me souviens même pas de la naissance des enfants.

C'était une véritable tragédie pour elle, bien plus que le traumatisme qu'elle avait subi avec l'attentat. Les explications des médecins lui semblaient irréelles, et tout le reste aussi. Il lui semblait qu'on lui parlait de la vie de quelqu'un d'autre, pas de la sienne.

— Tu n'as perdu personne, en dehors de Sean, et un jour tu te rappelleras tous les moments merveilleux que tu as passés avec lui. Mais tous les autres sont là. Tes enfants, Jason… Tu as aussi ton métier. Le passé n'a pas disparu, même si, pour l'instant, il est effacé de ta mémoire. Les gens qui t'aiment ne partiront nulle part et le lien qui t'unit à eux est toujours là.

— Je ne sais même pas qui j'étais pour eux, qui je suis aujourd'hui… ou qui ils étaient pour moi, constata tristement Carole. J'ai l'impression d'être un bateau qui aurait coulé en emportant tout ce que je possédais.

— Il n'a pas coulé. Il se trouve quelque part dans la brume, mais quand le brouillard se lèvera, tu récupéreras tous tes biens, ainsi que tout l'équipage. De toute façon, tu n'as peut-être pas besoin de la plupart de tes bagages.

— Et toi ? demanda Carole en la regardant. Qu'est-ce que je suis, pour toi ? Est-ce que tu m'apprécies ? Est-ce que je te traite bien ? Aimes-tu ton travail ? Quel genre de vie mènes-tu ?

Elle voulait savoir qui était vraiment Stevie, et pas seulement ce qu'elle lui apportait. Même privée de mémoire, Carole était toujours la femme fantastique qu'elle avait été et pour qui Stevie avait tant d'affection.

— J'aime mon métier et je t'adore. Trop, peut-être. Je préfère travailler pour toi à n'importe quoi d'autre au monde. J'aime tes enfants, ce que nous faisons ensemble, les causes que tu défends. Si je t'aime autant, c'est parce que j'ai énormément d'admiration pour toi. Tu es vraiment quelqu'un de bien, Carole. Et une bonne mère, aussi. Ne laisse pas Chloé te convaincre du contraire.

Le comportement de la jeune fille peinait Stevie. Chloé leur avait posé beaucoup de problèmes, à Carole et à elle. Elle était dure envers sa mère et, lorsqu'elle parlait de son enfance, c'était souvent avec beaucoup d'amertume. En l'occurrence, Stevie estimait que la jeune fille aurait pu s'abstenir de revenir une fois de plus sur ce sujet douloureux.

— Je ne suis pas certaine que Chloé ait reçu de moi autant qu'elle était en droit d'en attendre, constata Carole, mais je suis contente que tu aies de l'estime pour moi et que tu m'apprécies. C'est horrible de ne rien savoir, d'ignorer ce que l'on est ou la façon dont on s'est comporté envers les gens. D'après ce que je découvre, je suis une pauvre idiote, et je te trouve très indulgente à mon égard. Je déteste l'état dans lequel je suis plongée, le fait de ne pas savoir ce qui avait de l'importance pour moi. C'est effrayant.

Carole avait vraiment peur, en effet. Elle avait le sentiment d'avancer dans l'obscurité, sans savoir à quel moment elle heurterait un mur, un peu comme quand les bombes avaient explosé, dans le tunnel.

— Parle-moi de ta vie, demanda-t-elle à Stevie. Tu es mariée ?

— Non, mais je vis avec quelqu'un.

— Tu l'aimes ? s'enquit Carole avec curiosité.

Elle voulait tout savoir de ses proches. Apprendre qui ils étaient et découvrir qui elle était.

— De temps en temps, répondit franchement Stevie, mais pas toujours. Je ne suis pas certaine de ce que j'éprouve pour lui, ce qui explique sans doute que je ne me sois pas mariée avec lui. En fait, je le suis avec mon boulot ! Il s'appelle Alan et il est journaliste. Il voyage beaucoup, ce qui me convient tout à fait. Notre histoire est commode et sans problème, mais je ne sais pas si on peut appeler cela de l'amour. Chaque fois que je pense au mariage, j'ai envie de prendre mes jambes à mon cou. Je n'ai jamais pensé que c'était indispensable, surtout quand on ne veut pas d'enfants.

— Pourquoi n'en veux-tu pas ? Tu le sais ?

— Je t'ai, toi, plaisanta Stevie. Je crois qu'il me manque une case. Je n'ai jamais ressenti le besoin d'être mère. Je suis heureuse comme je suis. J'ai un chat, un chien, un travail que j'aime et un copain avec qui je dors parfois. Cela me suffit. Je préfère que les choses soient simples.

— Et cela lui suffit ?

Loin d'être assouvie, la curiosité de Carole grandissait. Elle voulait en savoir davantage sur la vie que lui décrivait Stevie, mais qui lui paraissait un peu limitée. Stevie avait visiblement peur de quelque chose, mais Carole ne voyait pas de quoi il pouvait s'agir.

— Sans doute pas à long terme. Il veut des enfants et ce qui est sûr, c'est qu'il ne les aura pas avec moi, expliqua simplement Stevie. Il va avoir quarante ans et il pense que nous devrions nous marier. C'est peut-être ce qui va nous séparer définitivement. Je ne veux pas d'enfants, je n'en ai jamais voulu. J'ai pris cette décision il y a longtemps. J'ai eu une enfance malheureuse et je me suis promis de ne pas imposer cela à quelqu'un d'autre. Je n'ai pas envie qu'on me reproche un jour de ne pas avoir été à la hauteur. Regarde ce qui se passe avec Chloé. Tu as été une excellente mère, ce qui ne l'empêche pas de te faire des reproches. Je ne veux pas de cela. Je préfère la compagnie de mon chien. Et si je perds Alan à cause de cela, j'en conclurai que c'était inévitable. Dès le début, je lui ai dit que je ne voulais pas d'enfants et il était d'accord. Maintenant, peut-être son horloge biologique le rappelle-t-elle à l'ordre, mais pas la mienne. Je crois d'ailleurs que je n'en ai pas ou que je l'ai jetée aux orties depuis bien longtemps. En fait, j'en étais tellement sûre que je me suis fait ligaturer les trompes quand j'étais à l'université et je n'ai pas l'intention de revenir là-dessus. Je n'envisage pas non plus l'adoption. Je suis tout à fait heureuse comme je suis.

Elle semblait parfaitement sincère. Carole la fixait attentivement, cherchant à démêler le vrai de la peur. Sans doute y avait-il un peu des deux, dans les propos de Stevie.

— Que se passera-t-il s'il m'arrive quelque chose ? lui fit-elle remarquer. Je suis plus âgée que toi. Si je mourais, par exemple. Je devrais plutôt dire « quand » je mourrai. Cela aurait pu arriver, il y a trois semaines. Si je suis ce qu'il y a de plus important dans ta vie, que feras-tu quand je disparaîtrai ? Tu ne trouves pas cela effrayant ?

— Ça l'est pour n'importe qui. Que se passe-t-il quand un mari meurt ? Ou un enfant ? Ou quand un époux vous abandonne et qu'on se retrouve seule ? Nous devons tous affronter ce genre de situation un jour ou l'autre. Je mourrai peut-être avant toi. Ou alors, tu seras furieuse contre moi et tu me vireras, parce que j'aurai commis une erreur. Il n'y a aucune garantie dans la vie, à moins de sauter tous ensemble du haut d'un pont quand nous aurons atteint quatre-vingt-dix ans. Je ne vois pas d'autre solution que de prendre des risques, d'être honnête et de savoir ce que l'on veut. Je suis fidèle à moi-même. J'ai été honnête envers Alan, mais si cela ne lui convient plus, il peut s'en aller. Je ne lui ai jamais menti en prétendant que je voulais des enfants. Dès le début, je lui ai dit que je ne souhaitais pas me marier et que mon métier tenait la première place. Rien n'a changé. S'il ne peut pas le supporter ou s'il m'en veut pour cela, il ne lui restera plus qu'à me quitter pour chercher ailleurs ce qu'il désire. Nous en sommes tous là. Parfois, on ne s'entend avec quelqu'un que pendant un temps. C'est ce qui t'est arrivé avec Jason, sinon vous seriez encore ensemble. Rien ne dure toujours. C'est dans l'ordre des choses, je l'accepte et je fais de mon mieux pour que cela marche. C'est tout ce que je peux faire. J'admets que souvent Alan passe après toi et après mon travail. Il arrive aussi que je passe après le sien. Cela me convient. Et si notre histoire doit s'arrêter, je sais que l'on aura passé de bons moments ensemble. Je ne cherche pas le prince charmant, je veux juste une relation sans complications. Alan ne m'appartient pas plus que je ne lui appartiens. Le mariage m'apparaît comme une prison.

Cette honnêteté ressemblait tout à fait à Stevie. Elle ne mentait à personne et ne se leurrait pas elle-même. Qu'il s'agisse de sa vie, de son travail ou de ses amours, elle restait pragmatique. Elle avait les pieds sur terre et c'était justement ce qui rendait sa compagnie rassurante, songea Carole. Stevie était profondément authentique et sincère.

— Savoir que j'ai été une bonne mère est très important pour moi, déclara doucement Carole.

Même sans avoir retrouvé la mémoire, elle savait qu'il s'agissait d'une pièce capitale du puzzle.

— Tu l'es, affirma Stevie.

— Peut-être, mais j'ai l'impression que j'aurai fort à faire pour que Chloé me pardonne mes manquements. Je suis prête à l'accepter. Peut-être étais-je incapable de m'en apercevoir auparavant.

Obligée de repartir à zéro, Carole souhaitait être plus attentive et en profiter pour mieux faire les choses. D'une certaine façon, elle voulait se montrer à la hauteur du cadeau que lui faisait la vie. Heureusement, Anthony semblait satisfait de ce qu'elle lui avait donné, à moins qu'il ne fût plus indulgent que sa sœur. Peut-être les garçons étaient-ils moins exigeants envers leur mère que les filles. Visiblement, Chloé avait été frustrée et Carole devait essayer de combler le fossé qui s'était creusé entre elles. Elle avait hâte de le faire.

Stevie et Carole discutèrent jusqu'à ce que la nuit tombe. Stevie lui fit part de ce qu'elle connaissait de sa vie et de ce qu'elle savait de ses enfants et de ses deux maris. Carole lui demanda si elle avait eu une histoire d'amour lorsqu'elle vivait à Paris. Stevie en avait l'impression, mais elle ne savait pas grand-chose à ce sujet.

— En tout cas, cela n'a pas dû finir bien. Tu n'en parlais pas. Et quand nous sommes venues à Paris pour vendre la maison, tu étais visiblement pressée de quitter la France. Pendant tout le séjour, tu m'as paru accablée. Tu n'as vu personne, tu as réglé ta note d'hôtel et tu es repartie pour Los Angeles dès que tu m'as transmis les indications nécessaires. J'ai pensé que tu avais peur de rencontrer quelqu'un. Durant les cinq premières années où j'ai travaillé pour toi, tu es restée pratiquement seule. Puis tu es tombée amoureuse de Sean. J'ai toujours eu le sentiment que tu avais beaucoup souffert et que tu ne voulais plus t'engager. Je ne sais pas si c'est Jason ou quelqu'un d'autre qui t'a tant blessée. Je ne te connaissais pas suffisamment pour oser te le demander.

Aujourd'hui, Carole regrettait que Stevie ne l'ait pas fait, car elle aurait pu lui fournir de précieux renseignements.

— Je vais devoir le découvrir, constata-t-elle tristement. Si j'ai aimé un homme à Paris, il est perdu quelque part dans ma mémoire. Peut-être que cela n'a plus d'importance, après tout.

— Tu étais très jeune, à l'époque. Tu avais trente-cinq ans quand tu es revenue aux États-Unis, et quarante quand tu as fait la connaissance de Sean. Ceux avec qui tu es sortie avant lui avaient un rôle purement figuratif. Tu t'occupais exclusivement de tes enfants et des causes que tu défendais. Nous avons passé un an à New York parce que tu jouais une pièce à Broadway. C'était amusant.

— Je voudrais avoir gardé au moins des bribes de souvenirs, se plaignit Carole.

Pour l'instant, le passé lui était totalement inaccessible.

— Tu les retrouveras, affirma Stevie, qui se mit à rire. Crois-moi, il y a des pans entiers de ma vie que j'aimerais pouvoir effacer de ma mémoire. Mon enfance, par exemple. Ce fut un vrai désastre ! Mes parents étaient tous les deux alcooliques. À quinze ans, ma sœur s'est retrouvée enceinte et elle a été placée dans un foyer. Elle a abandonné son enfant, puis elle en a eu deux autres qu'elle a abandonnés de la même façon. Pour finir, elle a fait une dépression nerveuse et elle a été internée en hôpital psychiatrique à vingt et un ans. Elle s'est suicidée deux ans plus tard. L'atmosphère familiale était tellement cauchemardesque que je ne sais pas comment j'ai pu m'en sortir. C'est sûrement pour cette raison que je n'ai pas vraiment envie de me marier ni de fonder une famille. Pour moi, c'est synonyme de déchirements, de problèmes et de souffrance.

— Ce n'est pas toujours le cas, affirma doucement Carole. Je suis navrée pour toi. Tu as dû vivre des moments terribles.

— En effet, soupira Stevie. J'ai dépensé des fortunes en thérapie pour parvenir à m'en sortir. Je crois que j'ai réussi, mais je préfère ne pas en faire trop. Je suis ravie de vivre par procuration à travers toi. Avec toi, l'existence est très excitante.

— Je ne comprends pas très bien pourquoi. En tout cas, je ne suis pas de cet avis. Bien sûr, les tournages, les rôles, tout cela devait être très stimulant. Mais le divorce, le mari mort, la rupture parisienne… je ne trouve pas cela très drôle. Cela n'a rien d'un rêve.

— C'est exact. Aucun d'entre nous n'y échappe. Les gens célèbres ont les mêmes problèmes et les mêmes peines que le reste de l'humanité, si ce n'est plus. Tu as géré étonnamment bien ta renommée. Tu es restée incroyablement discrète.

— C'est déjà quelque chose, Dieu merci ! À ce propos, est-ce que je suis croyante ?

— Pas vraiment. Tu l'as été un peu, quand Sean était mourant et après son décès. Sinon, tu ne te rends pas très souvent à l'église. Tu as été élevée dans la religion catholique, mais je crois que tu es plus mystique que véritablement pratiquante. Comme tu es quelqu'un de bien, tu vis selon des valeurs humanistes. Tu n'as pas besoin d'aller à l'église pour cela.

Pour lui montrer qui elle avait été et était encore, Stevie se faisait le miroir de Carole.

— En sortant de l'hôpital, j'aimerais aller dans une église. Je crois que j'ai beaucoup de remerciements à adresser au ciel.

— Moi aussi, dit Stevie en lui souriant.

Peu après, elle lui dit au revoir et retourna à l'hôtel, tout en réfléchissant à ce qu'elles s'étaient dit tout au long de la journée. Épuisée, Carole s'endormit avant même que Stevie ne fût arrivée au Ritz.

Il fallait une somme énorme d'énergie pour reconstruire une vie qui s'était volatilisée.

9

Le samedi, toute la famille rendit une brève visite à Carole, qui était encore fatiguée par la longue conversation qu'elle avait eue la veille avec Stevie. Les mille questions qu'elle avait posées à son assistante sur son passé et sur sa personnalité l'avaient épuisée. Voyant qu'elle avait vraiment besoin de repos, ils ne s'attardèrent pas. Ils étaient à peine sortis de la chambre qu'elle dormait déjà. Stevie s'en voulait de ne pas avoir écourté leur discussion, mais la curiosité de Carole était insatiable.

Chloé et Anthony avaient projeté de passer le dimanche à Deauville et ils convainquirent Stevie de les accompagner. La perspective lui plaisait, d'autant que Jason lui avait fait comprendre qu'il souhaitait être un peu seul avec Carole, qui se sentait mieux après une journée de repos. Carole aussi avait envie de ce tête-à-tête avec Jason, car elle avait énormément de questions à lui poser sur la vie qu'ils avaient menée ensemble.

En arrivant dans la chambre, il l'embrassa avant de s'asseoir. Ils parlèrent d'abord de leurs enfants, s'accordant à trouver qu'ils étaient très réussis. Jason raconta à Carole que Chloé était contente de son premier emploi et qu'Anthony travaillait pour lui à New York. Il était fier de son fils, qui montrait de grandes qualités professionnelles.

— Ce garçon a toujours été super, affirma fièrement Jason. Enfant, il était déjà responsable. Ensuite, il a fait de très bonnes études. Il faisait partie de l'équipe universitaire de basket-ball. Il a eu une adolescence sans problème et il a toujours été fou de toi, précisa-t-il en lui souriant avec tendresse. Tu es parfaite, à ses yeux. Il va voir tes films au moins trois ou quatre fois et il y en a même un qu'il a vu dix fois en y emmenant tous ses amis. Chaque année, pour son anniversaire, il tenait à ce que nous passions ton dernier film. Je ne crois pas qu'il ait jamais été négatif. Il prend les choses comme elles viennent et, en cas de contrariété, il s'arrange pour en tirer le meilleur parti possible. Il a beaucoup de chance d'avoir un tel caractère. Cela lui donne beaucoup de force. Bizarrement, tes absences répétées lui ont rendu service, puisqu'il n'en est que plus débrouillard et indépendant. Je ne pourrais pas en dire autant de Chloé, qui a mal supporté ta carrière dès sa prime enfance. Chloé est insatiable. Elle veut toujours plus que ce qu'on peut lui donner. Pour elle, le verre est toujours à moitié vide, alors que celui d'Anthony déborde. C'est drôle comme deux enfants élevés par les mêmes parents peuvent être différents !

— Est-ce que je passais le plus clair de mon temps ailleurs qu'à la maison ? demanda Carole, qui semblait soucieuse.

— Non, mais tu étais souvent partie. Tu faisais tout ton possible pour emmener Chloé avec toi sur les lieux de tournage. Plus que tu ne l'aurais dû, à mon avis. Tu lui faisais manquer l'école et engageais une préceptrice, mais cela n'a rien changé. Chloé est constamment en manque d'affection et l'a toujours été.

— Peut-être a-t-elle des raisons de l'être, répondit Carole avec objectivité. Je ne vois pas comment j'ai pu être une bonne mère si j'ai tourné tous ces films.

Visiblement, cette idée la bouleversait, aussi Jason s'efforça-t-il de la rassurer :

— Tu y as réussi. Vraiment bien, même. Je pense que tu n'as été pas seulement une bonne mère, mais une mère merveilleuse.

— Pas si ma fille… notre fille… est malheureuse, rétorqua-t-elle.

— Elle ne l'est pas. Elle a seulement besoin de beaucoup d'attention. Pour satisfaire ses exigences, il faudrait y passer tout son temps. On ne peut pas arrêter ce que l'on fait pour satisfaire une personne. Moi aussi, j'aurais aimé que tu t'occupes plus de moi, quand nous étions mariés. Mais tu avais de multiples activités et tu n'as jamais négligé les enfants, bien au contraire, surtout entre les tournages. Il y a eu deux années difficiles, quand tu as remporté tes oscars et que tu as dû enchaîner film sur film. Mais même à cette époque, tu emmenais les enfants avec toi. Lorsque tu as tourné ce film à gros budget, en France, ils étaient avec toi. Si tu avais été médecin ou avocat, cela aurait été pire. Je connais des femmes qui ont des métiers plus ordinaires, à Wall Street par exemple, et qui n'ont pas un moment à consacrer à leurs enfants. Cela n'a jamais été ton cas. Je crois seulement que Chloé aurait voulu une maman au foyer, qui aurait confectionné des biscuits pour elle le dimanche et n'aurait rien fait d'autre que la conduire en voiture à l'école ou ailleurs. Tu imagines l'ennui !

— Si j'avais été la mère dont elle avait besoin, je ne suis pas certaine que je me serais tellement ennuyée, constata tristement Carole. Pourquoi n'ai-je pas renoncé à ma carrière quand nous nous sommes mariés ?

Cette possibilité lui paraissait raisonnable aujourd'hui, mais Jason ne put s'empêcher de rire.

— Je crois que tu n'as pas encore bien pris conscience de ta notoriété. Quand je t'ai connue, ta carrière démarrait en flèche et tu es rapidement devenue célèbre. Il aurait été inimaginable que tu t'arrêtes. Tu étais une vraie star et tu as même réussi à défendre les causes qui étaient importantes pour toi. Tu as très bien utilisé ta popularité. Si Anthony est si fier de toi, c'est aussi parce que tu t'es en plus débrouillée pour être une bonne mère. Nous sommes tous fiers de toi, d'ailleurs. Je suis persuadé que, même si la situation avait été différente, Chloé aurait eu l'impression d'être négligée. C'est dans son caractère. C'est peut-être ainsi qu'elle obtient ce qu'elle veut et satisfait ses besoins. Crois-moi, aucun de tes enfants n'a été abandonné ou n'a manqué d'amour. Loin de là !

— Je voudrais seulement que Chloé partage ce sentiment. Elle a l'air si triste, quand elle parle de son enfance…

Carole se sentait coupable, bien qu'elle n'eût gardé aucun souvenir de ce qu'elle avait fait ou n'avait pas fait.

— Elle suit une psychothérapie depuis un an, répondit Jason. Elle surmontera un jour toute cette frustration. Peut-être cet accident lui fera-t-il finalement comprendre sa chance de t'avoir. Tu es une mère cinq étoiles.

Même privée de mémoire, elle s'inquiétait pour ses enfants et fut reconnaissante à Jason de la rassurer. Elle se demandait si Chloé serait heureuse qu'elle passe quelques semaines à Londres, lorsqu'elle serait rétablie. Elle pensait que cela lui prouverait qu'elle se souciait d'elle et souhaitait lui consacrer du temps.

Elle ne pouvait pas faire revivre le passé ou réécrire l'histoire, mais elle pouvait au moins améliorer les choses à l'avenir. Il était clair que Chloé avait le sentiment d'avoir été négligée pendant son enfance. Carole devait peut-être saisir cette occasion pour lui donner ce qu'elle pensait n'avoir jamais eu. Elle désirait le faire, d'autant que rien ne la bousculait. Le livre qu'elle avait tenté d'écrire pouvait attendre, surtout qu'elle ne savait pas si elle s'y remettrait un jour. Depuis l'attentat, ses priorités avaient changé. En quelque sorte, il avait sonné l'alarme et lui offrait une dernière chance de bien faire les choses. Elle voulait en profiter pendant qu'il était encore temps.

Jason et elle continuèrent à discuter tranquillement. Il était assis à la même place que Stevie lorsqu'elle lui avait raconté ce qu'elle savait de sa vie. Maintenant, elle voulait que Jason lui apprenne leur passé.

— Qu'est-ce qui nous est arrivé ? demanda-t-elle, l'air un peu triste.

Puisqu'ils avaient divorcé, leur union n'avait pas connu une fin heureuse.

— Ouh… Bonne question !

Il n'était pas sûr qu'elle fût prête à entendre les révélations qu'il allait lui faire. Mais elle voulait savoir qui ils avaient été, ce qui s'était passé entre eux, la raison de leur divorce et ce qu'il était advenu d'eux par la suite. Stevie lui avait parlé de Sean, mais elle ignorait à peu près tout de sa vie avec Jason, sinon qu'ils avaient été mariés pendant dix ans, avaient vécu à New York et avaient eu deux enfants. Le reste était un mystère pour elle, et Carole n'aurait pas osé poser de questions à ses enfants. De toute façon, ils étaient sans doute trop jeunes à l'époque pour savoir ce qui était arrivé.

— Pour être franc, je n'en sais trop rien moi-même, constata finalement Jason. Il serait facile de dire que j'ai traversé la crise de la quarantaine au moment où tu étais au sommet de ta carrière. Le tout réuni a fait exploser notre couple. Mais, en réalité, c'est plus compliqué que cela. Au début, c'était formidable. Quand nous nous sommes mariés, tu étais déjà une vedette. Tu avais vingt-deux ans et moi trente et un. J'étais un des jeunes loups de Wall Street, je gagnais beaucoup d'argent et j'avais envie de produire un film. Le bénéfice que je devais en tirer était mince, mais cela m'amusait. J'étais jeune et j'avais envie de rencontrer des jolies filles, rien de plus. J'ai fait la connaissance de Mike Appelsohn pendant une réception, à New York. C'était un producteur de renom et il te servait d'agent depuis qu'il t'avait découverte. Il l'est encore, d'ailleurs. Il m'a invité à Los Angeles, où nous avons fait affaire. C'est ainsi que j'ai apposé mon nom sur un contrat, que je suis devenu partie prenante dans un film et que je t'ai rencontrée. Je n'avais jamais vu de plus belle fille de toute ma vie. Et en plus, tu étais simple. Tu étais jeune, douce, et honnête. Tu avais beau être à Hollywood depuis quatre ans et être une grande star, tu étais restée toi-même. C'était comme si toute cette célébrité ne t'avait pas gâtée. Tu avais même encore l'accent du Sud, à cette époque. J'adorais cela. Malheureusement, Mike t'en a débarrassée, et cela m'a toujours manqué. Il faisait partie de cette douceur que j'aimais tellement en toi. Tu n'étais qu'une enfant. Nous sommes tombés fous amoureux l'un de l'autre. Je prenais sans cesse l'avion pour venir te voir, pendant le tournage. Nous avons fait la une des journaux. Le petit génie de la Bourse et la star la plus célèbre du moment. En fait, les journalistes s'intéressaient surtout à toi. Tu étais absolument éblouissante.

Jason s'interrompit pour sourire à Carole.

— Tu l'es toujours, d'ailleurs. Mais à cette époque, je n'y étais pas habitué. Pour être franc, je ne crois pas m'y être jamais habitué. Par la suite, quand je me réveillais, le matin, je me pinçais pour m'assurer que j'avais bien épousé Carole Barber.

« Nous nous sommes mariés six mois après la fin du tournage. Au début, tu prétendais que tu étais trop jeune, ce qui était sans doute exact. J'ai fini par te convaincre de m'épouser, mais tu as été honnête. Tu m'as dit que tu ne voulais pas abandonner ta carrière. Tu prenais un grand plaisir à faire des films et moi, j'en prenais avec toi. Jamais je ne me suis autant amusé qu'à cette époque.

« Un week-end, Mike nous a emmenés à Las Vegas en avion et nous nous sommes mariés. Il a été notre témoin, ainsi que l'une de tes amies dont je suis incapable de me rappeler le nom. Elle était ta demoiselle d'honneur et toi, tu étais la jeune mariée la plus ravissante que j'avais jamais vue. Tu portais une robe des années trente, utilisée dans un film. Tu étais divine.

« Pour notre lune de miel, nous avons passé deux semaines à Acapulco, puis tu as repris ton travail. À l'époque, tu tournais environ trois films par an, ce qui était énorme. Les studios les produisaient en quantité industrielle. Ils engageaient les stars les plus célèbres et les plus gros producteurs. Tu étais la vedette la plus connue au monde et j'étais ton mari. Nous faisions constamment la une des journaux. Tout cela créait une forte pression sur les deux gamins que nous étions. Cela aurait pu nous détruire, mais ce n'est pas arrivé. Tu appréciais chaque minute de cette vie et ce n'est pas moi qui te l'aurais reproché ! Tu étais la femme la plus désirable de toute la planète, on t'adulait... et tu m'appartenais.

« La plupart du temps, tu étais en tournage, mais entre deux films, nous vivions à New York. Nous avions un grand appartement, sur Park Avenue. Chaque fois que je le pouvais, je te rejoignais, si bien que nous parvenions à être souvent ensemble. Nous parlions d'avoir des enfants, mais nous n'en avions pas le temps. Il y avait toujours un nouveau film à tourner. Nous étions mariés depuis deux ans quand Anthony est né sans que nous l'ayons vraiment programmé. Dès que cela s'est vu, tu as pris six mois de congé. Il avait trois semaines quand tu as repris le chemin des studios. Comme tu tournais en Angleterre, tu as engagé une nourrice et tu l'as emmené avec toi. Tu devais rester là-bas cinq mois, si bien que c'est moi qui te rejoignais toutes les deux semaines. Nous menions une vie un peu folle, mais ta renommée était si grande que tu pouvais difficilement ralentir le rythme. Tu étais trop jeune pour vouloir arrêter, ce que je comprenais parfaitement. Tu as de nouveau pris quelques mois de congé quand tu as été enceinte de Chloé. Anthony avait trois ans et tu l'emmenais au parc, comme toutes les autres mamans. J'adorais cela. Être marié avec toi, c'était comme de jouer au papa et à la maman avec une star de cinéma.

En évoquant cette époque, Jason avait des étoiles dans les yeux. Carole l'observait tout en se demandant pourquoi elle n'avait pas ralenti le rythme. Jason ne semblait pas s'en étonner autant qu'elle. Aujourd'hui, sa carrière ne lui semblait plus aussi importante, mais apparemment elle l'avait été, d'après ce que Jason lui disait.

— Un an après la naissance de Chloé, reprit-il, tu as été de nouveau enceinte. Je travaillais comme un fou pour monter mon affaire et toi, tu enchaînais les films dans le monde entier. Deux enfants nous suffisaient. Pourtant, nous avons fait contre mauvaise fortune bon cœur. Malheureusement, tu as perdu le bébé. Cela nous a complètement anéantis, toi comme moi. Je m'étais habitué à l'idée d'avoir un troisième enfant. Tu étais en Afrique, où tu faisais toi-même tes cascades, ce qui n'était pas prudent, et tu as fait une fausse couche. Quatre semaines plus tard, les producteurs t'ont demandé de reprendre le tournage. Tu avais un mauvais contrat qui t'obligeait à enchaîner deux autres films dans un délai rapproché. Tu vivais dans une folie continuelle. Deux ans plus tard, tu as remporté ton premier oscar et la pression a encore empiré. Je crois qu'à cette époque, quelque chose est arrivé… pas à toi, mais à moi.

« Tu avais trente ans, moi quarante. Je ne l'aurais jamais admis, mais je crois que j'étais vexé d'avoir une épouse qui réussissait mieux que moi. Tu avais amassé une immense fortune et tu étais célèbre dans le monde entier. Je commençais à en avoir assez de devoir négocier avec la presse, assez des ragots et de tous ces gens qui n'avaient d'yeux que pour toi chaque fois que nous entrions dans une pièce. On ne s'intéressait qu'à toi, jamais à moi. C'était dur pour mon ego. Peut-être aurais-je voulu être une star, moi aussi, qui sait ? Ou alors, mener une vie normale avec une épouse, deux enfants, une maison dans le Connecticut, des vacances au bord de la mer... Au lieu de cela, je sillonnais le monde en avion pour te rejoindre. Selon les tournages, tu emmenais les enfants avec toi ou je les gardais, mais tu étais malheureuse comme les pierres sans eux. Nous avons commencé à nous disputer fréquemment. J'aurais voulu que tu décroches, mais je n'avais pas le courage de te le dire, alors je t'en voulais. Chaque fois que nous nous retrouvions, nous nous disputions. Quand tu as eu ton second oscar, deux ans plus tard, ça a été la goutte d'eau qui a fait déborder le vase. J'ai compris que je n'avais plus le moindre espoir que tu interrompes ta carrière, en tout cas pas avant long-temps. Ton dernier contrat exigeait que tu t'installes à Paris pendant huit mois. J'étais hors de moi. J'aurais dû te le dire, mais je ne l'ai pas fait. Et toi, tu ne te doutais de rien. Tu étais trop occupée pour t'en rendre compte et je ne t'ai jamais avoué à quel point j'étais en colère. Tu tournais, tu t'efforçais de toujours emmener les enfants avec toi et tu prenais l'avion pour venir me voir dès que tu avais deux jours libres. Tu ne regardais pas ailleurs et tu m'aimais toujours, mais tu étais trop prise pour pouvoir venir à bout de tout ce que tu voulais mener de front : ta carrière, nos enfants et notre couple. Tu aurais peut-être décroché si je te l'avais demandé. Mais je ne l'ai pas fait.

Il la regarda avec un immense regret. Il lui avait fallu des années pour faire la part des choses et arriver à cette conclusion. Et aujourd'hui, il n'en cachait rien à Carole.

Puis son expression s'assombrit. Carole le fixait en silence, ne voulant pas l'interrompre par des questions.

— Je me suis mis à boire, reprit-il, et j'ai parfois dépassé les limites. J'ai fait la une des journaux plus souvent qu'à mon tour, mais tu ne m'as jamais fait le moindre reproche. Plusieurs fois, tu m'as demandé ce qui n'allait pas, mais je t'ai répondu que ce n'était pas grave. Et c'était vraiment ce que je croyais. Tu as essayé de rentrer à la maison plus souvent, mais une fois que le tournage a commencé à Paris, tu as été dans l'impossibilité de bouger, puisque tu travaillais six jours sur sept. Anthony avait huit ans et tu l'as inscrit à l'école. Chloé en avait quatre et allait au jardin d'enfants, quand tu ne l'emmenais pas sur le plateau avec la nourrice. Quant à moi, je menais une vie de célibataire. J'avais complètement perdu les pédales.

L'air gêné, Jason regarda son ex-femme, qui lui sourit.

— Je crois que nous étions tous les deux jeunes et bêtes, remarqua-t-elle avec gentillesse. Ce ne devait pas être très agréable d'être marié à une femme qui était absente la plupart du temps et travaillait autant.

Il hocha la tête avec gratitude.

— C'était dur. Plus j'y réfléchis, plus je suis persuadé que j'aurais dû te demander d'arrêter, ou au moins de ralentir le rythme. Mais avec tes deux oscars, tu étais extrêmement demandée et je ne me sentais pas le droit de détruire ta carrière. Alors, j'ai préféré détruire notre couple. Sache que je l'ai toujours regretté. Je ne te l'ai jamais dit auparavant, mais c'est la vérité.

Carole hocha la tête. Bien qu'elle ne se souvînt de rien, elle appréciait son honnêteté. Jason semblait quelqu'un de bien. À mesure qu'il le lui dévoilait, leur passé la fascinait. Comme d'habitude, maintenant, il lui semblait qu'on lui racontait l'histoire de quelqu'un d'autre. Le récit de Jason n'éveillait aucune image dans son esprit, mais en l'écoutant, elle se demandait pourquoi elle n'avait pas eu l'intelligence de sacrifier sa carrière pour sauver son couple. C'était comme si elle assistait à un cataclysme que rien ne pouvait arrêter. Les premiers signes étaient là, mais apparemment elle avait préféré sa carrière au reste. Et une fois que les éléments s'étaient mis en mouvement, il n'avait plus été possible de les arrêter. Elle comprenait aujourd'hui, tout comme Jason, d'où venaient leurs problèmes. Malheureusement, ils n'avaient pas été capables, à l'époque, d'empêcher le désastre. Toute à son succès, elle n'avait rien vu venir. Quant à Jason, il lui avait caché la rancune qui le rongeait, pour finalement s'en prendre à elle. Il lui avait fallu des années pour l'admettre. C'était tragique et banal à la fois. Elle était désolée de ne pas avoir été plus avisée, mais elle était jeune alors, même si ce n'était pas vraiment une excuse.

— Tu es partie à Paris avec les enfants, continua-t-il, pour incarner Marie-Antoinette dans un film à gros budget. Une semaine après ton départ, j'ai été invité à une soirée donnée par Hugh Hefner. À part toi, je n'avais jamais vu d'aussi jolies filles de toute ma vie, mais elles l'étaient moins que toi.

Il lui adressa un sourire empreint de regret et elle lui sourit en retour. C'était une histoire triste, dont la fin était prévisible. Il n'y avait pas de surprise. Elle savait comment cela allait se terminer. Les deux héros n'allaient pas vivre heureux ensemble, sinon il n'aurait rien eu à lui raconter.

— Ce n'étaient pas des femmes comme toi. Tu as toujours été quelqu'un de bien, tu ne m'as jamais trompé. Tu travaillais sans cesse et tu étais souvent absente, mais tu étais une véritable épouse, Carole. Tu l'as toujours été. Ces filles étaient différentes. C'étaient de vulgaires aventurières, des filles faciles, parmi elles il y avait de soi-disant starlettes et des mannequins. Elles n'avaient rien à voir avec toi. J'ai fait la connaissance d'un top model du nom de Natalya. Elle faisait sensation à New York, à cette époque. Tout le monde la connaissait. Elle chassait les grosses fortunes. Que ce soit moi ou quelqu'un d'autre, peu lui importait. Seul l'argent l'intéressait. Je crois qu'elle était la maîtresse d'un play-boy quelconque, à Paris. Je sais que, par la suite, elle a eu un certain nombre d'amants du même genre. Actuellement, elle vit à Hong Kong avec son quatrième mari. Il semblerait que ce soit un trafiquant d'armes brésilien, riche à millions, qui prétend être banquier, mais que je soupçonne d'être mêlé à des affaires très louches. Quoi qu'il en soit, elle m'a fait perdre la tête. Pour être honnête, j'avais trop bu, j'avais même pris de la cocaïne que quelqu'un m'avait donnée et je me suis retrouvé au lit avec elle. Nous n'étions plus chez Hugh Hefner, à ce moment-là, mais sur un yacht. J'avais quarante et un ans, elle vingt et un, toi trente-deux. Tu travaillais à Paris, tout en t'efforçant d'être une bonne mère et une bonne épouse, même si nous n'étions pas ensemble. Tu étais fidèle et je sais que l'idée de me tromper ne t'a jamais traversé l'esprit. À Hollywood, ta réputation était sans tache, mais je ne peux pas en dire autant de moi.

« Natalya et moi avons rapidement été à la une des journaux. Je crois qu'elle avait tout fait pour cela. Nous avons eu une liaison torride que tu as fait semblant d'ignorer, ce qui était d'une suprême élégance. Deux semaines après notre rencontre, elle m'a annoncé qu'elle était enceinte. Elle n'a pas voulu avorter et a exigé le mariage. Elle disait qu'elle m'aimait, qu'elle voulait se consacrer à moi, abandonner sa carrière de mannequin, son pays, sa vie, pour rester à la maison et élever nos enfants. Ses paroles étaient ce que je rêvais d'entendre, alors que tu étais loin et en plein tournage. J'étais persuadé que jamais tu n'aurais accepté une telle existence. Peut-être me trompais-je... Je ne te l'ai jamais demandé. J'avais complètement perdu la tête. Elle portait mon enfant. J'en voulais d'autres, mais tu avais déjà mal supporté la naissance de Chloé. D'ailleurs, étant donné ton emploi du temps, nous aurions été fous d'avoir d'autres enfants. C'était suffisamment difficile d'en traîner deux derrière toi à travers le monde, je ne t'imaginais pas le faire avec trois ou quatre. Et Anthony était déjà grand. En fait, je rêvais que les enfants soient avec moi, à la maison. Ne me demande pas comment, mais elle m'a convaincu que ce qui pouvait m'arriver de mieux était de nous marier. Nous allions former une jolie petite famille, avec plein de bébés. J'ai acheté une maison à Greenwich et j'ai appelé un avocat. Je crois vraiment que j'avais perdu la tête. Je suis venu à Paris pour t'annoncer que je divorçais. Je n'ai jamais vu personne pleurer comme toi. Pendant cinq minutes, je me suis demandé pourquoi je faisais cela. J'ai passé la nuit avec toi et j'ai failli recouvrer la raison. Nos enfants étaient adorables, je ne voulais pas faire leur malheur ni le tien. Et puis, elle m'a appelé. Elle m'envoûtait comme une sorcière et son charme a fonctionné.

« De retour à New York, j'ai maintenu la procédure de divorce. Tu ne demandais rien, hormis une pension pour les enfants. Tu gagnais énormément d'argent et tu étais bien trop orgueilleuse pour exiger quoi que ce soit de moi. Je t'avais annoncé que Natalya était enceinte et cela avait failli te tuer. Je me suis comporté comme le pire des salauds. Je crois que je voulais te faire payer ton succès et ton absence. Six mois plus tard, je

l'épousais. Tu étais toujours à Paris et tu refusais caté-
goriquement de me parler, ce qui était légitime. Je suis
venu deux fois voir les enfants, que la baby-sitter m'a
amenés au Ritz. Tu ne voulais plus avoir aucun contact
avec moi et pendant deux ans, tu ne t'es adressée à moi
que par l'intermédiaire des avocats, des secrétaires et
des baby-sitters. Tu en as eu beaucoup. Le plus bête,
c'est que deux ans et demi plus tard, quand tu t'es installée à Los Angeles, tu as ralenti le rythme. Tu
tournais moins de films et tu passais davantage de
temps avec les enfants. Si nous avions encore été
mariés, cela m'aurait suffi. Mais j'étais persuadé que
tu n'aurais jamais accepté un tel compromis et je
n'avais jamais eu le courage de t'en parler ou de te le
demander.

« Deux jours après notre mariage, Natalya a accou-
ché. Nous avons eu un second enfant un an plus tard.
Pendant ces deux ans, elle a cessé d'être mannequin,
puis elle m'a annoncé qu'elle « crevait d'ennui » et elle
m'a quitté pour reprendre sa carrière. Elle m'a laissé les
enfants quelque temps, avant de venir les rechercher.
Par la suite, elle a rencontré un riche play-boy, a
demandé le divorce et l'a épousé. Au passage, elle m'a
complètement plumé. Elle m'a pris tout ce qu'elle pouvait et est partie. Pendant cinq ans, elle a refusé de me
laisser voir les enfants. Elle était en Europe et en Amé-
rique du Sud, collectionnant les maris, si bien qu'elle
échappait à nos lois. C'est une prostituée de haut vol,
et c'est malheureusement à cause d'elle que je t'ai fait
souffrir et que j'ai détruit notre couple.

« Quand tu es revenue à Los Angeles, j'espérais que
tu m'en voudrais moins, alors je suis allé te voir sous
prétexte de rencontrer les enfants. Tu t'étais calmée et
je t'ai raconté ce qui m'était arrivé. Mais je n'avais pas

la clairvoyance que j'ai acquise depuis. Je n'avais pas encore compris à quel point j'avais été jaloux de ta carrière et de ta célébrité. Je t'ai demandé de nous accorder une seconde chance. J'ai prétendu que c'était dans l'intérêt des enfants, mais en réalité je t'aimais encore. C'est toujours le cas, d'ailleurs…

« Mais tu ne voulais plus de moi. Je ne t'en blâme pas. Tu t'es montrée très claire, me disant qu'en ce qui te concernait, c'était fini. J'avais tué tous les sentiments que tu avais éprouvés pour moi. Tu m'as déclaré que tu m'avais énormément aimé et que tu étais désolée que ton métier et tes absences répétées m'aient fait souffrir à ce point. Et que tu aurais ralenti le rythme si je te l'avais demandé. Mais je ne suis pas certain que tu l'aurais pu. Ta carrière était en plein essor et il t'aurait été difficile d'y renoncer.

« Je suis donc reparti pour New York et tu es restée à Los Angeles. Nous avons fini par devenir bons amis. Les enfants ont grandi, nous avons mûri. Environ quatre ans après ton retour, tu as épousé Sean. J'en ai été sincèrement heureux pour toi. C'était un type bien et il a été merveilleux avec les enfants. Tu méritais un homme comme lui, il était beaucoup mieux que moi. Sa mort m'a vraiment peiné. Et aujourd'hui, nous sommes amis, toi et moi. J'ai eu soixante ans l'année dernière, et je ne me suis jamais remarié depuis Natalya. Nos filles habitent avec elle à Hong Kong et je les vois deux fois par an. Elles me considèrent comme un étranger, ce que je suis en réalité pour elles. Elles ont dix-sept et dix-huit ans et sont très belles. Je continue de leur verser une pension exorbitante et elles mènent une vie luxueuse. Elles sont toutes les deux mannequins, maintenant. Chloé et Anthony ne les ont jamais rencontrées, et cela vaut peut-être mieux ainsi.

« Voilà où nous en sommes. Je suis un frère, un ami, un ex-époux qui t'aime toujours. Je crois que ta vie te convient et que tu n'as jamais regretté de m'avoir repoussé, surtout après avoir rencontré Sean. Tu n'as pas besoin de moi, Carole. Tu disposes d'une très grosse fortune personnelle. Nous nous aimons à notre manière. Je serai toujours là pour toi et je crois que c'est réciproque. Nous n'irons jamais plus loin, désormais, mais je garde de merveilleux souvenirs de nous deux. Je ne les oublierai jamais et je suis désolé que tu les aies perdus, car nous avons partagé de fabuleux moments. J'espère que tu les retrouveras un jour. Je chéris chacune des minutes que j'ai passées avec toi et je regretterai toujours de t'avoir infligé une telle souffrance. Je l'ai payé au centuple, mais je le méritais.

Carole fut profondément touchée par cette confession.

— J'espère que tu m'accorderas un jour ton pardon, conclut-il, même si, en réalité, je crois que tu l'as fait depuis longtemps. Notre amitié n'est entachée d'aucune amertume, d'aucune rancune. Le temps a adouci nos relations, principalement grâce à ce que tu es. Tu as un cœur généreux, tu as été une bonne épouse et une excellente mère et je t'en suis infiniment reconnaissant.

Lorsqu'il se tut, Jason lut dans les yeux de Carole une immense compassion.

— Tu as beaucoup souffert, affirma-t-elle d'une voix douce. Merci d'avoir bien voulu me faire part de tout cela. Je suis désolée de ne pas avoir été assez intelligente pour savoir ce dont tu avais besoin. Quand on est jeune, on est souvent stupide.

Elle se sentait très vieille après cette confession, qui avait duré deux heures. Elle était fatiguée, mais heu-

168

reuse de ce que Jason lui avait confié. Rien de ce qu'il lui avait dit n'avait fait écho dans sa mémoire, mais elle était certaine qu'il s'était efforcé d'être équitable dans leurs torts respectifs. La seule à qui il en voulait toujours était ce top-model russe, mais apparemment, c'était justifié. Il s'était comporté comme un parfait imbécile et il le savait. Natalya était une femme dangereuse alors que Carole ne l'avait jamais été. Elle avait toujours essayé d'être aimante et honnête avec lui, c'était en tout cas ce qui ressortait des propos de Jason. Elle n'avait pas grand-chose à se reprocher, sinon d'avoir trop travaillé et de s'être trop souvent absentée.

— Je remercie le ciel que tu sois encore vivante, Carole, lui confia Jason avant de partir. Si cette bombe t'avait tuée, nous aurions eu le cœur brisé, les enfants et moi. J'espère que tu retrouveras la mémoire, mais si ce n'est pas le cas, sache que nous t'aimerons toujours autant et que nous serons toujours près de toi.

— Je le sais, murmura-t-elle doucement.

Elle avait eu la preuve de sa sincérité et de son affection, bien qu'ils soient divorcés.

— Je t'aime aussi, ajouta-t-elle très bas.

Il se pencha pour déposer un baiser sur sa joue, puis il s'en alla.

Il venait d'ajouter quelque chose à sa vie. Pas seulement des souvenirs et des informations. Il lui offrait sa tendresse.

10

Après le week-end de Thanksgiving, Jason et Anthony annoncèrent qu'ils devaient rentrer à New York. Chloé aussi devait reprendre son travail. En outre, Jake l'avait appelée à plusieurs reprises. Ils savaient tous que Carole était hors de danger et qu'ils ne pouvaient rien faire de plus pour elle. La convalescence serait lente, il fallait laisser le temps faire son œuvre.

Anthony et Chloé viendraient à Los Angeles pour Noël car, à cette époque, Carole serait rentrée chez elle. Elle avait invité Jason à passer les fêtes avec eux, ce qu'il avait accepté avec reconnaissance. C'était un arrangement un peu bizarre, mais ainsi, la famille serait reconstituée. Ensuite, il emmènerait les enfants à Saint-Barth pour le Nouvel An. Il lui avait proposé de se joindre à eux, mais elle n'était pas autorisée à voyager après son retour à Los Angeles. Les médecins le lui avaient fortement déconseillé. Elle était encore trop fragile et cela pourrait accentuer sa confusion. Elle ne marchait pas encore et, avec sa mémoire défaillante, tout ce qu'elle faisait représentait un gros effort. Elle souhaitait d'ailleurs rester chez elle une fois qu'elle serait rentrée. Mais elle ne voulait pas pour autant priver les enfants de ce voyage avec leur père. Depuis l'attentat, ils avaient été mis à rude épreuve. Des vacances leur feraient du bien.

La veille de son départ, Jason resta une heure en tête à tête avec Carole. Il savait, lui dit-il, qu'il était trop tôt pour en parler, mais il se demandait si elle pouvait envisager de leur accorder une nouvelle chance, à lui et à elle. Ne se rappelant toujours rien de leur passé commun, elle hésita. Elle lui vouait une profonde affection, lui était reconnaissante d'être venu à Paris pour s'occuper d'elle et avait conscience qu'il était extrêmement gentil. Pourtant, elle n'éprouvait rien de plus à son égard et elle doutait que le temps y fasse quelque chose. C'est pourquoi elle ne voulait pas lui donner de faux espoirs. Pour l'instant, elle devait se concentrer sur sa guérison. Elle voulait redevenir elle-même et passer du temps avec ses enfants. Elle n'était pas en état de penser à un homme. Leur histoire lui paraissait trop compliquée. Avant l'attentat, ils avaient établi une relation satisfaisante, semblait-il, et elle ne voulait pas risquer de la gâcher.

Les larmes aux yeux, elle lui répondit :

— Je ne sais pas très bien pourquoi, mais j'ai l'impression que nous devrions plutôt laisser les choses telles qu'elles sont. Je ne sais pas grand-chose de ma vie, pour l'instant, mais je suis certaine de t'avoir aimé. J'ai sûrement été anéantie quand nous avons rompu. Mais pour une raison que j'ignore, nous sommes restés séparés depuis. Je me suis mariée avec un autre homme et tout le monde me dit que j'ai été heureuse avec lui. De ton côté, tu as dû avoir d'autres femmes dans ta vie. Nous sommes visiblement unis par un lien très fort.

171

Nos enfants nous unissent à jamais. Je ne voudrais pas gâcher ce que nous avons, ou même te faire du mal.

« J'ai dû échouer quelque part ou te décevoir, puisque tu m'as quittée pour une autre. Aujourd'hui, notre affection m'est précieuse. Nous sommes amis et parents des mêmes enfants. Pour rien au monde je ne voudrais casser cela. Quelque chose me dit que vouloir revivre notre mariage serait une expérience très risquée, peut-être même désastreuse pour nous deux. Si tu es d'accord…

Elle s'interrompit pour lui sourire tendrement.

— Si tu es d'accord, je voudrais que nous laissions les choses en l'état sans rien y ajouter. Nous avons trouvé la bonne formule. Tu sais que je serai toujours là pour toi. J'espère que tu pourras t'en contenter, Jason. Pour moi, c'est un cadeau inestimable et je ne veux pas le perdre.

Jason était beau et gentil, mais elle n'était pas amoureuse de lui, même si elle était certaine de l'avoir été autrefois. C'était bien fini, elle en était absolument persuadée.

— Je m'attendais plus ou moins à une réponse de ce genre, avoua-t-il tristement. Tu as peut-être raison. Je t'ai posé la même question après que Natalya et moi avons divorcé. Tu m'as dit à peu près la même chose, même si je pense que tu étais toujours en colère contre moi, à l'époque. Tu avais toutes les raisons de l'être, d'ailleurs. Je me suis comporté comme un salaud quand je t'ai quittée, et je méritais largement ce qui m'est arrivé. Peut-être n'aurais-je pas dû faire cette demande, mais je ne voulais pas partir sans tenter ma chance. Moi aussi, je serai toujours là pour toi. Tu peux compter sur moi, Carole. J'espère que tu le sais.

Depuis l'attentat, il avait été merveilleux.

— Bien sûr, répondit-elle, les yeux brillants de larmes. Je t'aime, Jason, de la plus belle des façons qui soit.

— Moi aussi.

Carole pensait avoir agi comme il fallait et Jason partageait cet avis. L'espace d'un instant, il avait eu une lueur d'espoir. S'il y avait eu une chance qu'elle dise oui, il n'aurait pas voulu la rater. Sinon, il l'aimerait quand même comme il l'avait toujours aimée. Il était triste de quitter Paris. En dépit des circonstances, il avait été heureux de passer du temps avec elle. Il savait qu'elle allait lui manquer, lorsqu'il serait parti. Du moins fêteraient-ils Noël ensemble avec leurs enfants, à Los Angeles.

Stevie comptait rester à Paris avec Carole jusqu'à ce qu'elle puisse rentrer à Los Angeles, quel que soit le temps que cela prendrait. Alan, avec qui elle en avait discuté, était d'accord. Il comprenait qu'elle voulût rester avec Carole et ne se plaignait pas, si bien que Stevie ne l'en aimait que plus. Il lui arrivait de trouver qu'Alan était vraiment quelqu'un de bien, malgré leurs nombreuses divergences, en particulier à propos du mariage.

Avant son départ pour New York, Anthony passa une heure avec sa mère. Comme Jason et Chloé avant lui, il lui dit combien il remerciait le ciel qu'elle fût saine et sauve. Chloé lui avait fait ses adieux une heure auparavant, avant de partir à l'aéroport. Tous étaient profondément soulagés de la savoir en vie.

— Essaie de ne pas aller au-devant des ennuis pendant quelque temps, recommanda-t-il à sa mère. Pas de voyage en solitaire, par exemple. La prochaine fois, emmène Stevie avec toi.

Anthony n'était pas certain que la présence de Stevie aurait changé quelque chose, dans la mesure où sa mère avait simplement été au mauvais endroit au mauvais moment. Mais à l'idée qu'il aurait pu la perdre dans cet attentat, il frémissait encore d'horreur.

— Merci d'avoir invité papa à passer les fêtes de Noël avec nous, c'est très gentil de ta part.

Il savait qu'autrement, son père aurait été seul. Il n'y avait pas eu de femme importante dans sa vie depuis longtemps. Ce seraient les premières vacances qu'ils passeraient ensemble depuis dix-huit ans et il ignorait si cela se reproduirait. Tout comme son père, il s'en réjouissait donc.

— Je me conduirai bien, lui promit Carole.

Elle contemplait son fils avec fierté. Même si elle ne se souvenait plus de lui, elle devinait qu'Anthony était un garçon bien, ainsi que son père l'avait dit. Son amour pour sa mère brillait dans ses yeux, tout comme l'affection qu'elle avait pour lui étincelait dans les siens.

En s'embrassant pour la dernière fois, ils pleurèrent dans les bras l'un de l'autre. Elle savait qu'elle allait le revoir bientôt, mais les larmes lui venaient facilement, maintenant. Le moindre petit événement la bouleversait, tant elle avait de choses à découvrir et à intégrer. C'était comme une deuxième naissance.

Au moment où Anthony allait quitter la chambre, un homme y entra. C'était ce grand Français au maintien si noble qui lui avait déjà rendu visite et apporté des fleurs. Elle n'avait pu se souvenir de son nom. Depuis son accident, elle comprenait ce que les médecins et les infirmières disaient, mais elle ne pouvait pas leur répondre en français. Bien qu'elle s'exprimât correctement, elle avait encore du mal à trouver ses mots en anglais et était bien incapable de parler en français.

À sa vue, Anthony sembla se figer. Un petit sourire aux lèvres, le Français inclina légèrement la tête. Carole comprit que son fils le reconnaissait. Son corps s'était comme pétrifié et son regard était glacial. Il était clair que la vue de cet homme lui déplaisait fortement. Le Français avait dit qu'il était un ami de la famille et qu'il connaissait ses enfants, aussi n'était-elle pas surprise qu'ils semblent familiers l'un à l'autre. En revanche, elle s'étonnait qu'Anthony parût aussi bouleversé.

— Bonjour, Anthony, dit calmement Matthieu. Cela faisait longtemps.

— Qu'est-ce que vous faites ici ? lui demanda le jeune homme avec animosité.

Il ne l'avait pas revu depuis son enfance. Il jeta un coup d'œil protecteur à sa mère qui les observait et qui essayait de comprendre la situation.

— Je suis venu voir ta mère. Je suis déjà passé plusieurs fois.

Les deux hommes étaient visiblement en froid, mais Carole ne savait pas pourquoi.

— Est-ce qu'elle se souvient de vous ? demanda Anthony.

— Non, répondit Matthieu.

Les souvenirs du jeune homme n'étaient que trop clairs. Il n'avait plus revu Matthieu depuis quinze ans et n'avait plus pensé à lui. En revanche, il se rappelait, comme si c'était hier, la détresse de sa mère lorsqu'elle leur avait annoncé, à Chloé et à lui, qu'ils quittaient Paris. Elle avait pleuré comme si son cœur se brisait et il ne l'avait jamais oublié.

Avant cela, Anthony aimait beaucoup Matthieu, avec qui il jouait au football. Mais il l'avait détesté quand il avait vu sa mère pleurer et qu'elle lui en avait expliqué la raison. C'était Matthieu qui était à l'origine de son chagrin. Et il se rappelait maintenant que ce n'était pas la première fois. Il y avait eu bien des larmes, au cours des mois précédant leur départ. Il s'était réjoui de rentrer aux États-Unis, mais pas que sa mère soit anéantie par ce départ. Par la suite, elle avait longtemps été triste, même après leur retour à Los Angeles. Il savait qu'elle avait vendu la maison, car elle ne voulait plus jamais y retourner. À l'époque, cela n'avait pas beaucoup d'importance pour lui, même s'il s'était fait des amis en France. Mais cela en avait pour sa mère et, si elle retrouvait la mémoire, cela risquait d'en avoir encore aujourd'hui. C'était la raison pour laquelle la présence de Matthieu contrariait tant Anthony.

Quelque chose dans l'attitude de Matthieu montrait clairement qu'il faisait tout ce qu'il avait décidé. Il n'hésitait devant rien et s'attendait à ce que les gens l'écoutent et lui obéissent. Anthony se rappelait qu'il n'appréciait pas ce trait de caractère, lorsqu'il était petit. Une fois, Matthieu l'avait expédié dans sa chambre, parce qu'il s'était montré insolent envers Carole. Le jeune garçon avait crié à sa mère qu'il n'était pas son père. Par la suite, Matthieu s'était excusé, mais Anthony percevait encore maintenant l'autorité qui émanait de lui. On aurait dit qu'il était persuadé d'être parfaitement à sa place dans cette chambre. Ce n'était pas le cas et il était clair que Carole ignorait qui il était.

De nouveau, Anthony embrassa sa mère, adoptant une attitude farouchement protectrice. Il voulait que Matthieu sorte à jamais de cette pièce et de la vie de Carole.

— Je ne vais rester que quelques minutes, le rassura Matthieu.

— À bientôt, maman, promit le jeune homme. Rétablis-toi vite. Je t'appellerai de New York.

En prononçant ces derniers mots, il jeta un coup d'œil à Matthieu. Il était furieux de les laisser ensemble, mais il savait que Matthieu ne pouvait pas faire de mal à sa mère, puisqu'elle ne se souvenait pas de lui et qu'une infirmière restait auprès d'elle. Malgré tout, cela déplaisait profondément à Anthony. Des années auparavant, Matthieu avait horriblement fait souffrir sa mère en la quittant. Anthony ne voyait pas de quel droit il se permettait de réapparaître aujourd'hui, alors qu'elle était si vulnérable. Cela lui était insupportable.

Après le départ de son fils, Carole posa sur Matthieu un regard interrogateur. Il était clair qu'Anthony le détestait.

— Il se souvenait de toi, dit-elle en l'observant attentivement. Pourquoi ne t'aime-t-il pas ?

Elle était obligée de compter sur les autres pour apprendre ce qu'elle ignorait et, plus important encore, elle était obligée de compter sur eux pour lui dire la vérité, comme l'avait fait Jason. Elle savait combien cela avait dû être difficile pour lui, et elle ne l'en admirait que plus. Matthieu paraissait bien plus circonspect et moins enclin à se livrer. Elle avait le sentiment qu'il prenait des précautions chaque fois qu'il lui rendait visite. Elle avait aussi remarqué les réactions des infirmières. Il était clair qu'elles le connaissaient, ce qui accentuait encore la curiosité de Carole. Qui pouvait-il bien être ? Elle comptait poser la question à Anthony, quand il l'appellerait.

— C'était encore un petit garçon, la dernière fois que je l'ai vu, soupira Matthieu tout en s'asseyant auprès d'elle. À cette époque, il voyait le monde avec ses yeux d'enfant. Il se montrait toujours très protecteur à ton égard. C'était un garçon merveilleux.

Cela, Carole avait pu le constater elle-même.

— Je t'ai rendue malheureuse, Carole, continua Matthieu.

Il était inutile de chercher à le lui cacher. Anthony le lui dirait, même s'il ne connaissait pas toute l'histoire. Carole et lui l'avaient vécue dans son intégralité et il n'était pas encore prêt à la lui raconter. Il craignait de retomber amoureux d'elle, malgré lui.

— Nos vies étaient très compliquées, reprit-il. Quand nous nous sommes rencontrés, tu tournais un film à Paris et ton mari venait de te quitter. Nous sommes tombés amoureux, ajouta-t-il, les yeux pleins de nostalgie et de regret.

À son regard, elle devina qu'il l'aimait encore, mais d'une manière différente de ce qu'elle avait perçu chez Jason. Le Français était plus ardent, plus sombre aussi, à bien des égards. Il y avait en lui quelque chose d'un peu effrayant. Jason était chaleureux et gentil, ce que Matthieu n'était pas. Pourtant, il la troublait bizarrement et elle n'aurait su dire s'il lui faisait peur, s'il lui inspirait confiance ou s'il lui plaisait. Il était auréolé de mystère et brûlait d'une passion contenue. Quoi qu'il y ait eu entre eux des années auparavant, le feu couvait toujours en lui et cela suscitait en elle un certain émoi. Elle ne se souvenait pas de Matthieu et ne parvenait pas à décider si ce qu'elle éprouvait à son égard était de la crainte ou de l'amour. Elle n'avait toujours aucune idée de qui il était vraiment puisque, contrairement aux infirmières, son nom ne lui disait rien. Il était seulement un homme qui prétendait qu'ils s'étaient aimés. Elle n'avait aucun souvenir de lui, pas plus que des autres. Son intuition ne lui apprenait rien sur lui, ni en bien, ni en mal. La seule information dont elle disposait était qu'il éveillait en elle des émotions indéfinissables. Elle se sentait mal à l'aise, mais elle ignorait pourquoi. Tout ce qu'elle avait connu ou ressenti par et pour lui était hors de sa portée.

— Que s'est-il passé, après que nous sommes tombés amoureux ? lui demanda-t-elle.

À cet instant, Stevie entra et parut surprise de le voir. Après que Carole eut fait les présentations, la jeune femme lui lança un coup d'œil interrogateur. Puis elle sortit, en prévenant Carole qu'elle restait dans le couloir. Cette proximité rassura Carole, bien qu'elle eût la certitude que Matthieu ne lui ferait pas de mal. Seule avec lui dans la chambre, elle se sentait presque nue. Il ne la lâchait pas des yeux.

— Bien des événements se sont produits, répondit-il. Tu as été l'amour de ma vie. Je veux t'en parler, mais pas maintenant.

— Pourquoi ?

Ce silence agaçait Carole. Pourquoi ne voulait-il pas lui révéler ce qui avait tant d'importance pour elle ?

— Parce qu'il y a trop de choses à dire et trop peu de temps. J'espérais que tu t'en souviendrais en sortant du coma, mais je vois que ce n'est pas le cas. Je voudrais revenir un autre jour pour t'en parler.

Il prononça alors des mots qui la firent sursauter :

— Nous avons vécu ensemble pendant deux ans.

— Vraiment ! s'exclama-t-elle, abasourdie. Nous étions mariés ?

Il secoua négativement la tête en souriant.

Carole allait de surprise en surprise, se découvrant des maris ou des amants un peu partout. Il y avait eu Jason, puis Sean et maintenant cet homme, qui prétendait avoir vécu avec elle. Ce n'était pas seulement un admirateur, mais quelqu'un à qui elle avait été très liée. Personne ne lui en avait parlé. Peut-être les autres n'étaient-ils pas au courant. Il était clair qu'Anthony savait quelque chose, mais sa réaction n'avait pas été positive, ce qui lui en apprenait beaucoup. Cette histoire n'avait pas dû être heureuse et puisqu'ils n'étaient plus ensemble, il était clair qu'elle s'était mal terminée.

— Non, nous n'étions pas mariés. Je voulais t'épouser et tu le souhaitais aussi, mais c'était impossible. J'occupais des fonctions importantes et j'avais des difficultés personnelles. Ce n'était pas le bon moment.

Sur ces mots, il se leva, promettant de revenir bientôt, ce qu'elle n'était pas certaine de vouloir. Peut-être ne souhaitait-elle pas vraiment connaître la vérité. Lorsqu'il parlait, l'atmosphère était chargée de tristesse et de regret. Et puis, il lui sourit... Ses yeux plongèrent dans ceux de Carole, éveillant un souvenir qu'elle ne put identifier. Elle ne désirait pas qu'il revienne, mais elle n'eut pas le courage de le lui dire. S'il lui rendait une nouvelle visite, elle demanderait à Stevie de rester avec elle pour la protéger. Il lui semblait qu'elle avait besoin de quelqu'un qui s'interpose entre elle et lui. Il émanait de cet homme une puissance qui l'effrayait.

Il s'inclina pour lui baiser la main. En dépit de ses excellentes manières, il se comportait comme quelqu'un qui avait l'habitude d'être obéi. Il était dans la chambre d'une femme qui ne se souvenait pas de lui, pourtant il lui annonçait qu'ils s'étaient aimés, qu'ils avaient vécu ensemble et avaient voulu se marier. Et lorsqu'elle le regardait, elle percevait le désir qu'il avait encore d'elle.

Dès qu'il fut parti, Stevie se précipita dans la chambre.

— Qui était-ce ? demanda-t-elle.

Comme Carole lui répondait qu'elle n'en savait rien, Stevie déclara, visiblement intriguée :

— C'est peut-être le mystérieux Français qui t'a brisé le cœur et dont tu ne m'as jamais parlé.

Carole ne put s'empêcher de rire.

— Seigneur ! On dirait qu'ils sortent de partout, tu ne trouves pas ? Maris, amants, mystérieux Français… Il a dit que nous avions vécu ensemble et que nous voulions nous marier, mais je ne me souviens pas plus de lui que des autres. Dans son cas, cela vaut peut-être mieux. Je le trouve un peu bizarre.

— Les Français le sont tous plus ou moins, commenta Stevie sans indulgence. Ils sont bien trop fougueux à mon goût.

— Au mien aussi, mais il est possible que cela m'ait plu autrefois.

— Peut-être est-ce lui avec qui tu as vécu dans l'hôtel particulier que tu as vendu.

— C'est possible, en effet. Anthony paraissait furieux contre lui et il a reconnu qu'il m'avait rendue très malheureuse, ajouta Carole d'une voix pensive.

— En tout cas, il est honnête.

— Je voudrais bien en avoir gardé quelques souvenirs, fit Carole, mal à l'aise.

— Il ne t'en est revenu aucun ?

— Non. Je ne me rappelle absolument rien. Toutes ces histoires sont fascinantes, mais c'est comme si quelqu'un d'autre les avait vécues. D'après ce qu'il en ressort, j'ai trop travaillé et je n'étais jamais à la maison avec mon mari. Il m'a quittée pour un top-model de vingt et un ans qui s'est débarrassée de lui comme il s'était débarrassé de moi. Ensuite, je suis apparemment tombée amoureuse de ce Français, qui m'a rendue malheureuse et que mon fils détestait. Après quoi, j'ai aimé un homme adorable, qui malheureusement est parti trop tôt. Voilà où j'en suis.

Stevie sourit, car elle avait remarqué la petite étincelle d'humour qui pétillait dans les yeux de Carole.

— C'est une existence qui me paraît passionnante… Je me demande s'il y a encore eu un autre homme, conclut-elle avec une note d'espoir.

Carole prit un air horrifié.

— J'espère bien que non ! Ça me suffit largement. Rien que de penser à ces trois-là, je suis épuisée. Sans compter mes enfants.

Carole se faisait du souci concernant Chloé, à cause de tout ce qu'elle ne lui avait pas donné et dont sa fille avait encore besoin. Pour l'instant, c'était sa priorité. Jason n'était plus dans la course, même si elle l'aimait beaucoup ; Sean était parti, et le Français ne l'intéressait pas, quelle que fût son identité. Elle aurait juste voulu savoir ce qu'il avait été pour elle, par simple curiosité, tout en soupçonnant qu'il valait mieux l'ignorer. Elle ne voulait pas que des souvenirs douloureux s'ajoutent au reste. Ce que Jason lui avait rapporté de leur vie était déjà suffisamment affligeant. Elle imaginait combien elle avait dû souffrir, à l'époque. Ensuite, c'était le Français qui l'avait rendue malheureuse. Apparemment, toute cette période avait été extrêmement pénible. Grâce au ciel, il y avait eu Sean. Et tout ce qu'elle avait entendu sur elle et lui était agréable et positif. Mais il avait fallu qu'elle le perde, lui aussi. Il était clair que les hommes ne lui avaient pas apporté beaucoup de bonheur, contrairement à ses enfants.

Avec l'aide de l'infirmière, Stevie l'aida à se lever. Elles voulaient qu'elle s'exerce à marcher.

Au grand étonnement de Carole, cela s'avéra extrêmement difficile. C'était comme si ses jambes avaient oublié le mode d'emploi. Tandis qu'elle trébuchait, tombait et apprenait à se rattraper, elle avait l'impression d'être un petit enfant. Finalement, la mémoire motrice sembla se remettre en action et elle put marcher d'un pas chancelant le long des couloirs, soutenue par l'infirmière et Stevie. Ce réapprentissage était exténuant, lui aussi. Le soir venu, elle était épuisée et elle s'endormit avant que Stevie ne sorte de sa chambre.

Comme promis, Anthony l'appela dès son arrivée à New York. Il était encore furieux contre Matthieu.

— Il n'a pas à venir te voir, maman. Il t'a brisé le cœur et c'est à cause de lui que nous avons quitté la France.

— Qu'est-ce qu'il a fait ? demanda-t-elle.

Mais les souvenirs d'Anthony étaient ceux d'un enfant.

— Il a été méchant et il t'a fait pleurer.

Cela semblait si simple qu'elle ne put s'empêcher de sourire.

— Il ne peut plus me faire de mal, maintenant.

Anthony ne se rappelait pas les détails, mais les sentiments qu'il avait éprouvés alors restaient très forts.

— Si cela arrive, je le tuerai. Dis-lui de se tenir à l'écart.

— Je te promets que s'il m'a blessée, je vais me débarrasser de lui.

Mais elle voulait en savoir davantage.

Deux jours après le départ de Jason et d'Anthony, Mike Appelsohn annonça son arrivée. Il appelait tous les jours Stevie. Elle lui avait indiqué que Carole était suffisamment remise pour le voir, mais qu'elle rentrerait à Los Angeles dans quelques semaines et qu'il pourrait alors lui rendre visite. Il avait refusé d'attendre aussi longtemps, et c'est pourquoi il arriva à Paris le lendemain. Depuis des jours et des jours, il se faisait un sang d'encre pour celle qu'il considérait comme sa fille.

Mike Appelsohn était un bel homme corpulent aux yeux vifs et au rire tonitruant. Doué d'un grand sens de l'humour, il produisait des films depuis cinquante ans. Vingt-deux ans auparavant, il avait découvert Carole à La Nouvelle-Orléans et il l'avait convaincue de venir à Hollywood pour faire un bout d'essai. La suite de l'histoire appartenait à la légende. L'essai avait été concluant et Carole était immédiatement devenue célèbre. Il lui avait fait signer ses premiers contrats et avait veillé sur elle comme un père. C'était lui qui lui avait présenté Jason, bien qu'il n'ait pas imaginé ce qui allait se produire entre eux, et il était le parrain de leur premier enfant. Anthony et Chloé le considéraient comme leur grand-père et avaient énormément d'affection pour lui. Depuis qu'il avait lancé Carole, il était resté son agent. Ils avaient discuté de tous les films qu'elle avait tournés. Jamais elle n'avait signé un seul contrat sans son approbation et ses conseils avisés. Lorsqu'il avait appris que Carole était dans le coma à la suite d'un attentat, Mike avait été effondré. Il voulait maintenant la voir de ses propres yeux. Stevie l'avertit qu'elle n'avait pas retrouvé la mémoire, lui précisant qu'elle ne le reconnaîtrait pas. Mais dès qu'elle saurait l'importance qu'il avait dans sa vie, Stevie était certaine que sa venue ferait plaisir à Carole.

— Elle ne se rappelle toujours rien ? demanda-t-il au téléphone. Est-ce qu'elle retrouvera la mémoire ?

— Nous l'espérons. Pour l'instant, rien ne s'est produit, mais nous faisons tout ce que nous pouvons pour l'aider.

Carole faisait également des efforts. Elle passait des heures à tenter de se rappeler ce qu'on lui avait dit depuis qu'elle était sortie du coma. Jason avait demandé à sa secrétaire de lui envoyer un album de photos. Carole les avait contemplées sans qu'elles éveillent le moindre souvenir en elle. Cependant les médecins gardaient bon espoir et le neurologue qui la suivait affirmait qu'il faudrait simplement du temps. Selon lui, il était possible que certains pans de son passé ne lui reviennent jamais. Le traumatisme crânien et le coma avaient des conséquences dont on ignorait l'importance et la durée.

En dépit de ce que lui avait dit Stevie, Mike ne s'attendait pas à ce que Carole posât sur lui un regard totalement vide, lorsqu'il entra dans sa chambre. Il avait espéré un petit signe, une réaction qui aurait indiqué qu'elle le reconnaissait ou avait conservé le souvenir de leur attachement. Mais rien ne se produisit. Par bonheur, Stevie était là. Elle vit l'expression de Mike quand Carole le fixa sans le reconnaître. Stevie lui avait dit qui il était et l'avait prévenue de sa visite. Malgré tous ses efforts pour se maîtriser, Mike fondit en larmes en la prenant dans ses bras. Il avait tout d'un gros ours affectueux.

— Merci, mon Dieu ! ne cessait-il de répéter.

Lorsqu'il se calma finalement, il desserra son étreinte et libéra Carole.

— Tu es Mike ? demanda-t-elle doucement, comme s'ils se rencontraient pour la première fois. Stevie m'a beaucoup parlé de toi. Tu as été formidable avec moi, ajouta-t-elle avec reconnaissance, même si elle ne savait ce qu'il avait fait pour elle que par les autres.

Il la regardait, tout en réprimant difficilement ses larmes.

— Je t'aime, mon petit. Je t'ai toujours aimée. Tu es la fille la plus adorable que j'ai jamais connue. À dix-huit ans, tu étais belle à damner un saint, dit-il fièrement. Tu l'es toujours, d'ailleurs.

— Stevie dit que tu m'as découverte… comme cela arrive pour une fleur ou un oiseau rare.

— Tu es un oiseau rare et une fleur, affirma-t-il en se laissant tomber dans le seul fauteuil confortable de la chambre.

Stevie, à qui Carole avait demandé de rester, se tenait tout près. Bien qu'elle ne se souvînt pas davantage de son assistante que de ses autres proches, Carole en était venue à compter sur elle. Elle se sentait en sécurité quand cette grande jeune femme brune était là.

— Je t'aime, Carole, disait ce Mike dont elle ne se souvenait pas. Tu es incroyablement douée. Au fil des années, nous avons fait des films magnifiques, toi et moi. Nous en ferons d'autres, quand tout cela sera derrière toi.

Il était toujours aussi respecté et actif dans le monde du cinéma. Cela faisait cinquante ans, l'âge de Carole, qu'il y excellait.

— J'ai hâte que tu rentres à Los Angeles, continua-t-il. J'ai déjà contacté les meilleurs médecins pour toi.

Les praticiens de la Salpêtrière devaient lui recommander des confrères à Los Angeles, mais Mike avait besoin de se sentir utile en contrôlant la situation.

— Par où commence-t-on ? demanda-t-il.

Il voulait faire son possible pour l'aider. Il détenait beaucoup d'informations sur sa vie à Hollywood, et même avant. Plus que quiconque, sans doute, avait indiqué Stevie à Carole.

— Comment nous sommes-nous rencontrés ? lui demanda-t-elle.

— Tu m'as vendu un tube de dentifrice, dans un drugstore de La Nouvelle-Orléans. Tu étais la plus jolie fille que j'avais jamais vue.

Il ne fit pas allusion à la cicatrice qui barrait sa joue. Maintenant qu'elle marchait, elle l'avait vue lorsqu'elle s'était rendue dans la salle de bains pour se regarder dans la glace. Elle en avait d'abord été choquée, puis elle avait décidé que cela n'avait pas d'importance. C'était un prix modique à payer, en échange de sa vie. Elle voulait retrouver la mémoire, non sa beauté sans défaut.

— Je t'ai alors invitée à venir faire un bout d'essai à Hollywood. Plus tard, tu m'as avoué que tu m'avais pris pour un souteneur. Pas mal, non ? ajouta-t-il en éclatant d'un rire tonitruant. La première fois, on me prend toujours pour un maquereau.

Carole rit, elle aussi, de bon cœur. Elle avait retrouvé presque tout son vocabulaire et comprenait le mot.

— Tu avais quitté le Mississippi pour te rendre à La Nouvelle-Orléans, reprit-il. Auparavant, tu vivais dans une ferme avec ton père, mais il était mort un mois plus tôt et tu l'avais vendue. C'était ce qui te permettait de subsister. Je me souviens que tu as refusé que je paie ton billet d'avion parce que, disais-tu, tu ne voulais pas m'être redevable. Tu avais un sacré accent, à l'époque. Je l'aimais bien, mais il a fallu t'en débarrasser pour que tu puisses tourner.

Carole hocha la tête. Jason lui avait dit la même chose. Lorsqu'elle s'était mariée, elle avait encore quelques intonations de sa région natale, mais elles avaient disparu depuis bien longtemps, aujourd'hui.

— Tu es venue à Los Angeles, conclut Mike. Et ton bout d'essai était fantastique.

— Qu'est-ce que tu sais de ma vie, avant notre rencontre ?

Mike était le plus ancien de tous ses amis, aussi espérait-elle qu'il saurait quelque chose sur son enfance. Sur ce plan, Jason était resté très vague et n'avait pu lui fournir que très peu d'informations.

— Je ne connais pas tous les détails, reconnut honnêtement Mike. Tu parlais énormément de ton père. J'ai cru comprendre qu'il était bon pour toi et que ton enfance à la ferme avait été heureuse. Elle était située dans une minuscule bourgade, non loin de Biloxi.

Quand Mike prononça le nom de cette ville du Mississippi, il y eut comme un écho, dans la mémoire de Carole. Elle ignorait pourquoi, mais un mot lui vint à l'esprit et elle le dit à voix haute.

— Norton.

Elle fixa Mike avec étonnement, aussitôt imitée par Stevie, tout aussi surprise.

— C'est ça, Norton ! s'exclama Mike avec ravissement. Tu avais des cochons, des vaches, des poulets et…

— Un lama ! l'interrompit-elle, se surprenant elle-même, car c'était le premier souvenir qui lui revenait.

Mike jeta un coup d'œil à Stevie, qui observait attentivement Carole. Celle-ci hocha la tête, les yeux dans ceux de Mike. Il venait d'ouvrir une porte que personne d'autre que lui n'aurait pu ouvrir.

— J'avais un lama, reprit-elle. Mon père m'en avait fait cadeau pour mon anniversaire. C'était une femelle et mon père prétendait que je lui ressemblais, parce que j'avais de grands yeux, de longs cils et un long cou. Il n'arrêtait pas de me répéter que j'avais une « drôle de petite bouille ».

Elle parlait comme si elle entendait les paroles de son père.

— Papa s'appelait Conway.

Mike approuva d'un hochement de tête, craignant de l'interrompre. Quelque chose d'important était en train de se produire et tous les trois le savaient. C'étaient les premiers souvenirs de Carole. Pour cela, il avait fallu qu'elle revienne au tout début de sa vie.

— Maman est morte quand j'étais petite, je ne l'ai jamais connue. Sur le piano, il y avait une photo d'elle, avec moi sur ses genoux. Elle était vraiment très jolie. Elle s'appelait Jane. Je lui ressemble...

Les yeux de Carole s'emplirent de larmes, mais elle poursuivit :

— J'avais aussi une grand-mère prénommée Ruth, qui me confectionnait des biscuits. Elle est morte quand j'avais dix ans.

— Je l'ignorais, murmura très bas Mike.

Visiblement, Carole avait gardé de sa grand-mère un souvenir très vif. Peu à peu, tous les détails lui revenaient :

— Elle était belle, elle aussi. Papa est mort juste après la remise des diplômes, à la fac. On m'a dit que je devais vendre la ferme et je...

Elle leva vers eux un regard vide.

— Je ne sais pas ce qui s'est passé ensuite.

— Après l'avoir vendue, tu es partie pour La Nouvelle-Orléans. C'est là que je t'ai trouvée, la renseigna Mike.

Carole aurait voulu se rappeler elle-même la suite, mais elle ne pouvait aller plus loin. Pour l'instant et malgré son désir, elle devait s'en contenter. Cependant, elle avait retrouvé de nombreux souvenirs en un laps de temps très court.

Après avoir encore bavardé avec elle quelques instants, Mike prit la main de Carole. Il se tut, mais il était
profondément affecté de la découvrir dans cet état. Il
priait pour qu'elle retrouvât la mémoire et redevînt la
femme brillante, intelligente et talentueuse qu'elle avait
été. Il frissonna à la pensée qu'elle pourrait rester à
jamais limitée, privée de souvenirs, incapable de
remonter plus haut que la semaine qui venait de s'écou-
ler. C'était une perspective terrifiante, d'autant plus que
Carole avait aussi des problèmes avec sa mémoire
immédiate. Elle ne pourrait plus jamais tourner, si cela
ne s'arrangeait pas. Ce serait la fin d'une carrière
exceptionnelle. Les autres s'en inquiétaient aussi, tout
comme Carole elle-même. Elle s'efforçait de récupérer
le moindre lambeau de souvenir. La visite de Mike était
une grande victoire. Jusque-là, rien ni personne n'avait
réussi à ouvrir la porte qu'il avait été le seul à pousser
pour elle. Mais maintenant, elle en voulait davantage.

Stevie et elle discutèrent de son retour à Los Angeles
et de sa maison. Carole ne savait absolument pas à quoi
elle ressemblait. Stevie la lui décrivit, ainsi qu'elle
l'avait déjà fait à plusieurs reprises. Après lui avoir
parlé de son jardin, Carole regarda bizarrement son
assistante et dit :

— Je crois que j'avais un jardin, à Paris.

— Oui, assura doucement Stevie. Tu te rappelles
cette maison ?

— Non. Je me souviens seulement de la ferme de
mon père, où je trayais les vaches.

Des bribes de souvenirs lui revenaient, telles les
pièces d'un puzzle, mais pour la plupart, elles ne trouvaient pas leur place exacte. Si Carole se rappelait le
jardin de Paris, se souviendrait-elle de Matthieu ? se
demanda Stevie. Elle espérait presque que non, s'il

l'avait rendue aussi malheureuse. Carole était dans un triste état, lorsqu'elles étaient venues à Paris pour vendre cette maison.

— Combien de temps restez-vous en France ? demanda Stevie à Mike.

— Jusqu'à demain seulement. Je suis venu voir Carole, mais je dois rentrer rapidement.

À son âge, il avait fait un long voyage pour ne passer qu'une nuit à Paris, mais il aurait fait le tour du monde pour elle, s'il l'avait fallu. Depuis que Stevie l'avait appelé, il brûlait du désir de venir, mais Jason lui avait demandé d'attendre.

— Je suis contente que tu sois venu, lui déclara Carole avec un sourire. Jusqu'à aujourd'hui, je n'avais retrouvé aucun souvenir.

— Tout te reviendra, quand tu rentreras à Los Angeles, assura Mike avec une confiance qu'il était loin d'éprouver.

Il avait vraiment peur pour elle. On l'avait prévenu, mais la réalité était pire, d'une certaine façon. Lorsqu'il la regardait et qu'il savait qu'elle ne se rappelait rien de sa vie, de sa carrière ou des gens qui l'aimaient, il avait envie de pleurer.

— Si j'étais coincé ici, je perdrais certainement la mémoire, moi aussi, ajouta-t-il.

Comme Sean, Mike n'avait jamais aimé Paris. La seule chose qu'il appréciait, en France, c'était la cuisine. Il trouvait les Français avec qui il était en affaires trop brouillons et pas assez fiables. Seul le Ritz, selon lui le meilleur hôtel au monde, lui rendait cette ville supportable. En dehors de cela, il était bien plus heureux aux États-Unis. Il avait hâte que Carole puisse rentrer et qu'il la conduise chez les meilleurs médecins. En bon hypocondriaque qu'il était, il siégeait au conseil d'administration de deux hôpitaux et d'une école de médecine.

Il n'avait pas envie de quitter Carole, mais il sentait qu'elle était fatiguée. Après avoir passé l'après-midi avec elle, il était lui aussi épuisé. Il avait essayé en vain de solliciter sa mémoire avec des anecdotes sur ses débuts à Hollywood. Elle avait pu retrouver des bribes de souvenirs concernant son enfance dans le Mississippi, mais rien au-delà de dix-huit ans. C'était un début. Chaque fois qu'elle fouillait ainsi sa mémoire au cours de longues discussions, elle était littéralement vidée. Lorsque Mike la quitta, elle était sur le point de s'endormir. Avant de partir, il resta un long moment près de son lit, à caresser ses longs cheveux.

— Je t'aime, bébé. Tu vas guérir et rentrer chez toi le plus vite possible. Je t'attendrai à Los Angeles.

Depuis toujours, il l'appelait « bébé ». Réprimant ses larmes, il la serra très fort dans ses bras et sortit. En bas, un chauffeur attendait de le reconduire à l'hôtel.

Stevie ne s'en alla que lorsque Carole eut fermé les yeux. Arrivée dans sa chambre, le téléphone sonna. C'était Mike, qui semblait dans tous ses états.

— Seigneur ! s'exclama-t-il. Elle ne se souvient plus de rien !

— Elle a évoqué le lama, sa ville natale, sa grand-mère, la photo de sa mère et la ferme de son père, lui fit remarquer Stevie. C'est la première lueur d'espoir que nous ayons. Vous lui avez fait beaucoup de bien, conclut-elle avec une sincère reconnaissance.

— J'ai hâte que tout cela soit derrière nous.

Mike souhaitait de toutes ses forces que Carole redevienne elle-même et qu'elle reprenne le cours de sa carrière. Cela ne pouvait pas se terminer ainsi… Carole ne pouvait pas rester diminuée.

— Moi aussi, renchérit Stevie.

Mike lui apprit qu'il avait été interviewé devant l'hôpital. Un journaliste américain l'avait reconnu et lui avait demandé comment allait Carole et s'il était venu exprès pour la voir. Mike avait répondu par l'affirmative, ajoutant que Carole se portait bien. Il avait précisé que la mémoire lui revenait et qu'en fait, elle se rappelait presque tout. Il ne voulait pas qu'on laisse entendre qu'elle aurait perdu l'esprit. Il pensait qu'il valait mieux pour sa carrière qu'on présente une version optimiste des faits. Stevie n'était pas certaine qu'il ait raison, mais cela ne pouvait pas faire de mal non plus. Carole n'était pas en relation avec les journalistes, aussi n'avaient-ils aucun moyen de connaître la vérité, puisque les médecins respectaient le secret professionnel. Mike se faisait vraiment du souci pour Carole, mais cela ne l'empêchait pas de garder ses intérêts professionnels à l'esprit.

Un bref résumé de cette interview fut diffusé par l'AFP le lendemain et publié dans les journaux du monde entier. Carole Barber, la vedette de cinéma, était en train de se rétablir à Paris. Mike Appelsohn, son agent et producteur, assurait que sa mémoire était revenue et qu'elle rentrerait bientôt à Los Angeles pour reprendre sa carrière. L'article ne disait pas qu'elle n'avait pas tourné depuis trois ans, mais seulement qu'elle était en bonne voie de guérison. C'était tout ce qui importait à Mike. Comme toujours, il ne pensait qu'à protéger Carole.

11

Après la visite de Mike, Carole fut malade pendant plusieurs jours. Elle avait attrapé un gros rhume. Non seulement elle devait vaincre ses troubles neurologiques et réapprendre à marcher, mais, comme tout le monde, elle devait supporter les petites misères humaines. Sur ordre du médecin, elle était obligée de travailler chaque jour avec deux kinésithérapeutes et un orthophoniste. Elle marchait de mieux en mieux, mais le rhume l'avait vraiment affaiblie. Stevie avait attrapé froid, elle aussi, et comme elle ne voulait pas contaminer Carole davantage, elle restait alitée au Ritz. Le médecin de l'hôtel lui avait prescrit des antibiotiques, au cas où son état empirerait. Elle souffrait d'une méchante sinusite et toussait affreusement. Elle parlait au téléphone avec Carole et toutes deux semblaient aussi mal en point l'une que l'autre.

Une nouvelle infirmière avait remplacé la précédente et elle laissait Carole seule pendant le déjeuner. Stevie lui manquait et, pour la première fois depuis le début de son hospitalisation, elle alluma la télévision et regarda les informations sur CNN. Incapable de lire et encore moins d'écrire, elle ne pouvait pas faire grand-chose. Stevie avait d'ailleurs compris depuis un certain temps que Carole ne serait pas en mesure de reprendre la rédaction de son livre avant longtemps. De toute façon, elle en avait oublié le plan et son ordinateur était resté à l'hôtel. Comme pour l'instant, elle avait des problèmes plus urgents à régler, elle prenait un certain plaisir à regarder la télévision, seule dans sa chambre.

N'ayant pas entendu la porte s'ouvrir, Carole fut surprise de voir quelqu'un au pied de son lit. Lorsqu'elle tourna la tête, il était là, qui l'observait. C'était un jeune homme en jean, d'environ seize ans. Il avait la peau mate et de grands yeux en amande. Quand leurs regards se croisèrent, il lui sembla mal nourri et effrayé. Ne sachant ce qu'il faisait dans sa chambre, elle supposa que l'agent de sécurité qui se trouvait dans le couloir l'avait laissé entrer. C'était sans doute un livreur venu lui apporter des fleurs, mais elle ne vit aucun bouquet. Elle essaya de lui parler dans un français hésitant, mais il ne comprit pas. Ne sachant pas de quelle nationalité il pouvait être, elle essaya l'anglais :

— Je peux vous aider ? Vous cherchez quelqu'un ?

Peut-être était-il perdu, ou bien s'agissait-il d'un fan. Il y en avait quelques-uns qui avaient cherché sa chambre, mais l'agent de sécurité les avait repoussés.

— Vous êtes une vedette de cinéma ? demanda-t-il.

Son accent ne parut pas familier à Carole. Il avait l'air espagnol ou portugais. Elle ne se rappelait pas un mot d'espagnol. Avec son teint mat, il aurait pu être italien ou sicilien.

— Oui, répondit-elle avec un sourire.

Il semblait vraiment très jeune. Sous sa veste ouverte, il portait un pull bleu marine. La veste était bien trop grande pour lui, comme si elle appartenait à quelqu'un d'autre, et ses baskets étaient trouées. Mais celles d'Anthony l'étaient aussi. Il prétendait qu'elles lui portaient chance et il les avait même emportées en France. Ce garçon avait l'air de ne rien posséder de mieux, en matière de vêtements.

— Qu'est-ce que vous faites ici ? lui demanda-t-elle gentiment.

Elle se demanda s'il voulait un autographe. Depuis qu'elle était ici, elle en avait signé quelques-uns, mais sa signature actuelle n'avait pas grand-chose à voir avec l'ancienne. C'était encore une conséquence de l'attentat. Il lui était difficile d'écrire.

— Je vous cherchais, dit-il simplement.

De nouveau, leurs regards se rencontrèrent. Elle savait qu'elle ne l'avait jamais vu auparavant, pourtant il y avait quelque chose dans ses yeux dont elle se souvenait. Soudain, elle se rappela la portière d'une voiture et le visage de ce garçon, derrière la vitre. Et alors, elle sut. Elle l'avait vu dans le tunnel. Il se trouvait dans la voiture la plus proche de son taxi, juste avant l'explosion. Il avait jailli de son siège et s'était enfui. Quelques secondes plus tard, il y avait eu la déflagration, tout s'était enflammé, et elle avait plongé dans le noir.

Au moment même où elle eut cette vision, elle le vit sortir un poignard de sa veste. C'était une lame très longue et incurvée, avec un manche en os. Il s'agissait d'une arme faite pour tuer. Comme il faisait un pas dans sa direction, elle bondit de l'autre côté du lit.

Vêtue seulement de sa chemise d'hôpital, elle le fixait avec terreur.

— Qu'est-ce que vous faites ?

— Vous vous souvenez de moi, n'est-ce pas ? L'article disait que vous aviez retrouvé la mémoire.

— Je ne me souviens pas du tout de vous, dit-elle d'une voix tremblante.

Elle priait le ciel que ses jambes ne la trahissent pas. À quelques centimètres d'elle, sur le mur du fond, il y avait un bouton qui déclenchait une alarme, un code bleu. Si elle pouvait l'atteindre, elle serait peut-être sauvée. Sinon, il allait lui trancher la gorge, elle le savait avec une absolue certitude. Ce garçon avait le meurtre dans les yeux.

— Vous êtes une actrice, une pécheresse, une putain, cria-t-il.

Comme Carole s'écartait le plus possible de lui, il fit un brusque mouvement en avant. Sans crier gare, il se jeta sur le lit, brandissant le poignard dans sa direction. Au même moment, elle poussa le bouton de toutes ses forces. Aussitôt, l'alarme retentit dans le couloir. Parvenu jusqu'à elle, le garçon tenta de la saisir par les cheveux tout en la traitant encore de putain, mais elle jeta sur lui son plateau, ce qui lui fit perdre l'équilibre. À cet instant, quatre infirmières et deux médecins entrèrent dans la chambre au pas de charge, s'attendant à trouver un code bleu. Au lieu de cela, ils virent un garçon qui menaçait leur patiente avec un poignard. Il le brandit dans leur direction, tout en cherchant à saisir Carole. Il espérait pouvoir la tuer avant d'en être empêché. Mais les deux médecins l'attrapèrent par les bras et l'immobilisèrent pendant qu'une des infirmières allait chercher du secours. L'agent de sécurité surgit alors. Il fonça sur le garçon, expédia le poignard dans un coin de la pièce, le cloua au sol et lui passa des menottes. Carole s'affaissa lentement par terre, tremblant de la tête aux pieds.

Elle se rappelait tout, maintenant. Le taxi, la voiture toute proche, les hommes qui riaient et klaxonnaient, le garçon sur la banquette arrière qui l'avait fixée avant de s'enfuir à toutes jambes. Ensuite, il y avait eu l'explosion… le feu… Elle avait tenté de gagner la sortie…

197

avant de sombrer dans l'obscurité… C'était clair comme de l'eau de roche. Il était venu pour la tuer, parce que dans cet article, Mike prétendait qu'elle avait recouvré la mémoire. Il voulait lui trancher la gorge pour qu'elle ne puisse pas l'identifier. La seule chose qu'elle ignorait, c'était comment il avait pu déjouer la surveillance de l'agent de sécurité.

Son médecin l'aida à se recoucher et l'examina, constatant avec soulagement que sa patiente était indemne, quoique traumatisée et tremblante de terreur.

— Vous allez bien ? lui demanda-t-elle avec inquiétude.

— Je crois… oui… Je ne sais pas. Je me suis souvenue… Je me suis souvenue de tout, quand je l'ai vu… Il était dans le tunnel… Il se trouvait dans la voiture la plus proche de mon taxi. Il s'est enfui, mais il m'avait vue.

Carole grelottait et claquait des dents. Le médecin demanda à une infirmière d'apporter une couverture supplémentaire pour la réchauffer.

— Vous vous rappelez autre chose ? demanda le médecin.

Enveloppée dans la couverture, Carole paraissait en état de choc.

— Je ne sais pas.

— Vous souvenez-vous de votre chambre à coucher, à Los Angeles ? De quelle couleur est-elle ?

Elle pouvait presque la voir en pensée, mais pas tout à fait. Il y avait une sorte de brouillard qui rendait les choses floues.

— Vous avez un jardin ?

— Oui.

— Pouvez-vous le décrire ?

— Il y a une fontaine… un bassin… des roses que j'ai plantées… elles sont rouges.

— Avez-vous un chien ?

— Non. Ma chienne est morte il y a longtemps.

— Vous rappelez-vous ce que vous avez fait juste avant l'attentat ?

En faisant irruption dans sa chambre dans l'intention de la tuer avec son affreux poignard, le garçon avait ouvert de nouvelles portes dans son esprit, et le médecin entendait en profiter.

— Non… Enfin, oui… Je suis allée voir mon ancienne maison, près de la rue Jacob.

Maintenant, elle se rappelait distinctement l'adresse. Elle se revoyait entrant dans la cour. Ensuite, elle avait pris le taxi et elle s'était retrouvée coincée dans un embouteillage, à l'intérieur du tunnel.

— Décrivez-moi cette maison.

— Je ne me souviens pas… murmura très bas Carole.

Une autre voix, dans la pièce, répondit à sa place :

— C'était un petit hôtel particulier, dans une cour intérieure, avec un jardin et de belles fenêtres. Le toit mansardé était percé de lucarnes ovales, au dernier étage.

C'était Matthieu. Le visage empreint d'une expression farouche, il se tenait près du lit. Carole leva des yeux mouillés vers lui. Elle ne souhaitait pas le voir, pourtant sa présence la rassurait. Nageant en pleine confusion, elle le vit s'approcher du médecin, qui se trouvait de l'autre côté du lit.

— Que s'est-il passé ? s'enquit-il d'une voix impérieuse. Où se trouvait l'agent de sécurité ?

— Il y a eu un malentendu. L'infirmière et lui sont allés déjeuner en même temps et personne ne les a remplacés.

La fureur de Matthieu embarrassait visiblement la praticienne, mais il y avait de quoi se sentir coupable.

— On l'a laissée seule ? demanda-t-il sèchement.

— Je suis désolée, monsieur le ministre, cela ne se produira plus, répliqua-t-elle froidement.

Aussi impressionnant qu'il pût paraître, Matthieu de Billancourt ne l'effrayait pas. Elle ne s'inquiétait que de sa patiente et de ce qui aurait pu se passer si son agresseur n'avait pas été intercepté à temps.

— Ce garçon était venu pour la tuer, poursuivit Matthieu. Il est l'un des terroristes qui ont fait exploser la bombe dans le tunnel. Il doit avoir lu cet article stupide, dans le journal, selon lequel elle avait retrouvé la mémoire. Je veux deux agents de sécurité supplémentaires devant sa porte, nuit et jour.

Il ne jouissait d'aucune autorité dans l'hôpital, mais ses ordres étaient justifiés.

— Et si vous êtes incapables de la protéger, continua-t-il, renvoyez-la à son hôtel.

— Je m'en occupe personnellement, assura la praticienne.

Juste à cet instant, le directeur de l'hôpital entra dans la chambre. Il avait appris ce qui s'était passé. Quant à Matthieu, il venait tout à fait par hasard rendre visite à Carole. Dès qu'il avait vu le jeune homme emmené par la police, menottes aux poignets, et qu'il avait su ce qui était arrivé, il avait gravi l'escalier quatre à quatre. En apprenant que l'agresseur avait failli la tuer, il avait fait un scandale. Si Carole n'avait pas réussi à déclencher l'alarme, elle serait morte.

Dans son anglais hésitant, le directeur demanda à Carole si elle allait bien. Puis il quitta rapidement la pièce, dans l'intention visible de faire tomber des têtes. Il était inimaginable qu'une vedette de cinéma américaine fût assassinée dans son hôpital. La réputation de son établissement en dépendait.

Puis ce fut au tour du médecin de sortir. Elle adressa un sourire chaleureux à Carole et un regard glacial à Matthieu. Elle n'aimait pas que des avocats lui disent ce qu'elle avait à faire, qu'ils soient ou non d'anciens ministres, même si, dans ce cas précis, elle savait qu'il avait raison. Carole avait failli être égorgée. Cela tenait du miracle si ce garçon avait échoué dans sa mission. S'il l'avait trouvée endormie, il aurait réussi. Une dizaine de scénarios plus affreux les uns que les autres se pressaient dans son esprit.

Matthieu s'assit près du lit. Il tapota la main de Carole tout en la couvant d'un regard tendre, qui tranchait avec la façon dont il avait parlé au personnel de l'hôpital. Il était indigné par la négligence dont ils avaient fait preuve. Elle aurait facilement pu être tuée… Grâce à Dieu, ce n'était pas le cas !

— J'avais projeté de venir te voir, aujourd'hui, dit-il doucement. Préfères-tu que je m'en aille ? Tu n'as pas l'air bien.

Pour toute réponse, elle secoua négativement la tête.

— J'ai attrapé un rhume, expliqua-t-elle en le regardant dans les yeux.

Elle perçut une sorte d'écho en elle. C'étaient des yeux qu'elle avait aimés autrefois. Elle ne se souvenait pas des détails de leur liaison et elle n'était pas certaine de le vouloir, mais elle se rappelait qu'ils pouvaient exprimer la tendresse, la souffrance et une passion ardente. Elle tremblait et était encore sous le choc, après ce qui venait de se passer. Elle avait eu très peur, mais en présence de cet homme elle se sentait protégée, en sécurité. Il émanait de lui une incontestable autorité.

— Tu veux une tasse de thé, Carole ?

Elle hocha la tête. Il y avait une bouteille thermos remplie d'eau chaude dans la chambre, ainsi qu'une boîte de thé en sachets de sa marque préférée. Stevie les lui avait rapportés de l'hôtel. Il le prépara exactement selon son goût, ni trop fort ni trop clair, puis il lui tendit la tasse. Elle but son thé, appuyée sur un coude. Ils étaient seuls dans la pièce. Sachant qu'il était là, l'infirmière était restée dans le couloir.

— Cela ne t'ennuie pas, si j'en prends aussi une tasse ?

Elle secoua la tête et le regarda verser le breuvage. Elle se rappela alors que c'était lui qui le lui avait fait apprécier. Ils buvaient toujours ce thé ensemble.

— J'ai beaucoup pensé à toi, dit-il après avoir avalé une gorgée de thé à la vanille.

Encore tremblante de peur, Carole n'avait pas prononcé un mot.

— Moi aussi, avoua-t-elle. Je ne sais pas pourquoi, d'ailleurs. J'ai essayé de me rappeler, mais je n'y suis pas parvenue.

Certains souvenirs étaient remontés à la surface, mais aucun le concernant. Rien. Elle se rappelait seulement ses yeux et qu'elle l'avait aimé. Elle ignorait toujours qui il était et pourquoi tout le monde se mettait au garde-à-vous en sa présence. Plus important encore, elle ne se rappelait pas avoir vécu avec lui ni à quoi ressemblait leur vie commune, en dehors du thé. Elle avait l'impression qu'il s'était souvent chargé de préparer le thé. Au petit déjeuner, dans une cuisine ensoleillée.

— Te souviens-tu de notre première rencontre ? demanda-t-il.

Une fois de plus, elle secoua la tête. Elle se sentait un peu mieux, grâce au thé. Elle posa sa tasse vide sur la table et s'allongea. Il était assis tout près d'elle, mais cela ne la gênait pas, tant elle se sentait en sécurité en sa présence. Elle ne voulait pas être seule.

— Quand nous avons fait connaissance, tu tournais un film sur la vie de Marie-Antoinette. Le ministre de la Culture donnait une réception au Quai d'Orsay. C'était l'un de mes vieux amis et il avait insisté pour que je vienne. Je n'en avais pas envie, car j'avais d'autres projets ce soir-là, mais il en faisait une affaire personnelle, si bien que j'ai cédé. Et tu étais là... si belle. Tu venais de quitter le plateau et tu portais encore ton costume. Je n'ai jamais oublié la vision que tu offrais.

Carole sourit. Elle se rappelait vaguement cette soirée, maintenant. Elle revoyait son costume et les peintures magnifiques qui ornaient les plafonds du Quai d'Orsay. En revanche, elle ne se souvenait pas de Matthieu.

— C'était le printemps, continua-t-il. Tu devais retourner au studio après la réception, pour rendre le costume. Je t'y ai conduite et ensuite nous nous sommes promenés le long de la Seine. Assis sur le quai, nous avons longuement bavardé. J'avais l'impression que le ciel venait de me tomber sur la tête et tu m'as dit que tu ressentais la même chose.

Les yeux dans ceux de Carole, il sourit à ce souvenir.

— Ce fut un vrai coup de foudre, murmura-t-il en français.

C'étaient les mots qu'il avait prononcés après leur première nuit... le coup de foudre... l'amour au premier coup d'œil. Elle se souvenait de cette expression, mais pas de ce qui avait suivi.

— Nous avons parlé pendant des heures. Nous sommes restés ensemble jusqu'à ce que tu doives retourner au studio, vers 5 heures du matin. Ce fut la nuit la plus extraordinaire de ma vie. Tu m'as raconté comment ton mari t'avait quittée pour une femme très jeune. Une Russe, je crois. Elle attendait un enfant de lui. Cette histoire t'avait complètement démolie. Nous en avons longuement discuté. Je pense que tu l'aimais vraiment.

Elle hocha la tête. Elle avait tiré les mêmes conclusions du récit de Jason. C'était étrange de devoir se fier aux autres pour savoir ce qu'on avait ressenti dans telle ou telle circonstance de sa vie. Elle ne conservait aucun souvenir. Pas en ce qui concernait Jason, en tout cas. Mais certains détails commençaient à lui revenir à propos de Matthieu. Plutôt des sentiments que des faits, d'ailleurs. Elle se rappelait l'avoir aimé, elle retrouvait l'excitation de cette première nuit.

Elle se souvenait vaguement d'être retournée sur le plateau sans avoir dormi. En revanche, elle ignorait totalement comment était Matthieu, à l'époque. En fait, il avait très peu changé, sauf que ses cheveux avaient blanchi. Ils étaient presque noirs, alors. Au moment de leur rencontre, il avait cinquante ans et il était l'un des hommes les plus influents de France. La plupart des gens le craignaient, mais pas elle. Jamais il ne l'avait effrayée. Il tenait avant tout à la protéger, comme il le faisait aujourd'hui. Elle le sentait, tandis qu'il évoquait le passé avec elle, assis près de son lit.

— Je t'ai invitée à dîner le lendemain soir. Nous sommes allés dans un restaurant un peu bizarre que je fréquentais lorsque j'étais étudiant. Là encore, nous avons parlé toute la nuit. Nous ne pouvions pas nous arrêter. Jusqu'alors, je ne m'étais jamais ainsi confié à quelqu'un. Je te racontais tout, mes sentiments et mes secrets, mes rêves et mes souhaits. Je t'ai même fait des confidences que je n'aurais pas dû te faire, concernant mon travail. Mais tu ne m'as jamais trahi. Jamais. Dès le début, je t'ai accordé une confiance absolue et j'ai eu raison.

« Nous nous sommes vus tous les jours jusqu'à la fin du tournage, cinq mois plus tard. Tu ne savais pas très bien si tu allais retourner à New York ou à Los Angeles, alors je t'ai demandé de rester à Paris. Nous étions fous amoureux l'un de l'autre et tu as accepté. Nous avons choisi ensemble ce petit hôtel particulier, près de la rue Jacob. Pour le meubler, nous avons fréquenté les ventes aux enchères. J'ai construit une cabane pour Anthony dans un arbre du jardin. Il l'adorait, au point qu'il y a pris tous ses repas, cet été-là. Comme les enfants devaient rejoindre leur père dans le sud de la France, nous y sommes allés aussi. Nous ne nous quittions jamais. Cet été-là, nous avons passé deux semaines en mer sur un voilier. Je ne crois pas avoir jamais été aussi heureux de ma vie, ni avant ni après.

Carole, qui l'écoutait attentivement, hocha la tête. Elle ne se rappelait pas les événements, uniquement les émotions. Elle sentait que cette période avait été magique. Rien que d'y penser, elle était pénétrée d'une douce chaleur. Pourtant, quelque chose avait mal tourné. Il y avait eu un problème… Ses yeux cherchèrent ceux de Matthieu, puis la mémoire lui revint.

— Tu étais marié, dit-elle tristement.

— C'est exact. Mon couple n'existait plus depuis des années, nos enfants étaient grands. Ma femme et moi étions des étrangers qui menions des vies séparées depuis déjà dix ans. Je comptais la quitter, avant même de t'avoir rencontrée. J'étais sincère quand je t'ai promis que j'allais le faire. Mais je souhaitais que la séparation se fasse sans heurts. J'en ai parlé à ma femme, qui m'a demandé de ne pas entamer tout de suite la procédure. Elle craignait l'humiliation et le scandale, si je la quittais pour une actrice célèbre. C'était d'autant plus douloureux pour elle qu'il y avait toutes les chances pour que la presse s'empare de l'événement. J'ai donc accepté de patienter six mois et tu t'es montrée très compréhensive. Cela nous semblait sans importance. Nous étions heureux et je vivais avec toi. J'aimais tes enfants et je crois que c'était réciproque, du moins au début. Tu étais si jeune, Carole ! Quand je t'ai rencontrée, tu avais trente-deux ans et moi cinquante. J'aurais pu être ton père, mais avec toi, je me sentais une âme d'adolescent.

— Je me rappelle le bateau, dit-elle doucement. Nous sommes allés à Saint-Tropez, puis au vieux port d'Antibes. Je crois que j'étais vraiment heureuse avec toi, ajouta-t-elle d'une voix rêveuse.

— Nous l'étions tous les deux, assura-t-il tristement.

— Quelque chose s'est produit ensuite… Tu as dû partir.

Il la fixa avec étonnement. À l'époque, cela avait été un drame, pourtant il l'avait presque oublié. Il avait reçu un message radio sur le bateau et il avait été obligé de la quitter sur-le-champ. Il s'était envolé à bord d'un avion militaire, à Nice.

— C'est vrai.

Les sourcils froncés, Carole creusait dans sa mémoire.

— Pourquoi es-tu parti ? Quelqu'un avait été blessé d'une balle, je crois. Qui était-ce ?

— Le président de la République. Il avait été victime d'une tentative d'assassinat qui avait échoué. C'était pendant le défilé du 14 Juillet, sur les Champs-Élysées. J'aurais dû y assister, mais j'étais avec toi.

— Tu faisais partie du gouvernement… Tu occupais de hautes fonctions, très mystérieuses… Qu'est-ce que tu étais ? Tu appartenais aux services secrets ?

Les yeux plissés, elle le regardait fixement.

— Cela faisait partie de mes responsabilités. J'étais ministre de l'Intérieur.

Elle acquiesça de la tête. Cela lui revenait, maintenant. Elle avait presque tout oublié de sa propre vie, mais elle se souvenait de cela. Ils avaient ramené le voilier au port, puis ils avaient pris un taxi pour l'aéroport. Quelques minutes plus tard, il la quittait. Elle l'avait regardé, tandis qu'il montait à bord de l'avion militaire, entouré par des soldats en armes. Elle n'avait pas eu peur, mais elle avait trouvé cela étrange. Ensuite, elle avait regagné Paris par ses propres moyens.

— Il y a eu autre chose du même genre… une autre fois… Quelqu'un était blessé et tu m'as quittée quelque part, pendant un voyage… Nous étions au ski et tu es parti en hélicoptère.

— Le président avait eu une crise cardiaque. Je t'ai quittée pour me rendre à son chevet.

— C'était la fin, n'est-ce pas ? demanda-t-elle tristement.

Il hocha la tête et demeura silencieux. Lui aussi se souvenait. C'était l'incident qui l'avait ramené à la raison en lui rappelant qu'il ne pouvait pas quitter son poste et qu'il appartenait à la France, quelle que fût la force de son amour pour Carole. Il aurait voulu tout abandonner pour elle, mais c'était impossible. Ensuite, ils avaient eu encore quelques moments heureux, mais cela n'avait pas duré. Sa femme aussi lui causait beaucoup de problèmes. C'était une période difficile.

— Oui, c'était presque la fin. Entre ces deux événements, nous avons eu deux ans de bonheur.

— C'est tout ce que je me rappelle.

Elle le regardait tout en se demandant à quoi avaient ressemblé ces deux années. Elles devaient avoir été passionnantes, parce que Matthieu l'était, mais ils avaient connu des moments difficiles, parce qu'il l'était aussi. Ainsi qu'il le lui avait dit, sa vie était compliquée. Il avait la politique dans le sang, avec tous les drames et difficultés inhérents à son exercice. Mais pendant un temps, il avait eu la chance de la connaître et de vivre avec elle. Elle avait été son rayon de soleil, celle qui l'avait rendu plus humain.

— La première année, nous avons passé Noël à Gstaad avec les enfants. Ensuite, tu as tourné un film en Angleterre. Je te rejoignais tous les week-ends. Quand tu es revenue à Paris, j'ai consulté un avocat, afin d'entamer la procédure de divorce. Et de nouveau, ma femme m'a supplié d'attendre. Elle disait qu'elle ne pourrait pas le supporter. Nous étions mariés depuis vingt-neuf ans et il me semblait que je devais respecter son désir. Elle savait qu'il n'y avait plus rien entre nous, tout comme elle n'ignorait pas à quel point je t'aimais, mais elle ne m'en voulait pas. Au contraire, elle se montrait très compatissante. Je projetais de démissionner du gouvernement cette année-là, ce qui aurait été le moment idéal pour mettre fin à notre union. Mais j'ai été de nouveau nommé ministre. À l'époque, nous étions ensemble depuis un an. Tu as accepté d'attendre six mois de plus. J'avais vraiment l'intention de divorcer. Arlette avait promis de ne pas s'y opposer. Malheureusement, des membres du gouvernement ont été impliqués dans des scandales et j'ai compris que ce n'était pas le bon moment. Je t'ai demandé de m'accorder une année supplémentaire, au terme de laquelle je démissionnerais et irais aux États-Unis avec toi.

— Mais tu ne l'as jamais fait. De toute façon, tu aurais été très malheureux à Los Angeles.

— Je sentais que je devais quelque chose à mon pays... et à ma femme... Je ne pouvais pas les abandonner ainsi, sans remplir mon devoir. Pourtant, je pensais vraiment tout quitter pour partir avec toi. C'est alors...

Comme il s'interrompait, Carole se rappela ce qui s'était passé.

— Quelque chose de terrible s'est produit... dit-il.

— Ta fille est morte... dans un accident de voiture... Je me souviens... C'était affreux.

Leurs yeux se trouvèrent. Elle tendit le bras pour lui toucher la main.

— Elle avait dix-neuf ans. C'est arrivé à la montagne, où elle faisait du ski avec des amis. Tu as été merveilleuse avec moi, mais je ne pouvais plus quitter Arlette. Cela aurait été inhumain.

— Tu m'avais toujours affirmé que tu la quitterais. Dès le début. Tu disais que tu n'étais plus lié à elle, mais c'était faux. Tu as toujours eu le sentiment que tu lui devais quelque chose. Elle réclamait toujours six mois de délai supplémentaires et tu les lui donnais. Tu vivais avec moi, mais tu étais marié avec elle. Tu avais toujours une année de plus à consacrer à la France, et encore six mois à ta femme. Et deux ans ont passé ainsi.

Elle le fixait, étonnée par ses découvertes.

— Et je suis tombée enceinte...

Il hocha la tête, l'air malheureux.

— Je t'ai supplié de divorcer, non ?

Il acquiesça avec humilité.

— J'avais une clause de moralité, dans mon contrat, continua-t-elle. Si quelqu'un avait découvert que je vivais avec un homme marié et que j'attendais un enfant de lui, cela aurait sonné la fin de ma carrière. Mais j'ai pris ce risque pour toi, dit-elle tristement.

Ils savaient que la France aurait pardonné à Matthieu d'avoir trompé sa femme et pris une maîtresse, mais les États-Unis n'auraient pas toléré que Carole ait une liaison avec un homme marié. Un homme occupant de hautes fonctions, qui plus est. Cela aurait provoqué un énorme scandale. Sans compter l'enfant illégitime… Carole serait devenue une paria. Elle avait pris ce risque, parce qu'il lui avait promis de divorcer. Mais jamais il n'avait entamé les démarches. Sa femme l'avait supplié de ne pas le faire et il avait cédé. Il s'était contenté de gagner du temps avec Carole. Sans cesse davantage.

— Qu'est-il arrivé au bébé ? demanda-t-elle d'une voix étranglée.

Certaines choses demeuraient dans l'oubli, même si elle en avait retrouvé un certain nombre, maintenant.

— Tu l'as perdu. C'était un garçon. Tu étais enceinte de six mois. Tu étais en train de décorer le sapin de Noël, quand tu es tombée de l'escabeau. J'ai essayé de te rattraper, mais c'était trop tard. Tu es restée trois jours à l'hôpital, mais nous l'avons perdu. Chloé n'a jamais su que tu attendais un enfant, mais Anthony, si. Nous lui avons expliqué ce qui s'était passé. Il m'a demandé si nous allions nous marier et je lui ai répondu que oui. Ensuite, ma fille est morte. Arlette a fait une dépression nerveuse et elle m'a encore supplié de repousser le divorce. Elle menaçait de se suicider et puisque tu avais perdu le bébé, il n'y avait plus aucune raison de se presser. Je t'ai implorée de comprendre. Je pensais démissionner au printemps et j'imaginais que, d'ici là, Arlette aurait eu le temps de se remettre.

J'avais besoin de davantage de temps, du moins c'est ce que je t'ai dit.

Il s'interrompit pour poser sur Carole un regard empli de regret.

— À la fin, je pense que tu as pris la bonne décision. Je ne crois pas que je l'aurais jamais quittée. J'en avais l'intention, je m'imaginais que j'en serais capable, mais c'était faux. Ni elle, ni mon poste de ministre, d'ailleurs… Après ton départ, je suis encore resté six ans au gouvernement. Je suis à peu près certain qu'il y aurait toujours eu une chose ou une autre par laquelle elle m'aurait retenu. Je ne crois pas qu'elle m'aimait vraiment, mais elle ne voulait pas me perdre. Tu as eu l'impression que je n'avais jamais cessé de te mentir et ce n'était pas totalement faux. Je n'avais pas le courage de t'avouer mon incapacité à la quitter. Je me mentais à moi-même, plus encore qu'à toi. Quand je te promettais de divorcer, j'étais sincère. Quand tu es partie, je t'ai haïe. Je t'ai trouvée cruelle, mais en réalité, tu as eu raison de le faire. J'aurais fini par te briser le cœur, plus encore que je ne l'avais déjà fait. Nos six derniers mois ont été un cauchemar, ponctué de disputes et de pleurs. Quand tu as perdu le bébé, toi comme moi avons été anéantis.

— Qu'est-ce que j'ai fait, finalement ? Qu'est-ce qui m'a décidée à partir ? murmura-t-elle dans un souffle.

— La déception. Un nouveau mensonge, un nouveau délai. Un matin, tu ne l'as plus supporté et tu as fait tes bagages. Pour cela, tu as attendu la fin de l'année sco-laire. Tu savais que je n'avais entrepris aucune démarche pour le divorce, et que l'on me proposait un nouveau mandat au gouvernement. J'ai essayé de te faire comprendre mes raisons, mais tu n'as plus voulu m'écouter. Tu es partie une semaine plus tard. Quand je t'ai conduite à l'aéroport, nous étions l'un comme l'autre effondrés. Tu m'as dit de te téléphoner si je divorçais. Je t'ai appelée, mais sans jamais entamer la procédure, et j'ai conservé mes fonctions de ministre. La France avait besoin de moi. Et Arlette aussi, à sa manière. Elle avait le sentiment que je lui devais de rester auprès d'elle.

« Au bout d'un certain temps, tu as refusé de répondre à mes appels. J'ai appris que tu avais vendu l'hôtel particulier. Un jour, je suis allé le revoir. Le souvenir des jours heureux que nous y avions vécus m'a brisé le cœur.

— Moi aussi, j'y suis retournée, juste avant l'attentat, répondit Carole. Le taxi me ramenait à l'hôtel, quand c'est arrivé.

Il hocha la tête. Cette maison avait été leur refuge, un havre de paix, le nid d'amour qu'ils avaient partagé et où ils avaient conçu leur bébé. Elle ne put s'empêcher de se demander ce qui serait arrivé si elle avait eu son enfant, s'il aurait finalement divorcé. Sans doute pas. Carole avait beau être célèbre, elle avait été élevée selon des principes stricts et, à ses yeux, il était inconcevable de vivre avec le mari d'une autre. Elle le lui avait dit dès le début.

La tête toujours sur l'oreiller, elle regarda Matthieu.

— Nous n'aurions jamais dû commencer, constata-t-elle.

— Nous ne pouvions pas. Nous étions beaucoup trop amoureux l'un de l'autre.

— Je ne le crois pas, rétorqua-t-elle fermement. Je suis persuadée que l'on a toujours le choix, et que nous l'avions. Nous avons payé très cher nos erreurs. Je n'en suis pas sûre, mais je ne pense pas t'avoir pardonné. J'ai eu énormément de mal à me remettre de notre rupture. Il a fallu que je rencontre mon second mari, se rappela-t-elle.

— Il y a une dizaine d'années, j'ai lu dans les journaux que tu t'étais mariée, en effet. Je m'en suis réjoui pour toi, reconnut-il avec un sourire amer, mais je me suis senti atrocement jaloux. Ton mari a bien de la chance.

— Non, il n'en a pas. Il a été emporté par un cancer, il y a deux ans. Tout le monde m'affirme qu'il était merveilleux.

— C'est donc pour cela que Jason était là. Je me demandais pourquoi.

— Il serait venu de toute façon. C'est un homme bien, tu sais.

— Ce n'est pas ce que tu disais il y a dix-huit ans, remarqua Matthieu avec une pointe d'irritation.

À l'époque, elle lui reprochait de lui avoir menti et de l'avoir trompée. Elle disait qu'il était malhonnête et sans morale.

— C'est vrai. Mais aujourd'hui, Jason est quelqu'un de bien, assura-t-elle. Nous finissons tous par payer nos erreurs, au bout du compte. Au moment où je quittais Paris, cette fille russe a rompu avec lui.

— A-t-il alors essayé de te reconquérir ?

— Apparemment, oui. Mais il m'a dit que je l'avais repoussé. À cette époque, j'étais sûrement encore amoureuse de toi.

— Tu regrettes ce que nous avons vécu ?

— Oui, répondit-elle franchement. J'ai perdu deux ans et demi de ma vie avec toi et sans doute cinq de plus pour en finir avec notre histoire.

C'était beaucoup sacrifier, pour un homme qui n'aurait jamais abandonné sa femme. Soudain, elle se demanda ce qui s'était passé ensuite.

— Où est-elle, maintenant ?

— Elle est morte il y a un an, après une longue maladie. Elle a été très malade pendant les trois dernières années de sa vie et j'ai été heureux de l'assister dans ses derniers moments. Je le lui devais, me semble-t-il. Nous sommes restés mariés quarante-six ans. Ce n'était pas le genre de mariage que j'aurais souhaité ni celui que je pensais avoir quand je l'avais épousée, mais c'était celui que j'avais eu. Je ne crois pas qu'elle m'ait jamais pardonné, mais elle comprenait. Elle savait que j'étais amoureux de toi comme je ne l'avais jamais été d'elle. Elle manquait de chaleur, mais elle était droite et honnête.

Ainsi, il était resté auprès d'elle jusqu'à la fin, comme elle l'avait pensé, et il reconnaissait qu'elle avait eu raison de le quitter. Désormais, Carole avait les réponses qu'elle était venue chercher à Paris. Si elle était restée avec Matthieu, elle n'aurait pu être que sa maîtresse. Jamais il n'aurait quitté sa femme. Carole devina qu'elle l'avait compris à l'époque et que c'était pour cette raison qu'elle était partie. Mais ce n'est qu'aujourd'hui qu'elle avait la confirmation d'avoir pris la bonne décision. Il venait de l'admettre et, d'une certaine façon, elle lui était reconnaissante de lui avoir fait ce cadeau, même si longtemps après.

La mémoire lui revenait, maintenant. Elle se rappelait un certain nombre d'événements et, surtout, elle retrouvait les émotions. Elle ressentait presque à nouveau le goût de la désillusion et du désespoir. Il l'avait presque détruite, il avait failli ruiner sa carrière et il avait déçu ses enfants. Quelles qu'aient été ses intentions au début, quel qu'ait été l'amour qu'il avait éprouvé pour elle, il s'était mal comporté. Alors que Jason, malgré toute la cruauté dont il avait fait preuve à son égard, avait été franc et honnête. Il avait divorcé pour épouser une autre femme. Matthieu n'en avait jamais eu le courage.

— Qu'est-ce que tu fais, maintenant ? lui demanda-t-elle. Tu fais toujours partie du gouvernement ?

— J'ai démissionné il y a deux ans et j'ai réintégré le cabinet d'avocats familial. J'y exerce avec deux de mes frères.

— Tu as été l'un des hommes les plus puissants de France. Tu contrôlais tout, à l'époque, et tu aimais cela.

— C'est vrai.

Au moins le reconnaissait-il, tout comme il lui avait parlé avec franchise de leur histoire. Elle se rappelait combien elle l'avait aimé et à quel point elle avait souffert, mais elle savait qu'elle avait fait le bon choix en le quittant.

— Le pouvoir est comme une drogue. Il est difficile d'y renoncer. Mais je l'aurais fait pour toi. Notre rupture m'a presque tué.

— Je n'ai jamais souhaité que tu démissionnes, seulement que tu divorces.

Il baissa la tête un instant avant de la regarder dans les yeux.

— Je ne pouvais pas… Je n'en avais pas le courage.

L'espace d'un instant, Carole ne répondit pas.

— C'est pour cela que je t'ai quitté.

— Tu as bien fait, souffla-t-il.

Ils restèrent assis en silence. Carole avait fermé les yeux et glissait doucement dans le sommeil. Pour la première fois depuis bien longtemps, elle était en paix. Il la contempla longtemps, avant de se lever et de quitter la chambre sans bruit.

12

Carole se réveilla dans la nuit. Elle se sentait mieux après avoir dormi plusieurs heures. Étendue dans son lit, elle se remémora la visite de Matthieu et la conversation qu'ils avaient eue. Elle pensa à lui pendant un long moment. Malgré sa mémoire défaillante, grâce à lui, elle avait réussi à exorciser les fantômes du passé. Elle avait apprécié son honnêteté et, surtout, qu'il ait reconnu qu'elle avait eu raison de partir. Il venait de la libérer d'un lourd fardeau. Elle s'était toujours demandé ce qui serait arrivé si elle était restée, si elle avait attendu plus longtemps. Elle savait maintenant que cela n'aurait rien changé.

Elle appela alors Jason et les enfants, pour leur raconter les derniers événements et les rassurer en leur disant qu'elle allait bien et qu'elle avait eu de la chance une fois encore. Jason voulut aussitôt revenir à Paris, mais elle lui répondit que la police la protégeait. Elle était encore sous le choc, mais elle leur répéta qu'elle était saine et sauve. Ils étaient bouleversés d'apprendre qu'elle venait d'échapper à un second attentat. Anthony la mit de nouveau en garde contre Matthieu. Il était prêt à revenir pour la protéger contre lui, mais elle l'en dissuada.

Toutefois, elle était perturbée par tous ces événements et les tournait et retournait dans sa tête… Le terroriste… Matthieu… L'histoire qu'ils avaient vécue. Toutes ces images la plongèrent dans un état d'énervement et d'agitation extrême, si bien qu'elle décida d'appeler Stevie.

Elle se sentait un peu stupide de la réveiller en pleine nuit, mais elle avait désespérément besoin d'entendre une voix amie. Stevie était effectivement en train de dormir.

— Comment va ton rhume ? lui demanda Carole.

— Mieux, je crois, mais ce n'est pas formidable, répondit Stevie. C'est pour cela que tu m'appelles ? poursuivit-elle, surprise. Comment se fait-il que tu ne dormes pas, à cette heure-ci ?

Carole lui raconta alors ce qui s'était passé lorsque le terroriste était entré dans sa chambre, armé d'un poignard.

— *Quoi ?* Tu plaisantes, j'espère ? Où était l'agent de sécurité ?

Stevie était horrifiée. Ce qui s'était produit était incroyable et figurerait certainement dans les journaux du lendemain.

Songeant à sa chance, Carole laissa échapper un long soupir, avant d'expliquer :

— Il était parti déjeuner avec l'infirmière. Ils ont dit que la relève n'avait pas eu lieu. J'ai eu une sacrée peur !

Elle en tremblait encore chaque fois qu'elle y pensait. Heureusement que Matthieu était arrivé tout de suite après.

— Je viens ! s'écria Stevie. Ils n'ont qu'à me mettre un lit de camp dans ta chambre. Dorénavant, je ne te quitterai plus.

— Ne sois pas bête ! Tu es malade et je vais bien. Cela ne se reproduira plus. Matthieu a fait une scène de tous les diables et apparemment, il a encore de l'influence. Dans les cinq minutes, le directeur de l'hôpital était là, à faire des courbettes. La police est restée pendant des heures et je peux t'assurer qu'ils ont fait le nécessaire. C'est juste que j'ai eu une peur bleue.

— Tu m'étonnes !

Il était difficilement concevable que Carole ait été victime coup sur coup d'un attentat, puis d'une tentative d'assassinat. Les policiers devaient revenir le lendemain, afin qu'elle leur relate les faits. Ils n'avaient pas voulu la perturber davantage, après ce qu'elle venait de vivre. L'agresseur étant sous les verrous, elle ne risquait plus rien.

— Je me suis rappelé l'avoir vu dans le tunnel, murmura Carole.

Elle paraissait si émue que Stevie changea de sujet et la questionna sur Matthieu.

— Matthieu t'a-t-il fourni des éclaircissements sur votre liaison ? lui demanda-t-elle.

— Oui. J'ai d'ailleurs retrouvé toute seule certains souvenirs.

Elle se tut un instant, puis revint à l'agression.

— Je te disais que j'ai reconnu le garçon au poignard. Il était dans la voiture qui se trouvait juste à côté de mon taxi et il s'est enfui. Les kamikazes ont dû lui dire qu'il allait mourir, mais apparemment il n'était pas prêt et la perspective des vierges qui l'attendaient au paradis n'a pas suffi à le retenir.

— Il aurait pu te tuer ! Bon sang, j'ai hâte que nous soyons rentrées à la maison.

— Moi aussi, soupira Carole. Je me souviendrai longtemps de ce voyage, mais je crois que j'ai mes réponses. Si je continue à retrouver la mémoire et si j'arrive de nouveau à me servir d'un ordinateur, je crois que je réussirai à écrire mon livre. Toute cette histoire m'aura donné de la matière supplémentaire. Elle est trop belle pour que je ne l'utilise pas !

— Tu ne préférerais pas écrire un livre de recettes ou un guide sur l'éducation des enfants, la prochaine fois ? Je n'apprécie pas trop ta documentation actuelle.

Mais ce qu'elle avait appris de Jason et de Matthieu était ce qu'elle cherchait. Elle le savait, maintenant. Et elle leur était très reconnaissante de leur franchise.

Tandis qu'elles bavardaient, Carole sentit qu'elle se détendait un peu. C'était agréable d'avoir quelqu'un à qui parler au milieu de la nuit. Les conversations avec Sean lui manquaient. Peu à peu, en grande partie grâce à ce que Stevie lui avait dit de son mari, des bribes de souvenirs lui revenaient.

— Tu as des nouvelles d'Alan ? lui demanda-t-elle.

— Il a hâte que je rentre. Il prétend qu'il se languit de ma cuisine. Il doit avoir perdu la mémoire, lui aussi. De quoi se languit-il, exactement ? Du traiteur chinois ? Des plats tout faits ? Je ne lui ai pas préparé un seul repas correct en quatre ans !

— Je le comprends. Moi aussi, j'ai hâte de te voir.

— Je serai là à la première heure et je resterai dormir dans ta chambre avec toi demain soir.

— Plus personne ne viendra m'attaquer, la rassura Carole. Les autres types se sont fait exploser, il n'en reste plus un seul.

Et elle avait bien failli y passer, elle aussi...

— Ça m'est égal. Je veux rester avec toi.

— Et moi, je préférerais être au Ritz plutôt qu'à la Salpêtrière, plaisanta Carole. Il n'y a pas de doute, le service en chambre est bien meilleur à l'hôtel.

— Je m'en moque, répliqua Stevie. Je vais m'installer dans ta chambre et tant pis si ça ne leur plaît pas. S'ils ne sont pas fichus de mettre un agent de sécurité devant ta porte à l'heure du déjeuner, je serai là pour te protéger.

— Je pense que Matthieu va s'en assurer. Apparemment, il leur inspire une peur bleue. Le couloir grouille de policiers maintenant.

— Je dois avouer qu'il me fait peur aussi, confia Stevie. Il n'a pas l'air commode.

— C'est vrai, reconnut Carole. Mais il l'était avec moi. Il m'a raconté ce qui s'était passé entre nous. Nous en avons parlé, aujourd'hui. Nous avons vécu ensemble pendant deux ans et demi, mais comme il était marié et qu'il n'aurait jamais divorcé, j'ai fini par le quitter.

— Je suis sortie avec un homme marié, une fois. Il est quasiment impossible de les faire changer et j'ai décidé que je ne recommencerais plus jamais. Alan a ses défauts, mais au moins il est à moi.

— J'imagine qu'il m'a fallu un certain temps pour le comprendre. Quand nous nous sommes rencontrés, il m'a dit qu'il allait quitter sa femme, que son couple n'existait plus depuis longtemps.

— Ils racontent tous ce genre de truc. La seule qui n'est pas au courant, c'est leur femme, et ils ne la quittent jamais.

— Il est resté avec elle jusqu'à l'an dernier. Il m'a dit que j'avais eu raison de m'en aller.

— On le dirait, en effet. Et maintenant, il a divorcé ? demanda Stevie. À leur âge, c'est étonnant.

— Non, elle est morte. Ils sont restés mariés jusqu'au bout. Quarante-six ans d'une union sans amour... J'ai du mal à comprendre...

— Dieu seul sait pourquoi les gens restent ensemble ! Par habitude, par paresse, par manque de courage…

— Sa fille est morte quand je vivais avec lui et c'est alors que sa femme l'a menacé de se suicider. Après, j'ai eu droit à un chapelet sans fin d'excuses. Certaines d'entre elles étaient bonnes, mais la plupart ne l'étaient pas. À la fin, j'ai abandonné. En plus, il avait un poste très important au gouvernement.

— Tu n'avais pas une chance !

— En effet. Il l'admet aujourd'hui, mais à l'époque, il le niait farouchement.

Carole ne parla pas à Stevie du bébé qu'elle avait perdu, mais elle avait l'intention d'en discuter avec Anthony, au cas où il s'en souviendrait. Elle avait été frappée par la haine qu'il portait à Matthieu, lorsqu'il l'avait croisé à l'hôpital. Apparemment, ses enfants aussi s'étaient sentis trahis par lui. Cette rupture avait visiblement marqué son fils.

— Tu avais l'air très malheureuse, quand nous sommes allées à Paris pour vendre l'hôtel particulier, remarqua Stevie.

— Je l'étais.

— Apparemment, la mémoire t'est en grande partie revenue.

Ces dernières heures, Carole avait retrouvé une partie de son passé. Son agresseur y était aussi pour quelque chose.

— C'est vrai. Elle me revient par bribes. Ce sont davantage des émotions que des événements précis, d'ailleurs.

— C'est un début.

Mike Appelsohn l'avait aidée, lui aussi, sauf que l'interview qu'il avait accordée à un journaliste avait failli lui coûter la vie.

— J'espère qu'on te permettra bientôt de rentrer à l'hôtel, reprit Stevie.

— Moi aussi.

Après s'être mutuellement souhaité une bonne nuit, elles raccrochèrent. Carole demeura longtemps éveillée, se répétant combien elle avait de la chance. Ses enfants étaient merveilleux, elle avait échappé à son agresseur par miracle et elle avait le bonheur d'avoir Stevie pour amie. Elle s'efforça de ne pas penser à Matthieu ni au garçon qui avait voulu la tuer avec ce poignard terrifiant. Les yeux fermés, allongée, elle s'obligea à respirer calmement. Mais quoi qu'elle fît, elle revoyait ce jeune homme qui la menaçait avec son poignard, puis son esprit cherchait vite la protection et la sécurité de Matthieu. Après toutes ces années, il semblait toujours représenter pour elle celui qui lui apportait la paix et la protégeait. Elle ne voulait pas y croire, mais cette certitude habitait un coin de sa mémoire ou de son cœur. Lorsqu'elle glissa enfin dans le sommeil, elle sentait presque ses bras autour d'elle.

13

Le lendemain, la police enregistra la déposition de Carole. Âgé de dix-sept ans, son agresseur était originaire de Syrie. Il appartenait à un groupe fondamentaliste, responsable de trois attentats récents, deux en France et un en Espagne. En dehors de cela, on en savait très peu sur lui. Carole était la seule à pouvoir le relier à l'explosion de la bombe, dans le tunnel. Bien que ses souvenirs de l'attentat soient encore confus, tout comme les détails de sa propre vie, elle se rappelait distinctement l'avoir vu dans la voiture arrêtée près de son taxi. Tout lui était revenu en voyant le visage du jeune homme, dans sa chambre de la Salpêtrière. Lorsqu'il s'était approché d'elle, son poignard à la main, il avait plongé ses yeux dans les siens.

La police l'interrogea pendant près de trois heures. On lui montra les photographies d'une douzaine d'hommes, mais en dehors de son agresseur, elle n'en reconnut aucun. L'un des clichés lui rappela vaguement le conducteur de la voiture, mais elle lui avait prêté beaucoup moins d'attention qu'au garçon qui se trouvait à l'arrière. En ce qui concernait ce dernier, elle n'avait aucun doute : elle avait vu son visage, derrière la vitre. Lorsqu'il s'en était pris à elle, tout lui était revenu.

Depuis, d'autres souvenirs surgissaient. Souvent, ils se présentaient sans ordre et n'avaient aucun sens pour elle. Elle revoyait la ferme de son père ou se rappelait avoir trait les vaches, comme si c'était hier. Elle entendait le rire de son père, mais elle avait beau se concentrer, elle ne se souvenait pas de son visage. Sa rencontre avec Mike Appelsohn, à La Nouvelle-Orléans, était effacée de son esprit, mais elle se rappelait avoir tourné le bout d'essai, puis son premier film. Elle s'était réveillée le matin en y pensant. En revanche, sa première soirée avec Jason ainsi que le début de leur idylle étaient partis en fumée. Cependant, elle se rappelait le jour de leur mariage, et l'appartement de New York où ils avaient vécu ensuite. Elle gardait un vague souvenir de la naissance d'Anthony, mais aucun de celle de Chloé, ni des films qu'elle avait tournés ou des oscars qu'elle avait remportés. Concernant Sean, elle n'avait que très peu de réminiscences.

Tout lui revenait de façon incohérente et sans lien, comme des bouts de film éparpillés dans une salle de montage. Des visages pouvaient surgir, ou bien des noms, souvent sans rapport les uns avec les autres, ensuite elle revoyait distinctement une scène entière. Sa vie ressemblait à un puzzle dont elle aurait constamment cherché à classer les pièces, pour les assembler d'une manière logique. Mais au moment précis où elle pensait y être parvenue, elle se rappelait un nouveau détail, un nom ou un événement qui changeait complètement le cours et le sens de l'histoire. Tel un kaléidoscope, son esprit ne cessait de tout modifier. Carole s'épuisait à intégrer tous ces éléments et à leur donner un sens. Désormais, elle pouvait retrouver la mémoire pendant des heures. Et puis la machine se bloquait, comme si elle était exténuée par cet incessant travail de classement. Elle sollicitait sans arrêt sa mémoire, lui posant un millier de questions à mesure que les souvenirs se présentaient à elle. Elle s'efforçait de rendre les images plus nettes en se focalisant sur tel ou tel point, utilisant son esprit à la manière d'un appareil photo. C'était le travail le plus difficile auquel elle s'était jamais livrée.

Après la visite de Mike, Stevie s'était rendu compte à quel point cette recherche était fatigante. Assise près de Carole, elle gardait le silence quand elle la voyait tourner les choses dans sa tête. Parfois Carole parlait, mais elle pouvait rester allongée pendant de longues heures, le regard perdu dans le vide. Certaines images n'avaient aucun sens pour elle. Il lui semblait alors feuilleter un album rempli de photographies représentant des personnes inconnues, sans la moindre légende lui permettant de les identifier. Il y avait aussi des événements dont elle ne se souvenait que trop, d'autres dont elle gardait une vague réminiscence. Et tout cela se mélangeait dans son esprit. Il lui fallait quelquefois plusieurs heures pour reconnaître un visage, un nom ou un lieu. Lorsqu'elle y parvenait, c'était une grande victoire. Elle débordait alors d'une joie triomphante, puis retombait dans le silence, vidée de toute énergie pour un long moment.

Les policiers furent impressionnés par son témoignage, surtout qu'ils savaient qu'elle avait perdu la mémoire. La plupart des autres victimes n'avaient pas apporté beaucoup d'éléments car, lorsqu'ils se trouvaient dans le tunnel, ils étaient trop occupés à bavarder ou à écouter la radio pour prêter attention à ce qui les entourait. Et pour certains, le traumatisme avait effacé tout souvenir de leur esprit. La police et les services de renseignements les avaient longuement interrogés sans beaucoup de résultat. Aussi, en apprenant que Carole pouvait maintenant les aider, lui étaient-ils très reconnaissants. Ils avaient renforcé le dispositif de sécurité à l'hôpital. Désormais, il y avait deux CRS en faction devant sa porte. A la vue de leurs mitraillettes, on ne pouvait pas se tromper sur la raison de leur présence.

Il n'y avait aucune raison sérieuse de penser que d'autres membres du groupe voudraient s'en prendre à elle. Pour autant qu'on le sût, tous les terroristes étaient morts dans l'attentat, à l'exception de celui qui s'était enfui. Carole le revoyait en train de courir vers l'entrée du tunnel, juste avant l'explosion de la première bombe. Elle ignorait ce qu'il était advenu des autres, ayant été elle-même éjectée du taxi et projetée sur le sol. Cependant, il était tout à fait plausible d'imaginer que sa célébrité en faisait une victime de choix et que l'éliminer constituerait une sorte de bonus pour les terroristes. En tuant une star aussi populaire, ils remporteraient une victoire supplémentaire et attireraient l'attention sur leur cause. Mais, tant que Carole n'aurait pas quitté la France, la police et les services de renseignements feraient leur maximum pour la protéger. Ils avaient également contacté le FBI pour qu'il assure la protection de sa maison durant les prochains mois, ce qui était à la fois rassurant et effrayant, car la perspective d'un danger à venir la pétrifiait. L'attentat du tunnel lui avait déjà coûté assez cher. Tout ce qu'elle souhaitait, maintenant, c'était retrouver la mémoire, quitter l'hôpital et reprendre le cours de sa vie à Los Angeles.

Les policiers en étaient à la moitié de leur interrogatoire quand Matthieu arriva. Après s'être glissé sans bruit dans la chambre, il assista à la déposition en silence, le visage grave et soucieux. Il avait passé plusieurs appels au service de renseignements chargé de l'affaire et un autre au commandant des CRS. La veille, il avait appelé l'actuel ministre de l'Intérieur. Il voulait que l'enquête et la protection de Carole soient assurées sans la moindre bévue. Il avait bien fait comprendre à tous ses interlocuteurs qu'ils n'avaient pas droit à l'erreur, que c'était d'une importance capitale. Il n'eut pas besoin d'expliquer pourquoi. Carole Barber était une personnalité connue. En discutant avec le ministre, il fit allusion au fait qu'elle avait été une amie proche. Le ministre n'en demanda pas davantage.

Comme les autres, Matthieu s'étonna que Carole pût fournir autant d'informations à la police. Elle se rappelait de détails qui lui échappaient complètement auparavant. Cette fois, la présence de Matthieu ne la gênait pas, au contraire. Elle la réconfortait et il ne l'effrayait plus. Elle avait l'impression que si elle avait eu peur de lui, auparavant, c'était parce qu'elle sentait qu'il avait tenu une grande place dans sa vie, sans savoir pourquoi. Maintenant, elle savait. Bizarrement, elle avait plus de souvenirs de leur vie commune que des autres événements ou des autres personnes qui avaient marqué son existence.

Les points forts de leur histoire se détachaient clairement dans son esprit, émergeant du voile qui les avait recouverts. Elle se rappelait un million de petits détails, les moments importants, les journées ensoleillées, les nuits torrides, les tendres instants d'intimité, et la souffrance qu'il lui avait infligée en ne quittant pas sa femme, ainsi que leurs disputes à ce sujet. Ses explications et ses excuses lui revenaient aussi clairement que leur croisière dans le sud de la France. Elle se rappelait presque toutes leurs discussions sur le voilier, tout comme sa peine lorsqu'il lui avait appris la mort de sa fille, un an plus tard. Il y avait aussi leur désespoir à tous les deux quand elle avait fait sa fausse couche. Les souvenirs qu'elle avait de lui l'envahissaient, submergeant tous les autres. Elle se rappelait la douleur qu'il lui avait causée comme si c'était hier, ainsi que le jour où elle avait quitté la France. Elle avait alors abandonné tout espoir de vivre avec lui. Se souvenant de tout cela, elle éprouvait une sensation bizarre en sa présence. Ce n'était pas effrayant, seulement troublant. Il semblait austère et sombre, c'était d'ailleurs ce qui l'avait frappée en le voyant, mais maintenant qu'elle se rappelait leur histoire, elle comprenait cette tristesse. Son expression n'était pas celle d'un homme heureux, lui aussi semblait tourmenté par le passé. Pendant des années, il avait voulu lui demander pardon. Il en avait enfin l'occasion. Quand les enquêteurs quittèrent sa chambre, Carole était exténuée. Sans la questionner davantage, Matthieu s'assit près d'elle et lui tendit une tasse de thé. Levant les yeux vers lui, elle lui sourit avec gratitude. Elle était si fatiguée qu'elle avait du mal à porter la boisson jusqu'à ses lèvres. Voyant ses mains trembler, il le fit pour elle. L'infirmière était sortie dans le couloir avec les CRS pour discuter. Malgré les protestations de la direction, ils avaient toujours leurs mitraillettes. La protection de Carole l'emportait sur toute autre considération. En faisant quelques pas avec son infirmière, Carole les avait vus. Cela l'avait choquée et en même temps rassurée. De même qu'elle rejetait et appréciait à la fois la présence de Matthieu.

— Tu te sens bien ? lui demanda-t-il doucement.

Tremblante, elle hocha la tête et vida la tasse qu'il lui tenait.

La matinée avait été éprouvante, mais moins que le jour précédent, quand le terroriste était entré dans la chambre. Jamais elle n'oublierait cet instant et ce qu'elle avait éprouvé à la vue de ce poignard. Elle avait cru qu'elle allait mourir, plus encore que lorsqu'elle tentait de fuir le tunnel. La veille, il s'agissait d'une agression plus personnelle, directement dirigée contre elle. Dès qu'elle y repensait, elle était submergée de terreur. Matthieu la rassurait. Il émanait de lui une grande douceur, une bonté qu'elle n'avait pas oubliée et dont elle avait la preuve à cet instant. Ses yeux étaient emplis d'amour pour elle. Elle ne savait pas si c'était dû au souvenir de ce qu'ils avaient vécu ou si le feu ne s'était jamais éteint, mais elle n'avait pas envie de le lui demander. Il valait mieux ne pas ouvrir certaines portes. Ce qui se trouvait derrière était trop douloureux pour tous les deux, en tout cas c'était ce qu'elle croyait. Matthieu ne lui avait pas donné la clé du présent, seulement celle du passé, et cela lui suffisait largement.

— Je vais bien, mais c'était dur, souffla-t-elle en posant sa tête sur l'oreiller.

Il hocha la tête.

— Tu t'en es très bien tirée.

Il était fier d'elle. Pendant toute sa déposition, elle avait conservé son calme et s'était efforcée d'extirper de sa pauvre mémoire jusqu'aux moindres détails de l'attentat. Elle avait été impressionnante, ce qui ne l'étonnait pas. Carole avait toujours été quelqu'un de remarquable. Quand sa fille était morte, elle l'avait soutenu et réconforté, ainsi que dans mille autres occasions. Elle ne lui avait jamais fait défaut, contrairement à lui. Il ne le savait que trop bien et il avait retourné cette pensée dans sa tête un nombre infini de fois depuis leur séparation. Pendant quinze ans, il avait été hanté par son visage, sa voix, sa peau. Et maintenant, il était assis auprès d'elle... C'était une impression étrange.

— Tu leur avais parlé ? lui demanda-t-elle avec curiosité.

La police s'était comportée avec beaucoup de délicatesse et de tact, tout en la pressant de questions pour obtenir d'elle le moindre détail. La façon dont on l'avait traitée lui avait paru bizarrement respectueuse, si bien qu'elle le soupçonnait d'y être pour quelque chose.

— J'ai appelé le ministre de l'Intérieur, hier soir.

— Merci, murmura-t-elle en le regardant avec reconnaissance.

Sans son intervention, les policiers auraient sans doute été plus secs.

— Est-ce que ton ancien poste te manque ? demanda-t-elle.

Elle aurait trouvé cela normal, pour quelqu'un qui avait été l'un des hommes les plus influents de France. N'importe qui aurait eu du mal à se retirer, particulièrement un homme comme lui. Lorsqu'elle vivait avec lui, elle avait pu constater à quel point il était efficace et investi dans les actions qu'il menait. C'était d'ailleurs pour cette raison qu'il n'avait pas pu démissionner. Il avait le sentiment que le salut de son pays reposait entre ses mains. Ce pays qu'il aimait tant, « ma patrie », ainsi qu'il le lui répétait si souvent avec passion. Il était peu probable qu'il ait changé sur ce point, même s'il n'était plus en fonction.

— Quelquefois, avoua-t-il franchement. Quand on a exercé ce type de responsabilités, on a du mal à y renoncer. C'est un peu comme l'amour… On ne cesse jamais d'aimer, même si on s'en va. Mais l'époque n'est plus la même, le travail est bien plus dur, aujourd'hui, les objectifs moins clairs. Le terrorisme a bouleversé les données dans tous les pays. C'était plus simple autrefois. On savait qui étaient les méchants. Maintenant, ils n'ont pas de visage et tu ne les vois pas avant que le mal soit fait, comme tu as pu t'en rendre compte avec ce qui t'est arrivé. Il devient plus difficile de protéger le pays et les gens. Tout le monde est désabusé, voire amer. Il est difficile de se montrer héroïque. Le peuple est en colère contre tout le monde, non seulement contre ses ennemis mais aussi contre ses dirigeants, soupira-t-il. Je n'envie pas les responsables gouvernementaux, mais j'admets que les fonctions me manquent, précisa-t-il avec l'un de ses rares sourires. Qui ne les regretterait pas ? C'était exaltant.

— Je me rappelle combien tu aimais cela, confiat-elle avec une petite moue amusée. Tu avais des horaires insensés et tu recevais des coups de fil toute la nuit.

C'était lui qui le voulait. À chaque instant, il fallait qu'il sût ce qui se passait. C'était une obsession, chez lui.

Et ce matin, il s'était tenu dans sa chambre, surveillant l'enquête, comme s'il était encore en poste. Il lui arrivait d'oublier qu'il ne l'était plus. Il était d'ailleurs toujours extrêmement respecté. Il intervenait fréquemment dans les débats politiques, et les journalistes le citaient souvent dans leurs articles. Plusieurs semaines auparavant, ils l'avaient questionné au sujet de l'attentat commis dans le tunnel et sur la façon dont le gouvernement avait réagi. Il s'était montré diplomate, ce qui n'était pas toujours le cas. Lorsqu'il était indigné ou critique envers le gouvernement, il ne mâchait pas ses mots.

— La France a toujours été mon premier amour, reconnut-il. Du moins, jusqu'à toi… ajouta-t-il plus bas.

Carole n'était pas certaine que ce fût vrai. Pour autant qu'elle avait pu le constater, elle venait en troisième position, après son pays et son couple.

— Pourquoi as-tu quitté le gouvernement ? demanda-t-elle.

Elle tendit le bras pour prendre sa tasse de thé et, cette fois, elle la tint elle-même. Elle se sentait mieux et plus calme. Les questions des policiers l'avaient ébranlée, mais elle était rassérénée, maintenant. Matthieu s'en aperçut.

— J'ai estimé que c'était le moment, répondit-il. J'avais longtemps servi mon pays et accompli ma mission. Le gouvernement changeait, mon mandat arrivait à son terme. Par ailleurs, j'avais des problèmes de santé, sans doute liés à mon travail. Je vais bien, à présent. Au début, cela n'a pas été facile. On m'a proposé des postes de moindre importance, plus ou moins symboliques, mais j'ai refusé. Je ne voulais pas de lot de consolation. J'avais rempli mon mandat et je pensais qu'il était temps pour moi de laisser la place. J'ai donc retrouvé avec plaisir mon métier d'avocat. Plusieurs fois, on m'a sollicité pour la magistrature, mais cela ne me tente pas. La profession d'avocat est bien plus passionnante que celle de juge, en tout cas de mon point de vue. Quoi qu'il en soit, je compte prendre définitivement ma retraite cette année.

— Pourquoi ?

232

Elle s'inquiéta de cette décision. Matthieu était un homme qui avait besoin de travailler. À soixante-huit ans, il était encore dynamique et très actif. Elle s'en était aperçue quand la police la questionnait. Il débordait littéralement d'énergie. Pour un homme de sa trempe, la retraite n'était pas une bonne chose. Déjà, il avait renoncé à son rôle de ministre, Carole ne trouvait pas bon qu'il abandonnât de surcroît le métier d'avocat.

— Je suis vieux, ma chérie. Il est temps pour moi de faire d'autres choses. Je peux écrire, lire, travailler, réfléchir, découvrir de nouveaux horizons. L'an dernier, je suis allé en Afrique et j'ai l'intention de me rendre en Asie. Je veux faire les choses plus tranquillement et les savourer avant d'en être complètement incapable.

— Tu as encore de nombreuses années devant toi, pour tout cela. Tu es toujours très jeune d'allure.

Il se mit à rire.

— Très jeune d'allure mais plus tout jeune. Je veux profiter de la vie et d'une liberté que je n'ai jamais eue. Je n'ai de comptes à rendre à personne. Mes enfants, et même mes petits-enfants, sont grands.

Même si elle avait du mal à l'admettre, elle y était bien obligée : Matthieu avait près de soixante-dix ans.

— Arlette est morte, continua-t-il. Personne ne se soucie de savoir où je suis ou ce que je fais. C'est triste, mais c'est la réalité. Autant en profiter pendant que je le peux encore, avant que mes enfants ne commencent à demander à la bonne si j'ai bien mangé ou si j'ai mouillé mon lit.

Il n'en était pas là, loin de là, mais en l'entendant parler de la façon dont il envisageait l'avenir, Carole eut le cœur serré. D'une certaine manière, elle en était au même point. Ses enfants étaient certes beaucoup

233

plus jeunes que ceux de Matthieu. Elle savait que son fils aîné avait une quarantaine d'années. Matthieu s'était marié très jeune et il avait eu tout de suite des enfants, il était donc totalement libre de ce côté-là, ce qui n'était pas tout à fait son cas. Cependant, Anthony et Chloé avaient terminé leurs études et ne vivaient plus avec elle. Et si Stevie ne venait pas tous les jours, la villa serait bien triste. Il n'y avait pas d'homme dans sa vie, pas d'enfants à la maison, personne pour se soucier de l'heure à laquelle elle mangeait, ou même si elle mangeait. Elle avait près de vingt ans de moins que Matthieu, mais elle aussi se sentait libre de toute chaîne. C'était ce qui l'avait poussée à écrire son livre, puis à entreprendre ce voyage où elle espérait trouver les réponses qu'elle avait fuies jusque-là.

Il posa sur elle un regard interrogateur.

— Et toi, où en es-tu ? Tu n'as pas tourné de film depuis longtemps. Je le sais, parce que je les ai tous vus, précisa-t-il avec un sourire.

C'était un des petits plaisirs qu'il s'offrait : s'asseoir dans une salle obscure pour la contempler et l'entendre. Il était allé voir certains de ses films trois ou quatre fois, et ensuite il les avait aussi regardés à la télévision. S'abstenant de tout commentaire, sa femme se bornait à quitter la pièce quand Carole apparaissait à l'écran. Elle savait. Elle savait tout, jusqu'à leur rupture. Mais elle n'avait jamais abordé le sujet. Elle acceptait qu'il ait aimé et aimât Carole comme il ne l'avait jamais aimée et ne l'aimerait jamais. Les sentiments de Matthieu pour sa femme étaient un mélange de devoir, de responsabilité, d'amitié et de respect. Ceux qu'il éprouvait pour Carole étaient faits de passion, de désir, de rêve et d'espoir. Il avait renoncé à ses rêves, mais pas à l'espoir et à l'amour. Ils lui appartenaient à jamais et il les conservait précieusement dans son cœur. Tandis qu'ils discutaient, Carole ressentait la force de ce qu'il éprouvait encore pour elle. L'atmosphère en était chargée.

— Ces dernières années, expliqua-t-elle, je n'ai pas aimé les scénarios qu'on m'a proposés. Je ne veux plus de rôles idiots, sauf si c'est pour jouer dans un film vraiment amusant. J'y ai réfléchi, récemment. J'ai toujours eu envie d'une comédie et je pourrais bien m'y mettre un de ces jours. J'ignore si je peux être drôle, mais j'aimerais essayer d'incarner un personnage comique. Je n'ai rien à perdre, n'est-ce pas ? Sinon, je voudrais quelque chose qui ait un sens pour moi et pour ceux qui verraient le film. Je ne veux pas simplement apparaître sur les écrans dans le seul but que les gens ne m'oublient pas. J'ai envie d'être plus sélective désormais et de choisir des rôles qui me plaisent réellement. Mais ce n'est pas facile de les trouver, surtout à mon âge. Sans compter que je n'ai pas tourné depuis l'année où mon mari est tombé malade. Depuis, je n'ai lu aucun scénario intéressant. On ne m'a proposé que des navets. Je n'en ai jamais fait et je ne vais pas commencer maintenant. Je n'en ai pas besoin. À la place, j'ai décidé d'écrire un livre, avoua-t-elle avec un sourire.

Leurs conversations avaient toujours été variées et passionnantes. Ils parlaient de films, de politique, de leur travail, ou bien ils échangeaient des idées sur le monde, les gens, la vie. Matthieu était très cultivé, il avait beaucoup lu et lui avait beaucoup appris. Il avait un esprit acéré et s'intéressait à tout.

— Tu écris un livre autobiographique ? demanda-t-il avec curiosité.

Elle eut un sourire timide.

— Oui et non. C'est un roman. Il s'agit d'une femme parvenue à un certain âge qui fait le point sur sa vie après la mort de son mari. J'ai rédigé le début une dizaine de fois et écrit plusieurs chapitres sous différents angles, mais je stoppe toujours au même endroit. Je n'arrive pas à trouver de but à sa vie, après la mort de son mari. C'est une brillante neurochirurgienne qui, malgré toute sa compétence, n'a pas pu vaincre la tumeur au cerveau de son mari. Elle est habituée à tout contrôler et à tout diriger, mais elle n'est pas parvenue à déjouer le destin et cela l'amène à se poser des questions et à se demander ce qu'elle fera de sa vie. Elle doit accepter la défaite, se comprendre elle-même, appréhender le sens de l'existence. Dans le passé, elle a pris d'importantes décisions qui ont encore des répercussions sur elle. Elle quitte son cabinet et entreprend un voyage pour trouver les réponses à ses propres questions, les clés des portes qu'elle a laissées fermées pendant toute sa vie, tandis qu'elle allait de l'avant. Maintenant, elle doit revenir en arrière pour pouvoir de nouveau avancer.

Tout en parlant, elle s'étonnait de se rappeler si bien la trame de son roman.

— Cela semble intéressant, constata-t-il d'une voix songeuse.

Tout comme Carole, il savait parfaitement qu'il s'agissait d'elle et des décisions qu'elle avait prises. Son roman faisait référence aux carrefours qui avaient jalonné sa route, aux voies qu'elle avait empruntées et tout particulièrement au choix qu'elle avait fait le concernant. Elle avait quitté la France et décidé de mettre fin à une relation qui lui apparaissait comme une impasse.

— Je l'espère. Si je l'écris, il fera peut-être l'objet d'un film, un jour. C'est un personnage que j'aimerais incarner.

Ils étaient conscients que c'était déjà fait.

— En tout cas, continua-t-elle, écrire me plaît. Cela me permet de tout savoir, de tout voir et de tout entendre. Ce n'est pas comme sur un film où il n'y a que les dialogues et les expressions des personnages à l'écran. L'écrivain sait tout, ou tout au moins il est censé tout savoir. J'ai malheureusement découvert que pour ce qui me concerne, ce n'était pas le cas. Je n'étais pas capable de répondre à mes propres questions. Alors je suis venue en Europe pour découvrir les réponses et pouvoir continuer. J'espérais ainsi ouvrir certaines portes et retrouver mon inspiration.

— Ça a marché ?

Elle eut un sourire empreint de regret.

— Je n'en sais rien. Cela aurait pu marcher, sans doute. Le jour de mon arrivée à Paris, je suis allée voir l'endroit où nous avons habité. En repartant, j'avais des idées. J'ai pris un taxi pour rentrer à l'hôtel et écrire, mais le tunnel se trouvait entre la maison et le Ritz. Tout est sorti de ma tête en même temps que le reste. C'est très étrange de ne plus savoir qui tu es, d'où tu viens ou ce qui a de l'importance pour toi. Tous les gens et les endroits que tu conservais dans ta mémoire n'existent plus et tu restes seul, environné de silence, dans l'ignorance totale de ton histoire.

C'était le pire des cauchemars, un cauchemar qu'on ne pouvait concevoir, pensa-t-il en la regardant.

— Cela revient par bribes, reprit-elle, mais je ne sais pas ce que j'ai oublié. La plupart du temps, je vois des images et des visages ; je me rappelle des émotions, mais je ne sais pas où les placer dans le puzzle de ma vie.

Bizarrement, c'était de lui qu'elle se souvenait le mieux, plus même que de ses propres enfants. Et elle en était attristée. En revanche, elle ne se rappelait presque rien de Sean, hormis ce qu'on lui avait dit, et quelques moments particulièrement forts de leurs huit ans de vie commune. Elle ne conservait de sa mort qu'une vague réminiscence. Et elle n'avait aucun souvenir de Jason, même si elle savait qu'elle l'aimait comme un frère. Ses sentiments envers Matthieu étaient bien différents, ils la mettaient mal à l'aise et faisaient renaître en elle des moments de joie et de douleur intenses. Surtout de douleur.

— Je crois que la mémoire finira par te revenir intégralement, mais tu vas devoir être patiente. Cela te donnera peut-être une plus grande force.

— Peut-être.

Les médecins se montraient encourageants, mais ils ne lui avaient pas encore promis une guérison totale. Elle allait beaucoup mieux, elle avançait vite, mais il y avait des moments d'arrêt. Des mots, des endroits, des événements et des gens avaient disparu de son esprit. Elle ignorait si elle les retrouverait un jour, malgré l'aide des thérapeutes. Elle devait compter sur les autres, pour qu'ils lui racontent ce qu'ils avaient vécu avec elle et sollicitent sa mémoire, comme Matthieu l'avait fait. Dans son cas, elle ne savait pas si c'était une bonne chose ou non. Ce qu'il lui avait raconté l'avait attristée, puisqu'elle avait du même coup appris ce qu'elle avait perdu, y compris un enfant.

— Si je ne retrouve pas la mémoire, dit-elle avec bon sens, j'aurai du mal à travailler, à l'avenir. Ma carrière est peut-être terminée. Une actrice qui ne peut pas retenir ses répliques ne risque pas d'obtenir de contrats, même si j'en ai rencontré certaines à qui ça n'a pas mal réussi, ajouta-t-elle en riant.

Elle se montrait étonnamment bonne joueuse, si l'on considérait la perte qu'elle avait subie. Elle était bien moins déprimée que les médecins et sa famille ne l'avaient craint. Elle gardait espoir, tout comme Matthieu. Il trouvait que, malgré ce qui lui était arrivé et le traumatisme cérébral dont elle avait souffert, elle avait l'esprit vif et alerte.

— J'adorais te voir jouer, confia-t-il. Je me rendais en Angleterre toutes les semaines, quand tu tournais ce film dont je ne me rappelle plus le titre, après *Marie-Antoinette*. Steven Archer et sir Harland Chadwick faisaient partie du casting.

Comme il le recherchait, Carole laissa échapper le titre sans même réfléchir :

— *Epiphany*. Seigneur ! Quel navet ! s'exclama-t-elle en souriant.

Abasourdie, elle prit conscience qu'elle venait de se rappeler le film et son titre.

— Waouh ! Je ne sais pas d'où cela m'est venu !

— C'est quelque part dans ta tête, assura-t-il doucement. Tu n'as qu'à chercher et tu finiras par tout retrouver.

— J'ai peur de ce que je peux découvrir, avoua-t-elle. Peut-être est-ce préférable ainsi. Je ne me souviens plus des événements qui m'ont blessée, des gens que j'ai détestés ou qui m'ont détestée. Ce sont sûrement des événements et des gens que je voulais oublier… Pourtant je ne me souviens pas non plus de certaines périodes plus heureuses, ajouta-t-elle pensivement. Je voudrais me rappeler plus de détails sur les enfants, en particulier sur Chloé. Je crois qu'en étant si préoccupée par ma carrière, je lui ai fait du mal. J'ai dû être très égoïste quand Anthony et elle étaient enfants. Apparemment, mon fils m'a pardonné. Plus exactement, il prétend qu'il n'y a rien à pardonner, mais Chloé est plus franche. Elle semble à la fois fâchée et peinée. Je regrette de ne pas m'être montrée plus intelligente. J'aurais dû passer davantage de temps avec eux.

À mesure que la mémoire lui revenait, elle se sentait de plus en plus coupable.

— C'est ce que tu as fait, affirma Matthieu. Tu leur as consacré énormément de temps, trop même. Tu les emmenais partout avec toi et avec nous. Quand tu ne travaillais pas, tu étais toujours avec Chloé. Tu ne voulais même pas la mettre à l'école. C'était une petite fille très exigeante et difficile à satisfaire. Tu pouvais lui donner n'importe quoi, elle voulait toujours autre chose, ou davantage.

— C'est vrai ?

Il était intéressant de voir les choses par ses yeux, puisque sa propre vision était brouillée. Elle se demanda s'il était impartial ou si son point de vue était celui d'un homme ou encore si leurs différences culturelles pouvaient jouer.

— En tout cas, c'est ce que je pensais. Je n'ai jamais passé autant de temps que toi avec mes enfants. Pas plus que leur mère, d'ailleurs, pourtant elle ne travaillait pas comme toi. Tu étais constamment collée à Chloé et tu ne cessais de t'inquiéter pour elle, ainsi que pour Anthony. Mes rapports avec ton fils étaient plus faciles. Il était plus âgé que Chloé, plus accessible, sans doute parce que c'était un garçon. Nous étions devenus de grands amis, mais à la fin, il me détestait, tout comme toi. Sûrement parce qu'il te voyait pleurer sans arrêt.

En prononçant ces derniers mots, Matthieu prit un air coupable et malheureux.

— Je t'ai détesté ? s'enquit-elle, troublée.

Ce dont elle se souvenait, ou plutôt les sensations qu'elle retrouvait, s'apparentaient à une souffrance atroce, non à de la haine. Était-ce la même chose ? Elle se rappelait avoir éprouvé de la désillusion, de la déception, de la frustration et de la colère, mais le verbe « détester » lui semblait trop fort. Quand Anthony avait vu Matthieu, il avait été furieux, comme un jeune garçon amèrement déçu ou trahi. En fait, Matthieu avait trahi ses enfants en la trahissant.

— Je n'en sais rien, finit-il par reconnaître après avoir réfléchi. Tu aurais peut-être dû me détester, si tu ne l'as pas fait. Je t'ai horriblement déçue. Je t'ai fait des promesses que j'ai été incapable de tenir, alors que je n'en avais pas le droit. Bien sûr, je m'imaginais le contraire, mais avec le recul, j'ai compris que je rêvais. J'aurais voulu que ce soit vrai, mais c'était impossible. Mon rêve est devenu ton cauchemar… et le mien aussi, finalement.

Il s'efforçait d'être honnête envers elle. C'était douloureux pour eux deux, mais il était soulagé de pouvoir enfin lui faire cet aveu, après toutes ces années.

— Anthony a refusé de me dire au revoir, quand vous êtes partis, continua-t-il. Il avait le sentiment que son père vous avait déjà tous trahis et moi, je n'avais fait qu'augmenter votre chagrin. Je vous ai porté un coup terrible, à toi et aux enfants. À moi aussi, d'ailleurs. Je pense que c'est la première fois de ma vie que je me suis vu sous les traits d'un homme mauvais. J'étais prisonnier des circonstances.

S'efforçant d'assimiler ce qu'il venait de dire, elle hocha la tête. Elle ne pouvait confirmer ou contester la véracité de ses propos, mais c'était cohérent. Étant donné ce qu'il avait souffert lui aussi, il lui inspirait une certaine compassion.

— Nous avons dû passer de durs moments, tous les deux.

— En effet. Arlette aussi. Jusqu'à ce que je te rencontre, je n'avais jamais pensé qu'elle m'aimait. Peut-être l'a-t-elle alors découvert. Je ne suis d'ailleurs pas certain qu'il s'agissait d'amour. En tout cas, elle estimait que j'étais lié à elle par un engagement moral et je crois qu'elle avait raison. Je me suis toujours vu comme un homme d'honneur, mais en l'occurrence, je n'ai été honnête ni envers elle ni envers toi. Je t'aimais, mais je restais avec elle. Peut-être la situation aurait-elle été différente si je n'avais pas été ministre et si tu n'avais pas été aussi célèbre. J'aurais pu avoir une maîtresse, comme tant d'autres, mais si on l'avait su, le scandale aurait été énorme en raison de ta renommée. Il aurait signé la fin de ta carrière et de la mienne. Arlette a profité de ces circonstances.

Soudain assaillie par un flot de souvenirs, Carole se raidit.

— Et elle en a tiré avantage, si je me souviens bien, remarqua-t-elle. Elle a dit qu'elle allait appeler mon studio et prévenir la presse, puis elle a prétendu qu'elle allait se suicider.

Matthieu parut embarrassé.

— Ce sont des choses qui arrivent. Les femmes menacent parfois de se suicider quand il s'agit d'affaires de cœur.

— Elle te tenait à la gorge, et moi aussi, fit Carole.

— D'une certaine façon, oui. Elle me tenait aussi par les enfants. Je crois vraiment qu'ils ne m'auraient plus jamais adressé la parole si je l'avais quittée. Elle avait demandé à mon fils aîné d'être le porte-parole de toute la famille auprès de moi. Elle s'est montrée très habile et je ne peux pas l'en blâmer. J'étais tellement certain qu'elle accepterait de divorcer… Nous ne nous aimions plus depuis des années. J'ai eu la naïveté de croire qu'elle me laisserait facilement partir et c'est ce qui m'a amené à t'induire en erreur.

Carole croisa son regard affligé.

— Nous étions tous les deux dans des positions difficiles, assura-t-elle généreusement.

— Oui. Nous étions pris au piège de notre amour, tout en étant pris en otages par ma femme, mon poste au gouvernement et mes responsabilités.

En l'écoutant, Carole prit conscience que, quoi qu'il dise, Matthieu avait eu le choix. C'était un choix difficile, certes, mais un choix quand même. Il avait fait le sien et elle aussi, en le quittant. Pendant des années, elle s'était demandé si elle n'avait pas abandonné trop vite la partie. Les choses auraient-elles été différentes si elle avait patienté plus longtemps ? Aurait-elle remporté la victoire, finalement ? Jusqu'alors, elle s'était reproché d'avoir quitté Matthieu prématurément, mais en deux ans et demi, il avait eu largement le temps de tenir sa promesse. Elle avait fini par croire qu'il ne le ferait jamais. Au bout d'un certain temps, les diverses excuses qu'il invoquait n'avaient plus été crédibles. Il s'y accrochait encore, mais plus Carole. Elle avait abandonné. Le plus beau cadeau qu'il lui ait fait aujourd'hui, c'était de lui avoir avoué qu'elle avait eu raison. Même avec sa mémoire embrouillée, cet aveu lui apportait un immense soulagement. Après son départ, lorsqu'ils s'étaient parlé au téléphone, il n'avait cessé de lui adresser d'amers reproches. Aujourd'hui, il avait reconnu qu'il avait eu tort. Quinze ans plus tard, elle lui était reconnaissante de l'avoir admis, tout comme elle était reconnaissante à Jason de lui avoir dit la vérité. Bizarrement, pensait-elle, cet attentat était un véritable cadeau. Issus de son passé, tous ses proches étaient venus vers elle pour lui ouvrir leur cœur. Jamais ils ne l'auraient fait si elle n'avait pas perdu la mémoire. C'était exactement ce dont elle avait besoin pour écrire son livre et avancer dans sa vie.

— Tu as besoin de repos, remarqua Matthieu en la voyant battre des paupières.

L'interrogatoire des policiers puis cette discussion l'avaient épuisée. Matthieu lui posa alors la question qui le hantait depuis qu'il l'avait revue. Chaque fois qu'il était venu la voir, il avait affiché un air détaché, mais cette désinvolture était en grande partie affectée. Maintenant qu'elle était consciente et qu'elle se rappelait ce qu'ils avaient été l'un pour l'autre, elle pouvait lui répondre librement et en toute connaissance de cause.

— Aimerais-tu que je revienne te voir, Carole ?

Il retint son souffle. Carole hésita un long moment. Au début, ses visites l'avaient troublée et déconcertée, mais maintenant elle trouvait une sorte de réconfort dans sa présence. Elle avait l'impression qu'il était un ange émergeant du brouillard pour la protéger de ses ailes immenses et veiller sur elle de ses yeux bleus, de la couleur du ciel.

— Oui, dit-elle finalement. Je serai heureuse de bavarder avec toi. Nous n'aurons plus à parler du passé…

Elle avait toujours aimé discuter avec lui, mais pour ce qui était du passé, elle en savait suffisamment et elle n'était pas certaine de vouloir en apprendre davantage.

— Nous pouvons peut-être devenir amis, ajouta-t-elle. Cela me plairait.

Il acquiesça, bien qu'il voulût davantage, mais il craignait de l'effrayer, après tout ce qui lui était arrivé. Beaucoup de temps s'était écoulé depuis leur liaison. Il répugnait à l'admettre, mais il était sans doute trop tard. Il avait perdu l'amour de sa vie. Par bonheur, il l'avait retrouvée, mais leur relation n'était plus la même. Peut-être lui faudrait-il s'en contenter, en tout cas ils pouvaient essayer.

— Je reviendrai te voir demain, promit-il en se levant.

Baissant les yeux vers elle, il la trouva terriblement fragile, sous les couvertures. C'était à peine si les lignes de son corps se dessinaient. Il se pencha pour l'embrasser sur le front. Elle eut un sourire paisible et ferma les yeux.

— Au revoir, Matthieu, souffla-t-elle. Merci…

Jamais il ne l'avait autant aimée.

14

Stevie arriva en fin d'après-midi, portant un petit sac de voyage. Elle demanda à l'infirmière de lui dresser un lit de camp dans la chambre de Carole, car elle avait l'intention de passer la nuit à l'hôpital. Lorsqu'elle entra, Carole s'éveillait d'une longue sieste. Après le départ de Matthieu, elle avait dormi pendant des heures, épuisée par les événements de la matinée et par leur discussion.

— Je m'installe ici, annonça Stevie en posant son sac.

Ses yeux étaient encore brillants, son nez rouge et elle toussait. Mais elle était sous antibiotiques et affirma qu'elle n'était plus contagieuse. De son côté, Carole était presque remise de son rhume.

— Alors ? demanda la jeune femme. Dans quels ennuis t'es-tu fourrée, aujourd'hui ?

Carole lui parla de la visite des policiers. La présence des deux CRS rassurait Stevie, même si la vue des mitraillettes n'était pas particulièrement agréable. Le plus important, c'était que ces armes découragent d'éventuels agresseurs.

— Matthieu est resté avec moi, après leur départ. Il a assisté à tout l'entretien, ajouta Carole.

Stevie posa sur elle un regard soupçonneux.

— Dois-je m'en inquiéter ?

— Je ne crois pas. Tout cela s'est passé il y a si long-temps ! J'étais si jeune, à cette époque ! Nous avons convenu d'être amis ou du moins d'essayer de l'être. Je suis certaine qu'il ne veut pas me faire de mal. Il a l'air d'un homme malheureux.

Elle avait perçu en lui la même intensité qu'autre-fois, du temps de leur passion, mais ses yeux reflétaient une profonde tristesse qui n'y était pas alors, sauf quand sa fille était morte.

— De toute façon, je vais bientôt rentrer aux États-Unis, continua-t-elle. Je suis heureuse de pouvoir affronter mes anciens fantômes, de les apprivoiser et même de m'en faire des amis. Cela leur enlève leur pouvoir.

— Je ne sais pas s'il existe quelque chose qui puisse ôter son pouvoir à cet homme, remarqua Stevie avec bon sens. Il déboule ici comme un raz-de-marée et tous ceux qui le voient font un bond de dix mètres.

— Il a été très influent et il l'est encore. Il a appelé le ministre de l'Intérieur et c'est grâce à lui s'il y a des CRS devant ma porte.

— Cela ne m'intéresse pas. Je veux juste qu'il ne te fasse pas de mal, dit Stevie en la couvant d'un œil protecteur.

Après tout ce qu'elle avait déjà enduré, songea la jeune femme, Carole ne devait plus souffrir. Sa conva-lescence était déjà suffisamment pénible, elle n'avait pas besoin de perturbations supplémentaires, surtout si elles étaient causées par Matthieu. Il n'avait pas su saisir sa chance quand il le pouvait, alors tant pis pour lui !

— Il ne me fait pas de mal. Les souvenirs que j'ai de lui me troublent à certains moments, mais il est très gentil avec moi. Il m'a même demandé l'autorisation de revenir me voir.

Elle avait été très sensible au fait qu'il le lui ait demandé. Il n'était pas parti du principe qu'elle serait d'accord.

— Et tu la lui as donnée ? demanda Stevie avec intérêt.

Elle n'avait toujours pas confiance en cet homme. Il avait des yeux qui lui faisaient peur. Mais ce n'était pas le cas de Carole. Elle le connaissait trop bien pour cela, ou du moins l'avait-elle connu autrefois.

— Oui. Je crois que nous pourrons être amis. Cela vaut le coup d'essayer. C'est quelqu'un de très intéressant.

— Peut-être. Mais je ne sais pas pourquoi, j'ai l'impression que ce type ne recule devant rien pour obtenir ce qu'il veut.

— Il était ainsi autrefois, mais il est différent, maintenant. Nous avons changé, il a vieilli… Tout cela est terminé.

Carole avait l'air convaincue de ce qu'elle disait, mais Stevie l'était beaucoup moins.

— Je n'en mettrais pas ma main au feu. Les anciennes passions meurent difficilement.

La leur avait mis du temps, en effet, songea Carole. Elle avait pensé à lui pendant des années et avait continué de l'aimer très longtemps. Jusqu'à Sean, le souvenir de Matthieu l'avait empêchée d'aimer quelqu'un d'autre. Elle se garda de répondre et se contenta de hocher la tête.

Stevie s'installa sur le lit qu'on lui avait apporté et se changea pour la nuit. Carole se sentait un peu coupable que la jeune femme ait quitté le Ritz pour passer la nuit avec elle, mais, depuis son agression, Stevie avait peur et n'aurait pas été tranquille si elle était restée loin de Carole. Elle avait d'ailleurs promis à Jason de veiller sur elle. Très secoué par l'agression, celui-ci avait appelé au moins une dizaine de fois. Les enfants aussi avaient passé de nombreux coups de fil à leur mère, qui les avait rassurés en leur disant que deux CRS veillaient devant sa porte. Sans compter Stevie, venue tout exprès pour la protéger. La sollicitude de la jeune femme touchait énormément Carole. Elles bavardèrent et gloussèrent comme deux gamines tard dans la nuit, pendant que l'infirmière discutait avec les policiers.

— Qu'est-ce qu'on s'amuse ! s'exclama Carole entre deux éclats de rire. Merci d'être restée avec moi.

— De toute façon, je me sentais seule à l'hôtel. Alan commence vraiment à me manquer. Nous ne nous sommes pas vus depuis plusieurs semaines, maintenant. J'ai l'impression qu'il mûrit, ces temps-ci. Remarque, c'est normal. Il a tout de même eu quarante ans le mois dernier. Il m'a invitée chez ses parents, pour Noël. Jusqu'à maintenant, nous passions toujours les fêtes séparément, parce que cela nous aurait paru comme une sorte d'engagement de les vivre ensemble. Nous progressons, mais vers quoi ?

— Qu'est-ce que tu ferais, si tu te mariais ? lui demanda prudemment Carole.

La veilleuse éclairait faiblement la chambre, plongée dans une semi-obscurité. Cette pénombre favorisait les confidences et les questions qu'elles n'auraient pas osé poser en plein jour. Certains sujets demeuraient cependant tabous, même entre elles. Jusqu'alors, Carole n'avait jamais interrogé Stevie sur ses projets d'avenir.

— Je me tuerais, répondit la jeune femme en éclatant de rire. Non. En fait, je ne sais pas… Rien, vraisemblablement… Je déteste le changement. Nous pourrions rester dans mon appartement. Même s'il n'aime pas mes meubles, il est confortable. Je pourrais repeindre la salle de séjour.

Stevie ne voyait pas pourquoi le mariage modifierait quoi que ce soit, mais c'était pourtant ce qui arriverait. Alan aurait un droit de regard sur sa vie, et c'était ce point qui la rendait si hésitante.

— Je pensais surtout à ton travail.

— Mon travail ? Je ne vois pas le rapport avec mon mariage, sauf si c'est toi que j'épousais. Dans ce cas, je pense que je m'installerais chez toi !

Cette idée les fit rire toutes les deux.

— Tu travailles beaucoup, tu m'accompagnes dans mes voyages et nous sommes souvent parties. Sans compter qu'à n'importe quel moment, je peux me retrouver dans un tunnel, avec une bombe qui explose, ce qui t'obligerait à rester un certain temps loin de Los Angeles, expliqua Carole avec un sourire.

— Ah oui, c'est vrai. Je n'y avais jamais pensé. Je crois bien que je préférerais renoncer à Alan plutôt que de ne plus travailler avec toi. En fait, j'en suis sûre. Si cela lui posait un problème, je romprais. Jamais je ne te laisserai tomber.

Ces paroles firent plaisir à Carole, mais elle savait que rien n'était jamais acquis. De plus, elle ne voulait pas que Stevie gâche son avenir pour elle. Elle était heureuse que la jeune femme n'envisage pas un seul instant de la quitter, mais elle tenait aussi à ce qu'elle réussisse sa vie personnelle.

— Qu'en pense Alan ? Est-ce qu'il se plaint ?

— Pas vraiment. Si je m'absente trop longtemps, il me dit que je lui manque. Mais je pense que ça ne lui fait pas de mal. Il est très occupé, lui aussi, et est constamment en déplacement. Il voyage d'ailleurs plus que moi, même si ce n'est pas aussi loin, puisque, le plus souvent, il reste en Californie. Je ne crois pas qu'il m'ait jamais trompée. D'après ce que je sais, lorsqu'il était plus jeune, il vivait de manière très bohème. Jusqu'à maintenant, nous ne nous en tirons pas trop mal.

— Est-ce qu'il t'a demandé de l'épouser ?

— Non. Mais depuis quelque temps, il y fait allusion. Si jamais il me le demande, je serai bien embêtée. Il est possible que, maintenant qu'il a quarante ans, il se sente obligé de se caser. C'est horrible de vieillir ! Je déteste ça !

— Mais vous n'êtes pas vieux ! C'est très bien qu'il se sente responsable de toi. Cela m'ennuierait si ce n'était pas le cas. Accepteras-tu de passer les fêtes de Noël chez ses parents ?

Stevie émit un grognement.

— Sans doute que oui, mais sa mère est un vrai désastre. Elle me trouve trop grande et trop âgée pour lui. En revanche, son père est gentil et j'aime bien ses deux sœurs. Elles sont aussi sympathiques que lui.

Tout cela fit plaisir à Carole. Elle se rappela qu'elle devait appeler Chloé le lendemain, pour lui proposer d'arriver quelques jours avant les autres à Noël. Elle pensait que cela leur ferait du bien à toutes les deux si elles pouvaient se retrouver en tête à tête.

Étendue dans le noir, elle songea à ce que Matthieu lui avait dit sur sa fille. D'après lui, Chloé avait été une enfant exigeante et difficile… Son point de vue lui enlevait un peu de sa culpabilité, mais elle souhaitait quand même rattraper le temps perdu et donner à Chloé ce dont elle pensait avoir manqué. Ni l'une ni l'autre n'avaient rien à perdre, mais au contraire tout à gagner.

Carole était en train de s'endormir quand Stevie reprit la parole, lui posant une de ces questions qu'il est plus facile de formuler dans le noir. Comme elles ne pouvaient se voir, leurs échanges s'apparentaient un peu à des aveux ou à des confidences. Malgré tout, la question surprit Carole.

— Est-ce que tu es toujours amoureuse de Matthieu ?

Cela faisait plusieurs jours que Stevie s'interrogeait et cela l'inquiétait. Carole réfléchit un long moment avant de lui répondre.

— Je ne sais pas.

— Tu crois que tu pourrais de nouveau vivre ici ?

Cette fois, c'était au tour de Stevie de se faire du souci pour son emploi, tout comme Carole avait craint de la perdre.

Carole répondit très vite et sans hésitation :

— Non. Pas pour un homme, en tout cas.

Malgré l'absence de ses enfants, elle aimait sa maison, ses amis et le climat de Los Angeles. La grisaille des hivers parisiens ne la tentait plus, même si elle appréciait la beauté de la capitale française. Elle y avait vécu autrefois, mais le passé était le passé. Elle n'avait aucune envie de revenir.

— Je n'ai pas envie de quitter les États-Unis, assura-t-elle.

Peu après, elles s'endormirent, soulagées de savoir qu'aucun changement n'interviendrait dans leurs vies. L'avenir leur semblait sans nuages, pour autant qu'on pût en être assuré.

Le lendemain, quand Carole s'éveilla, elle trouva Stevie debout et habillée, son lit fait. Une infirmière entra dans la chambre avec le plateau du petit déjeuner, la neurologue sur les talons.

Le médecin s'approcha du lit, un sourire chaleureux aux lèvres. Carole était la patiente vedette de l'hôpital et son rétablissement dépassait les attentes des médecins. Pendant qu'elle félicitait Carole, Stevie resta à l'écart, se rengorgeant comme une mère poule.

— Il y a tellement de choses dont je ne me souviens toujours pas ! soupira Carole. Mon numéro de téléphone, mon adresse, la façade de ma maison. Je me rappelle ma chambre, ainsi que le jardin et même mon bureau, mais je n'arrive pas à visualiser le reste. Je ne retrouve pas le visage de ma femme de ménage, pas plus que son nom. Je n'ai aucun souvenir de l'enfance de mes enfants… Je peux entendre la voix de mon père, mais je ne parviens pas à évoquer ses traits… Je ne sais plus qui sont mes amis. J'ai oublié à quoi ressemblait ma vie avec mes deux maris, surtout le dernier.

Cette dernière constatation arracha un sourire au médecin.

— Dans ce cas, c'est peut-être une bénédiction. Je ne me rappelle que trop bien mes deux mariages. Ah ! Si je pouvais les oublier !

Cette remarque les fit rire toutes les trois, puis elles reprirent leur sérieux.

— Vous devez être patiente, Carole, dit le médecin. Cela peut prendre des mois, peut-être un an et même deux. Il est possible que certaines choses ne reviennent jamais, vraisemblablement des petits détails. Sollicitez votre mémoire avec des photographies et des lettres, demandez à vos amis de vous aider. Vos enfants vous apporteront aussi des informations. Votre cerveau a subi un choc terrible, mais il recommence à faire son travail. C'est un peu comme lorsqu'une pellicule de film rompt, il faut un peu de temps pour la remettre sur la bobine et redémarrer la projection. Au départ, l'image est floue, le son trop rapide ou trop lent, jusqu'à ce que tout refonctionne normalement. En attendant, il faut être patient. Si vous trépignez, cela n'ira pas plus vite. Plus vous vous énerverez, moins ce sera facile.

— Est-ce que je pourrai à nouveau conduire une voiture ?

Ses capacités motrices et sa coordination s'étaient améliorées, mais ce n'était pas encore parfait. Les kinésithérapeutes la faisaient travailler dur et ils obtenaient de bons résultats. Cependant, bien que son équilibre fût meilleur, il arrivait parfois que la pièce tourne autour d'elle ou que ses jambes ne la portent plus.

— Peut-être pas au début, mais plus tard sans doute. Dans tous les cas, vous devrez faire un effort pour vous remémorer ce qui vous paraissait autrefois naturel, que ce soit quand vous vous servirez de la machine à laver la vaisselle ou le linge, de votre voiture ou de votre ordinateur. Tout ce que vous saviez devra de nouveau être enregistré par votre cerveau. Et il faudra solliciter les informations qui n'auront pas été totalement effacées. Je pense d'ailleurs qu'il vous en reste plus que vous ne le pensez. Dans un an, et peut-être même dans six mois, il est possible que vous n'ayez plus aucune séquelle de votre accident. Mais il se peut aussi que, dans certains domaines, vous ressentiez toujours des problèmes. Vous aurez besoin d'un kinésithérapeute spécialisé dans les traumatismes crâniens, en Californie. En revanche, je ne pense pas que vous devrez voir un orthophoniste.

Au début, Carole trébuchait sur les mots, mais elle semblait avoir recouvré tout son vocabulaire.

— Je vous indiquerai un excellent neurologue à Los Angeles, ajouta le médecin. Nous lui enverrons votre dossier dès que vous serez sur le point de rentrer chez vous. Il serait bon que vous le consultiez tous les quinze jours, pour commencer, mais ce sera à lui de décider. Plus tard, un examen tous les trois ou six mois devrait suffire. À la moindre migraine, au moindre trouble de l'équilibre, il faudra immédiatement l'appeler. Nous allons faire de nouveaux scanners aujourd'hui, mais je suis très satisfaite de vos progrès. Vous êtes la miraculée de la Salpêtrière.

D'autres victimes de l'attentat ne s'en étaient pas aussi bien sorties. Dans les premiers jours, beaucoup n'avaient pas survécu à leurs blessures, causées pour la plupart par les brûlures. Les plaies que Carole avait aux bras étaient cicatrisées et sa brûlure au visage était superficielle. En outre, elle semblait s'accommoder de l'entaille qui lui barrait la joue. Le médecin avait été surprise par sa simplicité et le recul qu'elle avait vis-à-vis de sa beauté. Sa réaction était aussi la preuve de son intelligence, car elle était plus préoccupée par son cerveau que par son apparence. Faire appel à un chirurgien plastique pour faire disparaître cette balafre ne faisait pas partie de ses priorités. Elle l'envisageait, mais pour plus tard. Tout comme les médecins, elle craignait les effets possibles d'une anesthésie sur son cerveau. Vivre un certain temps avec cette cicatrice ne la gênait pas.

— Je veux que vous attendiez encore quelques semaines avant de prendre l'avion, poursuivit le médecin. Je sais que vous voulez être rentrée chez vous pour les fêtes, mais si pouviez remettre votre départ au 20 ou au 21, ce serait préférable. À condition, bien sûr, que vous n'ayez pas de complications entre-temps. Mais au train où vont les choses, je suis certaine que vous serez chez vous pour Noël.

L'espoir de pouvoir être bientôt de retour chez elle fit monter les larmes aux yeux de Carole. Pendant un temps, elle avait cru ne jamais retrouver sa maison… ou ne pas pouvoir la reconnaître. Cette année, ce serait un Noël spécial, puisque ses enfants et Jason le fêteraient avec elle. Cela ne s'était pas produit depuis des années. Les enfants étaient ravis que leur père soit avec eux ce jour-là, et elle aussi.

— Quand pourrai-je retourner à l'hôtel ? demanda-t-elle.

Elle craignait un peu de quitter le cocon de l'hôpital, où elle se sentait bien et protégée, mais elle se réjouissait à l'idée de terminer son séjour parisien au Ritz. Il était déjà convenu qu'une infirmière viendrait s'occuper d'elle.

— Voyons d'abord ce que donneront les scanners. Vous pourrez peut-être partir demain ou après-demain.

Carole rayonna, même si elle savait que la sécurité de l'hôpital allait lui manquer. Ici, le personnel médical répondait au moindre de ses appels. Les CRS la suivraient à l'hôtel. Des arrangements avaient déjà été pris, et la direction du Ritz devait renforcer les mesures de sécurité.

— Peut-être serait-il bon qu'un médecin prenne l'avion avec vous ? Qu'en pensez-vous ? demanda la neurologue. Je crois que sa présence pourrait vous rassurer. Il est possible que la pression dans l'avion produise des effets qui vous inquiètent, même si, à mon sens, il ne devrait pas y avoir de problèmes. Ce serait juste une précaution supplémentaire.

L'idée plut à Carole ainsi qu'à Stevie, qui se faisait un peu de souci à ce sujet.

— Ce serait formidable, approuva immédiatement Carole.

— J'ai un jeune neurochirurgien dont la sœur vit à Los Angeles. Il meurt d'envie de la rejoindre pour les fêtes. Quand je vais lui en parler, il sera ravi.

— Moi aussi, fit Stevie avec soulagement.

La perspective de se retrouver seule à bord de l'avion avec Carole l'inquiétait beaucoup. Elle appréhendait ce qui pouvait se passer une fois que l'avion aurait atteint sa vitesse de croisière, surtout que le vol durait onze heures. Elles avaient envisagé un avion privé, mais Carole trouvait la dépense excessive et préférait la sécurité d'une compagnie régulière. Après tout, elle était en état de voyager, même si elle restait fragile. Elle voulait prendre un avion d'Air France, comme à l'aller. Stevie serait avec elle et, en plus, ce jeune médecin qui souhaitait voir sa sœur les accompagnerait.

— Bon, je pense que tout est en ordre, dit le médecin avec un sourire. Dès que je vous aurai communiqué les résultats des examens, vous pourrez commencer à faire votre valise. Dans peu de temps, vous boirez une coupe de champagne au Ritz.

Toutes savaient qu'elle plaisantait, car on avait déjà prévenu Carole qu'elle ne pourrait pas boire d'alcool avant un certain temps. Mais, n'en étant pas une grande consommatrice, cela ne la gênait pas.

Après le départ du médecin, elle sortit du lit et prit sa douche. Stevie l'aida à se laver les cheveux et, cette fois, Carole examina longuement sa cicatrice.

— J'admets que ce n'est vraiment pas très beau, constata-t-elle.

— On dirait que tu t'es battue en duel, fit Stevie d'un ton léger. Je suis certaine qu'avec une bonne couche de fond de teint, on ne la verra presque plus.

— C'est possible. On va dire que c'est une décoration… La légion d'honneur, par exemple.

S'écartant du miroir, elle haussa les épaules et se sécha les cheveux avec une serviette.

Un peu plus tard, elle confia à Stevie qu'elle avait un peu peur de quitter l'hôpital et qu'elle était rassurée de pouvoir bénéficier d'une infirmière.

Après avoir passé son scanner, Carole appela Chloé à Londres, pour lui annoncer qu'elle allait bientôt retrouver sa chambre au Ritz et qu'elle serait à Los Angeles pour Noël. Elle espérait que ses résultats seraient bons, et en tout cas meilleurs qu'auparavant.

— Je me demandais si tu voudrais venir plus tôt pour passer quelques jours avec moi, avant que Jason et Anthony ne soient là, proposa-t-elle à sa fille. Ce pourrait être le lendemain de mon arrivée, par exemple. Tu m'aiderais à tout préparer et nous ferions les boutiques ensemble. Je me disais que ce serait sympa, et si tu veux, nous pourrions également en profiter pour voir si nous ne pourrions pas faire un petit voyage ensemble, au printemps. Tu me diras où tu voudrais aller.

Cette idée plaisait beaucoup à Carole, qui y réfléchissait depuis plusieurs jours.

— Juste nous ? s'étonna Chloé.

Souriante, Carole leva les yeux vers Stevie, qui lui adressa un signe d'encouragement.

— Rien que nous deux, confirma-t-elle. Je crois que nous avons du temps à rattraper. Si tu es partante pour un petit voyage mère-fille, je le suis aussi.

— Waouh, maman… Je n'aurais jamais cru que tu ferais ça.

— J'adorerais ça, tu sais ! Tu me ferais un vrai cadeau en acceptant.

Matthieu lui avait dit que Chloé avait été une petite fille difficile et exigeante, mais même si c'était vrai, pourquoi ne pas lui donner les attentions qu'elle réclamait ? Chacun avait des besoins différents. Pour une raison inconnue, ceux de Chloé semblaient plus importants, que ce fût ou non la faute de sa mère. Carole avait du temps. Pourquoi ne pas l'utiliser pour rendre sa fille heureuse ? Les mères n'étaient-elles pas sur terre pour apporter du bonheur à leurs enfants ? Ce n'était pas parce que Anthony était plus autonome et indépendant que Chloé avait forcément tort. Elle était seulement différente. D'ailleurs, Carole souhaitait aussi passer du temps avec son fils. Elle voulait partager avec ses enfants la chance qui lui avait été donnée d'être encore en vie. Quelles que soient leurs exigences, désormais elle voulait les satisfaire. Avant qu'il ne soit trop tard, elle voulait qu'ils vivent ensemble des instants uniques. C'était sa dernière chance. Elle avait failli la rater, mais elle pouvait encore se rattraper.

— Réfléchis à notre destination, suggéra-t-elle. Nous pourrions partir au printemps. Ce sera où tu voudras, même au bout du monde.

Carole était extraordinaire, songea Stevie. Comme d'habitude, elle l'impressionnait. Elle parvenait toujours à aplanir les difficultés et à rendre les choses plus douces.

— Pourquoi pas Tahiti ? lança Chloé. Je pourrai prendre des vacances en mars.

— Ce serait parfait. Je crois que je n'y suis jamais allée… Enfin, c'est une impression. Et si c'était le cas, je ne m'en souviens plus, donc ce sera nouveau pour moi, ajouta-t-elle en riant. Nous y réfléchirons. De toute façon, j'espère être à Los Angeles le 21 décembre. Tu pourrais arriver le 22. Les autres ne nous rejoindront que la veille de Noël. Nous ne serons pas seules bien longtemps, mais c'est un début. Jusque-là, je reste à Paris.

Elle savait que Chloé avait repris son travail. Pour rattraper son absence, elle travaillait même le week-end. Carole n'espérait donc pas la revoir avant Noël puisqu'il n'était évidemment pas question qu'elle prenne un avion pour Londres. Elle devait être suffisamment rétablie pour supporter le vol vers les États-Unis, qui serait sans doute une épreuve.

— Je serai là le 22, maman. Et merci.

Carole sentit que son remerciement venait du fond du cœur. Chloé appréciait ce que sa mère lui proposait. Peut-être d'ailleurs Carole s'était-elle toujours efforcée de satisfaire sa fille et celle-ci ne l'avait-elle jamais remarqué ? Ou peut-être était-elle suffisamment âgée aujourd'hui pour le comprendre et lui en être reconnaissante ? Désormais, elles s'efforceraient toutes les deux d'améliorer leur relation. En soi, c'était déjà magnifique.

— Je te rappellerai demain ou après-demain, dès que je serai à l'hôtel, assura Carole.

— Merci, maman, répondit Chloé d'une voix affectueuse.

Elles raccrochèrent après s'être dit combien elles s'aimaient.

Carole téléphona alors à Anthony, à New York. Il était à son bureau et semblait fort occupé, mais il fut ravi d'entendre sa mère. Elle lui fit part de tout ce qu'elle avait dit à sa sœur. Cela lui fit plaisir, mais il lui recommanda une fois de plus d'éviter de voir Matthieu. Il la mettait en garde chaque fois qu'ils se parlaient au téléphone.

— Je n'ai pas confiance en lui, maman. Les gens ne changent pas. Je me rappelle combien il t'a rendue malheureuse, autrefois. Juste avant que nous quittions Paris, tu n'arrêtais pas de pleurer. Je ne sais pas à quel sujet, mais tu étais très triste. Je ne veux pas que cela t'arrive encore. Tu as subi suffisamment de coups durs. J'aurais préféré que tu retournes vivre avec papa.

Elle en fut surprise, car c'était la première fois qu'il faisait allusion à un tel désir. Elle ne voulait pas le peiner, pas plus qu'elle ne souhaitait blesser Jason, mais jamais elle ne retournerait avec lui.

— Cela n'arrivera pas, répondit-elle calmement. Je préfère que nous restions amis.

— En tout cas, Matthieu n'est pas ton ami, grommela son fils. Il s'est comporté comme un vrai salaud quand il était avec toi. Il était marié, non ?

Les souvenirs d'Anthony étaient flous et il ne lui restait qu'une impression négative de Matthieu. Il aurait fait n'importe quoi pour protéger sa mère, et repenser à toute sa peine, à l'époque, lui faisait mal. Elle ne méritait pas tant de souffrance.

— Oui, il était marié, confirma Carole d'une voix calme, tout en craignant de devoir défendre Matthieu, ce qu'elle ne voulait pas.

— Je m'en doutais ! Pourquoi a-t-il vécu avec nous, alors ?

— C'est une situation qui arrive, notamment en France. Certains hommes ont des maîtresses et des épouses. La situation n'est confortable pour personne, mais ils s'en accommodent. À cette époque, il n'était pas aussi facile de divorcer qu'aujourd'hui, si bien que c'était la seule solution. Je souhaitais qu'il se sépare de sa femme, mais elle a menacé de se suicider quand leur fille est morte. Il occupait des fonctions trop élevées au gouvernement pour mettre fin à leur union. Cela aurait causé un énorme scandale. Cela semble fou, mais il a pensé qu'il valait mieux agir comme il l'a fait. Il me disait qu'il divorcerait pour m'épouser. Je crois qu'il était sincère, mais le bon moment ne s'est jamais présenté. C'est pour cette raison que nous avons quitté la France, précisa-t-elle avec un soupir. Je ne voulais pas partir, mais je ne souhaitais pas non plus continuer à vivre de cette façon. Cela ne me semblait pas plus juste pour Chloé et toi que pour moi. Il m'était impossible d'accepter indéfiniment ce rôle de maîtresse cachée.

— Qu'est-il arrivé à sa femme ? demanda Anthony d'une voix dure.

— Elle est morte l'an dernier.

— Je vais me faire beaucoup de souci, si tu t'attaches de nouveau à lui. Il te fera du mal comme autrefois.

Le jeune homme s'exprimait davantage comme un père que comme un fils.

— Je n'ai pas l'intention de m'attacher à lui, le rassura-t-elle.

— Est-ce que cela pourrait se produire ? Sois honnête, maman.

Elle aimait le son de ce mot « maman », qui était redevenu nouveau pour elle. Elle frissonnait chaque fois que ses enfants le prononçaient.

— Je n'en sais rien. Je ne peux pas prévoir l'avenir. Tout cela s'est passé il y a très longtemps.

— Il est encore amoureux de toi. Je l'ai compris à la seconde où il est entré dans ta chambre.

— Si c'est le cas, il est amoureux de celle que j'étais autrefois. Nous avons vieilli depuis.

En disant cela, elle comprit à quel point elle était fatiguée. Trop d'événements s'étaient produits, depuis qu'elle était en France. Elle avait tant de choses à se rappeler, à apprendre et à intégrer ! Le seul fait d'y penser était épuisant.

— Tu n'es pas vieille. Je veux juste que tu ne sois pas blessée.

— Je comprends. Mais je t'assure que je suis bien incapable d'envisager une liaison pour l'instant.

Anthony parut rassuré.

— Tant mieux ! Tu seras bientôt à la maison. Mais surtout, ne le laisse pas t'approcher de trop près avant ton départ.

— Je ne le lui permettrai pas, ne t'en fais pas. Mais cela me regarde et tu dois me faire confiance.

C'étaient les paroles d'une mère. Quel que fût l'amour que son fils lui portait, elle avait le droit de prendre ses propres décisions et de mener sa vie comme elle l'entendait. Elle tenait à le lui rappeler.

— C'est juste que je n'ai pas confiance en lui.

— Pourquoi ne pas lui accorder le bénéfice du doute, pour l'instant ? Ce n'était pas un méchant homme, mais sa vie était un vrai gâchis et cela a eu des répercussions sur la mienne. J'ai été stupide de me mettre dans cette situation, mais j'étais jeune, à peine plus âgée que toi aujourd'hui. J'aurais dû comprendre que c'était sans issue. Avoir une maîtresse est quasiment une tradition nationale pour les Français.

Elle souriait en prononçant ces mots. À l'autre bout du fil, Anthony secoua la tête.

— Je trouve ça moche, si tu veux mon avis.

— Je suis d'accord.

Ils changèrent alors de sujet. Quand Anthony lui déclara qu'il neigeait sur New York, cette image s'imposa à Carole. Elle se rappela avoir emmené les enfants au Rockefeller Center, pour faire du patin à glace. Elle revoyait le grand sapin de Noël et la neige. C'était juste avant leur départ pour Paris et tout était encore simple pour elle. Jason était passé les chercher et ils avaient mangé une glace ensemble. Elle s'en souvenait comme des jours les plus heureux de sa vie. Tout paraissait parfait, à cette époque, même si ça ne l'était pas.

— Couvre-toi bien, conseilla-t-elle à son fils, qui se mit à rire.

— D'accord, maman. De ton côté, sois prudente. Par exemple, évite d'aller danser, quand tu retourneras au Ritz.

Carole ne répondit pas, stupéfaite.

— J'aime danser ? demanda-t-elle enfin.

— Tu adores ça ! Tu es la meilleure danseuse que j'aie jamais vue. Je te le rappellerai, à Noël. On passera des disques, ou je t'emmènerai dans une boîte.

— Je pense que ça me plaira.

Du moins, si elle ne perdait pas l'équilibre et ne s'étalait pas sur la piste, pensa-t-elle, attristée d'en savoir aussi peu sur elle-même. Heureusement, il y avait souvent quelqu'un pour la mettre au courant.

Ils bavardèrent encore quelques minutes, puis ils raccrochèrent après qu'elle lui eut dit à lui aussi qu'elle l'aimait. Ce fut alors Jason qui appela. Il était entré dans le bureau de son fils juste au moment où Anthony raccrochait. Le jeune homme lui avait dit que sa mère semblait en pleine forme. Le coup de fil de Jason toucha Carole.

— J'ai cru comprendre qu'il neigeait à New York, lui dit-elle.

— À gros flocons, confirma-t-il. En l'espace d'une heure, la couche a atteint une dizaine de centimètres. La météo a annoncé qu'elle en ferait soixante ce soir. Par bonheur, tu retournes à Los Angeles. Il paraît qu'il y fait vingt-quatre degrés, aujourd'hui. J'ai hâte d'être à Noël.

Carole sourit. Les paroles de Jason lui faisaient chaud au cœur.

— J'ai hâte aussi que nous soyons réunis, renchérit-elle. J'étais justement en train de me rappeler le jour où j'avais emmené les enfants au Rockefeller Center. Tu étais passé nous prendre et nous avions mangé une glace. C'était génial.

— Maintenant, c'est toi qui te souviens d'événements que j'ai oubliés, fit-il avec amusement. Nous avions l'habitude de les emmener au parc pour faire de la luge. Ce n'était pas mal non plus.

Il y avait eu aussi le manège, le bassin rempli de petits bateaux téléguidés, le zoo... Ils avaient fait beaucoup de choses, avec les enfants. C'était ainsi qu'elle occupait ses loisirs, entre deux films. Matthieu avait peut-être raison de lui dire qu'elle n'avait pas été une mère aussi négligente qu'elle le craignait. Car, à entendre Chloé, elle n'était jamais là.

— Quand sortiras-tu de l'hôpital ? lui demanda Jason.

— Demain, je pense. J'espère en tout cas que c'est ce qu'on va me confirmer aujourd'hui.

Elle annonça ensuite à Jason qu'un médecin l'accompagnerait jusqu'à Los Angeles. Il parut soulagé.

— C'est une très bonne idée. Ne fais rien d'imprudent avant de partir, surtout. Vas-y doucement et profite des délicieux gâteaux de l'hôtel.

— Le docteur me conseille de marcher. Je ferai peut-être quelques courses pour Noël.

— Ne t'occupe pas de cela. Nous avons tous eu le plus beau des cadeaux de Noël : toi.

C'était adorable. Pour la deuxième fois, elle était touchée par ce qu'il lui disait. Pourtant, elle avait beau fouiller sa mémoire, elle n'y trouvait pas l'ombre d'un sentiment amoureux pour lui. Elle l'aimait comme un frère. Il était le père de ses enfants, un homme qu'elle avait aimé, qui avait été son mari pendant dix ans, et qui restait à jamais gravé dans son cœur, mais différemment d'autrefois. Leur attachement avait évolué avec le temps, en tout cas en ce qui la concernait. Avec Matthieu, c'était différent. Ce qu'elle éprouvait pour lui était beaucoup moins simple, et parfois il la mettait mal à l'aise, ce qui n'arrivait jamais avec Jason. Jason lui apportait confort et sécurité, alors que Matthieu conservait une part de mystère, comme un jardin qui l'aurait attirée, tant il était beau, mais qu'elle aurait craint aussi car il était hérissé d'épines.

— À bientôt à Los Angeles, lui lança Jason avec entrain avant de raccrocher.

Un peu plus tard, le médecin entra avec les résultats des scanners. Par bonheur, ils étaient bien meilleurs que les précédents.

— Vous allez pouvoir rentrer chez vous, lui dit-elle avec un large sourire… Ou plutôt, au Ritz, pour l'instant. Vous quitterez l'hôpital demain.

Le personnel était triste qu'elle parte, mais heureux pour elle. Et elle l'était aussi. Elle venait de vivre un mois hors du commun.

Dans l'après-midi, Stevie fit sa valise et prévint le service de sécurité du Ritz qu'elles arrivaient le lendemain. Le responsable lui demanda de passer par la porte de la rue Cambon, sur le côté de l'hôtel. La plupart des journalistes et des paparazzis stationnaient place Vendôme. Tôt ou tard, Carole savait qu'ils réussiraient à la photographier, mais elle préférait que son arrivée fût le plus discrète possible. Elle avait besoin d'un répit. Après avoir frôlé la mort, ce serait la première fois qu'elle sortirait depuis un mois. Stevie tenait aussi à ce qu'elle se rétablisse avant d'affronter la presse. Le statut de star n'avait pas que des avantages et il était clair que le droit à l'intimité n'en faisait pas partie. Quel que soit son état, le public estimait que Carole Barber lui appartenait et le travail de Stevie consistait à la protéger des regards indiscrets. Par rapport aux médecins qui l'avaient arrachée à la mort et aux CRS chargés de la garder en vie, Stevie estimait que sa tâche était considérablement plus facile.

Ce soir-là, Matthieu l'appela pour prendre de ses nouvelles. Il se trouvait à Lyon, pour une affaire en cours.

— Je rentre chez moi ! s'écria-t-elle, toute joyeuse.

À l'autre bout du fil, il y eut un long silence.

— À Los Angeles ? s'enquit-il, l'air abattu.

— Non, à l'hôtel, répondit-elle en riant. Les médecins veulent que je reste à Paris encore deux semaines, pour être sûrs que je vais bien. Une infirmière viendra s'occuper de moi. En plus, un médecin m'accompagnera lorsque je reprendrai l'avion pour Los Angeles. Tout va bien se passer. Il est prévu que mon médecin vienne chaque jour me voir au Ritz. Tant que je ne serai pas imprudente ou que personne ne tentera de me tuer, il n'y aura pas de complications. Je dois m'obliger à marcher, pour retrouver mes jambes. Je pourrais peut-être m'exercer en allant chez les bijoutiers de la place Vendôme.

Elle plaisantait, car elle ne s'achetait jamais de bijoux. Elle était de très bonne humeur. Matthieu fut soulagé d'apprendre qu'elle resterait quelque temps à l'hôtel. Il voulait profiter d'elle avant son départ. Il n'aurait pas supporté de la perdre aussi vite.

— Nous pourrions aller marcher dans le parc de Bagatelle, suggéra-t-il.

Elle se rappela aussitôt y être déjà allée avec lui, ainsi qu'au Luxembourg et au bois de Boulogne. Il y avait une multitude d'endroits où se promener, à Paris.

— Dès que je serai rentré, demain, je t'appellerai, continua-t-il. Sois prudente, Carole.

— Je te le promets. C'est un peu effrayant de quitter l'hôpital. C'est comme si ma tête était en verre, maintenant.

Ce n'était pas tout à fait vrai, mais dorénavant elle avait conscience de sa propre fragilité et du fait qu'elle était mortelle. Et elle n'avait pas envie de prendre des risques. Elle craignait de s'éloigner des médecins qui l'avaient sauvée, bien que la présence à ses côtés d'une infirmière la rassure. Stevie avait retenu une chambre contiguë à la sienne, afin d'être tout près d'elle et de parer à toute éventualité. Personne ne pensait qu'il y aurait de problème, mais malgré tout, ils étaient tous inquiets, Matthieu comme les autres.

— Tu es sûre de pouvoir prendre l'avion aussi vite ?

Évidemment, sa question n'était pas entièrement désintéressée, mais son inquiétude était sincère.

— On m'a dit qu'il n'y avait pas de contre-indication, à condition que rien d'ennuyeux ne se produise dans les quinze prochains jours. En plus, je veux passer Noël à la maison avec les enfants.

— Vous pourriez le fêter ensemble au Ritz, suggéra-t-il avec espoir.

— Ce ne serait pas la même chose.

Sans compter que, désormais, tous associaient Paris aux événements malheureux qui s'y étaient déroulés. Il faudrait du temps pour que ses enfants se sentent bien au Ritz, sans revivre les journées d'angoisse qu'ils y avaient passées, à se demander si elle allait survivre. Et puis, elle avait hâte de se retrouver chez elle.

— Je comprends. Si tu es d'accord, j'aimerais venir te voir à l'hôtel, demain.

— Avec plaisir, répondit-elle simplement.

Elle avait très envie de le voir et de se promener avec lui. Cela n'avait rien que de très anodin, pensa-t-elle.

— À demain, alors, dit-il avant de raccrocher.

Il redoutait le jour où elle le quitterait de nouveau, et peut-être pour toujours, cette fois.

15

Le matin du départ, quitter l'hôpital se révéla plus difficile pour Carole que Stevie ne l'avait prévu. Au réveil, elle était très fatiguée et elle redoutait d'abandonner le cocon de sa chambre. Pourtant, la petite chenille devait se muer en papillon. Elle se lava les cheveux avec l'aide de Stevie, puis se maquilla pour la première fois et parvint remarquablement bien à masquer sa cicatrice. Puis Stevie l'aida à enfiler un jean, un pull noir, une veste et des mocassins en daim noir. Avec sa chevelure blonde réunie en queue de cheval et ses boucles d'oreilles en diamant, elle ressemblait à nouveau à Carole Barber et non plus à une malade. Malgré les épreuves qu'elle venait de traverser, elle était d'une beauté stupéfiante. Mince et fragile, elle prit place dans un fauteuil roulant, tandis que les médecins et les infirmières lui faisaient leurs adieux. L'infirmière qui l'accompagnait au Ritz poussait le fauteuil. Deux CRS, placés de chaque côté de Carole, les escortaient, l'arme en bandoulière. Stevie portait le sac de Carole et le sien. À eux tous, ils formaient un cortège hétéroclite.

Après avoir pris l'ascenseur, ils traversèrent le hall du bâtiment et le directeur de l'hôpital vint en personne serrer la main de Carole et lui souhaiter un prompt rétablissement. La neurologue qui suivait Carole l'accompagna jusqu'à la limousine envoyée par le Ritz. Les deux CRS, l'infirmière, Stevie et Carole s'y installèrent rapidement. Au grand soulagement de Stevie, aucun paparazzi ne les attendait. Avec un peu de chance, l'entrée de la rue Cambon serait dégagée et Carole arriverait à sa suite sans encombre. Le seul fait de se lever et de s'habiller semblait l'avoir épuisée. Pour elle, c'était un grand changement.

La limousine s'engagea rue Cambon et s'arrêta devant la porte de service, qui avait été spécialement ouverte pour Carole. Les jambes légèrement tremblantes, elle sortit de la voiture, leva les yeux vers le ciel et sourit, toujours encadrée par les CRS. Elle se dirigeait vers la porte sans être soutenue, lorsque quatre paparazzis surgirent devant elle. Carole marqua un instant d'hésitation, puis elle continua à marcher, souriante. Quelqu'un avait vendu la mèche, finalement. Quand les CRS leur firent signe de s'écarter, ils obtempérèrent, non sans la mitrailler avec leurs appareils. L'un d'entre eux cria : « Bravo ! », et lui lança une rose. L'attrapant au vol, elle se tourna vers lui et lui sourit, puis entra dans l'hôtel.

Le directeur l'attendait et l'accompagna jusqu'à sa suite. Des agents de sécurité avaient été placés tout le long des couloirs. La distance parut plus longue à Carole qu'elle ne s'y attendait. Elle remercia le directeur pour l'énorme bouquet qu'il avait fait livrer afin de célébrer son retour et il la quitta quelques minutes plus tard, tandis que les CRS gardaient sa porte. Carole était épuisée. Après avoir posé leurs sacs, Stevie jeta à son amie un regard inquiet en voyant sa pâleur.

— Assieds-toi, tu as l'air morte de fatigue.

Carole obéit sans discuter. Pendant que l'infirmière l'aidait à retirer sa veste, il lui semblait avoir cent ans.

— C'est vrai, soupira-t-elle. Je n'arrive pas à comprendre pourquoi je suis épuisée à ce point. Tout ce que j'ai fait, c'est me lever et venir jusqu'ici en voiture. Pourtant j'ai l'impression d'avoir été rouée de coups.

— C'est à peu près ce qui t'est arrivé il y a un mois. Donne-toi le temps.

Stevie était contrariée que la presse eût été avertie de leur arrivée. C'était inévitable, mais dorénavant les photographes seraient devant l'hôtel à guetter ses moindres mouvements. Chaque fois que Carole voudrait sortir, elle devrait passer devant eux. Il serait peut-être plus sage d'emprunter la sortie de service, pensa-t-elle. Cela leur arrivait parfois, mais la ruse était connue, puisque des paparazzis étaient souvent postés rue Cambon. Toute cette agitation allait créer une certaine tension, dont Carole n'avait vraiment pas besoin. Il aurait été préférable que personne n'ait été au courant qu'elle regagnait l'hôtel. Mais c'était trop demander. Celui ou celle qui avait prévenu la presse avait dû être royalement rétribué.

Carole prit avec gratitude la tasse de thé que Stevie lui tendait.

— Tu veux manger quelque chose ?

— Non, merci.

— Tu devrais t'allonger un peu. Je pense que tu as fait suffisamment d'exercice pour aujourd'hui.

— Zut ! Quand serai-je dans mon état normal ? Je n'étais pas aussi épuisée, à l'hôpital. Je suis morte de fatigue.

— Il y a de quoi.

Carole était abattue. Pourtant sa fatigue était normale. Même si tout s'était bien déroulé et avait été parfaitement organisé, aller de l'hôpital à l'hôtel lui avait demandé un énorme effort et elle avait dû puiser dans ses maigres réserves.

— Tu te sentiras mieux dans un jour ou deux, peut-être même avant, tu vas voir. Tu dois te réadapter après avoir passé tant de temps à l'hôpital. Quand j'ai été opérée de l'appendicite, il y a deux ans, j'avais l'impression d'avoir quatre-vingt-dix ans, en rentrant à la maison. Cinq jours plus tard, j'étais en pleine forme et je passais la nuit à danser dans une boîte. Sois patiente.

Carole soupira. C'était décourageant de se sentir aussi vidée. Elle entra lentement dans sa chambre et regarda autour d'elle avec étonnement. Son ordinateur et son sac étaient sur le bureau. Il lui semblait qu'il n'y avait que quelques minutes qu'elle était partie pour cette promenade fatidique. Elle tourna vers Stevie des yeux pleins de larmes.

— Cela me fait bizarre de savoir que j'ai failli mourir quelques heures après avoir quitté cette pièce. C'est un peu comme de renaître après sa mort ou de bénéficier d'une seconde chance.

Hochant la tête, Stevie serra son amie dans ses bras.

— Je sais. J'ai eu ce même sentiment, moi aussi. Tu veux qu'on échange nos chambres ?

Carole secoua la tête. Elle ne voulait pas être chouchoutée ou traitée comme un bébé. Elle avait juste besoin d'un peu de temps pour s'adapter. Elle s'étendit sur le lit tout en regardant autour d'elle, pendant que Stevie lui apportait sa tasse de thé. Maintenant qu'elle était couchée, elle se sentait déjà mieux. Bien qu'elle ne l'eût pas montré, la présence de la presse l'avait affectée.

Stevie fit monter leur repas et Carole se sentit mieux après avoir mangé. Elle s'offrit un bain chaud dans l'immense baignoire de marbre rose, puis elle s'allongea à nouveau, enveloppée dans le peignoir en éponge rose de l'hôtel et s'endormit. Il était 16 heures quand Matthieu appela. Après sa sieste, Carole se sentait presque redevenue elle-même.

— Comment se passe ton retour à l'hôtel ? lui demanda-t-il gentiment.

— Plus difficile que je le croyais, admit-elle. En arrivant ici, j'étais complètement vidée, mais ça va mieux, maintenant. En plus, quelques paparazzis nous attendaient. Ils ont dû me prendre pour la fiancée de Frankenstein. C'est à peine si je pouvais marcher.

— Je suis sûr que tu étais aussi belle que d'habitude.

— L'un des photographes m'a lancé une rose. J'ai trouvé ça gentil, mais cela a failli me faire tomber. Je comprends maintenant ce que veulent dire les gens, quand ils prétendent qu'ils ne « supporteraient pas le poids d'une plume. »

Matthieu se mit à rire.

— Je voulais te proposer de faire une promenade, mais j'ai l'impression que ce n'est pas une bonne idée. Est-ce que je peux plutôt passer te voir ? Et demain, si tu te sens mieux, nous pourrions faire quelques pas ensemble ou un tour en voiture, si tu préfères.

— Tu peux venir prendre une tasse de thé, suggéra-t-elle.

Elle ne se sentait pas la force de l'inviter à dîner. De plus, elle n'était pas sûre que ce serait raisonnable. Leur relation était fragile, encore très marquée par ce qu'ils avaient vécu quinze ans plus tôt.

Il fut ravi qu'elle veuille bien le recevoir.

— Très volontiers. A 17 heures ?

— Je t'attendrai, assura-t-elle.

Il arriva une heure plus tard, vêtu d'un costume sombre sous son manteau gris, les joues rosies par le vent, car le temps s'était beaucoup rafraîchi dans l'après-midi. Carole portait la même tenue qu'à sa sortie de l'hôpital et Matthieu la trouva exquise. Elle était très pâle, mais ses yeux brillaient et elle sentit ses forces revenir lorsqu'ils burent leur thé en dégustant des macarons de chez Ladurée. Matthieu avait constaté avec satisfaction que des CRS gardaient la porte de Carole et que des agents de sécurité circulaient dans le couloir. La direction de l'hôtel avait raison de ne prendre aucun risque. L'agression dont Carole avait été victime à l'hôpital avait fait prendre conscience à tout le monde qu'elle était en danger.

Elle lui sourit, heureuse de le voir.

— Comment était-ce, à Lyon ? lui demanda-t-elle.

— Ennuyeux au possible. J'avais une comparution devant la cour que je ne pouvais éviter. J'ai failli rater mon train pour Paris. Les procès sont le lot quotidien des avocats.

Il se mit à rire, visiblement content de la voir, lui aussi. Tandis qu'ils bavardaient, assis l'un en face de l'autre, elle sembla plus vivante, plus animée, comme si elle redevenait elle-même. Matthieu remarqua avec satisfaction qu'elle avait mangé une demi-douzaine de macarons et partagé un éclair au café avec lui. Elle était d'ailleurs moins pâle qu'à son arrivée. Après tout ce qu'elle avait subi ces dernières semaines, c'était fabuleux de la voir assise là. Comme elle portait sa tasse à ses lèvres, il admira ses longs doigts fins. À l'arrivée de Matthieu, Stevie s'était retirée dans sa chambre avec l'infirmière, soulagée de voir que Carole semblait à l'aise avec lui. Avant de quitter la pièce, elle lui avait lancé un coup d'œil interrogateur. Souriante, Carole lui avait répondu d'un hochement de tête que tout allait bien.

— J'ai eu peur de ne jamais revoir cette suite, avoua-t-elle lorsqu'ils se furent assis.

— Moi aussi, répondit-il.

— J'ai l'impression que j'ai des ennuis chaque fois que je viens à Paris, remarqua-t-elle avec une moue malicieuse.

Il ne put s'empêcher de rire.

— Cette fois, ils étaient vraiment trop énormes, tu ne crois pas ?

Elle approuva d'un signe, puis ils parlèrent de son livre. Ces derniers jours, elle avait eu de nouvelles idées et elle espérait se remettre au travail dès son retour à Los Angeles. Matthieu admirait son courage. Des éditeurs lui avaient maintes fois demandé de rédiger ses Mémoires, mais il ne s'était pas encore décidé. L'une des raisons pour lesquelles il souhaitait prendre sa retraite était qu'il voulait réaliser tout ce qu'il avait en tête avant qu'il ne soit trop tard. Le décès de sa femme lui avait rappelé que la vie était courte et précieuse. À Noël, il comptait aller faire du ski avec ses enfants à Val-d'Isère. Carole fit remarquer avec regret qu'elle ne skierait plus jamais. Il était hors de question qu'elle ait un accident et un nouveau choc à la tête. Mathieu était parfaitement d'accord avec elle. Cela leur rappela qu'ils avaient autrefois skié ensemble, lors de son séjour en France. Ils y étaient allés plusieurs fois, avec les enfants. Tout comme elle, Matthieu était un excellent skieur.

Bien que la nuit tombât, ils continuèrent à parler d'une multitude de choses. Il était près de 20 heures lorsqu'il se leva pour partir, se sentant coupable de l'avoir forcée à rester levée si longtemps. Elle avait besoin de repos. Il avait en effet passé un long moment avec elle, mais elle se sentait détendue, bien que fatiguée. Lorsqu'elle se tourna vers les fenêtres, en partie cachées par de longs rideaux, elle poussa un cri de surprise en voyant la neige. Ouvrant la fenêtre, elle tendit la main à l'extérieur pour sentir les flocons. Se tournant vers Matthieu, qui l'observait, elle le regarda les yeux brillants et l'air ravi.

— Regarde ! Il neige ! s'écria-t-elle d'une voix heureuse.

Souriant, il acquiesça, content de la voir ainsi. Désormais, le moindre détail prenait une signification particulière pour elle, et les plus petits plaisirs la remplissaient de joie. Mais pour lui, c'était elle son plus grand bonheur. Elle l'avait toujours été.

— C'est si beau ! s'exclama-t-elle avec émerveillement.

Debout derrière elle, il ne la toucha pas. Tremblant intérieurement, il savourait le plaisir de la sentir si proche.

— Toi aussi, tu es belle, murmura-t-il doucement.

Il était ému qu'elle ait accepté de le voir.

De nouveau, elle se tourna vers lui pour le regarder, tandis que la neige tombait derrière elle. Les souvenirs lui revenaient :

— Le soir où nous avons emménagé dans notre maison, il neigeait… Tu étais avec moi… Nous avons touché les flocons et nous nous sommes embrassés… Je me souviens avoir pensé que je n'oublierais jamais cette nuit… C'était si beau… Nous avons fait une longue promenade le long de la Seine, sous la neige… Je portais un manteau de fourrure avec un capuchon… se rappela-t-elle.

— Tu ressemblais à une princesse russe.

— C'est ce que tu m'as dit.

Il hocha la tête. Debout devant la fenêtre ouverte du Ritz, tous deux se rappelaient cette nuit magique. Imperceptiblement, ils se rapprochèrent l'un de l'autre et, lorsqu'ils s'embrassèrent, le temps s'arrêta.

16

Le lendemain matin, quand Matthieu l'appela, Carole paraissait soucieuse. Elle se sentait mieux, ses jambes ne flageolaient plus, mais elle était restée éveillée une partie de la nuit, à penser à lui.

— Nous nous sommes conduits stupidement, hier… Je suis désolée… lança-t-elle aussitôt.

Cette idée l'avait tourmentée durant de longues heures. Elle ne voulait pas s'engager dans une relation sentimentale avec lui, mais le souvenir de cette nuit magique, de nombreuses années auparavant, avait été le plus fort. Et il en avait été de même pour lui. Ce qu'ils avaient vécu dans le passé les rapprochait toujours irrésistiblement.

— Pourquoi penses-tu que c'était stupide ? lui demanda-t-il d'une voix déçue.

— Parce que les choses sont différentes. C'était il y a longtemps et nous sommes aujourd'hui. On ne peut pas revenir en arrière, d'autant que je pars bientôt. Je ne veux pas semer la confusion dans ton esprit.

Et elle ne voulait surtout pas la semer dans le sien. Après le départ de Matthieu, la veille, la tête lui tournait, et ce n'était pas dû au traumatisme crânien, mais à lui et au réveil de tout ce qu'elle avait éprouvé pour lui autrefois.

— Ce n'est pas le cas, Carole. Il n'y a pas de problème pour moi.

Il savait qu'il était aussi amoureux d'elle qu'autrefois. Rien n'avait changé. Une fois de plus, c'était Carole qui tentait de lui fermer sa porte.

— Je veux que nous soyons amis, rien de plus, affirma-t-elle.

— Nous le sommes.

— Je ne veux pas recommencer, soupira-t-elle en pensant à leur baiser.

Elle s'efforçait de paraître forte, mais elle avait peur. Elle connaissait l'effet qu'il avait sur elle et, la veille, elle avait senti à quel point il continuait à en avoir.

— Cela ne se produira plus, je te le promets.

— Nous savons tous les deux ce que valent tes promesses.

Les mots avaient jailli malgré elle. À l'autre bout du fil, il poussa une brève exclamation.

— Je suis désolée, lança-t-elle très vite. Je ne pensais pas ce que j'ai dit.

— Bien sûr que si, et je le mérite. Laisse-moi seulement te dire que tu peux avoir confiance en moi, aujourd'hui.

— Excuse-moi.

Elle était gênée d'avoir été si franche. D'habitude, elle se contrôlait mieux. Mais il ne semblait pas lui en vouloir.

— Je t'en prie. Tu te sens d'attaque pour une promenade ?

La neige qui était tombée la veille avait déjà presque entièrement fondu, mais il faisait froid, et il ne voulait pas qu'elle tombe malade.

— Il faudra que tu mettes un gros manteau.

— J'en ai un... ou plutôt j'en avais un.

Elle se rappela qu'elle le portait, ce soir-là, dans le tunnel. Il avait disparu avec tout le reste. Lorsque l'ambulance l'avait emportée, elle n'était plus vêtue que de lambeaux.

— Je vais emprunter celui de Stevie, dit-elle.

— Où veux-tu aller ?

— Pourquoi pas au parc de Bagatelle ?

— Parfait ! Je vais demander à tes gardes du corps de nous suivre dans une autre voiture.

Il ne prenait aucun risque et il avait raison. Il ne resterait plus qu'à trouver un stratagème pour sortir de l'hôtel. Elle lui proposa de le retrouver devant le Crillon. Elle sortirait alors de sa voiture pour monter dans la sienne.

— Je vais me croire dans un film d'espionnage ! s'exclama-t-il.

Il sourit, songeant qu'autrefois ils avaient toujours dû se montrer prudents et que rien ne semblait avoir changé.

— C'est tout à fait cela, rétorqua-t-elle en riant. À quelle heure nous retrouverons-nous ?

Elle semblait plus gaie et plus détendue que quelques minutes auparavant, mais il sentit qu'elle fixait les limites entre eux.

— À 14 heures, si tu veux. Avant, j'ai un rendez-vous.

— C'est entendu. Au fait, à quoi ressemble ta voiture ? Je ne voudrais pas me tromper.

Cette idée le fit rire, bien qu'à son avis, si cela se produisait, le conducteur serait ravi qu'elle monte à ses côtés.

— J'ai une Peugeot bleu marine. Je porterai un chapeau gris, une seule chaussure et j'aurai une rose à la main.

Elle se mit à rire. Elle se rappelait son humour. Avec lui, elle s'était autant amusée qu'elle avait souffert. Elle se reprochait encore de l'avoir embrassé, mais elle était fermement décidée à ce que cela ne se reproduise plus.

Après avoir raccroché, elle demanda à Stevie de lui retenir une voiture. On leur servit leur repas, dans la chambre. Elle mangea une soupe au poulet, qu'elle trouva délicieuse, ainsi qu'un sandwich club.

— Tu es sûre de vouloir sortir ? s'inquiéta Stevie.

Carole semblait aller mieux que la veille, mais cette promenade était peut-être prématurée. La jeune femme ne voulait pas que Matthieu s'occupe trop de Carole ou qu'il la bouleverse. Après son départ, la veille, elle avait semblé épuisée et ailleurs.

— Je verrai comment je me sens. Si je suis trop fatiguée, je rentrerai.

Après avoir enfilé le manteau que Stevie lui prêtait, elles se dirigèrent toutes deux vers la voiture qui l'attendait rue Cambon. Carole avait remonté le capuchon du manteau sur sa tête et dissimulé ses yeux derrière des lunettes noires. Elle s'était habillée de la même manière que la veille mais avait mis un gros pull blanc. Deux paparazzis se trouvaient devant la porte et prirent deux photos d'elle au moment où elle montait dans la voiture. Stevie la quitta deux rues plus loin et revint à pied à l'hôtel. Seuls les gardes du corps accompagnaient Carole.

Matthieu l'attendait comme prévu devant le Crillon. Sans se faire remarquer, Carole passa d'une voiture à l'autre. Personne ne l'avait suivie. Lorsqu'elle s'assit près de lui, elle était un peu essoufflée et la tête lui tournait.

— Comment te sens-tu ? lui demanda-t-il avec sollicitude.

Elle était très pâle, mais elle lui parut ravissante, lorsqu'elle repoussa le capuchon et ôta ses lunettes noires.

— Plutôt bien, mais un peu chancelante, malgré tout. Je suis ravie d'avoir pu sortir de l'hôtel.

Elle en avait assez d'être confinée entre quatre murs. Sans compter que l'oisiveté la rendait gourmande et qu'elle estimait qu'elle mangeait trop de gâteaux.

— Tu trouveras peut-être que je me contente de peu, mais je suis ravie de cette promenade. C'est ce qui m'arrive de plus excitant depuis un mois.

En dehors du baiser qu'ils avaient échangé, bien entendu, mais elle ne voulait pas y penser maintenant. À son expression, Matthieu devina qu'elle se tenait sur ses gardes et qu'elle voulait le maintenir à distance, bien qu'elle l'eût embrassé sur la joue en montant dans la voiture. Les vieilles habitudes avaient du mal à disparaître. L'intimité qu'ils avaient partagée existait toujours quelque part en elle. Profondément enfouie, mais encore présente.

La voiture les conduisit jusqu'au parc de Bagatelle. La journée était belle, froide et ensoleillée, et il y avait du vent, mais ils étaient tous les deux chaudement vêtus. Carole s'étonna du plaisir qu'elle éprouvait à se retrouver au grand air. Elle glissa son bras sous celui de Matthieu, car la tête lui tournait encore, et ils marchèrent lentement pendant un long moment. Lorsqu'ils regagnèrent la voiture de Matthieu, elle était exténuée. Les gardes du corps étaient restés à bonne distance pour ne pas les gêner, mais assez près pour assurer la sécurité de Carole.

— Comment te sens-tu ? lui demanda une nouvelle fois Matthieu.

Il scrutait son visage avec attention, craignant qu'ils n'aient trop marché. Il se le reprochait, mais être avec elle le rendait fou.

— Merveilleusement bien ! C'est tellement bon d'être vivante !

L'air froid avait rosi ses joues, ses yeux brillaient de plaisir. Matthieu aurait voulu qu'elle reste avec lui, mais il n'osa pas le lui proposer, bien qu'elle parût très détendue malgré la fatigue. Ils bavardèrent avec animation pendant tout le trajet du retour. Oubliant qu'ils étaient censés prendre des précautions, Matthieu la raccompagna jusqu'au Ritz dans sa propre voiture. Carole s'en rendit compte en arrivant devant l'entrée de l'hôtel, place Vendôme, mais elle se dit qu'ils n'avaient rien à cacher. Dorénavant, ils n'étaient que de vieux amis.

Avant de sortir de la voiture, elle remonta son capuchon mais négligea les lunettes noires. De toute façon, elle ne voyait pas de paparazzi à l'horizon.

Se tournant vers Matthieu, elle lui demanda :

— Tu veux monter ?

— Cela ne t'ennuie pas ? Tu n'es pas fatiguée ?

Il craignait de lui avoir imposé une trop longue promenade, mais elle paraissait bien plus en forme qu'avant.

— Je le paierai sans doute plus tard, mais pour l'instant je me sens bien. D'ailleurs, le médecin a dit que la marche était un excellent exercice. Nous pourrons prendre un thé… mais nous ne nous embrasserons pas, lui rappela-t-elle.

Il se mit à rire.

— Cela a le mérite d'être clair. D'accord pour un thé sans baiser. Je dois pourtant reconnaître que cela m'a plu.

— À moi aussi, répondit-elle avec un sourire timide, mais cela ne figure pas au menu. C'était une sorte d'extra, hier.

C'était une erreur, même si cette erreur avait été très agréable.

— Dommage… Tu n'as qu'à monter avec les gardes pendant que je gare la voiture. J'en ai pour une minute.

De cette façon, si des paparazzis étaient embusqués, elle n'aurait pas à s'expliquer.

— À tout de suite, dit-elle en sortant de la voiture.

Les gardes du corps jaillirent de la leur pour lui emboîter le pas. Un instant plus tard, des flashs crépitèrent. D'abord surprise, elle sourit et agita la main. Du moment qu'ils l'avaient surprise, il était inutile de se montrer désagréable. Elle l'avait appris bien des années auparavant. Elle entra rapidement dans l'hôtel, traversa le hall et prit l'ascenseur qui l'amena à son étage. Stevie l'attendait. Elle aussi était sortie et s'était promenée rue de la Paix. L'air lui avait fait du bien.

— Comment était-ce ? demanda la jeune femme.

— Très bien.

Carole était d'autant plus heureuse qu'elle venait de se prouver que Matthieu et elle pouvaient être amis. Il arriva une minute plus tard. Stevie leur avait commandé du thé et des sandwichs que Carole dévora dès qu'on les eut apportés. Elle retrouvait l'appétit et il était évident que la promenade lui avait été bénéfique. Fatiguée mais contente, elle étendit ses jambes devant elle, et ils bavardèrent comme ils l'avaient toujours fait, abordant toutes sortes de sujets. Autrefois, Matthieu aimait parler politique avec Carole, car il appréciait son avis. Pour l'instant, totalement ignorante de l'actualité française, elle en aurait été incapable.

Il ne resta pas longtemps et, comme convenu, il n'y eut pas de baiser. La neige de la veille avait réveillé une foule de souvenirs et des sentiments qui avaient pris Carole de court et lui avaient fait baisser sa garde. Mais elle s'était reprise et les limites qu'elle s'était fixées étaient de nouveau en place et il les respectait. Il ne voulait surtout pas la blesser. Elle était encore extrêmement vulnérable et fragile. Il ne souhaitait pas profiter de sa faiblesse, mais seulement être avec elle, si elle le lui permettait. Il était ravi de ce qu'elle lui offrait après tout ce qu'il lui avait fait endurer dans le passé.

— D'accord pour une autre promenade, demain ? lui demanda-t-il avant de partir.

Elle approuva d'un signe de tête, semblant heureuse de sa proposition. Elle aussi avait apprécié les moments qu'ils avaient passés ensemble.

— Je n'aurais jamais cru que je te reverrais un jour, avoua-t-il alors qu'elle se tenait sur le seuil de la porte.

— Moi non plus.

— À demain, murmura-t-il avant de la quitter.

Après un bref salut aux deux gardes, il sortit du Ritz, pensant à elle et au bon moment qu'il avait passé, à simplement marcher avec elle, son bras glissé sous le sien.

Le lendemain, ils se retrouvèrent à 15 heures et marchèrent pendant une heure. Puis ils remontèrent dans la voiture et Matthieu l'emmena au bois de Boulogne, où ils s'arrêtèrent un moment et parlèrent de leur ancienne maison. Matthieu lui confia ne pas y être retourné depuis des années et ils décidèrent d'y passer en rentrant à l'hôtel. C'était un pèlerinage que Carole avait déjà fait, mais ce serait différent avec Matthieu, puisqu'ils l'accompliraient ensemble.

Cette fois encore, la porte de la cour était ouverte. Ils y entrèrent tandis que les gardes du corps attendaient discrètement dehors. Instinctivement, ils levèrent les yeux vers la fenêtre de leur chambre, puis se regardèrent et se prirent la main. Ils y avaient partagé énormément de joies, nourri beaucoup d'espoirs et perdu leurs rêves. C'était là que leur amour était enterré. Pensant au bébé qu'elle avait perdu, Carole posa sur Matthieu des yeux pleins de larmes. En dépit d'elle-même, elle se sentait plus proche de lui que jamais.

— Je me demande ce qui se serait passé, si nous l'avions eu, souffla-t-elle très bas.

Comprenant à quoi elle faisait allusion, il poussa un long soupir. Après sa fausse couche, ils avaient vécu une période épouvantable.

— Nous serions sans doute mariés, aujourd'hui, répondit-il avec regret.

— Peut-être pas. Je ne suis pas certaine que tu aurais quitté Arlette.

— Si elle l'avait su, cela l'aurait tuée, reconnut-il tristement. Au lieu de cela, c'est toi qui as failli en mourir.

La perte de cet enfant avait été une tragédie pour eux deux.

— C'était sans doute le destin, constata Carole avec philosophie.

Chaque année, à la date de la mort du bébé, elle se rendait à l'église. Se rappelant que ce jour approchait, elle chassa cette pensée de son esprit.

— J'aurais tant voulu que nous ayons cet enfant, soupira Matthieu.

Il n'avait qu'une envie : l'embrasser. Mais il ne voulait pas trahir la promesse qu'il lui avait faite, aussi la prit-il dans ses bras et la serra-t-il contre lui un long moment. Il sentait sa chaleur, à travers ses vêtements, et pensait combien ils avaient été heureux dans cette maison. Aujourd'hui, il lui semblait que ce bonheur avait duré longtemps. Comparés à une vie, ces deux ans et demi pouvaient paraître ridiculement courts, mais ils avaient contenu tout leur amour.

Cette fois, ce fut Carole qui prit l'initiative de l'embrasser. Surpris, il commença par hésiter, puis sa résolution fondit comme neige au soleil et il l'embrassa à son tour. Il craignit qu'elle ne fût fâchée contre lui, mais ce ne fut pas le cas. Les sentiments qu'elle éprouvait pour lui étaient si forts que rien n'aurait pu empêcher ce qui venait de se passer. Elle s'était sentie emportée par un courant irrésistible.

— Maintenant, tu vas m'accuser de ne pas avoir tenu parole, la gronda-t-il, l'air inquiet.

Il ne voulait pas qu'elle lui en veuille, mais ce ne semblait pas être le cas.

— C'est moi qui n'ai pas tenu la mienne. Parfois, c'est comme si mon corps avait meilleure mémoire que moi, fit-elle d'une petite voix tandis qu'ils sortaient de la cour.

Et son cœur également, songea-t-elle.

— Être amis n'est pas aussi facile que je le pensais, ajouta-t-elle franchement.

Il acquiesça d'un mouvement de tête.

— Cela ne l'est pas pour moi non plus, mais je veux ce que tu veux.

Il lui devait d'être honnête, mais comme toujours, elle le prit par surprise :

— Nous devrions peut-être profiter des deux semaines qui viennent, en souvenir du passé, puis nous quitter quand je partirai.

Ils avaient regagné la voiture et s'y installèrent.

— Je n'aime pas du tout cette façon de voir les choses, répliqua-t-il. Qu'est-ce qui nous empêche de recommencer et de repartir sur de nouvelles bases ? Peut-être était-il écrit que nous devions nous retrouver. Dieu nous accorde peut-être une seconde chance. Nous sommes tous les deux libres, maintenant. Nous ne pouvons plus faire de mal à personne. Nous n'avons à répondre que de nous-mêmes.

Tout en parlant, il avait mis le contact. Carole se tourna vers lui.

— Je ne veux plus souffrir, lui dit-elle clairement. J'ai eu trop mal, la dernière fois.

Il hocha la tête, ne pouvant le nier.

— Je comprends…

Il lui posa alors la question qui le hantait depuis des années :

— M'as-tu pardonné, Carole ? As-tu jamais pu me pardonner de t'avoir déçue, de n'avoir jamais fait ce que je te promettais de faire ? J'en avais l'intention, je te le jure, mais rien ne s'est passé comme je le voulais et, pour finir, j'en ai été incapable. M'as-tu pardonné de t'avoir fait autant souffrir ?

Elle n'avait aucune raison de l'avoir fait, pourtant il l'espérait, sans en avoir aucune certitude. Pourquoi l'aurait-elle fait ? Il ne le méritait pas.

Elle le fixait de ses grands yeux.

— Je ne sais pas. Je ne m'en souviens pas. Tout est effacé de ma mémoire. Je me rappelle le bonheur et la peine, mais j'ai oublié ce qui s'est passé ensuite. Je suppose que cela a pris du temps.

Elle n'aurait pu lui donner meilleure réponse. Il lui était déjà très reconnaissant qu'elle accepte de le revoir. Le pardon était beaucoup demander et il savait qu'il n'en avait aucun droit.

Il la déposa devant l'hôtel, après lui avoir promis de passer la prendre le lendemain pour une autre promenade. Elle voulait retourner dans les jardins du Luxembourg, où elle s'était rendue si souvent avec Chloé et Anthony durant son séjour à Paris.

En rentrant chez lui, il était obsédé par le goût de ses lèvres sur les siennes. Il sortit machinalement ses clés, ouvrit la porte de son appartement, traversa l'entrée, entra dans son bureau et s'assit dans le noir. Lors de leur rupture, il n'avait pas su quoi lui dire et il ignorait totalement s'il la reverrait un jour. Il devinait qu'il en avait été de même pour elle. Aujourd'hui, ils n'avaient ni passé ni avenir commun. Ils pouvaient seulement prendre chaque journée comme elle venait. Il leur était impossible de prévoir ce qui se passerait ensuite.

17

Tandis qu'elle déambulait dans les allées du Luxembourg avec Matthieu, les souvenirs affluèrent dans l'esprit de Carole. Elle y était venue avec les enfants des centaines de fois et c'était Matthieu qui l'y avait emmenée le premier.

En riant, ils se remémorèrent les bêtises que les enfants avaient faites et diverses anecdotes qu'elle avait depuis longtemps oubliées. Ces promenades dans Paris réveillaient de nombreuses réminiscences. Pour la plupart, c'étaient des moments agréables ou tendres qu'ils avaient partagés. La souffrance que Matthieu lui avait infligée s'effaçait au profit du bonheur qu'elle se rappelait.

Ils bavardaient et riaient encore lorsqu'ils sortirent de sa voiture, devant le Ritz. Il avait accepté son invitation à dîner dans sa suite. Il tendait les clés de sa voiture au voiturier, un bras glissé sous celui de Carole, lorsqu'ils furent aveuglés par un flash. Étonnes, ils levèrent les yeux. La seconde fois, Carole sourit au journaliste, tandis que Matthieu arborait au contraire une mine compassée et sévère. Il n'aimait pas être pris en photo, et surtout pas par des paparazzis. Lorsqu'ils vivaient ensemble, ils avaient toujours été très prudents. Aujourd'hui, le risque était moindre, puisqu'ils n'avaient rien à cacher, mais Matthieu détestait voir sa photo dans les journaux. Aussi, tout en entrant dans l'hôtel, se mit-il à fulminer. Ils prenaient l'entrée principale, désormais. C'était plus commode que de faire spécialement ouvrir la porte de la rue Cambon chaque fois qu'elle sortait. Au moment où ils avaient été photographiés, elle portait un pantalon gris, le manteau de Stevie, et elle tenait ses lunettes noires à la main. Les journalistes l'avaient visiblement reconnue, mais ils ne semblaient pas savoir qui était Matthieu.

En arrivant dans la suite, elle en parla à Stevie.

— Ils ne tarderont pas à le découvrir, remarqua la jeune femme.

Elle s'inquiétait un peu que Carole soit aussi souvent avec lui, mais ils semblaient heureux et détendus, et la santé de Carole s'améliorait de jour en jour. On pouvait donc en déduire que la fréquentation de Matthieu ne lui faisait pas de mal.

Stevie demanda qu'on leur monte leur dîner. Carole avait commandé du foie gras et Matthieu un steak. Stevie mangea dans sa chambre avec l'infirmière et toutes deux s'accordèrent à penser que Carole allait mieux. Elle avait bien meilleure mine et avait repris des couleurs. Et surtout, elle semblait heureuse, songea Stevie.

Matthieu resta avec elle jusqu'à 22 heures. Comme toujours, ils avaient énormément de choses à se dire et n'étaient jamais à court de sujets de conversation. Elle lui raconta que la police l'avait recontactée. Elle souhaitait l'entendre à nouveau, au cas où elle se rappellerait autre chose, mais en fait, elle avait rapidement perdu connaissance et n'avait donc rien de plus à dire. La police avait recueilli de très nombreux témoignages mais, en dehors du terroriste qui avait tenté de tuer Carole à l'hôpital, elle ne disposait d'aucun autre suspect puisque tous étaient morts dans l'attentat.

De son côté, Matthieu lui parla de la dernière affaire qu'il traitait, et lui fit de nouveau part de son désir de prendre sa retraite.

— Tu es trop jeune, protesta-t-elle.

— J'aimerais bien, mais ce n'est plus tout à fait vrai ! Où en est ton livre ? Tu y as réfléchi ?

— Oui.

Mais elle ne se sentait pas prête à se remettre au travail. Elle avait d'autres choses en tête. Lui, par exemple. Il commençait à l'obséder et elle s'efforçait de résister, mais cela lui devenait de plus en plus difficile. Elle voulait seulement profiter de sa compagnie jusqu'à son départ et elle était heureuse de partir bientôt, car elle craignait que la situation ne lui échappe comme autrefois.

Ils discutèrent ainsi de son livre, du travail de Matthieu, de sa carrière à elle, de leurs enfants respectifs et de tout ce qui leur passait par la tête. Ils avaient toujours quelque chose à se dire, tant ils avaient de plaisir à bavarder ensemble. Pour Carole, c'était un excellent exercice. Cela l'obligeait à se souvenir et à faire travailler son cerveau. Elle avait encore du mal, parfois, et devait chercher un mot ou une notion, tout comme elle était toujours incapable d'utiliser son ordinateur. Les éléments de son livre s'y trouvaient pourtant. Stevie lui avait proposé son aide, mais elle ne se sentait pas prête, cela lui aurait demandé une trop grande concentration.

Ce soir-là, en se quittant, le baiser que Carole et Matthieu échangèrent avait à la fois le goût du passé et du présent. Il était teinté de désir, de joie et de tristesse, d'amour et de crainte.

Le lendemain matin, Stevie apporta à Carole son petit déjeuner, ainsi qu'une pile de journaux. Matthieu et Carole figuraient à la une et le nom de Matthieu accompagnait celui de Carole. Sur la photo, il paraissait surpris et mécontent. Plus ravissante que jamais en dépit de sa cicatrice, qui se voyait à peine, Carole arborait au contraire un sourire radieux. *Paris Match* avait fait sa petite enquête. Non seulement le nom de Matthieu était inscrit en toutes lettres, mais sa présence au côté de Carole avait éveillé la curiosité d'un journaliste, qui avait fouillé dans les archives pour retrouver la trace du séjour de Carole à Paris et voir si on trouvait d'autres photos les montrant ensemble. Il en avait trouvé une, prise pendant un gala de charité, à Versailles. Carole se rappelait très bien cette soirée. Ils avaient pris soin de ne pas s'y rendre ensemble. Arlette accompagnait Matthieu et Carole était escortée par une star de cinéma avec qui on l'avait photographiée. C'était un vieil ami, de passage à Paris. Comme ils formaient un couple éblouissant, ils avaient été littéralement mitraillés par les paparazzis. En réalité, cet ami était homosexuel, mais personne ne le savait et il constituait un alibi idéal pour Carole.

Matthieu et elle s'étaient retrouvés dans le jardin pendant quelques minutes. Ils bavardaient tranquillement, lorsqu'un photographe les avait surpris. Le lendemain, on avait seulement pu lire dans la presse : « Matthieu de Billancourt, ministre de l'Intérieur, discute avec Carole Barber, la star américaine. » Ils avaient eu de la chance. Personne ne s'était douté de rien, bien que son épouse se fût fâchée lorsqu'elle avait lu les journaux, le lendemain.

Les deux photographies étaient suivies de la légende : « Hier et aujourd'hui… Avons-nous manqué quelque chose ? » Carole savait que les reporters n'auraient jamais la réponse à cette question. Les choses auraient été différentes si elle avait eu son bébé, s'il avait quitté Arlette, demandé le divorce ou démissionné de ses fonctions. Mais rien de tout cela n'était arrivé. Et maintenant, ils n'étaient que deux vieux amis qui entraient dans un hôtel. Il n'était plus ministre et ils avaient tous deux perdu leurs conjoints respectifs. Il était difficile d'en tirer parti, surtout après l'attentat dont elle avait été victime. Elle avait le droit de rencontrer d'anciennes relations parisiennes. Il n'en restait pas moins que le magazine posait la bonne question, mais Matthieu et elle étaient les seuls à en connaître la réponse.

Il l'appela dès qu'il vit la photo. C'était le genre d'insinuations qui l'irritait, mais Carole y était habituée.

— Ils sont stupides, grommela-t-il.

— Je les trouve très perspicaces, au contraire. Ils doivent avoir beaucoup fouiné, pour trouver cette photographie. Je m'en souviens très bien. Arlette était avec toi et c'est à peine si tu m'as adressé la parole, ce soir-là. J'étais déjà enceinte.

La voix de Carole vibrait de colère, de rancune et de chagrin. C'est après cette soirée qu'ils avaient eu leur première dispute. Par la suite, il y en avait eu beaucoup d'autres. Il avait toujours de bonnes excuses et elle l'accusait de se dérober sans cesse. Elle avait passé une très mauvaise soirée, lors de cette réception à Versailles. Si ce cliché bouleversait tant Matthieu, c'était parce qu'il s'en souvenait et se sentait coupable. Il détestait se rappeler les blessures qu'il lui avait infligées. Il savait à quel point il l'avait déçue, et espérait qu'elle ne s'en souvenait plus. Mais elle n'avait pas oublié.

— Inutile de s'énerver, dit-elle finalement. Nous ne pouvons rien y faire.

— Tu veux que nous soyons plus prudents ? lui demanda-t-il.

— Cela n'a plus d'importance, aujourd'hui, répondit-elle. De toute façon, je pars dans dix jours et nous ne faisons de mal à personne. Au cas où on nous poserait la question, nous sommes seulement de vieux amis.

Ainsi qu'elle l'avait prévu, le journal appela le lendemain pour savoir si Matthieu et elle avaient jamais eu une liaison.

Carole n'ayant pas pris l'appel elle-même, Stevie répondit à sa place :

— Bien sûr que non !

Et elle enchaîna sur la santé de Carole, confiant que la star se portait de mieux en mieux. Après avoir raccroché, elle relata la conversation à Carole, qui terminait son petit déjeuner.

— Merci, lui dit simplement celle-ci.

— Tu crains que la presse ne découvre quelque chose ? demanda Stevie en mordant dans un croissant.

— Il n'y a rien à découvrir. Nous sommes vraiment amis. Nous nous sommes juste embrassés une fois ou deux, c'est tout.

Jamais elle ne l'aurait avoué à personne d'autre qu'à Stevie, et surtout pas à ses enfants.

— Que s'est-il passé ensuite ? s'enquit Stevie, légèrement inquiète.

Carole croisa le regard de son assistante.

— Rien.

Stevie ne doutait pas de la sincérité de Carole, mais elle n'était pas convaincue. L'amour faisait briller les yeux de son amie. Matthieu avait apporté quelque chose de magique, dans sa vie.

— Mais encore ?

— La page est tournée. Ce n'est que l'épilogue agréable d'une histoire qui s'est terminée il y a fort longtemps.

Le ton de Carole était trop catégorique, comme si elle cherchait à s'en persuader elle-même.

— Tu crois vraiment que vous ne donnerez pas une suite à cette histoire ?

Carole secoua négativement la tête.

— D'accord, reprit Stevie, si tu le dis… À dire vrai, et pour autant que mon opinion vaut quelque chose, je ne suis pas convaincue. Il semble fou amoureux de toi.

Et en dépit de ses affirmations, Carole ne lui semblait pas non plus indifférente.

— C'est possible, soupira cette dernière, mais je retiens particulièrement ce terme de « fou » que tu viens d'employer. Autrefois, Matthieu et moi étions follement épris l'un de l'autre, et tu vois où cela nous a menés. Nous avons mûri, nous sommes devenus plus sages.

Stevie avait peu à peu changé d'avis, à propos de Matthieu. Elle voyait combien Carole l'aimait et ce sentiment était visiblement réciproque. La jeune femme appréciait la façon dont il la protégeait.

— C'est différent, aujourd'hui, remarqua-t-elle. Ce n'était peut-être pas le bon moment.

— C'est probable. Il n'empêche que je n'habite plus à Paris et que ma vie est à Los Angeles. Il est trop tard, conclut Carole avec détermination.

Elle savait qu'elle aimait Matthieu, mais elle ne voulait pas revenir en arrière.

— Il serait peut-être d'accord pour déménager, suggéra Stevie.

Carole se mit à rire.

— Arrête ! Je ne te suivrai pas sur ce terrain. Il a été l'amour de ma vie, mais c'était autrefois et nous sommes aujourd'hui. Tu ne peux pas nous ramener quinze années en arrière.

— Vous le pouvez peut-être, je ne sais pas. Je déteste te voir seule. Tu mérites d'être encore heureuse.

Depuis la mort de Sean, Stevie se désolait pour Carole, qui vivait quasiment en recluse. Quoi qu'il y ait eu entre eux autrefois, elle ressuscitait avec Matthieu.

— Je suis heureuse et vivante, cela me suffit. J'ai mon travail et mes enfants, c'est tout ce que je souhaite.

— Tu as besoin de plus que cela.

— Certainement pas !

— Tu es trop jeune pour tourner définitivement la page.

Carole regarda son assistante dans les yeux.

— J'ai eu deux maris et un grand amour, que puis-je espérer de plus ?

— Une vie heureuse. Un « happy end », comme dans les films. Même si dans votre cas il aura mis un peu plus de temps à venir.

— Quinze ans, c'est long, en effet, tu peux le dire ! Crois-moi, ce serait une catastrophe. Encore une fois, j'habitais ici, à l'époque, mais aujourd'hui, je vis à Los Angeles et nous menons deux vies complètement incompatibles.

— Vraiment ? Quand vous êtes ensemble, vous n'arrêtez pas de parler et je te trouve plus dynamique que tu ne l'as été depuis des années. Je ne t'avais pas vue ainsi depuis Sean.

Stevie ne voulait pas convaincre son amie à toute force, mais elle devait admettre que Matthieu lui plaisait, même s'il était un peu austère. Il était évident qu'il aimait toujours Carole. Par ailleurs, sa femme n'était plus là. Tout comme Carole, il était célibataire et donc susceptible de se marier.

— C'est un homme intelligent et intéressant, répondit Carole. Brillant, même. Mais il est français et il serait malheureux dans n'importe quelle autre partie du monde. Quant à moi, étant parfaitement heureuse à Los Angeles, je n'ai pas l'intention de m'installer à Paris. À propos, comment va Alan ? Où en es-tu, avec lui ?

Elle avait décidé de changer de sujet. Mais sitôt qu'elle eut posé la question, Stevie parut s'étouffer.

— Alan ? Pourquoi ?

— Qu'est-ce que tu entends par « pourquoi » ? Je viens de te demander comment il allait, insista Carole en souriant. Allez, dis-le-moi ! Que se passe-t-il ?

— Rien. Absolument rien, affirma Stevie en rougissant. Il va bien. Très bien, même. Il m'a chargée de te saluer de sa part.

— Tu es en train de virer au rouge tomate, remarqua Carole en riant. Je suis certaine qu'il y a anguille sous roche.

Un silence lourd de sens s'installa dans la pièce. Stevie, qui restait muette comme une tombe concernant les secrets de Carole, était incapable de tenir sa langue lorsqu'il s'agissait d'elle.

— D'accord, d'accord ! Je ne voulais pas t'en parler avant que nous soyons rentrées. De toute façon, je n'ai pas encore donné ma réponse. Je dois en discuter avec lui et examiner les conditions.

— Quelles conditions ? s'étonna Carole.

Stevie se laissa tomber sur une chaise, l'air gênée.

— Hier soir, il m'a demandé de l'épouser, avoua-t-elle avec un sourire penaud.

— Au téléphone ?

— Il ne pouvait pas attendre. Il a même acheté une bague. Mais je n'ai pas dit oui.

— Jette d'abord un coup d'œil à la bague, se moqua Carole. Il faut voir si elle te plaît.

Stevie émit un grognement.

— Je ne sais pas si j'ai envie de me marier. Il jure qu'il ne m'empêchera pas de travailler. Il prétend que ce sera comme maintenant, mais en mieux, avec un contrat et une bague. Si j'accepte, est-ce que tu voudras bien être mon témoin ?

— Avec joie, Stevie. Je crois que tu devrais dire oui.

— Pourquoi ?

— Je pense que tu l'aimes.

— Et alors ? Pourquoi faudrait-il se marier ?

— Tu n'es pas obligée, mais c'est un engagement qui en vaut la peine. J'étais à peu près dans le même état d'esprit que toi, quand j'ai épousé Sean. Jason m'avait quittée. Ensuite, Matthieu m'avait menti. La dernière chose que je souhaitais, c'était me marier ou même tomber amoureuse. Sean m'a convaincue et je ne l'ai jamais regretté. C'est la meilleure décision que j'aie jamais prise. Tu dois juste t'assurer qu'Alan est l'homme qu'il te faut.

— Je crois qu'il l'est, répliqua Stevie d'une voix maussade.

— Alors, vois comment tu te sens, quand tu seras rentrée. Vous pourriez avoir de longues fiançailles.

— Il veut qu'on se marie le 31 décembre, à Las Vegas. Tu ne trouves pas cela de très mauvais goût ?

— Très. Mais ça peut être drôle. Les enfants seront à Saint Barth avec Jason, je pourrais vous rejoindre en avion.

Stevie se leva pour la serrer dans ses bras.

— Merci. J'ai encore besoin de réfléchir. J'ai très peur de dire oui.

— Tu es peut-être prête, remarqua Carole en la regardant avec affection. Je crois que tu l'es, ajouta-t-elle pour la rassurer. Tu en as beaucoup parlé, ces derniers temps.

— C'est parce qu'il me harcelait ! Cette idée l'obsède.

— Merci de me l'avoir dit.

— Tu ferais bien d'être là pour me tenir la main, si j'accepte, assura Stevie d'une voix menaçante.

Mais elle souriait et semblait heureuse.

— Tu peux y compter ! Je ne manquerais cela pour rien au monde !

Ce soir-là, comme très souvent, Carole dînait avec Matthieu et, pour la première fois, ils allaient au restaurant. Ils se rendirent à l'Orangerie, sur l'île Saint-Louis. Carole portait la seule jupe qu'elle avait mise dans sa valise et Matthieu, un costume sombre. Il s'était fait couper les cheveux et Carole le trouva très élégant et extrêmement beau. Il était encore furieux contre *Paris Match* et bouillait d'indignation, constata-t-elle avec un certain amusement.

— Pour l'amour du ciel, lui dit-elle en riant, ils ont absolument raison, puisque c'est vrai. Comment peux-tu être aussi offusqué ?

— Mais personne ne le savait !

Il s'en était enorgueilli, alors que cela avait profondément agacé Carole, qui détestait se cacher.

— Nous avons eu de la chance.

— Nous étions surtout prudents.

Sur ce point, il avait raison. Ils savaient tous les deux qu'un scandale énorme aurait pu éclater à tout moment. Par miracle, il n'avait pas eu lieu.

Pendant le dîner, ils parlèrent d'autres sujets. Le repas qu'on leur servit était délicieux et Matthieu attendit le dessert pour aborder un sujet délicat : leur avenir. Il n'en avait pas dormi de la nuit. L'article qui venait de paraître le confirmait dans l'idée que le moment était venu. Leur histoire était restée clandestine pendant suffisamment longtemps, il souhaitait maintenant l'officialiser. C'est ce qu'il lui dit pendant qu'ils dégustaient une tarte tatin, avec une glace au caramel qui fondait délicieusement dans la bouche. À leur âge, ils pouvaient prétendre à une certaine respectabilité.

— Mais nous sommes respectables, répondit Carole. Extrêmement, dirais-je même. En tout cas, je le suis. J'ignore quelle a été ta conduite ces derniers temps, mais moi je suis une veuve très convenable.

— Et moi un veuf tout aussi honorable, rétorqua-t-il d'un air sérieux. Après ton départ, je n'ai jamais eu d'autre liaison, assura-t-il en la regardant au fond des yeux.

Elle le crut. Il avait toujours clamé haut et fort qu'elle était la seule femme qu'il ait aimée, en dehors de son épouse.

— Cet article donne l'impression que nous sommes malhonnêtes et sournois, se plaignit-il.

— Pas le moins du monde. Tu es l'un des hommes les plus respectés de France et je suis une star du cinéma. Que voudrais-tu qu'ils disent ? J'imagine le titre : « Une actrice has been et un politicien fini se promènent bras dessus, bras dessous, comme deux vieux croûtons », ce qui est d'ailleurs la stricte vérité.

Matthieu se mit à rire, mais il avait l'air choqué.

— Carole !

— Ils doivent vendre leur journal, alors ils s'efforcent de nous rendre plus intéressants que nous ne le sommes. C'est le hasard qu'ils ne soient pas tombés loin de la vérité et qu'ils aient posé la bonne question. Mais, à moins que nous ne confirmions leurs soupçons, ils n'en auront jamais la certitude.

— Mais nous savons, et c'est bien suffisant.

— Suffisant pour quoi ?

— Suffisant pour que nous construisions la vie que nous aurions dû avoir il y a des années. Cela ne s'est pas fait parce que j'étais incapable de me dépêtrer de mes obligations et que je n'ai pas tenu mes promesses.

— Que veux tu dire ? s'enquit-elle avec inquiétude.

Il alla droit au but :

— Veux-tu m'épouser, Carole ? demanda-t-il en lui prenant la main et en plongeant son regard dans le sien.

Carole se tut un instant, puis, au prix d'un effort surhumain, elle secoua négativement la tête.

— Non, Matthieu, dit-elle fermement.

Le visage de Matthieu s'assombrit. Il avait craint cette réponse, craint qu'il ne fût trop tard.

— Pourquoi ? demanda-t-il tristement.

— Parce que je ne veux pas me marier, dit-elle d'une voix lasse. J'aime ma vie telle qu'elle est. J'ai été mariée deux fois et cela me suffit. J'aimais mon second mari, qui était un homme merveilleux, et j'ai eu dix ans de bonheur avec Jason. Peut-être ne faut-il pas réclamer davantage. Je t'ai aimé plus que tout, pourtant je t'ai perdu.

Et elle avait failli en mourir, mais elle ne le lui dit pas. De toute façon, il le savait déjà et il s'en était voulu pendant quinze ans. Elle avait réussi à tourner la page, mais pas lui.

— Tu ne m'as pas perdu, tu es partie, lui rappela-t-il. Elle hocha la tête.

— Parce que je ne t'ai jamais eu. Tu appartenais à ta femme et à la France.

— Aujourd'hui, je suis veuf et à la retraite.

— En effet, mais pas moi. Je suis veuve, mais pas à la retraite. Je veux encore tourner des films si on m'offre des rôles intéressants et voyager à travers le monde, comme je le faisais lorsque j'étais mariée avec Jason, et même quand j'étais avec toi. Je ne veux pas d'un homme à la maison, qui se plaigne de mes absences ou qui me suive partout. Je veux une vie à moi. Et même si je ne tourne plus, je souhaite être libre. Pour moi, pour les causes dans lesquelles je crois. J'ai l'intention de passer du temps avec mes enfants et d'écrire ce livre, si je parviens un jour à me remettre à l'ordinateur. Je ne ferais pas une bonne épouse.

— Je t'aime telle que tu es.

— Moi aussi, je t'aime. Mais je ne veux pas être ligotée ou m'engager. Et surtout, je ne veux plus avoir le cœur brisé.

C'était certainement la cause principale de son refus. Elle avait peur. Elle savait déjà qu'elle était retombée amoureuse de lui et que c'était dangereux. Aujourd'hui, elle ne souhaitait plus s'abandonner à cet amour, même si Matthieu était libre de toute attache. Elle avait trop souffert la première fois.

— Je ne te briserai pas le cœur, assura-t-il, l'air coupable.

— Tu en auras la possibilité. C'est ce qui arrive souvent et je refuse de prendre ce risque une seconde fois, particulièrement avec toi qui m'as déjà fait tant de mal. Je ne veux plus souffrir ni aimer à ce point. Je suis trop vieille pour tenter ce genre d'aventure.

— C'est ridicule. Tu es toujours jeune. Des gens plus âgés que nous se marient tous les jours.

Il essayait désespérément de la convaincre, tout en sachant qu'il n'y réussirait pas.

— Ils sont plus courageux que moi. Après Jason, après toi, après Sean, j'ai reconstruit ma vie. C'est suffisant. Je ne veux pas tenter une nouvelle fois l'expérience.

Sa décision paraissait irrévocable et Matthieu savait qu'elle était sincère. Il était pourtant absolument déterminé à la faire changer d'avis. Lorsqu'ils quittèrent le restaurant, ils étaient toujours en train d'en débattre, mais Matthieu n'avait pas fait bouger d'un iota la détermination de Carole. Ce n'était pas ainsi qu'il avait envisagé les choses.

— De toute façon, conclut-elle, j'aime la vie que je mène à Los Angeles et je ne veux pas habiter à Paris.

— Pourquoi ?

— Je ne suis pas française, contrairement à toi. Je suis américaine et je n'ai pas l'intention de vivre dans un autre pays que le mien.

— Tu l'as déjà fait, pourtant. Tu aimais cette ville, insista-t-il.

Elle ne se le rappelait que trop bien. À cet instant précis, elle avait surtout peur de prendre la mauvaise décision.

— C'est vrai, mais j'ai été contente de rentrer chez moi. J'ai pris conscience que j'étais une étrangère, ici. C'est ce qui a été la cause d'une partie de nos disputes.

Tu appelais cela nos divergences culturelles. Pour toi, ce n'était pas un problème de vivre avec moi tout en étant marié, et même d'avoir notre enfant en dehors du mariage. Je ne veux pas vivre dans un pays où les gens ont des idées si différentes des miennes. À force de chercher à être ce qu'on n'est pas dans un pays qui n'est pas le sien, on finit par être blessé.

Matthieu constatait que la souffrance qu'il lui avait infligée quinze ans auparavant avait été si profonde que les plaies étaient encore à vif, bien moins cicatrisées que l'entaille qui lui barrait la joue. Ces blessures étaient si terribles qu'elles affectaient même ses sentiments vis-à-vis de la France et des Français. Tout ce qu'elle voulait, c'était rentrer chez elle et finir sa vie seule et en paix. Il se demanda comment Sean avait pu la convaincre de l'épouser. Lorsqu'il était mort, elle s'était sentie une fois de plus abandonnée et, depuis, elle avait fermé les portes qui permettaient d'accéder à son cœur.

Ils en parlèrent pendant tout le trajet jusqu'à l'hôtel, puis ils se dirent au revoir dans la voiture. Elle refusa qu'il l'accompagne jusqu'à sa suite. Mais elle déposa un baiser léger sur ses lèvres, le remercia pour le dîner et sortit de la voiture.

— Tu y réfléchiras ? la supplia-t-il.

— Non. Je l'ai fait il y a quinze ans, mais pas toi. Tu m'as menti, Matthieu, et tu t'es leurré toi-même. Pendant près de trois ans, tu t'es dérobé. Qu'est-ce que tu attends de moi, maintenant ?

Son regard était triste et il voyait bien que c'était sans espoir, mais il refusait de l'accepter.

— Pardonne-moi. Laisse-moi t'aimer et prendre soin de toi pour le reste de ma vie. Je te jure de ne pas te décevoir, cette fois-ci.

Elle comprit qu'il était sincère, mais cela n'entama pas sa détermination. Elle le regarda tristement au-dessus de la vitre baissée.

— Je peux prendre soin de moi toute seule et je suis trop fatiguée pour prendre aujourd'hui un tel risque.

Se détournant, elle gravit alors les marches de l'hôtel, suivie par les deux gardes qui assuraient sa sécurité. Matthieu attendit qu'elle eût disparu pour démarrer. Tandis qu'il regagnait son appartement, des larmes silencieuses coulèrent le long de ses joues.

Il avait espéré que cela n'arriverait pas, mais il savait que ce qu'il redoutait venait de se produire. Il l'avait perdue.

18

Le lendemain matin, au petit déjeuner, Carole se montra étrangement calme. Assise en face d'elle, Stevie dévora plusieurs pains au chocolat.

— Quand nous repartirons, je pèserai au moins cent cinquante kilos, se plaignit-elle à Carole qui lisait son journal en silence.

Stevie commençait à se demander si Carole allait bien. Depuis qu'elle s'était levée, elle avait à peine prononcé un mot.

— Comment s'est passé le dîner, hier soir ? lui demanda-t-elle.

— Très bien.

— Où êtes-vous allés ?

— À l'Orangerie, sur l'île Saint-Louis. Matthieu et moi y allions souvent, autrefois.

C'était l'un des restaurants préférés de Matthieu et il était également devenu l'un des siens, avec le Voltaire.

— Tu te sens bien ?

Carole hocha la tête.

— Un peu fatiguée, rien de plus, mais les promenades m'ont fait du bien.

Elle était sortie avec Matthieu chaque jour. Ils marchaient pendant des heures tout en bavardant.

— L'article de *Paris Match* l'a mis dans tous ses états ?

— Un peu, mais il s'en remettra. J'ignorais qu'il ferait preuve de tant d'indignation. En fait, les journalistes ne se sont pas trompés et c'est un miracle si personne n'a jamais rien découvert à propos de notre liaison. À l'époque, les enjeux étaient énormes, autant pour lui que pour moi, et nous étions très prudents.

— Ne vous inquiétez pas, vous ne devriez pas faire l'actualité pendant très longtemps, la rassura Stevie. De toute façon, personne ne peut rien prouver, et c'était il y a plus de quinze ans. Tu t'es bien amusée, hier soir ? insista-t-elle.

Haussant les épaules, Carole leva les yeux de son journal pour regarder son amie.

— Il m'a demandé ma main.

— Il… *quoi* ?

— Il m'a demandée en mariage, répéta Carole dont le visage ne trahissait aucune émotion.

D'abord abasourdie, Stevie sembla vite ravie.

— Bon sang ! Et qu'est-ce que tu as répondu ?

— J'ai dit non, annonça Carole d'une voix douloureusement calme.

— Tu as refusé ! J'ai pourtant l'impression que vous êtes encore amoureux l'un de l'autre. Je me doutais bien qu'il voulait repartir à zéro.

— C'est le cas… ou plutôt ça l'était.

Carole se demandait si Matthieu souhaiterait la revoir. Il était sans doute profondément blessé par ce qui s'était passé entre eux la veille.

— Mais pourquoi as-tu refusé ? s'étonna Stevie.

Bien que la présence de Matthieu l'eût inquiétée au début, elle était maintenant très déçue.

— C'est trop tard. L'eau a coulé sous les ponts depuis toutes ces années. Je l'aime encore, mais il m'a trop fait souffrir. C'était trop dur… Et puis, je ne souhaite pas me remarier. Je le lui ai dit hier soir.

— Je peux comprendre que tu ne veuilles plus souffrir, mais qu'est-ce qui t'empêche de te remarier ?

— Je l'ai déjà fait. J'ai divorcé de mon premier mari, le second est mort, j'ai eu le cœur brisé à Paris. Pourquoi courir une nouvelle fois ce risque ? Ma vie est plus facile telle qu'elle est. Je suis tranquille, maintenant.

— Tu parles comme moi, remarqua Stevie avec consternation.

— Tu es jeune, Stevie, tu ne t'es jamais mariée. Tu devrais au moins tenter une fois l'expérience, si tu aimes assez Alan pour te lancer dans cette aventure. J'ai aimé les hommes avec qui j'ai vécu. Jason m'a quitté, Sean est mort trop jeune et je ne veux pas tout recommencer avec Matthieu. Il m'a fait trop de mal. À quoi bon me mettre en danger ?

Elle aimait Matthieu, seulement cette fois elle ne voulait pas que ce soit son cœur qui gouverne sa raison, mais l'inverse. C'était plus sûr.

— Oui, mais pour autant que je sache, il n'a pas l'intention de se comporter comme un salaud, cette fois ! Du moins si j'en crois ce que tu m'as dit. À l'époque, il s'était pris à son propre piège. Il avait peur de quitter sa femme et il occupait des fonctions importantes au gouvernement. Mais maintenant, il n'est plus ministre et elle est morte, alors je ne vois pas pourquoi il commettrait les mêmes erreurs. En revanche, il te rend heureuse, ou du moins j'en ai l'impression. J'ai raison ?

— Oui. Mais en admettant qu'il ne gâche pas tout comme la première fois, il peut mourir et me briser encore le cœur, soupira Carole d'une voix morne. Je ne veux plus mettre mon cœur dans la balance, ça fait trop mal.

Après la mort de Sean, il lui avait fallu deux années pour retrouver goût à la vie. Il lui en avait fallu encore davantage lorsqu'elle avait quitté Matthieu. Chaque jour, elle avait espéré qu'il allait l'appeler pour lui annoncer qu'il divorçait, mais il ne l'avait jamais fait. Il était resté avec sa femme jusqu'à sa mort.

Le visage de Stevie s'était assombri. Elle n'avait pas pris la mesure de la souffrance de Carole.

— Tu ne peux pas abandonner ainsi, ce n'est pas ton genre.

— Je ne voulais pas épouser Sean. J'avais ton âge, quand il a fini par me convaincre, mais je suis trop vieille, maintenant.

— À cinquante ans ? Ne sois pas ridicule ! Tu en parais trente-cinq.

— Mais il me semble en avoir quatre-vingt-dix et mon cœur en a trois cents. Crois-moi, il a failli s'arrêter plus d'une fois.

— Pas de ça avec moi, Carole ! Tu es fatiguée parce que tu as subi un terrible traumatisme. J'ai vu ton visage, quand nous sommes venues à Paris pour vendre la maison. Tu aimais cet homme.

— Justement ! Je ne veux plus connaître une telle douleur. J'ai cru mourir, quand je suis partie. Pendant plus de deux ans, j'ai pleuré chaque nuit. Pourquoi devrais-je vivre encore un tel supplice ? Que se passera-t-il, s'il me quitte ou s'il meurt ?

— Mais si cela n'arrive pas ? Si tu es heureuse avec lui, pour de bon, cette fois ? Si tu peux vivre cet amour au grand jour, sans avoir à te cacher ? Je veux dire… si vous vous mariez et si vous vous entendez bien ? Tu veux courir le risque de manquer cela ?

— Oui, assura fermement Carole.

— Tu l'aimes ?

— Oui, aussi étonnant que cela puisse paraître, après tout ce temps. Je le trouve merveilleux, mais je ne veux pas l'épouser, pas plus que n'importe qui d'autre, d'ailleurs. Je veux être libre de faire ce que je veux. C'est sans doute égoïste. Peut-être l'ai-je toujours été. C'est peut-être pour cette raison que Chloé m'en a tant voulu et que Jason m'a quittée pour une autre. J'étais tellement occupée à poursuivre ma carrière et à devenir une vedette que j'en ai oublié le plus important. Je n'en suis pas certaine, mais c'est possible. J'ai élevé mes enfants, j'ai aimé mes maris et quand Sean est tombé malade, je ne l'ai pas quitté une minute jusqu'à sa mort. Maintenant, je veux agir à ma guise, sans me soucier de savoir si je blesse les autres, si je les déçois, si je les contrarie ou si je défends une cause qui ne leur convient pas. S'il me plaît de prendre un avion pour me rendre quelque part, je veux pouvoir le faire. Et si je n'ai pas envie d'appeler chez moi, je veux pouvoir le faire également. De toute façon, personne ne s'en inquiétera, puisqu'il n'y aura personne à la maison. De plus, je souhaite écrire mon livre sans m'inquiéter de savoir si je frustre quelqu'un ou si l'on voudrait me savoir ailleurs en train de faire ce qu'on veut que je fasse. Il y a dix-huit ans, j'aurais tout abandonné et je serais morte pour Matthieu. S'il me l'avait demandé, j'aurais renoncé à ma carrière pour lui. J'aurais d'ailleurs fait la même chose pour Jason. Je voulais avoir des enfants avec Matthieu, être sa femme. Mais c'était il y a longtemps. Aujourd'hui, je n'ai plus envie de changer. J'ai une maison qui me plaît, des amis que j'aime, je vois mes enfants autant que je le peux. Cela ne me tente plus de m'installer à Paris avec un homme qui m'a déjà fait du mal et pourrait recommencer.

Stevie semblait étonnée.

— Je croyais que tu aimais Paris.

Peut-être était-il vraiment trop tard, songea-t-elle. Les paroles de Carole l'en avaient presque convaincue.

— J'aime Paris, c'est vrai, mais je ne suis pas française. Je ne veux plus entendre ce qui ne va pas aux États-Unis, à quel point les Américains sont odieux ou que je ne comprends rien parce que je viens d'un pays qui n'a pas d'histoire. Matthieu imputait la moitié de nos disputes aux « différences culturelles », sous prétexte que j'attendais qu'il divorce pour vivre avec moi. Tu peux me traiter de conservatrice ou de puritaine, mais je ne veux pas coucher avec le mari d'une autre. Je voulais qu'il soit le mien. Je m'imaginais qu'il me le devait, pourtant il est resté avec elle.

C'était plus compliqué que cela, en raison des hautes fonctions qu'il occupait au gouvernement. Mais cette mentalité selon laquelle il n'y avait aucun problème à avoir une maîtresse la gênait profondément.

— Il est libre, maintenant. Tu n'aurais plus à supporter tout cela. Si tu l'aimes, je ne comprends pas ce qui t'arrête.

— J'ai peur, constata tristement Carole. Plutôt que de souffrir, je préfère m'enfuir avant que cela n'arrive.

— C'est triste, fit Stevie, l'air malheureux.

— Ça l'est, en effet, tout comme ça l'était il y a quinze ans, quand je l'ai quitté. Ce fut un vrai cauchemar. Nous étions tous les deux anéantis, mais je ne pouvais plus supporter cette situation. Et maintenant, il y aurait sûrement autre chose. Ses enfants, son travail, son pays… Je ne l'imagine pas vivant ailleurs qu'en

France, et moi, je ne veux pas vivre ici. Pas tout le temps, en tout cas.

— Vous ne pourriez pas trouver un compromis ?

Carole secoua la tête.

— Il est plus simple de ne rien faire du tout. Ainsi, aucun de nous ne sera déçu ou n'aura l'impression d'avoir été floué. Nous ne nous ferons pas de mal, nous ne nous disputerons pas et nous ne nous dirons pas des choses abominables. De toute façon, je pense que nous sommes tous les deux trop vieux pour nous lancer dans ce genre d'aventure.

Elle était sûre d'avoir raison et rien ne pourrait la faire changer d'avis. Stevie savait à quel point il ne servait à rien de vouloir la convaincre du contraire quand elle était ainsi. Carole était aussi têtue qu'une mule.

— Si je comprends bien, tu vas rester seule pour le restant de tes jours. Tu n'auras que tes souvenirs pour toute compagnie et tu verras tes enfants de temps en temps. Que se passera-t-il, lorsqu'ils se marieront, auront des enfants, et qu'ils n'auront plus de temps à t'accorder ? Tu feras parfois un film ? Tu écriras un livre ? Tu feras de temps à autre un discours pour défendre une cause qui te sera complètement indifférente ? Carole, je n'ai jamais rien entendu d'aussi stupide.

— Je suis désolée que tu voies les choses de cette façon, mais ce que j'ai décidé me paraît tout à fait raisonnable.

— Cela ne le sera plus dans dix ou quinze ans, quand tu te retrouveras totalement seule. Tu regretteras alors de ne pas avoir vécu toutes ces années avec lui. Il ne sera peut-être plus là et toi, tu auras raté l'occasion de vivre avec un homme qui a été l'amour de ta vie. Tous les deux, vous avez traversé les épreuves et le temps, et vous vous aimez toujours. Alors, pourquoi ne pas en profiter pendant que c'est encore possible ? Tu es encore jeune et belle, ta carrière n'est pas terminée, mais quand elle le sera, tu te retrouveras seule. Je ne veux pas que cela t'arrive, conclut tristement Stevie.

— Que suis-je censée faire ? Tout abandonner pour lui ? Cesser d'être ce que je suis ? Arrêter de tourner des films ? Stopper le travail que je fais pour l'Unicef ? Et rester ici avec lui ? Ce n'est pas ainsi que je vois l'avenir. Je veux continuer à être moi-même et à faire ce en quoi je crois.

Stevie aurait voulu que son amie ait un autre but dans la vie que s'occuper d'œuvres charitables, tourner un film de temps en temps ou rendre visite à ses enfants pendant les vacances. Elle méritait d'être aimée et d'avoir quelqu'un à ses côtés pour le reste de sa vie.

— Tu pourrais peut-être trouver un arrangement, suggéra-t-elle avec une pointe d'agacement. Es-tu vraiment obligée d'être Jeanne d'Arc et de faire vœu de célibat ?

— Peut-être bien, siffla Carole entre ses dents.

Stevie l'avait mise hors d'elle, ce qui était exactement ce que celle-ci avait voulu, mais maintenant elles étaient fâchées. Elles reprirent la lecture de leurs journaux, sans plus se parler et sans se regarder. Elles avaient rarement connu un tel désaccord. Elles se firent la tête jusqu'à ce que la neurologue passe voir Carole, à midi.

Elle fut ravie d'apprendre que sa patiente avait beaucoup marché et se déclara satisfaite de ses progrès. Ses jambes retrouvaient leur tonicité, son équilibre était bon et sa mémoire revenait de façon spectaculaire. Le médecin était certaine que Carole pourrait s'envoler pour Los Angeles à la date prévue. Il n'y avait aucune raison médicale qui s'y oppose. Elle promit de repasser quelques jours plus tard et incita Carole à poursuivre dans cette voie.

Après son départ, Stevie fit monter le déjeuner de Carole, mais elle préféra déjeuner de son côté, dans sa propre chambre. Les propos de son amie l'avaient trop contrariée pour qu'elle se sente d'humeur à bavarder avec elle. Elle était persuadée que Carole commettait la plus grande erreur de sa vie. Ce n'était pas si facile de trouver l'amour et Stevie estimait que c'était un crime de le refuser. Et, pire encore, de s'enfuir par peur de souffrir.

Restée seule, Carole s'ennuya ferme. Stevie avait prétendu avoir la migraine, mais cela paraissait peu crédible. Ne pouvant discuter avec son assistante, elle marcha de long en large dans sa chambre, avant de se décider à appeler Matthieu à son bureau. Elle pensait qu'il devait être parti déjeuner, mais elle tenta quand même sa chance. À sa grande surprise, la secrétaire le lui passa immédiatement. Matthieu était en train de manger un sandwich. Depuis le matin, il était d'une humeur de dogue. Il avait passé deux savons à sa secrétaire et claqué la porte de son bureau après une discussion avec un client qui l'avait énervé. Il était clair que c'était une mauvaise journée et la secrétaire ne l'avait jamais vu dans cet état. Ce fut donc avec précaution qu'elle lui annonça que miss Barber souhaitait lui parler. Il prit aussitôt l'appel, espérant que Carole avait changé d'avis.

— Tu n'es pas trop fâché ? lui demanda-t-elle d'une voix douce.

— Je ne suis pas fâché, Carole, dit-il tristement. J'espère que tu m'appelles pour me dire que tu as réfléchi à ma proposition. Elle tient toujours, précisa-t-il en souriant.

Et tiendrait aussi longtemps qu'il vivrait, songea-t-il.

— Je reste toujours sur mes positions, parce que je suis certaine que c'est ce qu'il y a de mieux pour moi. J'ai trop peur de me remarier. En tout cas pour l'instant. Je ne peux pas y songer. J'en ai parlé à Stevie, ce matin. Elle pense que je le regretterai dans dix ou quinze ans et qu'alors je changerai d'avis.

— Je serai peut-être mort, fit-il d'une voix neutre.

Carole frissonna.

— J'espère bien que non ! Mais dis-moi... Tu es vraiment sérieux ?

— Évidemment ! Est-ce que tu es en train de jouer avec mes nerfs ?

Il savait qu'il le méritait, comme il méritait tous ses reproches, après ce qu'il lui avait infligé autrefois.

— Non, Matthieu. J'essaie seulement de me retrouver, d'être fidèle à moi-même et à mes principes. Je t'aime, mais je tiens à rester en accord avec moi-même, sinon qui suis-je ? C'est tout ce que j'ai.

— Tu ne t'es jamais écartée des valeurs qui sont les tiennes, Carole. Tu m'as quitté pour cette raison. Tu te respectais bien trop toi-même pour rester. C'est pour cela que je t'aime.

La situation était sans issue, s'ils voulaient se montrer loyaux envers eux-mêmes et envers leurs principes.

— Accepterais-tu de dîner avec moi ce soir ? lui demanda-t-il.

— Très volontiers.

Matthieu fut soulagé. Il avait craint qu'elle ne refuse de le revoir avant son départ.

— Au Voltaire, à 21 heures ? suggéra-t-elle.

— C'est parfait. Tu veux que je passe te prendre à l'hôtel ?

— Je te retrouverai au restaurant.

Elle était beaucoup plus indépendante qu'autrefois, pensa-t-il, mais cela lui plaisait. Il aimait tout en elle.

— Il y a une condition, ajouta-t-elle soudain.

Matthieu se demanda ce qu'elle lui préparait.

— Laquelle ?

— Interdiction absolue de parler mariage.

— D'accord pour ce soir, mais je refuse de m'engager pour l'avenir.

— Très bien. Cela me paraît correct.

La réponse de Carole lui laissa espérer qu'il pourrait peut-être réussir à la convaincre plus tard. Lorsqu'elle irait mieux ou quand elle aurait terminé son livre. Un jour, il referait sa demande et il espérait qu'elle accepterait de l'épouser. Il patientait depuis quinze ans, il pouvait encore attendre. Malgré ce qu'elle avait dit, il se refusait à abandonner la partie.

Elle arriva au Voltaire à 21 heures. Matthieu l'attendait devant la porte du restaurant. Il constata avec soulagement que ses gardes du corps l'accompagnaient. Le ciel nocturne avait la transparence du cristal et un vent hivernal soufflait. Il l'embrassa sur la joue avant de l'emmener à l'intérieur. Levant les yeux vers lui, elle lui sourit. Il n'avait qu'une envie : lui dire à quel point il l'aimait. Il lui semblait l'avoir attendue toute sa vie.

Ils s'installèrent dans un coin de la salle, qui était bondée, et commandèrent leur dîner.

Jusqu'au dessert, ils n'abordèrent aucun sujet sensible pour l'un ou pour l'autre. Tandis qu'elle grignotait des petits grains de café enrobés de chocolat, il se décida à lui parler. Dans l'après-midi, il avait eu une idée qu'il voulait lui soumettre. Si elle refusait le mariage, il avait envisagé une solution.

— Il y a longtemps, quand je t'ai rencontrée, tu m'as dit que tu n'aimais pas l'idée du concubinage. Selon toi, seul le mariage était la preuve d'un engagement sincère, et j'étais d'accord avec toi. Visiblement, tu as changé d'avis, alors je me demande ce que tu dirais d'un arrangement qui te permettrait de mener ta vie à ta guise.

Elle le fixa avec curiosité. Matthieu ne manquait pas d'imagination et était au moins aussi têtu et déterminé qu'elle.

— Qu'est-ce que tu veux dire, exactement ?

— Eh bien, j'ai pensé que nous pourrions peut-être trouver un compromis qui nous conviendrait à tous les deux. Évidemment, je préférerais t'épouser. Tu sais comme je suis possessif et à quel point j'ai toujours voulu que tu sois ma femme. Je sais que c'est ce dont tu rêvais autrefois. Mais aujourd'hui nous pourrions nous passer de contrat, si c'est trop contraignant pour toi. Tu pourrais vivre six mois à Paris et moi, les six autres mois avec toi, en Californie. Cela te permettrait d'aller et venir à ton gré, de voyager, de réaliser tes projets, de tourner des films, d'écrire et de voir tes enfants. Je te verrais chaque fois que tu le voudrais. Est-ce que cette proposition te conviendrait mieux que la précédente ?

— Je ne trouve pas que cela serait très juste pour toi, lui répondit-elle honnêtement. Quel intérêt cela aurait-il pour toi ? Tu serais souvent seul.

La voyant sincèrement inquiète, il lui tapota la main.

— Je t'aurais toi, mon amour, et c'est tout ce que je veux.

— Bien que nous ayons été heureux ensemble autre-fois sans être mariés, cela ne fait pas partie de ma culture et je ne crois pas que cela me plairait de recom-mencer, répondit-elle.

En outre, le compromis qu'il proposait ne la garan-tissait pas contre la souffrance ou la séparation. Mais elle savait qu'en amour, ce genre de garantie n'existait pas. Si elle acceptait de se lancer, elle devait accepter ce risque, quelle que fût la façon dont ils vivraient. Les paroles de Stevie, le matin même, n'étaient pas tom-bées dans l'oreille d'une sourde.

— Qu'est-ce que tu veux ? lui demanda-t-il simple-ment.

— J'ai très peur de souffrir.

— Moi aussi, avoua-t-il. Malheureusement, il n'y a aucun moyen de se prémunir contre la souffrance. Notre seule chance, c'est que nous nous aimons. Nous pourrions essayer et voir si ça marche. Je pourrais venir à Los Angeles après les vacances.

Elle savait qu'il comptait partir en voyage avec ses enfants et elle-même souhaitait passer du temps avec les siens, avant d'aller assister au mariage de Stevie, le 31 décembre.

— Je pourrais te rejoindre le 1er janvier, si tu es d'accord, suggéra-t-il. Je resterais aussi longtemps que tu le voudrais, ensuite tu pourrais venir me retrouver à Paris au printemps. De cette façon, cela nous permet-trait de savoir si cela nous convient.

Sachant qu'au départ il souhaitait l'épouser, elle n'avait pas le sentiment qu'il cherchait seulement à avoir une liaison avec elle. Elle avait conscience qu'il faisait de son mieux pour la contenter, lui laisser la liberté qu'elle voulait conserver.

— Qu'en penses-tu ? demanda-t-il.

Elle lui sourit. Elle n'était pas prête à s'engager, mais il lui suffisait de le regarder pour savoir qu'elle l'aimait. Plus qu'elle ne l'avait jamais aimé et pourtant plus raisonnablement. Cette fois, elle voulait se protéger pour ne pas revivre ce qu'elle avait vécu avec lui autrefois.

— Je trouve que c'est intéressant, se borna-t-elle à répondre.

— Mais est-ce que cela te plairait ? insista-t-il.

— Peut-être, répondit-elle en riant.

Souriante, elle reprit une poignée de grains de café, ce qui le fit rire. Elle n'avait jamais pu résister à cette friandise, et sa gourmandise lui rappelait l'ancien temps. À l'époque, lorsqu'elle en mangeait trop, elle le tenait éveillé toute la nuit.

— Tu ne vas pas dormir pendant des semaines, remarqua-t-il, regrettant surtout qu'elle ne le tienne plus éveillé une nuit durant.

— Je sais, rétorqua-t-elle avec un sourire heureux.

Elle aimait bien la proposition de Matthieu. Elle ne lui donnait pas l'impression de vendre son âme ou de prendre un trop gros risque. Peut-être souffrirait-elle encore, parce qu'elle l'aimait, mais elle était prête à tenter l'aventure et à voir si cet arrangement leur conviendrait à tous les deux.

— Accepterais-tu que je vienne te voir en janvier ? demanda-t-il pour la seconde fois.

Ils se sourirent. Les choses se passaient beaucoup mieux que la veille. Matthieu comprit qu'il avait voulu aller trop vite. Après ce qu'il lui avait fait subir, des années auparavant, il aurait dû se montrer plus prudent et regagner sa confiance avant de se lancer. Surtout qu'il savait combien il était important pour elle de rester fidèle à ce qu'elle était. Il en avait toujours été ainsi. Cette fois, elle n'accepterait aucun compromis pour lui faire plaisir ou s'adapter à sa vie. Elle voulait se protéger.

— Oui, dit-elle doucement, j'aimerais que tu viennes. Combien de temps pourras-tu rester ? Quelques jours, quelques semaines ou plusieurs mois ?

— Je devrais pouvoir rester deux mois, si tu le désires. Cela dépendra de toi.

— Tentons l'expérience, nous verrons bien.

Il acquiesça. Elle voulait garder une porte de sortie, au cas où elle souhaiterait faire marche arrière.

— Cela me convient parfaitement, approuva-t-il pour la rassurer.

Il ne voulait plus la presser. Il avait compris que cela risquait de l'effrayer. Carole venait de subir une terrible épreuve, elle avait frôlé la mort. Il n'y avait rien d'étonnant à ce qu'elle se sente vulnérable et craintive.

— Je pourrais venir à Paris en mars, après mon voyage à Tahiti avec Chloé, dit-elle. Il se peut que je passe le printemps avec toi… Tout dépendra de ce que je ferai à cette époque, précisa-t-elle très vite.

— Bien entendu.

Elle serait certainement la plus occupée des deux, surtout s'il prenait sa retraite. En attendant, il allait clôturer la plupart de ses dossiers dans les semaines à venir et ne prendrait plus de nouveaux clients.

Après qu'il eut réglé l'addition, ils furent les derniers à quitter le restaurant. Il était tard, mais ils étaient détendus, car la proposition que Matthieu avait faite à Carole semblait lui convenir. Elle n'était pas certaine de ne plus souffrir, mais au moins conservait-elle sa liberté. C'était important pour elle, plus encore qu'autrefois.

Matthieu la ramena à sa voiture, tandis que les gardes les suivaient dans celle de Carole. Il faillit s'engager dans le tunnel fatal, non loin du Louvre, mais heureusement l'évita à la dernière minute. Il venait d'être rouvert et Matthieu n'y avait pas fait attention, alors que pour rien au monde il n'aurait voulu imposer une telle épreuve à Carole. Lorsqu'il se tourna vers elle, il constata qu'elle avait les yeux agrandis par la terreur.

— Je suis désolé, s'excusa-t-il en la couvant d'un regard amoureux.

— Merci, dit-elle en se penchant pour l'embrasser. Ça va.

Elle était heureuse de ce qu'ils avaient décidé. Ce n'était pas exactement ce qu'il souhaitait, mais il savait qu'il devait regagner sa confiance, apprendre ce qu'elle avait vécu durant ces quinze années pour mieux la comprendre. Son seul désir était de la rendre heureuse.

Cinq minutes plus tard, ils s'arrêtèrent devant l'hôtel. Il la prit dans ses bras et il l'embrassa, avant qu'elle ne le quitte.

— Merci de m'accorder une seconde chance, Carole. Je ne le mérite pas, mais je te promets de ne pas te décevoir, cette fois. J'en fais le serment.

Elle l'embrassa à son tour et, quelques minutes plus tard, il l'accompagna jusqu'à l'entrée de l'hôtel, en la tenant serrée contre lui.

— À demain, murmura-t-elle avec un sourire paisible.

— Je te téléphonerai dans la matinée.

Les gardes du corps suivirent Carole jusqu'à la porte de sa chambre, tandis que Matthieu regagnait sa voiture, le sourire aux lèvres. Il était heureux. Et cette fois, il était bien décidé à ne pas détruire ses chances de bonheur.

À 4 heures du matin, Stevie s'éveilla et vit de la lumière dans la chambre de Carole. Sur la pointe des pieds, elle vint vérifier que tout allait bien. À sa grande surprise, Carole était assise devant son bureau, penchée sur son ordinateur. Le dos tourné à la porte, elle n'entendit pas Stevie entrer.

— Tu vas bien ? Qu'est-ce que tu fabriques ?

Stevie prit alors conscience que Carole tapait très vite, elle qui ne savait plus utiliser son ordinateur depuis son accident.

Carole lui jeta un coup d'œil par-dessus son épaule. Stevie ne l'avait pas vue aussi heureuse depuis des années. Elle avait l'air épanouie, pleine d'énergie et elle travaillait !

— Je me suis remise à mon livre. J'ai compris comment fonctionne cette machine et comment reprendre mon roman. Je repars à zéro. Je sais où je vais, maintenant.

— Waouh ! s'exclama Stevie en lui souriant. À te voir, on dirait que tu fais du deux cents à l'heure.

— C'est le cas. J'ai avalé deux assiettes de grains de café au chocolat, au Voltaire. Assez pour me tenir éveillée pendant des semaines.

Cela les fit rire, puis Carole regarda son amie avec reconnaissance.

— Merci de m'avoir parlé comme tu l'as fait, ce matin. Matthieu et moi nous sommes mis d'accord.

— Vous allez vous marier ? demanda Stevie, tout excitée.

Carole se mit à rire.

— Non, pas encore. Peut-être un jour, si nous ne nous entretuons pas d'abord. Il est le seul être que je connaisse qui soit plus têtu que moi. Nous allons faire des allers et retours pendant un certain temps et voir comment ça marche. Il accepte de rester en Californie la moitié de l'année. Et pour le moment, nous vivrons dans le péché.

Elle se remit à rire en songeant à l'ironie du sort. Aujourd'hui, c'était elle qui ne voulait pas se marier et lui qui le souhaitait.

— Ça marchera, assura Stevie. J'espère que vous vous marierez un jour parce que je pense que vous êtes faits l'un pour l'autre. D'ailleurs tu le sais, sinon tu n'aurais pas accepté cette situation il y a des années.

— Tu as raison, c'est vrai. Mais j'ai besoin de temps. J'ai vécu de durs moments, avec lui.

— Peut-être que cela en valait la peine. Comment va l'inspiration ?

Carole bâilla.

— Pour l'instant, je suis assez contente. Retourne te coucher, on se reverra demain.

— Essaie de dormir un peu, conseilla Stevie en regagnant sa chambre.

Mais cela ne risquait pas d'arriver avant un bon moment. Et Carole se remit à taper furieusement sur son clavier.

19

La veille du départ de Carole, Matthieu et elle dînèrent dans un nouveau restaurant dont il avait entendu parler et qu'il voulait essayer. La cuisine était excellente, l'ambiance feutrée et romantique. La soirée fut délicieuse. Matthieu fit part de ses projets à Carole. Le 1er janvier, il rentrerait de Val-d'Isère où il allait skier avec ses enfants et, dès le 2 janvier, il partirait pour Los Angeles. Ils discutèrent de ce qu'ils allaient faire pendant les vacances de Noël. Carole lui expliqua que Chloé arriverait un peu avant les autres et que cela leur permettrait ainsi de se retrouver seules toutes les deux. Ce n'était pas grand-chose, seulement un début.

— Je peux t'assurer que tu ne l'as privée de rien, affirma-t-il.

Matthieu se fondait sur ce qu'il avait vu quand la jeune fille était une enfant, et pour lui, les griefs de Chloé n'étaient pas raisonnables. Malheureusement, ce n'était pas l'impression qu'elle en conservait.

— En tout cas, dit Carole, c'est ce qu'elle croit et c'est ce qui importe. Puisque j'ai du temps à lui consacrer, pourquoi ne pas le faire ?

La soirée ne fut nullement teintée de tristesse, parce

que Carole savait que Matthieu la rejoindrait en Californie deux semaines plus tard. Elle avait hâte de passer
les fêtes en famille et de se rendre ensuite à Las Vegas
le 31 décembre, pour le mariage de Stevie. Celle-ci lui
avait assuré qu'elle l'accompagnerait lors de son prochain voyage à Paris en mars ou avril et que cela ne
posait aucun problème à Alan. Cependant, à un
moment ou à un autre, Carole voulait essayer de se
débrouiller sans son assistante, du moins pendant de
courtes périodes. Il était également question que Matthieu et elle voyagent en Italie et en France, et elle
espérait qu'à cette époque la rédaction de son livre
serait bien avancée.

Quand le dessert arriva, Matthieu sortit une boîte de
sa poche et lui tendit un écrin de chez Cartier. C'était
son cadeau de Noël.

Elle l'ouvrit lentement et découvrit avec soulagement qu'il ne s'agissait pas d'une bague de fiançailles.
Pour l'instant, leur arrangement n'impliquait aucun
engagement officiel. La boîte contenait un beau bracelet en or, tout simple, serti de trois diamants. À
l'intérieur, Matthieu avait fait graver : « Reste fidèle à
ce que tu es. Je t'aime. Matthieu. » C'était sa manière
de lui dire qu'il approuvait sa façon d'être et l'aimait
telle qu'elle était, un signe de respect autant que
d'amour. Elle l'embrassa avant de passer le jonc à son
poignet.

Elle aussi lui avait apporté un cadeau. Il sourit en
voyant qu'il venait du même endroit. Après avoir
ouvert l'écrin tout aussi précautionneusement qu'elle, il
découvrit une très belle montre en or. Il portait toujours
celle qu'elle lui avait offerte des années auparavant et
elle savait que celle-ci serait chargée de sens à ses
yeux. Elle y avait simplement fait graver : « Joyeux

Noël. Je t'aime. Carole ». Ce présent le combla, tout comme celui qu'il venait d'offrir à Carole la ravissait.

Comme le restaurant était proche de l'hôtel, ils rentrèrent à pied sans se presser, suivis par les deux gardes du corps. Ils étaient habitués à leur présence, maintenant. Comme ils échangeaient un baiser devant l'hôtel, ils furent éblouis par le flash d'un appareil photo.

Tandis qu'ils se retournaient, Carole murmura très vite :

— Souris.

C'est ce qu'il fit, et ils étaient en train de rire quand le paparazzi les mitrailla de nouveau.

— Quand ils te photographient, mieux vaut faire bonne figure, conseilla Carole en levant les yeux vers lui.

— J'ai toujours l'air d'un meurtrier, quand les journalistes me prennent par surprise, répliqua-t-il en riant.

— Rappelle-toi de sourire, la prochaine fois, lui recommanda-t-elle.

Ils franchirent le seuil du Ritz et traversèrent le hall. Après tout, ils ne se souciaient pas de figurer dans les journaux, puisqu'ils n'avaient rien à cacher.

Après être entré avec Carole dans sa suite, Matthieu l'embrassa. Stevie avait fait les valises et était allée se coucher. L'ordinateur de Carole était encore sur le bureau, mais elle ne comptait pas s'en servir cette nuit-là.

— Je suis toujours aussi fou de toi, murmura-t-il avec ardeur avant de l'embrasser à nouveau.

Il avait hâte de la rejoindre en Californie, pour redécouvrir avec elle toutes les joies qu'ils avaient partagées autrefois. Il ne se rappelait que trop bien à quel point c'était merveilleux.

— Ne le sois pas, répliqua doucement Carole.

Elle ne voulait plus de la folie qu'ils avaient connue dans le passé. Elle souhaitait quelque chose de paisible et de doux, pas la passion qui les avait tant fait souffrir. Mais en le regardant, elle se rappela qu'il n'était pas Sean. Il était Matthieu, un homme énergique et passionné. Il l'avait toujours été et l'était encore. Rien en lui n'était paisible ou tiède. Sean ne l'était pas non plus, mais il était différent. Matthieu dégageait une force extraordinaire, tout comme elle. Ensemble, rien ne pouvait leur résister. C'était ce qui l'avait effrayée, au début, mais elle commençait à nouveau à s'y habituer.

Ils s'installèrent dans le salon, portant chacun au poignet le cadeau qu'ils s'étaient offert, et bavardèrent pendant un long moment. Ils adoraient discuter. Le reste viendrait en son temps. Ni l'un ni l'autre n'osait franchir le pas et passer à une union plus physique. Après le grave traumatisme qu'elle avait subi, le médecin lui avait conseillé d'attendre, ce qui leur semblait plus sage à tous les deux. Pour rien au monde Matthieu ne lui aurait fait courir le moindre risque. Le voyage en avion l'inquiétait déjà suffisamment.

Il devait l'emmener à l'aéroport, le lendemain matin. Ils partiraient à 7 heures. Le neurochirurgien qui accompagnait Carole avait promis d'être là à 6 h 30, pour l'examiner avant le départ.

Matthieu quitta Carole à un peu plus de 1 heure du matin. En paix avec elle-même et sereine, elle alla aussitôt se coucher. Elle était heureuse de rentrer à Los Angeles et de tous les projets qu'elle comptait réaliser avant l'arrivée de Matthieu. Les semaines à venir allaient être bien occupées. Il lui semblait commencer une nouvelle vie.

Stevie la réveilla à 6 heures du matin. Quand le jeune médecin arriva, Carole était habillée et avait pris son petit déjeuner. Il avait l'air d'un adolescent, songea-t-elle. La veille, elle avait fait ses adieux à sa neurologue et lui avait offert, à elle aussi, une jolie montre. Le médecin en avait été très touchée.

Matthieu frappa à 7 heures. Vêtu comme toujours d'un costume et portant une cravate, il remarqua que Carole avait l'air d'une jeune fille avec son jean et son pull gris trop large. Elle avait choisi des vêtements confortables pour le voyage, mais elle s'était maquillée au cas où des journalistes la prendraient en photo. Le bracelet qu'il lui avait offert scintillait à son poignet. Lui-même arborait fièrement sa nouvelle montre. Ils semblaient tous les deux heureux et détendus.

Le chasseur venait d'arriver pour prendre les valises. Comme toujours, Stevie avait tout organisé. Elle avait remis des pourboires aux employés chargés du service en chambre, ainsi qu'aux femmes de ménage, aux concierges et aux sous-directeurs qui se trouvaient à l'accueil. Lorsqu'il la vit entraîner le médecin hors de la pièce, porter la sacoche de l'ordinateur, un gros sac et ses propres bagages à main, prendre congé de l'infirmière et discuter avec les gardes, Matthieu fut impressionné.

— Elle est incroyable ! affirma-t-il à Carole dans l'ascenseur.

— En effet. Elle travaille pour moi depuis quinze ans et elle reviendra avec moi, au printemps prochain.

— Son mari ne proteste pas ?

— Apparemment, je fais partie du contrat, répondit Carole en riant.

Ils se rendirent à l'aéroport dans deux voitures. Carole se trouvait dans celle de Matthieu ; Stevie, le médecin et les agents de sécurité dans une limousine de location. Les habituels paparazzis prirent des photos de Carole au moment où elle s'installait près de Matthieu. Elle s'immobilisa quelques secondes pour leur sourire et leur adresser un signe de la main. Avec son sourire radieux, ses longs cheveux blonds et ses boucles d'oreilles en diamant, elle était star jusqu'au bout des ongles. Personne n'aurait pu deviner qu'elle avait été blessée ou malade et, grâce à un habile maquillage, on distinguait à peine la cicatrice sur sa joue.

Tandis qu'ils bavardaient, Carole ne put s'empêcher de se rappeler la dernière fois qu'il l'avait accompagnée à l'aéroport, quinze ans auparavant. Cette matinée avait été un calvaire pour tous les deux. Elle n'avait pas arrêté de pleurer pendant tout le trajet. Elle était certaine alors de ne jamais le revoir, car elle savait qu'elle ne reviendrait pas. Cette fois, elle sortit de la voiture avec le sourire, passa la barrière de contrôle et s'installa dans le salon réservé aux passagers de première classe pendant que Stevie s'occupait des bagages. En raison de sa notoriété, Air France avait autorisé Matthieu à franchir le poste de sécurité avec elle.

Une demi-heure avant le décollage, le médecin examina une dernière fois Carole.

Quand le vol fut annoncé, Matthieu accompagna Carole jusqu'à la porte. Elle resta avec lui jusqu'à la dernière minute et, au moment de la quitter, il la prit dans ses bras.

— C'est différent, cette fois, lui dit-il.

Comme elle, il se réjouissait qu'une seconde chance leur soit accordée.

— Oh oui… La dernière fois fut l'un des pires jours de ma vie, affirma-t-elle doucement.

— Pour moi aussi, dit-il en la serrant plus fort. Sois prudente, vas-y doucement. Tu n'es pas obligée de tout faire à la fois, lui rappela-t-il.

Ces derniers jours, elle avait retrouvé son énergie et repris son rythme. Il lui semblait enfin redevenir elle-même.

— Les médecins disent que je vais bien.

— Ne joue pas avec le feu, malgré tout, la gronda-t-il.

À cet instant, Stevie rappela à Carole qu'il était temps d'embarquer. Elle hocha la tête et regarda Matthieu, dont les yeux brillaient de la même joie que les siens.

— Amuse-toi bien avec les enfants, lui dit-il.

— Je t'appellerai dès mon arrivée, promit-elle.

Ils s'embrassèrent une dernière fois et, cette fois, il n'y eut aucun photographe pour les déranger. Carole eut du mal à s'arracher à ses bras. À peine quelques jours auparavant, elle avait peur de lui ouvrir à nouveau son cœur, et maintenant elle se sentait plus proche de lui que jamais. Elle était triste de le quitter, mais heureuse de rentrer à Los Angeles. Ils étaient bien conscients qu'elle avait failli ne jamais y retourner.

Elle s'écarta enfin de Matthieu et marcha lentement vers l'avion. Elle s'arrêta pour se retourner et lui adresser le merveilleux sourire qu'il n'avait jamais oublié. C'était celui de la star, celui qui faisait se pâmer ses fans à travers le monde.

Elle le fixa pendant un long moment, puis il put lire sur ses lèvres les derniers mots qu'elle lui adressait : « Je t'aime. » Elle lui fit un dernier signe de la main, puis elle se détourna et monta dans l'avion.

20

Le voyage se passa merveilleusement bien. Le jeune médecin vérifia à plusieurs reprises que Carole n'avait aucun problème, mais elle supporta parfaitement le vol. Elle mangea, regarda un film, puis elle inclina son siège et s'endormit. Stevie la réveilla peu avant l'atterrissage, pour qu'elle puisse faire un brin de toilette, se maquiller et se coiffer. Il y avait de fortes chances pour que la presse l'attende à l'arrivée. Elle avait refusé le fauteuil roulant proposé par la compagnie aérienne, ne voulant pas se présenter comme une invalide, qu'elle n'était pas. Malgré la longueur du vol, elle se sentait en pleine forme. Elle le devait en partie aux projets qu'elle avait faits avec Matthieu, mais aussi et tout simplement à un sentiment de paix et de gratitude.

Elle regardait en silence par le hublot, reconnaissant les immeubles, les piscines et tous les points de repère familiers à Los Angeles. En apercevant le panneau d'Hollywood, elle sourit et jeta un coup d'œil à Stevie. Elle avait bien cru ne jamais revoir toutes ces choses, et les larmes lui montèrent aux yeux. Tant d'événements étaient survenus ces deux derniers mois ! Rien que d'y penser, elle en avait le vertige… Le train d'atterrissage toucha la piste et, un instant plus tard, l'avion s'arrêta.

— Bienvenue à la maison ! s'exclama Stevie avec un large sourire.

Carole faillit fondre en larmes. Le jeune médecin était aux anges : sa sœur l'attendait et il allait passer une semaine à Los Angeles avant de retourner à Paris.

Carole fut parmi les premières à quitter l'avion. Une employée chargée d'accueillir les VIP les attendait afin de leur faire passer très vite la douane. En dehors du bracelet que Matthieu lui avait offert, Carole n'avait rien à déclarer. Finalement, elle accepta le fauteuil roulant pour parcourir la distance assez longue jusqu'aux portes. Un fonctionnaire vérifia leurs passeports et les autorisa à passer.

— Bienvenue à Los Angeles, miss Barber, dit-il en souriant.

Elle quitta alors son fauteuil, au cas où des photographes l'attendraient de l'autre côté. Et elle se réjouit de l'avoir fait, car ils formaient une véritable haie d'honneur devant la sortie. Plusieurs d'entre eux crièrent son nom et l'acclamèrent, tandis que les flashs crépitaient. Elle avança vers eux, marchant d'un pas décidé, l'air radieux.

— Comment vous sentez-vous ? Êtes-vous guérie ? Que s'est-il passé ? Qu'est-ce que cela vous fait, de rentrer chez vous ?

— Je suis au comble du bonheur !

Stevie la prit par le bras et l'aida à les écarter. Durant une quinzaine de minutes, ils les retinrent pour prendre des photos.

Lorsqu'elle put enfin monter dans la limousine qui les attendait, Carole semblait fatiguée. Stevie avait engagé une infirmière qui devait rester avec elle à la maison.

Carole n'avait plus besoin de soins médicaux, mais elle préférait ne pas la laisser seule, du moins au début. Carole comptait la garder jusqu'à l'arrivée des enfants, ou au plus tard jusqu'à celle de Matthieu. Mais elle était rassurée qu'elle soit présente la nuit, puisque Stevie rentrait chez elle le soir. Après cette longue absence, elle était contente d'être de retour, elle aussi, surtout depuis qu'Alan l'avait demandée en mariage. Maintenant, elle brûlait de le retrouver.

Dès qu'elle fut chez elle, Carole appela Matthieu. Il s'était inquiété pour elle durant toute la durée du vol. Lorsqu'il décrocha, il était 22 heures à Paris et 13 heures à Los Angeles.

— Tout s'est bien passé ? s'enquit-il avec inquiétude. Comment te sens-tu ?

— En pleine forme. Que ce soit au décollage ou à l'atterrissage, il n'y a eu aucun problème et le médecin n'a rien eu à faire qu'à se reposer et regarder des films.

Sa neurologue avait craint que les changements de pression ne soient dangereux pour elle ou ne provoquent une grosse migraine, mais cela n'avait pas été le cas.

— Tant mieux. Mais je suis quand même content qu'il ait été avec toi.

Il en avait été de même pour elle, même si elle s'était gardée d'en parler à quiconque.

— Tu me manques déjà, se plaignit-il.

Mais, tout comme elle, il paraissait heureux. Ils devaient se revoir dans peu de temps et reprendre la vie commune, bien que la forme n'ait pas encore été complètement définie. Les perspectives d'avenir étaient souriantes.

— Toi aussi, répondit-elle.

— Qu'est-ce que tu vas faire en premier ?

Il se réjouissait qu'elle soit de retour chez elle, sachant combien c'était important, après tout ce qu'elle avait subi.

— Je n'en sais rien. Je vais sans doute faire le tour du propriétaire et remercier Dieu de m'avoir permis de revenir.

Lui aussi, il remerciait le ciel qu'elle soit encore en vie. Il se rappelait combien il avait été effrayé, lorsqu'il l'avait vue sous respirateur, dans sa chambre de la Salpêtrière. Elle avait l'air morte et elle l'était presque. Sa guérison était une véritable résurrection. Et maintenant, ils s'étaient retrouvés... L'un comme l'autre, ils avaient le sentiment de vivre un rêve.

— Ma maison me semble magnifique, dit-elle en regardant autour d'elle. J'avais oublié à quel point elle était agréable.

— J'ai hâte de la voir.

Après qu'ils eurent raccroché, quelques minutes plus tard, Stevie aida Carole à s'installer. Puis l'infirmière se présenta. C'était une femme sympathique, qui était tout excitée à l'idée de rencontrer Carole. Comme tout le monde, elle avait lu les journaux et avait craint le pire après l'attentat dont la star avait été victime. Pour elle, c'était un miracle si l'actrice était encore en vie.

Carole resta un peu dans sa chambre avant de se promener dans la maison. Elle se souvenait de tout, maintenant. Elle jeta un coup d'œil au jardin, entra dans le bureau et s'assit à sa table de travail, où Stevie avait déjà posé son ordinateur. De même qu'elle avait demandé à la femme de ménage de faire les courses avant leur arrivée. Comme toujours, elle avait tout réglé dans les moindres détails.

Après avoir mis la table, elles déjeunèrent ensemble dans la cuisine, comme elles le faisaient souvent. Carole avait mangé la moitié de son sandwich, lorsqu'elle se mit à pleurer.

— Qu'est-ce qui ne va pas ? lui demanda gentiment Stevie.

Mais elle le savait déjà. Après tout ce qu'elle avait vécu, elle était submergée par l'émotion.

— Je n'arrive pas à croire que je suis là... Je n'imaginais pas que je reviendrais un jour.

Elle pouvait enfin admettre à quel point elle avait eu peur. Elle n'avait plus à se montrer courageuse. Après avoir survécu à l'attentat, elle avait dû subir l'agression du dernier terroriste qui avait tenté de la tuer. C'était plus que n'importe qui aurait pu en supporter.

— C'est fini, maintenant, la rassura Stevie en l'embrassant et en lui tendant un mouchoir en papier.

— Je suis désolée. Je ne m'étais pas rendu compte que ça m'avait autant secouée... Et même Matthieu... Nos retrouvailles m'ont bouleversée.

— C'est un peu normal, non ? Tu peux te laisser aller maintenant et hurler, si tu en as envie. Tu l'as bien mérité.

Une fois que l'infirmière eut débarrassé la table, Stevie et Carole restèrent encore un peu assises. Puis Stevie prépara du thé à la vanille et en tendit une tasse à son amie.

— Tu devrais rentrer chez toi, lui conseilla Carole. Alan doit avoir hâte de te revoir.

La jeune femme semblait nerveuse et excitée.

— Il vient me chercher dans une demi-heure. Je t'appellerai après.

— Profite plutôt de lui. Tu me raconteras tout demain.

Carole se sentait coupable d'avoir tant abusé de Stevie. Celle-ci s'était consacrée totalement à elle, lui donnant bien plus que ce qu'elle aurait pu attendre.

Stevie la quitta une demi-heure plus tard, après qu'Alan eut donné deux coups de klaxon. Elle se précipita dehors, tandis que Carole la remerciait encore. L'infirmière l'aida alors à défaire ses valises, puis elle s'assit à son bureau et regarda par la fenêtre. L'ordinateur l'attendait, mais elle se sentait trop fatiguée pour l'ouvrir. Il était 15 heures, c'est-à-dire minuit à Paris. Elle était absolument épuisée.

Dans l'après-midi, elle fit quelques pas dans le jardin et appela ses enfants. Chloé arrivait le lendemain et lui dit qu'elle brûlait d'impatience de la revoir. Carole était morte de fatigue, mais elle voulait se recaler sur l'horaire de Los Angeles, aussi attendit-elle 22 heures pour se coucher. À Paris, c'était le matin. À peine sa tête fut-elle sur l'oreiller qu'elle s'endormit. Lorsqu'elle s'éveilla à 10 h 30, le lendemain matin, elle s'étonna de voir Stevie.

Un grand sourire aux lèvres, la jeune femme passa la tête dans l'embrasure de la porte.

— Tu es réveillée ?

— Quelle heure est-il ? Je dois avoir dormi douze ou treize heures, non ?

— Tu en avais besoin, répondit Stevie en tirant les rideaux.

Carole aperçut immédiatement le diamant qui scintillait à la main gauche de son amie.

— Raconte-moi ! s'écria-t-elle en se redressant sur les oreillers et en adressant un sourire ensommeillé à Stevie.

Elle avait une légère migraine. Mais elle allait devoir se lever rapidement, car elle avait rendez-vous avec le neurologue et la neuropsychologue. Ils travaillaient en équipe et s'occupaient de patients ayant subi des traumatismes crâniens. Son mal de tête était sans doute dû au décalage horaire et au voyage, aussi n'était-elle pas inquiète.

— Tu es toujours libre, le 31 décembre ? demanda Stevie d'une voix excitée.

Carole sourit largement.

— Tu as dit oui ?

— Oui, confirma Stevie en tendant la main pour montrer sa bague à Carole.

De facture ancienne, c'était une magnifique bague sertie d'un petit diamant, qui semblait faite pour sa main. Stevie était visiblement ravie et Carole se réjouit pour elle. Son assistante méritait d'être heureuse. Elle se donnait suffisamment aux autres pour avoir droit, elle aussi, au bonheur.

— Nous prendrons l'avion pour Las Vegas le 31 décembre au matin, expliqua-t-elle. Alan a réservé des chambres pour nous et pour toi au Bellagio.

— Génial ! Oh, mon Dieu, nous allons devoir faire les magasins ! Tu as besoin d'une robe.

En prononçant ces mots, Carole sembla renaître, tant elle était excitée pour son amie.

— Nous pourrions y aller avec Chloé. Mieux vaut que tu te reposes, aujourd'hui. Tu as eu une longue journée, hier.

Carole sortit lentement du lit. Elle se sentit mieux après avoir bu une tasse de thé et mangé quelques tartines grillées. Stevie l'accompagna chez le neurologue et elles parlèrent du mariage tout le long du chemin. A Paris, le médecin qui suivait Carole lui avait dit qu'elle allait bien, mais qu'elle devait se ménager. Elle avait rédigé en anglais le rapport qu'elle adressait à son collègue américain. En le parcourant, ce dernier parut étonné.

— Vous avez eu de la chance, lui dit-il.

Il la prévint qu'elle aurait certainement des trous de mémoire pendant les six prochains mois, ce qu'on lui avait déjà dit à Paris. Ce neurologue ne lui plaisait pas autant que celle de Paris, mais elle ne devait le revoir que dans un mois. On lui ferait alors un scanner pour s'assurer que tout allait bien.

Celle qui impressionna le plus Stevie et Carole fut la neuropsychologue qui les reçut immédiatement après le neurologue, puisqu'ils travaillaient dans le même cabinet. Autant le premier s'était montré méticuleux, précis et froid, autant la neuropsychologue leur parut être un véritable rayon de soleil lorsqu'elle entra dans la salle d'examen d'un pas léger de danseuse. Avec ses taches de rousseur, ses immenses yeux bleus et ses cheveux d'un roux lumineux, elle ressemblait à un petit elfe.

Souriant à Carole, elle se présenta comme le Dr Oona O'Rourke. Avec son accent, elle avait tout d'un farfadet irlandais. Rien qu'en la regardant, Carole avait envie de rire. De sa démarche dansante, elle alla s'asseoir de l'autre côté du bureau, en face de Carole et de Stevie. Cette dernière accompagnait Carole pour fournir les détails qu'elle pouvait avoir oubliés ou ignorer.

— D'après ce qu'on m'a dit, vous avez effectué un vol plané dans un tunnel parisien. Très impressionnant. Je l'ai lu dans les journaux. Comment était-ce ?

— Pas aussi drôle que je l'espérais, répondit Carole sur le même ton. Ce n'est pas exactement ce que j'avais prévu en me rendant à Paris.

Le Dr O'Rourke jeta un coup d'œil au dossier, fit quelques remarques sur l'amnésie de Carole, puis voulut savoir comment elle se sentait.

— Beaucoup mieux, affirma celle-ci. Au début, c'était plutôt bizarre. J'ignorais qui j'étais, je ne reconnaissais plus personne. J'avais complètement perdu la mémoire.

— Et maintenant ?

Les yeux bleus et brillants voyaient tout, le sourire était chaleureux. À Paris, ils n'avaient pas pu s'occuper de cet aspect du traitement, mais son nouveau neurologue pensait que le facteur psychologique était important. Bien que Carole allât globalement bien, elle devait rencontrer la thérapeute au moins trois ou quatre fois.

— Ma mémoire s'est énormément améliorée. J'ai encore quelques trous, mais ce n'est rien en comparaison de ce que j'ai vécu au réveil.

— Pas de crises d'anxiété ? De troubles du sommeil ou du comportement ? De migraines ? De dépression ?

Carole répondit négativement à toutes ces questions, précisant toutefois qu'elle souffrait d'un léger mal de tête depuis le matin. Le Dr O'Rourke était d'accord avec elle pour penser qu'elle allait très bien.

— On dirait que, d'une certaine manière, vous avez eu beaucoup de chance. Les conséquences d'un tel traumatisme sont difficilement prévisibles. Le mécanisme qui régit notre cerveau est magnifique et étrange. Parfois, je me dis que ce que nous faisons relève davantage de l'art que de la science. Vous pensez retourner bientôt devant les caméras ?

— Pas pour l'instant. Actuellement, j'écris un livre, mais je compte me pencher sur de nouveaux scénarios au printemps.

— Ne vous précipitez pas. Je pense que vous allez être fatiguée pendant un certain temps. Votre corps vous dira ce qu'il peut supporter. Si vous le malmenez, il peut y avoir un retour de bâton et vous risquez d'avoir de nouveau des trous de mémoire, en cas de surmenage.

Cette mise en garde impressionna Carole, et Stevie lui lança un coup d'œil entendu.

— Vous n'avez pas d'autre sujet d'inquiétude ? demanda le médecin.

— Pas vraiment. Parfois, je frémis à l'idée d'avoir frôlé la mort de si près. Et je fais encore des cauchemars.

340

— C'est assez normal.

Carole lui raconta alors l'agression dont elle avait été victime à l'hôpital, quand le terroriste avait essayé de la tuer.

— On dirait que vous en avez vraiment vu de toutes les couleurs, Carole. Je pense que vous devrez vous ménager pendant un certain temps. Donnez-vous toutes les chances pour vous remettre de ce choc. Vous avez été mise à dure épreuve. Vous êtes mariée ?

— Non, je suis veuve. Mes enfants et mon premier mari viennent fêter Noël avec moi.

Elle avait l'air si heureuse en prononçant ces mots que le docteur lui sourit.

— Il n'y a personne d'autre ?

Ce fut au tour de Carole de sourire.

— Quelqu'un que j'ai revu à Paris. Il va venir après les vacances.

— Parfait. Amusez-vous bien, vous l'avez mérité.

Elles discutèrent encore un moment. Puis le médecin demanda à Carole de faire quelques exercices qui semblaient faciles et amusants, pour améliorer sa mémoire. En sortant du cabinet, Stevie et Carole étaient ravies de cette thérapeute qui leur avait paru brillante, dynamique et pleine de vie.

— Elle est mignonne, remarqua Stevie.

— Et intelligente, renchérit Carole. Elle me plaît beaucoup.

Elle avait l'impression de pouvoir tout dire et demander au Dr O'Rourke, si quelque chose se produisait. Elle lui avait même demandé si elle pourrait avoir des relations sexuelles avec Matthieu, et le médecin lui avait affirmé qu'il n'y avait pas de problème, tout en lui recommandant d'utiliser des préservatifs, ce qui avait fait rougir Carole. Il y avait bien longtemps qu'elle ne s'était plus souciée de ce genre de détails. Avec un sourire malicieux, le Dr O'Rourke avait précisé qu'elle n'avait pas besoin d'attraper une maladie sexuellement transmissible en plus de tout le reste. Se sentant redevenir adolescente, Carole avait éclaté de rire et s'était déclarée d'accord avec elle.

En quittant le cabinet, elle était soulagée d'avoir un médecin avec qui elle pourrait parler, au cas où elle ressentirait des effets secondaires de son accident. Mais pour l'instant, elle allait bien et se sentait en pleine forme. Elle n'avait qu'une hâte, passer les fêtes en famille et assister au mariage de Stevie. Elle comptait bien s'amuser.

En rentrant, Carole insista pour s'arrêter chez Barney, afin de chercher la robe de Stevie. Elle voulait l'offrir à la jeune femme en cadeau de mariage. Celle-ci en essaya trois et tomba immédiatement amoureuse de la première. C'était une robe longue en satin blanc qui lui seyait à ravir. Elles trouvèrent aussi une robe vert émeraude pour Carole, courte et sans bretelles.

L'avion de Chloé n'atterrissait qu'à 19 heures, aussi disposaient-elles de tout l'après-midi. Stevie devait aller la chercher, mais Carole décida à la dernière minute de l'accompagner. Lorsqu'elles quittèrent la maison, le fleuriste avait livré un sapin déjà décoré et la maison avait pris un petit air de fête.

Pendant le trajet jusqu'à l'aéroport, elles parlèrent du mariage. Stevie était au comble de l'excitation.

— Je n'arrive pas à croire que j'ai dit oui, répéta la jeune femme pour la centième fois.

Carole lui sourit. Elles savaient toutes les deux qu'elle avait fait le bon choix, ainsi que Carole le lui rappela.

— Tu ne me prends pas pour une folle ? demanda Stevie. Dans cinq ans, je le détesterai peut-être, s'inquiéta la jeune femme, en proie à une grande confusion.

— Cela n'arrivera pas. Et si c'était le cas, nous en discuterions. Rassure-toi, je ne te prends pas pour une folle. Alan est quelqu'un de bien, il t'aime et tu l'aimes. Il est d'accord pour ne pas avoir d'enfants ?

— Il dit que je lui suffis.

— Alors, c'est parfait.

Au moment où elle sortait de la voiture, le portable de Carole se mit à sonner. C'était Matthieu.

— Qu'est-ce que tu fais ? demanda-t-il gaiement.

— Je vais chercher Chloé à l'aéroport. J'ai vu le médecin, aujourd'hui. Il a dit que j'allais très bien. Et nous avons trouvé la robe de mariée de Stevie.

Elle adorait lui raconter tout ce qu'elle faisait. Après le cauchemar qu'elle avait vécu à Paris, elle savourait chaque minute.

— Tu commences à m'inquiéter, dit-il. Ne va pas trop vite. Le médecin t'a permis d'être aussi active, ou t'a-t-il conseillé le repos ?

À Paris, il était 4 heures du matin. Il s'était réveillé et avait décidé de l'appeler. Elle lui manquait et il avait besoin d'entendre sa voix, qui lui parut vibrante d'excitation.

— Il a dit que je ne devais pas revenir le voir avant un mois.

À ces mots, elle pensa brusquement à l'époque où elle attendait l'enfant de Matthieu et essaya de chasser ce souvenir, qui l'attristait. Matthieu lui demandait toujours de lui rapporter les propos des médecins et il embrassait son ventre qui s'arrondissait. Il l'avait accompagnée une fois, pour écouter les battements du cœur du bébé. Ensemble, ils avaient affronté bien des épreuves, que ce soit lors de sa fausse couche ou lorsque la fille de Matthieu était morte, et cela resserrait le lien qui les unissait l'un à l'autre.

— Tu me manques, lui dit-il comme la veille.

Elle n'avait plus fait partie de sa vie pendant quinze ans et, maintenant qu'elle lui était revenue, chaque jour sans elle lui semblait sans fin et il brûlait d'impatience de la retrouver. Le lendemain, il partait aux sports d'hiver avec ses enfants, mais il promit de lui téléphoner de là-bas. Il aurait voulu qu'elle vienne avec eux. Elle n'avait jamais rencontré ses enfants, mais aujourd'hui, il voulait la leur présenter. Elle savait que ce serait une expérience douce-amère.

Stevie et elle attendirent Chloé. La jeune fille savait que Stevie venait la chercher, mais elle fut surprise de voir sa mère.

— Tu es venue ! dit-elle en se jetant dans ses bras. Est-ce que c'est raisonnable ? Tu vas bien ?

Elle semblait inquiète, mais enchantée, et Carole ne regretta pas d'avoir accompagné Stevie. Le visage de Chloé exprimait un contentement qui valait bien l'effort qu'elle avait fourni. Pour Chloé, c'était une preuve que Carole l'aimait.

— Je vais bien. J'ai vu le médecin, aujourd'hui. Je peux faire ce que je veux, à condition de rester raisonnable et justement, je pense l'avoir été en venant te chercher. J'avais hâte de te voir.

Elle passa un bras autour de la taille de sa fille, tandis que Stevie allait chercher la voiture. Carole ne pourrait pas conduire avant un certain temps. Les médecins le lui déconseillaient fortement et elle ne se sentait pas prête à affronter la circulation de Los Angeles.

Les trois femmes bavardèrent tout le long du chemin. Carole fit part à Chloé du prochain mariage de Stevie et la jeune fille en fut ravie. Elle connaissait Stevie depuis longtemps et l'aimait comme une grande sœur.

Après que Stevie les eut déposées à la maison, Carole et Chloé allèrent dans la cuisine. La jeune fille avait dormi pendant le vol et était bien réveillée. Carole lui prépara des œufs brouillés et, après cela, elles mangèrent une glace. Il était près de minuit lorsqu'elles allèrent se coucher. Le lendemain, elles firent les magasins. Il ne restait à Carole que deux jours pour acheter tous ses cadeaux. Ce serait sans doute l'un des plus beaux Noëls de leur vie.

En fin de journée, Carole avait trouvé tout ce qu'il lui fallait pour Jason et les enfants. Chloé et elle venaient à peine de franchir le seuil de la maison, quand Mike Appelsohn l'appela.

— Tu es rentrée ! s'exclama-t-il. Pourquoi ne m'as-tu pas prévenu ? ajouta-t-il d'une voix blessée.

— Je ne suis arrivée qu'avant-hier, s'excusa-t-elle. Et Chloé hier soir.

— J'ai téléphoné au Ritz, où on m'a dit que tu étais partie. Comment te sens-tu ?

Il semblait toujours très inquiet pour elle. Après tout, un mois plus tôt elle était mourante.

— En pleine forme. Un peu fatiguée, mais je l'aurais été de toute façon avec le décalage horaire. Et toi, Mike, comment vas-tu ?

— J'ai beaucoup de travail. Je déteste cette période de l'année.

Ils bavardèrent quelques minutes, puis il en vint à la raison de son appel.

— Quels sont tes projets, pour septembre ?

— Je me suis inscrite à la fac, pourquoi ? plaisanta-t-elle.

— C'est vrai ? s'étonna-t-il.

— Bien sûr que non ! Comment veux-tu que je sache ce que je ferai en septembre ? Pour l'instant, je me contente de profiter du présent. J'ai bien failli y rester.

Ils savaient tous les deux à quel point c'était exact.

— Inutile de le préciser, je le sais, assura-t-il.

Carole était encore touchée qu'il ait fait le voyage jusqu'à Paris pour la voir. À part lui, personne n'aurait été capable d'entreprendre ce vol de nuit depuis Los Angeles.

— Écoute, mon petit, j'ai un rôle pour toi et il est sublime. Si tu ne tournes pas ce film, je démissionne.

Il lui donna les noms du réalisateur et des acteurs. Elle devait partager la vedette avec deux autres comédiens de renom, ainsi qu'une jeune actrice prometteuse. Elle occuperait le haut de l'affiche. C'était un film absolument fabuleux, disposant d'un gros budget et réalisé par un homme avec qui elle avait déjà travaillé et qu'elle appréciait. Elle n'en croyait pas ses oreilles.

— Tu es sérieux ?

— Tout à fait ! En février, le réalisateur doit tourner un autre film en Europe. Il y restera jusqu'en juillet puis il s'occupera du montage, si bien qu'il ne pourra attaquer celui-ci qu'en septembre. Cela te donne le temps d'écrire ton livre, du moins si tu y penses toujours.

Carole était véritablement ravie.

— Je travaille dessus, actuellement.

— Il y aura quelques extérieurs à Londres et à Paris, mais sinon le film sera tourné à Los Angeles. Cela te va ?

— On ne peut mieux !

Cette proposition lui convenait parfaitement. À Paris, elle pourrait passer du temps avec Matthieu. Londres était la cerise sur le gâteau, puisqu'elle en profiterait pour voir Chloé.

— Je t'envoie le scénario, dit Mike. Ils veulent une réponse la semaine prochaine. Si tu refuses, ils ont deux actrices en vue. Pour avoir le rôle, elles seraient capables de tout. Tu verras, je l'ai lu hier et il est formidable.

Elle lui faisait confiance. Il avait un bon jugement et, en matière de scénarios, ils avaient les mêmes goûts.

— Je le lirai immédiatement, promit-elle.

— Comment te sens-tu, sérieusement ? Tu penses que tu seras complètement remise d'ici le mois de septembre ?

— J'en suis sûre. Je vais de mieux en mieux et le médecin que j'ai vu ici m'a donné un certificat de bonne santé.

— Ménage-toi quand même, sinon tu risques de le regretter plus tard, la supplia-t-il comme Matthieu avant lui.

Ils la connaissaient bien, tous les deux. Elle en faisait toujours trop, elle était ainsi faite. Depuis le début de sa carrière, elle avait toujours beaucoup exigé d'elle-même, bien qu'elle eût ralenti le rythme ces dernières années. Et aujourd'hui, elle sentait qu'elle avait retrouvé son tonus… Elle s'était suffisamment reposée !

— Je le sais, je ne suis pas stupide.

Elle était bien consciente d'avoir été très touchée par les épreuves qu'elle avait subies. Elle avait réellement besoin de temps pour se remettre tout à fait. Mais, pour l'instant, elle n'avait aucun projet important. Matthieu et elle ne hâteraient pas les choses et elle allait écrire son livre à son propre rythme. Elle disposait de huit mois avant de reprendre le chemin des studios.

— Très bien, mon petit. Avec ce film, tu vas voir que ta notoriété va repartir, affirma Mike d'une voix ravie.

— C'est ce qu'on dirait. J'ai hâte de lire le scénario.

— À mon avis, tu vas être emballée. Si ce n'est pas le cas, je mangerai mes chaussures.

Ce n'était pas un mince engagement, puisque Mike chaussait du 48.

— Je t'appellerai après Noël, c'est promis.

Jason et Anthony arrivaient le lendemain, veille de Noël.

— Joyeux Noël, Carole, dit Mike d'une voix étranglée.

Il ne pouvait imaginer ce qu'aurait été le monde sans elle, s'ils avaient dû porter son deuil… Cette pensée lui était insupportable, à lui comme à bien d'autres.

— Joyeux Noël aussi, Mike, lança-t-elle avant de raccrocher.

Pendant le dîner, elle parla du scénario à Chloé, dont le visage s'assombrit immédiatement. C'était la première fois que Carole se rendait compte à quel point sa carrière avait contrarié sa fille.

— Si j'accepte, nous tournerons des extérieurs à Londres, lui dit-elle. Ce serait formidable, cela me permettrait de passer du temps avec toi. Et de ton côté, tu pourrais faire un saut à Paris quand nous y serons.

Cette fois, le visage de Chloé s'illumina. Les efforts de sa mère pour la satisfaire la touchaient profondément. Quelles qu'aient été ses erreurs passées, du moins à ses yeux, elle se rattrapait aujourd'hui.

— Merci, maman. Ce serait vraiment super.

Ce soir-là, elles dînèrent en tête à tête. Carole ne voulait pas perdre une minute du temps qu'elle consacrait à sa fille. Chloé dormit dans son lit et elles gloussèrent comme deux gamines. Le lendemain, elles se rendirent à l'aéroport pour y attendre Jason et Anthony. Carole avait donné congé à Stevie, qui ne devait revenir que le lendemain de Noël. C'était donc Chloé qui conduisait.

Le scénario était arrivé dans l'après-midi. Il avait suffi à Carole de le parcourir rapidement pour constater qu'il était aussi bon que Mike le lui avait affirmé. Elle comptait le lire attentivement dans la nuit, quand tout le monde serait couché. Mais elle était déjà certaine qu'il lui plaisait. Mike avait raison : le rôle qu'on lui réservait était fantastique. Au téléphone, Matthieu se montra enthousiaste lorsqu'elle lui en parla. Il savait qu'elle souhaitait tourner à nouveau et ce rôle semblait taillé sur mesure.

Jason et Anthony se trouvaient parmi les premiers à descendre de l'avion. Pendant le trajet du retour, tous parlèrent à la fois. Avec des éclats de rire, ils se racontaient des anecdotes des Noëls passés. Ainsi, lorsqu'il avait cinq ans, Anthony avait renversé le sapin en essayant d'attraper le père Noël au moment où il sortirait de la cheminée. Toutes ces histoires émurent Carole et amusèrent les autres. Elle se les rappelait presque toutes, maintenant.

En rentrant à la maison, ils commandèrent des pizzas. Une fois que les enfants se furent couchés, Jason alla retrouver Carole dans la cuisine.

— Comment te sens-tu vraiment ? lui demanda-t-il gravement.

Elle avait l'air mieux que la dernière fois qu'il l'avait vue, mais elle était encore pâle. La connaissant, il devinait qu'elle en avait sans doute trop fait, depuis son retour.

— Très bien, je t'assure.

— Tu nous as flanqué une sacrée trouille !

Il avait été merveilleux, à l'hôpital. Elle était encore très touchée par tout ce qu'il lui avait dit.

— À moi aussi. Mais tout s'est bien terminé.

— C'est vrai, reconnut-il en lui souriant.

Ils bavardèrent encore quelques instants, puis ils allèrent se coucher. Carole passa par son bureau, avant de monter dans sa chambre. Elle avait toujours apprécié cette heure de la nuit, quand tout était calme dans la maison, surtout lorsque les enfants étaient petits. Elle avait besoin de ce moment de solitude.

Jetant un coup d'œil à sa montre, elle vit qu'il était un peu plus de minuit. En France, il était 9 heures du matin. Elle aurait pu appeler Matthieu pour lui souhaiter un joyeux Noël, mais elle n'en avait pas envie, en tout cas pas tout de suite. Ils avaient du temps devant eux, désormais. Elle était heureuse qu'il fasse de nouveau partie de son univers, tel un cadeau du ciel. Elle s'assit à sa table, alluma son ordinateur et relut ses dernières notes. Dorénavant, tout était clair dans son esprit et elle savait ce qu'elle voulait écrire.

Jetant un coup d'œil par la fenêtre, elle regarda la fontaine et le bassin, illuminés par les spots. Ses enfants étaient dans leurs chambres, Jason dans la chambre d'amis. Tous les deux étaient passés en douceur du passé au présent. Elle allait tourner un film. Stevie se mariait dans une semaine. Elle avait survécu à un attentat et recouvré la mémoire. Fermant les yeux, Carole remercia Dieu pour tous Ses bienfaits. Lorsqu'elle les rouvrit, elle souriait. Elle avait tout ce qu'elle pouvait désirer et plus encore. Elle n'avait renoncé ni à ses idéaux, ni à ses valeurs ni à tout ce qui était important pour elle. Elle était restée fidèle à ce qu'elle était et à ceux qu'elle aimait.

Regardant le bracelet que lui avait offert Matthieu, elle relut l'inscription qu'il avait fait graver : « Reste fidèle à ce que tu es. » C'était ce qu'elle s'était efforcée de faire. Pour l'instant, elle n'avait pas encore parlé de Matthieu à sa famille, mais elle le ferait quand le temps serait venu. Elle savait qu'Anthony émettrait des objections, du moins au début, mais avec un peu de chance, il finirait par se calmer. Il avait le droit de s'inquiéter pour elle. Et elle avait le droit de mener sa vie comme elle l'entendait et de faire les choix qui lui semblaient les meilleurs pour elle.

— Qu'est-ce que tu fais ? dit une voix, dans son dos.

Chloé se tenait sur le seuil de la pièce, vêtue de sa chemise de nuit. Elle voulait dormir dans le lit de sa mère et Carole n'y voyait aucun inconvénient. Cela lui rappelait le temps où Chloé était une petite fille qui adorait se blottir contre sa mère, la nuit.

— Je réfléchissais, dit Carole en se retournant pour lui sourire.

— À propos de quoi ?

— Je me disais que je pouvais vraiment m'estimer heureuse, cette année.

Chloé vint embrasser sa mère.

— Moi aussi, murmura-t-elle à son oreille. Je suis si contente que tu sois là !

Sur ces mots, elle se releva et s'élança vers le couloir.

— Viens, maman, allons nous coucher.

— OK, chef, répondit sa mère en éteignant les lampes du bureau et en suivant sa fille vers la chambre.

Levant les yeux vers le ciel, elle sourit avec gratitude.

— Merci, murmura-t-elle.

C'était vraiment un joyeux Noël pour eux tous.

Composé par Nord Compo
à Villeneuve-d'Ascq (Nord)

Imprimé en Allemagne par
GGP Media GmbH, Pößneck
en juin 2012

POCKET – 12, avenue d'Italie – 75627 Paris cedex 13

Dépôt légal : septembre 2010
Suite du premier tirage : juin 2012
S20398/03